U0125036

THE MAGICIAN

Colm Tóibín

魔术师

[爱尔兰] 科尔姆·托宾 著

柏栎 译

上海译文出版社

献给娜恩·格雷厄姆

亲爱的读者：

我在一九九六年为三部托马斯·曼的传记写了评论。我了解他的作品，但在读这些传记以及曼的日记之前，我对他的个人生活知之甚少。我发现他一直在思考一种他得不到的性生活。托马斯·曼在他所处的时代是最有名望的德国人，也是六个孩子的父亲。一九一二年《死于威尼斯》出版时，没有人想到它来自真实的欲望和真实的事件，那发生在前一年他和妻子的威尼斯之行时。

后来我读了曼的妻子卡提娅所写的回忆录。在回忆录中，她并不是长期受同性恋男人所苦的妻子，而是一个对丈夫了如指掌的人。她回忆了一九一一年旅居威尼斯期间，曼对酒店中一个客人的痴迷之情，她明确写道，她的丈夫“把他从这个迷人的男孩身上得来的愉悦感，转移给了阿申巴赫（小说主人公），并将之风格化为强烈的情感”。

正如曼把他的生活运用到小说中，我也把我所了解的威尼斯的地点运用到我笔下的曼家夫妇之旅中。我把他们放在圣方济会荣耀圣母教堂中，观赏提香的《圣母升天图》，然后带他们去斯拉夫的圣乔治会堂，那里挂着卡尔帕乔的画。我让曼站在我站过的空间里。我用切实的回忆来支撑写作。

一九一一年托马斯和卡提娅行走于威尼斯时，不可能预见到第一次世界大战的恐怖、希特勒的崛起、大屠杀、第二次世界大战。《死于威尼斯》似乎对未来一无所知，但字里行间我们能听到一种病弱而优美的音乐、一种渴望感、一种腐朽的气息，以及南北欧之间的鸿沟。这些要素都将在后来的悲剧中发挥作用，在这场悲剧中，世界以托马斯和卡提娅无法想象的方式改变了他们的生活。

科尔姆·托宾

重要人物表

托马斯·曼：作家，本书主角

茱莉娅·曼（原名茱莉娅·达·席尔瓦-布鲁恩斯）：托马斯·曼的母亲，童年时生活在巴西，与丈夫托马斯·约翰·海因里希·曼育有五个子女

海因里希·曼（又译亨利希·曼）：托马斯·曼的长兄，作家

米米：捷克女演员，海因里希的第一任妻子，二人育有一女戈斯基

内莉（原名内莉·克勒格尔）：海因里希的第二任妻子，与其共同避难到美国

卢拉·勒尔（原名卢拉·曼）：托马斯·曼的妹妹，家中排行第三

约瑟夫·勒尔：卢拉的丈夫，二人育有三女

卡拉·曼：托马斯·曼的妹妹，家中排行第四，演员

维克托·曼：托马斯·曼最小的弟弟，参加过“一战”，妻子是一位纳粹党人

卡提娅·曼（原名卡提娅·普林斯海姆）：托马斯·曼的妻子，犹太人，二人育有六个子女

阿尔弗雷德·普林斯海姆：卡提娅的父亲，数学教授

黑德维希·普林斯海姆：卡提娅的母亲

克劳斯·普林斯海姆：卡提娅的双胞胎哥哥，音乐家

海因茨·普林斯海姆：卡提娅和克劳斯的哥哥，参加过"一战"

埃丽卡·曼：托马斯·曼长女，演员、作家

古斯塔夫·格林德根斯：德国演员，埃丽卡的第一任丈夫

W.H. 奥登：英国诗人，埃丽卡的第二任丈夫

克劳斯·曼：托马斯·曼的儿子，家中排行第二，演员、作家

戈洛·曼：托马斯·曼的儿子，家中排行第三

莫妮卡·拉尼（原名莫妮卡·曼）：托马斯·曼的女儿，家中排行第四

耶诺·拉尼：匈牙利人，艺术史学者，莫妮卡的丈夫

伊丽莎白·博尔杰塞（原名伊丽莎白·曼）：托马斯·曼的女儿，家中排行第五

朱塞佩·博尔杰塞：意大利人，罗曼语教授，伊丽莎白的丈夫，二人育有两女安杰莉卡和多米妮卡

米夏埃尔·曼：托马斯·曼最小的儿子

格蕾：米夏埃尔的妻子，二人育有两子，长子弗里多

目　录

第一章

吕贝克，一八九一年

用人取走客人的大衣、围巾和帽子，这时他的母亲还在楼上。等所有人都被请到客厅时，茱莉娅·曼还待在她的卧室里。托马斯和他的哥哥海因里希，妹妹卢拉、卡拉在第一个楼梯平台处张望。他们知道母亲很快会现身。海因里希得告诫卡拉，让她别出声，否则他们会被勒令去睡觉，从而错过这一刻。他们的弟弟维克托还是个娃娃，正在楼上房间里睡觉。

茱莉娅走出卧室，她的头发被仔细地束在脑后，扎着彩色的蝴蝶结。她的连衣裙是白色的，黑鞋是特地从马约尔卡品牌店定制的，款式像舞鞋一般简洁。

她带着一丝不情愿的神色来到众人中间，仿佛她之前一直独自待在一个比节庆期间的吕贝克更有意思的地方。

茱莉娅走进客厅，环顾周围时，她会在客人中间看到一个人，他通常是个男人，一个不太可能会来的人，比如克林胡森先生，他既不显得年轻也不显老；又如弗朗茨·卡多维斯，他眯眼看人的样子与其母一脉相承；或如奥古斯特·莱韦尔库恩法官，他有两片薄嘴唇，胡髭修得整整齐齐。这样一个人会成为她的焦点。

她的迷人之处来自其异域气息，以及从魅力中透出的脆弱感。

但当她问起客人的工作、家庭以及消夏计划时，她明亮的双眸泛起柔波。说起消夏，她会想知道特拉沃明德各家酒店的舒适度，接着会问一些远方城市的大酒店，比如特鲁维尔、科利尤尔那些地方，或是亚得里亚海的度假酒店。

很快她会问出一个令人不安的问题。她会问对方对他们熟人中的某位普通的或有身份的女子有何看法。弦外之音是镇上的体面人士对这女子的私生活有所非议。比如小斯塔文西特夫人、麦肯敦夫人，或老迪斯特尔曼夫人，或是某个更低调的隐退人士。如果这位困惑的客人说他觉得那女子挺好，除了泛泛之言别无可谈，那么托马斯的母亲便会这样表达她的意见，说他们谈论的对象在她审慎的想法中是个出色的人物，亲切可人，吕贝克很荣幸能有这样一位女性。她的口气像是在透露一桩眼下需要保密的私闻，甚至连她的议员丈夫都不知此事。

次日消息便会传开，他们母亲的仪态举止如何，她又评论了什么人，最后海因里希和托马斯会从同学那里听说这些，仿佛这是一场刚刚在汉堡上演的摩登剧。

在傍晚，如果议员去参加会议，或者等托马斯和海因里希练完小提琴，吃完晚餐，换上睡衣时，母亲便会向他们讲起她的祖国巴西。她说那地方非常辽阔，没人知道那边有多少人，他们长什么模样，说什么语言，那个国家比德国大很多很多倍，那里没有冬天，没有冰霜和真正的严寒，那条亚马逊河比莱茵河长十多倍，宽十多倍，有很多小河汇入，那些河流来自丛林深处，那里的树木比世界上其他地方的树长得更高，那里的人谁都没见过，也不会见到，因为他们比任何人都更熟悉丛林，一旦有人闯入，他们立刻隐藏起来。

“跟我们说说星星吧。”海因里希会说。

“我们在帕拉蒂的房子是建在水上的，”茱莉娅会说，“可以说它就像一条船，和水融为一体。晚上我们能看到星星，它们很亮，低低地挂在夜空。这里北方的星星又高又远。在巴西，星星和太阳一样，白天也能看到。它们自己就是小太阳，发着光，离我们很近，尤其是住在水边的人。我母亲说你有时晚上可以在楼上的房间里看书，因为映在河上的星光如此清澈明亮。你得拉上百叶窗挡住光线，否则就睡不着。当我还是个小女孩，在你们妹妹的年龄时，我真的相信整个世界都是这样的。我在吕贝克的第一夜，吃惊的就是我看不到星星。它们被云遮蔽了。”

“跟我们说说船吧。”

“你们该去睡觉了。”

“说说糖的故事吧。”

“托米，你知道糖的故事。”

“那就再讲一小段吧？”

“哦，吕贝克生产的所有杏仁糖里用的糖，都来自巴西。正如吕贝克的杏仁糖很有名，巴西的糖也很有名。所以当吕贝克的有钱人和他们的孩子在圣诞夜吃杏仁糖时，他们不知道自己正在吃巴西的一部分。他们吃着为他们漂洋过海的糖。”

“我们为什么自己不生产糖呢？”

“这个你得问你父亲。”

多年后，托马斯寻思，他父亲当初决定娶茱莉娅·达·席尔瓦-布鲁恩斯——而非一个来自当地海运老板或传统商贸、银行家庭的呆板的女儿，是否就是曼家家道中落的开端。众所周知，茱莉娅的母亲有南美印第安人的血统。从此，对新鲜感的渴求进入了家族精神，而之前这个家族感兴趣的仅是体面的，并能产生持续回报的事。

在吕贝克人的记忆中，茱莉娅的母亲过世后，她是和姐姐、三个哥哥一起来的，当时她还是个小女孩。他们被一个叔叔抚养。他们刚来城里时，一句德语都不会说。城里有些人心怀疑虑地盯着他们，比如老奥弗贝克夫人，她出了名地坚守改革派教会的教条。

"有一天我看到这几个孩子经过圣马利亚教堂时为自己求福，"她说，"和巴西做生意也许是必要的，但我知道吕贝克的上等人从未娶过巴西人，绝对没有。"

茱莉娅结婚时年仅十七，她生的五个孩子都有议员家后代的高贵气质，但还多了一种骄傲和自我意识，吕贝克人从未见过这种自我标榜的样子，奥弗贝克夫人和她圈子里的人希望这不会风行起来。

议员比他的妻子大十一岁，因为这一不寻常的结婚决定，他被投以惊愕的目光，仿佛他投资了意大利油画或罕见的锡釉彩陶，要满足一种议员和他的祖辈们一直引而不发的兴趣。

曼家的孩子在星期天去教堂之前，都得接受父亲的严格审视，而他们母亲总是在楼上更衣室里试帽子，换鞋子，让他们等。海因里希和托马斯得保持一脸严肃，做个好榜样，卢拉和卡拉则努力站得笔挺，一动不动。

维克托出生时，茱莉娅就不太在意丈夫的苛刻规矩了。她喜欢女孩们扎彩色蝴蝶结，穿彩色长袜，也不反对男孩们把头发留长，行为举止更加宽松。

茱莉娅去教堂时穿着优雅。她经常只穿一种颜色，比如灰色或深蓝色，鞋袜颜色配套，只有帽子上的红色或黄色箍带才显出别致。众所周知，她丈夫的服装是在汉堡定制的，剪裁合体，他的亮相总是无懈可击。议员每天换衬衫，有时一天换两件，他的衣柜是加大的。他的胡髭修理成法式。他一丝不苟的外表代表了家族商行百年来坚守卓越，秉持精英的态度。但他豪奢的衣柜体现了他的个人观念：吕贝克的曼家不仅意味着金钱和贸易，还有审慎得体的风范。

令他感到可怕的是，在从贝克格鲁伯的曼家到圣马利亚教堂的短短一程路上，茱莉娅不时和人打招呼，愉快而随意地叫出他们的名字，这种事在吕贝克星期天的历史上从未发生。这让奥弗贝克夫人和她的老闺女越发相信，曼夫人在内心深处仍是一个天主教徒。

“她又蠢又爱炫耀，这就是天主教徒的特点，”奥弗贝克夫人说，“她帽子上的箍带太轻佻了。”

当一大家子一起出现在圣马利亚教堂中，茱莉娅的肤色显得特别苍白，衬着栗色的浓密头发和神秘的眼睛，有种奇特的魅力。这双眼睛落在牧师身上时，隐隐流露嘲讽之意，当她丈夫的家族以及他们的朋友一脸肃然地参加宗教仪式时，这种嘲讽便格格不入。

托马斯发觉，父亲不爱听他妻子讲巴西的童年往事，尤其是当女孩们在场。但父亲很乐意被托马斯问起吕贝克的历史，他滔滔不绝地讲述家族商行如何从罗斯托克白手起家。父亲似乎很喜欢托马斯在放学回家路上去他办公室，坐下来听有关船舶、仓房、银行合伙人和保险的事，托马斯还会记住他听到的内容。

就连远房表亲都认为，海因里希像母亲，满脑子梦幻、叛逆，总是一头扎在书堆里，而小托马斯少年老成，将来能把家族商行带入下一个世纪的非他莫属。

当女孩们长大后，如果父亲出门去俱乐部或去见人，所有的孩子都会聚到母亲的更衣室，茱莉娅会继续讲她的巴西故事，说那里的人穿的衣服如何洁白，洗衣如何费事，所以每个人看起来都特别而美丽，无论是男人还是女人，黑人还是白人。

“那里不像吕贝克，”她说，“没人觉得必须一本正经。那里没有噘着嘴的奥弗贝克夫人，没有永远满面愁容的埃斯库切斯一家。在帕拉蒂，如果你看到三个人，那么一定有一个在说话，另两个在笑，而且他们都穿白衣。”

“他们在讲笑话吗？”海因里希问。

“就是在笑。他们就是那样。”

“可是笑什么呢？”

“宝贝，我不知道。但他们就是那样。有时候晚上我还能听到那种笑声，从风里传来。”

“我们能去巴西吗？”卢拉问。

“我觉得你父亲不会让你去巴西。”茱莉娅说。

“等我们长大了呢？”海因里希问。

“我们永远不知道长大后会发生什么，”她说，“也许你到时能去任何地方。任何地方！”

“我只想待在吕贝克。”托马斯说。

“你父亲听到这个会高兴的。”茱莉娅说。

和哥哥海因里希、母亲、妹妹们相比，托马斯更是活在自己的梦中世界。就连和父亲讨论仓房，也像是一个梦幻世界的延伸，他时常把自己想象成一个希腊神，或是童谣故事里的人物，或是他父亲挂在楼梯墙上的油画上的女子，表情热切、焦急、期待。有时他不确定自己是否真的比海因里希小，不及他强壮，不确定自己是否每天像大人一样和父亲去他办公室，不确定自己是不是马蒂尔德——她是母亲的用人，掌管更衣室，确保母亲的鞋子成对摆放，香水瓶永远不空，秘密物件永远放在正确的抽屉里，不被他查探到。

当他听人说他将在商界大放光彩，当他因为知道即将抵达的货物、船只和远方港口的名字而令客人们刮目相看时，他心怀忧惧地想到，如果这些人得知他的真面目，就会对他观感大变。如果他们能看透他的心思，知道他在晚上甚至在白天把自己想象成楼梯井油画上的渴盼的女子，或是一个仗剑放歌、行走江湖的人，他们就会摇摇头，觉得他很有心机，把他们都蒙在鼓里，还骗取了父亲的赞赏。他是个谎言师、欺诈者，不能被信任。

海因里希当然了解弟弟的真面目，对弟弟的梦中人生一清二楚。他不仅知道托马斯的梦想比他自己的更辽阔宏伟，还警告过他，他装假的能力越高超，被揭穿的危险就越大。海因里希和弟弟不同，他在家中毫不矫饰。他长到十几岁时，对海涅、歌德、布尔热、莫泊桑极为热衷，对船舶、仓房毫无兴趣。他觉得后者无聊，无论如何劝告都无法阻止他对父亲表明心迹，说他不想与家族事业有任何瓜葛。

“我看到你吃午餐时在模仿一个小商人，”他对托马斯说，“所有人都被你骗了，除了我。你打算何时告诉他们你是在装假？”

“我没在装假。”

“你一句真话都不说。”

海因里希彻底地从家族要务中脱身而出，父亲只好不管他，转而盯着次子和两个女儿，纠正他们仪态举止上的瑕疵。茱莉娅试图培养海因里希的音乐兴趣，但他不想再练钢琴和小提琴。

托马斯想，海因里希若非深爱妹妹卡拉，早已彻底和家庭断绝关系。他和妹妹相差十岁，对她更像是父亲而非兄长。卡拉还在襁褓中时，海因里希就抱着她在房子里游荡。等她长大了些，他教她纸牌，和她玩只有他俩参与的简单捉迷藏游戏。

海因里希对卡拉的爱让别人都称赞他温柔细心。他也有朋友，也参加男性活动，但他总是殷切地照顾卡拉。如果卢拉嫉妒海因里希对妹妹如此上心，海因里希也会带她一起玩，但她不久就自觉无趣，因为妹妹和大哥彼此间聊天和嬉乐的样子，似乎不容别人插足。

“海因里希人很好，”一个表亲说，“如果他能实际些，家族的未来就有保障了。”

“不是有托米吗，”伊丽莎白姑妈转身看着托马斯说，“托米会把商行带入二十世纪的。这不就是你的计划吗？”

托马斯觉察到她语气里的轻嘲，他勉强一笑。

虽然人们相信，海因里希的顽固得自母亲，但他逐渐长大后，就不爱听母亲的故事了，也似乎没有遗传她精神里的脆弱和对奇巧事物的兴趣。海因里希谈论诗歌、艺术、旅行，但他直率、决毅的气质却令他违背自己的意愿，变得越来越像一个真正、纯粹的曼家人。事实上，当他走在吕贝克街头，伊丽莎白姑妈总爱说他像极了他的祖父约翰·西格蒙德·曼，他稳重的步伐让她怀想起吕贝克的旧时光，他深思的语气是遗传了他父亲。可他对商贸毫无热情，这太遗憾了。

托马斯很清楚，这个商行迟早会交给他掌管，而不是交给他哥哥，这栋祖父母留下的房子最终会成为他的领地。他想，他可以在房子里装满书。他想象着自己把楼上的房间重新装修，把办公室搬到其他地方。他会像父亲从汉堡订购衣服一样地订购书籍，也会从更远的地方购书，如果他学会法语，还能从法国购书，等他的英语更为流利，伦敦也行。他会以前所未有的方式生活在吕贝克，巩固商业只为了给他的其他兴趣提供资金。他想，他会娶一个法国妻子。她会为他们的生活锦上添花。

他想象着他和妻子装修完蒙斯特劳斯街的房子后，他母亲来做客，欣赏他们所做的一切——新买的钢琴、来自巴黎的油画，还有法国家具。

海因里希个头长高后，对托马斯更清楚地表明，弟弟是在努力做个曼家人，但这只是表面功夫。当托马斯读的诗越来越多，再也无法隐藏对文化的兴趣，当他有时在客厅里拉小提琴，让母亲在那架贝希斯坦钢琴上为他伴奏时，这种表面功夫便摇摇欲坠。

时光流逝，托马斯对船舶、商贸的兴趣终于装不下去了。当海因里希坚定明确自己的理想时，托马斯却闪烁其词，但他已无法掩饰自己的改变。

“你怎么不去你父亲的办公室了？”母亲问，“他说了好几次。”

“我明天就去。”托马斯说。

但在放学回家路上，他却想着在自己房子里能拥有的轻松自在，他可以找个地方避开所有人，读读书，或者只是做做梦。他决定过几天再去父亲的办公室。

托马斯记得有一天在吕贝克的家中，母亲在弹钢琴，他在拉小提琴，这时海因里希毫无预兆地出现在门口，站在那里看着他们。托马斯继续拉琴，但他很在意海因里希的存在。他们曾有几年合住在一间房间里，但当时已不在一起住了。

比他年长四岁、肤色更白皙的海因里希，已长成一个英俊男子。托马斯注意到了这点。

海因里希当时十八岁，很清楚自己正被弟弟注意着。有那么一会儿，他一定发觉这种注视的目光含有一种不安的欲望。托马斯记得那是一首舒缓的、不难演奏的曲子，或许是舒伯特某一首早期的钢琴小提琴协奏曲，或是某个歌谱。母亲的注意力全在乐谱上，没有留意两个儿子彼此注视的方式。托马斯觉得她都不知道海因里希来了。托马斯因哥哥的洞悉而感到窘迫，他红了脸，慢慢转开目光。

哥哥离开后，托马斯装作什么都没发生，他竭力拉琴，想要配合母亲。但他们最终停了下来，他犯了太多错，没法继续下去。

类似的事没再发生。海因里希已经让他明白，他的灵魂被看透了。就这样。但这份记忆留了下来，那间屋子，透过长窗的光线，钢琴前的母亲，站在母亲身边拉琴的孤独感，以及他们演奏的音乐，那柔和的声响，接着是突如其来的视线交汇，然后一切恢复正常，或是在外人看来似乎正常的状态。

海因里希愉快地离开学校，去德累斯顿的一家书店工作。他走后，托马斯变得更梦幻了。他无法专心学习，不注意听老师讲课。背景里浮现着一个不祥的念头，如雷鸣般轰响：等他长大成人，他将一无用处。

事实上，他将表现出堕落。堕落是他拉小提琴时发出的每一个音符，是他读书时念过的每一个字。

他知道自己正被观察着，不仅在家族中，还在学校，在教堂。他喜欢听母亲弹钢琴，跟着她去她的起居室，但也喜欢在街头被人指出，作为议员的好儿子而受到尊重。他习得了父亲的自负，也吸纳了母亲的艺术禀赋和异想天开的性情。

有些吕贝克人认为，这对兄弟不仅代表了他们自家的衰微，也象征了整个世界趋向疲弱，尤其是以男性气概自矜的北德国。

于是众人开始指望他们的幼弟维克托。他出生时，海因里希十九岁，托马斯将满十五岁。

“头两个男孩都迷上了诗歌，”伊丽莎白姑妈说，“我们只希望新来的这个会喜欢账簿和会计册。”

到了夏天，一家人到特拉沃明德的海边进行为期四周的度假，学校、老师、语法、比率，以及可怕的体育课都被抛诸脑后。

在这家瑞士风格的海滨酒店中，十五岁的托马斯在一间摆放老式家具的整洁的小房间里醒来，听到园丁在波罗的海夏日早晨的清澈天空下耙砾石的声音。

他和母亲、母亲的女伴伊达·容曼一同在餐厅的阳台上，或是在外面那棵大栗树下用早餐。他们后面是矮平的草地，更远处是高高的海岸植物和沙滩。

他的父亲似乎喜欢指摘酒店的小缺点。他觉得桌布熨得不仔细，餐巾土气，他无法容忍奇怪的面包和金属材质的蛋杯。茱莉娅一边听他抱怨，一边平静地耸耸肩。

“等我们回家，一切就完美了。”

卢拉问母亲，父亲为何极少和他们一起去沙滩，她笑了笑。

“他喜欢待在酒店，不想去沙滩。我们又何必勉强他呢？”

托马斯和兄妹们跟着母亲和伊达去沙滩，窝在酒店员工摆放好的长椅上。两个女人不停地小声聊天，只在有人过来时才停下，坐起来看看是谁来了。好奇心满足后，她们会接着有一搭没一搭地聊天。很快在她们的催促下，托马斯穿着泳裤朝波浪一步步走去，他先是怕冷，碰到小浪就跳起来，接着投入大海的怀抱。

在漫长的下午，有时他们待在露天音乐台，有时伊达在酒店后面的树下给他读书，然后他们会坐在围墙尽头，在暮色中朝来往的船挥手帕。接下来到了晚餐时间，他常去母亲房间看她梳妆打扮，之后她会去酒店玻璃顶棚的檐廊餐厅与丈夫一起用餐，周围的家庭有来自汉堡的，也有来自英国甚至俄国的。这时托马斯已经准备睡觉了。

下雨天，西风倒吹着海水，他就在大厅的立式钢琴上消磨时间。这架钢琴演奏过大量华尔兹音乐，已经磨损，他弹不出家里那架三角钢琴的丰富音调和低音，但它别有一种滑稽、喑哑、咕叽咕叽的调子，他知道等假期结束后，他会怀念这个调子。

去年夏天，父亲回了吕贝克几天，说是有紧急工作。但他回来后，不再和他们一起用早餐，无论天气多好，他都待在起居室里读书，身上盖着一条毯子，像个病人一样。因为他不再和他们一起出门，他们就当作他还没回来。

一天傍晚，托马斯去找母亲时，在父亲的房间找到了她，这时他才注意到父亲躺在床上，张着嘴，盯着天花板。

“可怜人，”他的母亲说，“工作把他累坏了。度个假，他会好起来的。”

第二天，母亲和伊达一切照常，一字不提她们把议员单独留在他房间的床上。当托马斯问母亲，父亲是否病了，她提醒他，议员数月前动过一个膀胱小手术。

“他还在恢复中，”母亲说，“不用多久他会奔向海水的。”

托马斯想，奇怪的是，他几乎不记得父亲在初夏的假期中游过泳，躺过沙滩。他只记得他在檐廊下的长椅上读报，旁边桌上放着他的俄国烟，或者就是晚餐前茱莉娅在房间里出神地打扮时，他等在外头。

一天他们从沙滩回来时，母亲让他去父亲的房间，说如果父亲提出要求为他读书，那就读。托马斯不乐意，说他想去听乐队演奏。她一定要他去，说父亲盼着他去。

在房间里，父亲坐在床上，脖子上围着一块挺括的白布，酒店理发师正在为他刮胡子。他朝托马斯点点头，示意他坐在窗口的椅子上。托马斯看到一本打开朝下摊放的书，他翻了翻，觉得是那种海因里希会读的书。他希望父亲不会让他读这个。

他被理发师缓慢细致的修理方式吸引了，先是用剃刀大幅地刮几下，接着是细微地修理。理发师修完一半脸后，起身检查他的工作，然后用一把小剪刀开始清理鼻子周围和嘴唇上方的小毛发。父亲直着眼看着前方。

理发师继续工作，把剩余的肥皂泡沫擦掉。完工后，他拿出一瓶古龙香水。父亲皱了皱眉，但他大方地喷了几下，满意地拍了拍手。

“这会让吕贝克的理发师都感到羞愧，”他说着，一边取下白布叠好，“人们会冲到特拉沃明德来找最好的理发师。”

托马斯的父亲躺在床上。他的条纹睡裤被熨烫得平平整整。托马斯看到父亲的脚指甲被精心修剪过，但左脚小脚趾的指甲因为卷曲而没有修剪。他很想拿把剪子来把它修整齐。但接着他意识到这个想法很荒唐。父亲是不大可能让他为自己剪指甲的。

他手里还拿着那本书。如果他不赶紧把书放一边，父亲可能会看到，然后就让他读书，或者问他有关书的事。

很快父亲合上了眼，像是要睡了，但他又睁开眼，茫然盯着对面的墙壁。托马斯寻思这时是否应该问问父亲有关船的事，哪些船要到港了，哪些船要出发了。如果父亲话多起来，那么再问问谷物价格的变动，或者提一提普鲁士，让父亲可以抱怨普鲁士官员缺乏礼数教养，吃饭习惯粗俗，即便是那些自称上等家庭出身的人。

他又朝父亲看了一眼，发觉父亲已经睡着了。片刻后他发出鼾声。托马斯想他现在可以把书放在床边桌上了。他起身走到床前。刮过胡子后，父亲的脸显得苍白而光滑。

他不确定自己应该待多久。他希望酒店有人来换水或换毛巾，但他又觉得这些都已备妥。他觉得母亲不会来。他知道她让他来这间屋子，是为了自己能在酒店花园里放松一下，或者和伊达、他的两个妹妹，或和维克托、用人一起去沙滩。他确信如果自己踏出这间屋子，母亲就会知道。

他走了几步，摸了摸刚洗好的床单，但他担心会打搅到父亲，便又退开了。

父亲发出一声喊叫，这声音非常奇怪，一瞬间托马斯以为是别人在屋里。但接着父亲喊出了几个字，虽然意义不明，但这是托马斯熟悉的声音。父亲捂着肚子从床上坐起来。他挣扎着想站到地上，但又虚弱地倒回床上。

托马斯第一反应是吓得后退。父亲躺了回去，闭着眼呻吟，双手仍然捂着肚子。托马斯走过去问是否要他去找母亲来。

“不用。”父亲说。

“什么？我要去找母亲来吗？”

“不用。”父亲又说了一遍，睁开眼看了看托马斯，脸痛苦地扭曲着。

“你什么都不知道。”父亲说。

托马斯冲出房间。他在楼梯上发现自己多跑了一层，又返回大厅，找到服务台，服务台叫来经理。他正在对这两人讲述发生了什么，母亲和伊达出现了。

他跟着所有人去房间，只见父亲安宁地熟睡在床上。

母亲叹了口气，小声地为这一场惊惶道歉。托马斯知道向她解释自己目睹的事是无用的。

他们回吕贝克后，父亲的身体越来越差，但还是拖到了十月份。

他听伊丽莎白姑妈抱怨说，议员临终之时飞快地说了句“阿门”，打断了牧师的祷词。

“他从来都不好好听人说话，”她说，“但我以为他会听牧师的。”

在父亲最后的日子里，海因里希似乎知道如何与母亲相处，但托马斯不知该和她说什么。她拥抱他时，把他抱得太紧，他觉得自己想要挣脱的企图令她不悦。

他听到伊丽莎白姑妈在对一个表亲悄声说父亲的遗嘱，他先是漠不关心地走开，然后又悄悄折回，刚好听到她说不能给茱莉娅太多职责。

“还有男孩，”她说，“那两个男孩！这家现在完了。我觉得以前在街上朝我点头的人，现在都会嘲笑我。”

她还在说，那个表亲注意到托马斯在听，便碰了碰她。

“托马斯，你去让你的妹妹们把衣服穿对，”伊丽莎白姑妈说，“我看到卡拉穿的鞋子很不合适。”

葬礼上，茱莉娅·曼对来安慰她的人报以淡淡的微笑，但不鼓励他们对她说更多的话。她退回了自己的世界，她让两个女儿待在身边，让儿子们作为家庭代表，在必要时回应前来吊唁的人。

“你能让这些人离我远点吗？”她问，“如果他们问是否需要帮忙，你能不能求他们别用那种悲伤的眼神看我。”

托马斯从未见过她如此奇异、难以捉摸的格调。

葬礼后一天，茱莉娅带着五个孩子在起居室里，她看到她的小姑子伊丽莎白正在海因里希的帮助下搬动长沙发和一把沙发椅。

“伊丽莎白，别碰这些家具，”她说，“海因里希，把沙发搬回原处。”

“茱莉娅，我觉得沙发应该靠墙摆放。它周围有太多桌子。你总是有太多家具。我的母亲常说……”

“别碰这些家具！”茱莉娅打断她说。

伊丽莎白昂首挺胸走到壁炉前，姿势夸张地站在那儿，像是某一出戏里受到伤害的女人。

当托马斯发现海因里希准备陪母亲去法庭参加遗嘱宣读，他想为何没有叫他也去。但母亲忙得不可开交，他便决定不提此事。

“我一直讨厌在这里公开露面。他们当众宣读遗嘱，这太野蛮了！整个吕贝克都会知道我们的事。还有，海因里希，如果你能让你的伊丽莎白姑妈别在离开法庭时搭着我的胳膊，那我就太感激了。如果他们希望在宣读后把我烧死在广场上，那么告诉他们，我三点钟有空。”

托马斯心想现在谁来继承家业。他想象着父亲会指定某些德高望重者来监督一两个职员，让他们处理事务，直到这家人做出决定该怎么办。在葬礼上，他感觉到自己被注视着，被人指着说重担将会落在次子的肩上。他走进母亲的房间，在全身镜中看着自己。如果他站得笔挺，他便能看到自己每天早晨去上班，对下属发号施令的样子。这时他听到一个妹妹从楼下叫他，他离开镜子，觉得自己一下子缩小了。

海因里希和母亲回来时，他在楼梯顶端听着。

“他改了遗嘱，为的是让别人知道他是怎么看待我们的，”茱莉娅说，“而他们都在场，那些吕贝克有头面的人。现在他们不能烧巫婆了，就把寡妇拖出来羞辱。”

托马斯下楼到大厅，看到海因里希脸色苍白。当他触及哥哥的眼神时，他意识到发生了糟糕的、意想不到的事。

“你带托米去起居室，关上门，”茱莉娅说，“把事情经过告诉他。要不是邻居会闲言碎语，我就要弹钢琴了。现在我要去我房间。我希望遗嘱的任何细节永远不会在我面前提起。如果你的伊丽莎白姑妈胆敢打电话来，就告诉她我因为悲痛而突然病倒了。”

关上门后，海因里希和托马斯开始读这份海因里希从法庭带回的遗嘱复印件。

托马斯看到，遗嘱的日期是三个月前。遗嘱开头指定了一位监护人为曼家孩子的未来指引方向。接着议员表明，他对他们评价甚低。

“应当尽一切可能，”他写道，“反对我的长子的文学爱好。在我看来，他缺乏必要的教育和知识。他的这一爱好基于幻想，缺乏规训，他对他人不以为然，也许是出于轻率的个性。”

海因里希连读两遍，大笑起来。

“再听听这个，”他继续，“这段是关于你的：‘我的次子性情很好，他将会从事实务。我能指望他成为母亲的支柱。’所以这是你和你母亲的未来。你还会从事实务！谁以为你性情很好？那都是你装出来的另一面。”

海因里希对他读起父亲对卢拉的告诫，说她感情用事，又说卡拉是继托马斯之后家中第二个性情沉静的孩子。关于幼子维克托，议员写道：“晚出生的孩子往往发展得很好。这孩子的眼睛不错。”

“越来越离谱了，听听这个！”

他用浮夸的腔调高声宣读。

“‘我的妻子应该对所有的孩子态度坚决，并让他们都依赖于她。如果她有所疑虑，那么就读一读《李尔王》。’”

“我知道父亲小心眼，”海因里希说，“但我不知他如此记恨。”

海因里希用冷峻的官腔告诉弟弟，父亲在遗嘱中做了哪些安排。议员留下指示，家族商行将被出售，房产也会出售。茱莉娅将继承一切，但他指派了两个吕贝克最好管闲事的公众人物——也是茱莉娅一直很鄙视的人——来裁决她的经济事务。还指定两位监护人监管孩子们的成长。遗嘱还规定茱莉娅每年四次向薄嘴唇的奥古斯特·莱韦尔库恩法官汇报孩子们的情况。

伊丽莎白下一次来访时，没人请她坐下。

“你之前知道我丈夫的遗嘱吗？”茱莉娅问她。

“没人问过我的意见。”伊丽莎白回答说。

“我问的不是这个。你知道遗嘱的内容吗？”

“茱莉娅，别在孩子们面前谈这个。”

“这事我一直不吐不快，”茱莉娅说，“现在我自由了，可以说了。我就要在孩子们面前说。我从来都不喜欢你。很遗憾你母亲没活到现在，否则我也会当着她的面说。”

海因里希想阻止她，但茱莉娅把他推开。

“议员写这份遗嘱就是为了羞辱我。”

“你自己无法掌管商行。”伊丽莎白说。

“我本来可以做决定。我的儿子和我都可以做决定。”

对吕贝克人而言，对那些茱莉娅曾嘲弄过，或在她丈夫家的聚会上轻视过的人而言——男人如克林胡森先生、卡多维斯先生，女人如小斯塔文西特夫人、麦肯敦夫人，或者对那些一直注意着她，无论看到什么都会捶胸顿足的女人而言——如奥弗贝克夫人及其女儿，茱莉娅在遗嘱宣读后不久做出的决定无疑是极为乖张的。她带着三个幼子幼女去慕尼黑居住，让托马斯寄宿在廷佩博士家，完成最后一年学业，并鼓励海因里希去旅行，在文学世界中闯荡一番。

假如曼议员的遗孀决定搬去吕讷堡或汉堡，吕贝克的头面人也许会认为这只是因为她不可靠而已。但托马斯知道，在当年对汉萨人而言，慕尼黑代表南方。他们不喜欢也不信任南方。那城市是天主教的，放荡不羁，缺乏坚实的品质。他们如无必要，绝不会在那里久留。

吕贝克的焦点落在他母亲身上，尤其是当伊丽莎白姑妈私下告诉人们，茱莉娅对她如何粗鲁，如何玷污她母亲的形象。

有段时间，在他们的圈子中，唯一的话题就是议员的遗孀在葬礼上以及在不明智的决定上有失稳重。无人想到，就连海因里希也未曾想到，托马斯因为家族商行没留给他而深受打击，哪怕商行只是暂由他人监管，待他成年再交给他也是好的。

托马斯明白自己被剥夺了在他的一些梦想中认定非自己莫属的东西，他处于震惊之中。他知道经营家族商行只是他为自己将来做的若干打算之一，但父亲肆意的决定令他愤怒。他闷闷不乐地想到父亲早已看穿他的幻想，只是不知这些幻想常常对他十分真切。他后悔没能向父亲展示足够多的证明，让他留下更为慷慨的遗嘱。

然而，父亲斩断了家族的缆绳。议员自己时日不多，便让其他人也不好过。托马斯内心有种持续而深切的悲哀，吕贝克曼家的一切努力如今皆化为泡影。他的家族的时代结束了。

无论他们去往世界何方，吕贝克曼家再也不会像议员在世时那般声名显赫。这似乎并没有困扰海因里希和妹妹们，也没有困扰他的母亲。他们有更实际的考虑。他知道伊丽莎白姑妈也感觉到家族的地位一落千丈，但他无法与她谈说此事。他只能独自思考这些。如今家族在吕贝克被连根拔起。无论走到哪里，他都不再重要。

第二章

吕贝克，一八九二年

乐队在演奏《罗恩格林》[1] 的序曲。托马斯在听。弦乐部分似乎低了下去，暗示旋律即将到来的转变。然后声音自然地一起一落，直到小提琴奏出一个悲哀的调子，久久不息。接着演奏变得高昂、华丽、紧张起来。

这声音令他感到几分宽慰，但接着音量提高，穿透力变强，大提琴低沉的暗调加入，迫使小提琴和中提琴的声音升了上去。他从乐曲中得到的感受只是他自身的渺小。

然后指挥张开双臂鼓励众人，全体乐器一起奏鸣。等到敲鼓击钹时，他注意到节奏缓慢下来，乐曲渐入尾声。

观众鼓掌时，他没有加入。他坐在那里看着舞台、灯光和正在准备当晚最后一首贝多芬交响曲的乐手们。音乐会结束后，他不想出门走进夜色。他还想停留在音乐中。他心想人群中有没有人与他感觉仿佛，但他觉得没有。

毕竟这是吕贝克，这里的人不爱如此动情。他想，周围的人很快就会遗忘，或抛弃他们所听到的音乐。

他坐在座位上突然想到，这也许曾经对临终的父亲很重要，

---

① 德国作曲家瓦格纳创作的一部三幕浪漫主义歌剧。——译者注

当他知道死亡将至，这种上升、变化的、令人震撼的声音，意味着超越尘世的力量，它打开了通往另一个界域的门。彼处灵魂长存，在抵受死亡的绝对威严后，或可得到安息。

他想起父亲的遗体被摆放得如同展品，身着正装，犹如一个准备视察的沉睡的公众人物。议员躺在那里，冰冷，安详，嘴角下弯，嘴唇紧抿，他的脸随着光线变化而变化，双手褪去了一切颜色。他记得人们看到他母亲掩着脸从棺材旁走开时，都露出不悦的神色。

托马斯朝廷佩博士家走去。母亲希望他专心学习，将他安排在老师家寄宿。明日他将再次面对卡塔林恩学校的苦差，他要写等式、学语法、背诗歌。一整天里他都会和别人一样，假装这一切是理所应当，命中注定。但他宁可去想可怕的教室，也不愿去想他自己的房间。他已经失去了在母亲、卢拉、卡拉和维克托搬去慕尼黑前他一直住着的房间。他心里明白，如果去想那份曾经的温暖和舒适，一定会伤感起来，于是他迫使自己把心思转到其他地方。

他会想女孩。他知道同学们努力装出勤奋好学的样子，时常是为了掩饰他们一直在想女孩。他们开的玩笑，说的不相干的话，总是充满羞涩、尴尬或刻意的自我标榜。有时他看到他们在街头推来搡去，三两成群边走边哄然大笑，他看出了潜藏的精力。

虽然上课无聊，但是当下午渐渐过去时，空气中总有一种急切的期待，他们很快就能一起出去了。他明白，他的同学并不会在回家路上遇到谁，他们兴奋是因为可能会在街头看到一个年轻女子，或是透过窗子看到一个女孩。

音乐会之后，他距离自己的目标更近了。此刻走在街头，他也会想到路边这些房子的楼上房间里，有个女孩可能正要上床睡觉，她解开罩衫，抬起胳膊脱下衬衫，或者弯腰脱掉下面的衣物。

他抬头看到某个没拉窗帘的窗口灯光闪烁，便琢磨着那个房间中正在上演什么场景。他想象着一对夫妇进入那个空间，男人关上房门。他在心中勾勒那个脱衣服的女孩，她的白色内衣和柔软的肌肤。可当他想到如果自己是那个男人时，他打住了，他的思绪退缩了。他发现自己不愿继续想象刚才还活色生香的那一幕。

他心想，当他的同学们在想象这一幕时，一定也不确定出现在他们隐秘的梦中的是什么。

他会一直等到自己走进廷佩博士家顶楼后面的小卧室里，才开始构想自己的梦境。有时在关灯前，他会写一段诗的开头，或者往正在写的诗上再加一段。当他为崎岖的情爱历程搜寻恰当的比喻时，他并没有想到光影旖旎的房间里的女孩，也没有编织情侣间的亲昵。

他和一个同班男生产生了一种别样的亲密关系。这男生名叫阿尔明·马滕斯。他与托马斯同龄，十六岁，但看起来更小。他的父亲是一个磨坊主，认识托马斯的父亲，虽然马滕斯家远不如曾经的曼家那么声名煊赫。

当阿尔明发觉托马斯对他的兴趣时，并没有表现出惊讶。他开始和托马斯一起散步，并且特意不带上其他同学。托马斯对阿尔明的口才既欣赏又感到困扰，阿尔明能聊灵魂、爱情的本质、诗歌和音乐的永恒意义，但与其他同学聊起女孩或体育，同样侃侃而谈。

托马斯发现，阿尔明能与任何人相处得极为融洽，他的微笑温暖而坦荡，他的气息亲切而纯真。

当托马斯在一首诗中写到他想把头枕在他爱人的胸口，或者与爱人在渐深的暮色中走到一个只有他俩的妙境，当他说出欲与爱人神魂交缠的渴盼，他心目中的那个人，他渴望的那个对象，就是阿尔明・马滕斯。

他寻思着，阿尔明是否会给他某种暗示，是否会在某次散步时让话题从诗歌和音乐转向他们对彼此的感情。

渐渐地，他意识到他比阿尔明更在意这种散步。他醒来时知道应该控制自己的行为，允许阿尔明随意与他拉开距离。当他悲伤地思考他能从阿尔明那里得到的着实不多，他很可能被拒绝时，他的血液中涌起一股尖锐的痛苦，然后又有几分满足。

这些念头倏忽来去，犹如光线变化，又如寒气陡降。他无法轻松地掌控它们，也不能从中构思。当一天进入枯燥而寻常的尾声，它们就从他心里悄然离去。他在书桌前把自己的诗和德国文学巨匠的爱情诗抄在纸上。课堂上，如果老师在写板书，他就拿出一张纸来，偷偷地读上一首，并不时地瞄一眼阿尔明・马滕斯。阿尔明坐在他旁边的前一排，两人隔着狭窄的通道。

他寻思着如果他用这些诗来传达心意，给阿尔明看，他会如何反应。

有时他俩默默地走在一起，这种亲密感让托马斯很是受用。如果遇到认识的人，阿尔明便用一种友善而坚定的态度，表明不需要别人和他们一起散步。

在大多数日子里，特别是在他们刚开始散步时，托马斯总是让阿尔明引领他们的话题。他注意到他的同伴从不说同学和老师的坏话。他的世界观宽容大度。比如说，当提到托马斯恨得咬牙切齿的数学老师伊默塔尔先生，阿尔明只是一笑。

当托马斯想要谈诗和音乐时，他的朋友往往有更世俗的事要考虑，比如他的骑马课，或者某个正在玩的游戏。有一次托马斯把聊天转向了更崇高的主题，然而阿尔明谈话的方式并没有变，还是那么漫不经心。

正因为他天性自然，不偏不倚，对世界全盘接受，不紧张局促，也不自以为是，装腔作势，托马斯想要他成为自己的特殊朋友。

在这一年，托马斯注意到阿尔明有所变化，他个头长高，肩膀变宽，开始刮胡子了。他想，他的朋友已经变成半个男孩，半个男人。这让托马斯对他越发心神荡漾。深夜，他确定表白的时机已至，决定把新写的情诗给阿尔明看。诗中的那位心上人，一目了然就是阿尔明。

在这首诗的第一段，托马斯写了他的心上人对音乐侃侃而谈。第二段他写了他的心上人谈论诗歌。最后一段他写了他所爱的对象把音乐和诗歌的美都糅入他的嗓音和眼神中。

他们在一个冬日里散步，潮湿的风在树叶尽脱的林子里震颤着，呜咽着，他们按着帽子，低着头抵挡劲风。托马斯把新诗放在外套口袋里，他知道自己已经下定决心，但此刻不可能拿出来给朋友看。阿尔明正在说他回家后要做的趣事，他要从楼梯扶手上滑下去。他听着就像个小孩。托马斯心想还是把诗烧了的好。

在其他日子，特别是当吕贝克正在举办音乐会，或是托马斯把歌德的一首情诗拿给阿尔明看时，阿尔明会变得更严肃，更沉思。当托马斯试图描述他对《罗恩格林》序曲的感受时，阿尔明用好奇的目光端详着他，不时点头，让托马斯知道自己完全能够体会他描述的情感。他们一路走着，托马斯满足地想到他俩都在思考音乐的力量。他身边的同伴正是他梦寐以求的。

他写了一首诗，诗中的爱人与他的心上人一同默默地行走，心里想着同样的事，只有风的声音将他们分开，只有光秃秃的树枝提醒他们一切都不会长久，除了他们的爱。在最后一段，诗人请他的心上人与他永远生活在一起，以此抗拒时间，一同走向永恒。

托马斯知道，阿尔明经常被同学嘲笑他们的友谊。他被视为缺乏男人味，太自负，对诗歌太感兴趣，对家族在吕贝克的旧日地位太过自豪。他知道阿尔明对此只是一笑了之，不认为有任何理由不该把托马斯视为至交。显然阿尔明对他有真情。那么托马斯把那些诗给他看，或以其他方式对他表白，阿尔明应该不会感到惊讶？

一天在学校里，当老师背转身去时，阿尔明回头朝他一笑。

他的头发刚洗过，皮肤干净而有光泽，眼睛亮晶晶的。托马斯觉得他正在变得惊人美丽。他想阿尔明也许对他同样在意。他从未对别人这么笑过。

次日他们计划了一次散步。那天风很轻，阳光时有时无，他们朝码头溜达过去。阿尔明心情很好，兴奋地说着他和他父亲以前去汉堡的一次旅行。

他们往前走，一路避开马、马车和装木料的人。他们止住脚步，看到从一辆小马车上掉下来几块木料，赶车人不得不停下来请周围的人帮他把木料装回车上。赶车人越是恳求那些码头工人，他们越是辱骂他，他们说的方言让托马斯和阿尔明都笑了起来。

“我也想和他们这样说话。”阿尔明说。

有人上前帮助赶车人，但车上又掉下几块木料。阿尔明对这一幕越发入迷。他笑着，胳膊搂着托马斯的肩膀，随即又搂住他的腰。这些人把木料重新装起，可另一些又掉了下来，这引发了阵阵嘲笑。阿尔明抱住了托马斯。

“这就是我喜欢的吕贝克，”他说，“在汉堡一切都井然有序，都很现代，到处都是规矩。我永远都不想离开吕贝克。”

托马斯看着两个人小心翼翼地摆放木料，突然觉得他应该以某种方式回应阿尔明的拥抱。他想转身抱住他，但又觉得无法自然地做出这个动作。

他们朝一排旧仓房走去，接着转进一条小路，那里没有车辆，没有人迹。阿尔明说他们可以从这条路走到水滨，去看看港口有哪些船。

“我给你看点东西。”托马斯说。

他从大衣口袋拿出两首诗递给阿尔明，阿尔明默默地读了起来，神情十分专注，像是有什么词句令他感到费解。

“这是谁写的？”他问，他读完了那首把心上人比作音乐和诗歌的诗。

“我写的。”托马斯说。

阿尔明开始读第二首，他没有抬眼。

“这首也是你写的吗？”他问。

托马斯点头。

“还有别人知道吗？”

“没有。我只是写给你看。”

阿尔明没有回应。

“我是写给你的。”托马斯低声说道。他想伸手碰碰阿尔明的胳膊或肩膀，但他没有动。

阿尔明脸红了。他看着地面。托马斯有点担心阿尔明也许会认为他有不良企图，比如也许他接下来会建议他们偷偷溜进一间空仓房。他必须让阿尔明知道，他没多想。他想从阿尔明那里得到的并非是速战速决的肉体关系，而是几句温言软语，或是一个眼神，一个手势。他别无所求。

他看着阿尔明，发觉自己快哭了。阿尔明把两张纸翻过来，看看背后有没有内容。他又把两首诗读了一遍。

“我不觉得我像音乐和诗，”他说，“我就像我自己。有些人说我像我父亲。至于说和一个诗人永远在一起生活，我不知道。

我想我会住在我父亲的房子里，直到我买自己的房子。我们去看船吧。”

他把诗还给托马斯，嘲弄地在他胸口轻捶了一下。

“别让别人看到这些诗。我那些朋友已经对你有成见了，但这会毁了我的名声。”

“这些诗对你毫无意义吗？”

“我喜欢船更胜过喜欢诗，喜欢女孩更胜过喜欢船，你也应该这样。”

阿尔明大步朝前走了。当他回头看到托马斯手里还攥着那几张纸，他大笑起来。

“把那些东西收好，否则被人看到，就会把我们扔进水里的。”

在卡塔林恩中学的最后一年里，阿尔明·马滕斯和托马斯都变了。阿尔明失去了亲切感和孩子气，变得严肃起来。很快他会开始在父亲的磨坊里工作，会有自己的办公室。他已经显露出一种前程远大的神气。托马斯觉得，他并没有意识到自己的宿命是何等无趣，他只会把自己不着痕迹地融入吕贝克的商业生活。

在廷佩博士家顶楼的前屋里，住着他的儿子威尔利，他比托马斯大一岁。虽然他们早在学校里就认识，但托马斯一搬进他的新居，威尔利就把话说明白了，他不想和托马斯成为朋友。托马斯吃惊的是，威尔利对书和学习缺乏兴趣，而廷佩博士对此还有几分自豪。

“他喜欢户外活动和机器，”博士说，“如果我们都像他这样，也许这个世界会变得更好。也许读书已经过时了。”

用餐尚未结束，威尔利就从餐桌边起身离开，没有人表示反对。他已经比他的父亲个头更高，体重更重。廷佩博士似乎觉得这挺有趣。

“很快他就会使唤我了。现在我何必去使唤他呢？他对所有事都有自己的想法。他完全是个大人了。”

他看了一眼托马斯，似乎在说托马斯吃饭慢吞吞的，应该向他儿子学习。

在夜里，因为墙壁很薄，他能觉察到威尔利在隔壁房间的动静。他想象着他上床睡觉，躺在暖和的被子下面。当他想到他不会为威尔利写诗，不由得笑了，没人会为他写的。但也许他已经为这一刻写了够多的诗。无论如何，他总是想到威尔利就在隔壁房间，并时常因此而兴奋。

一天晚上，威尔利敲他房门，请他去他房间帮忙做拉丁语翻译。托马斯坐在床沿读那段文字时，吃惊地发现威尔利开始脱衣服了。他看到背对着他的威尔利快要全身赤裸，尴尬之下差点要说，明早再看拉丁语吧。但片刻后他才意识到，威尔利并不是对拉丁语感兴趣，他请自己来房间是别有目的。

很快，在前屋见面成为他们的日常。托马斯蹑手蹑脚走在吱嘎作响的木地板上，不敲门就打开威尔利的房门。灯还亮着。威尔利穿着衣服躺在单人床上。

一天傍晚，托马斯去看望伊丽莎白姑妈后回来，他和往常一样悄无声息地上楼，轻轻地一步步上楼梯。在楼梯平台上，他看到威尔利的灯还亮着。他在自己房间里脱下大衣，坐在床沿上。有时他等着威尔利来找他，这种感觉更为兴奋。

他侧耳倾听。在一片寂静中，他知道哪怕一丁点儿声音都会被楼下其他的廷佩家人听到。

威尔利走进托马斯的房间时，装出一副随意的样子，他走到窗口，把窗帘拉开一条缝，仿佛他来此仅仅为了眺望虚空的夜色。他转过身，脸上半是犹豫，半是松快。他走到托马斯面前，摸了摸他的脸，然后笑了笑，看着托马斯，托马斯也回视着他。

在威尔利的示意下，托马斯脱下鞋子，跟着同伴去他的前屋。威尔利在他们身后关上门，指了指窗，又在唇边竖起手指。托马斯走到房间那头，躺在床上，双手枕在脑后。威尔利背过身开始脱衣。

这是他们夜里在其他人入睡后举行的仪式。威尔利先脱下外套，挂在单人椅椅背上。他的举动像是他独自一人在屋里。他解开裤子，脱下，放在椅子上。托马斯从床上注视着他结实光滑的腿。他知道威尔利脱下内裤后，就会弯腰脱袜子。这将是他回自己房间后还会停留在脑海中的一幕。为了看得更清楚，他抬起胳膊支起头。威尔利把袜子塞进鞋子，直起身，开始解衬衫纽扣。

很快他就会一丝不挂。他抬起手臂，双手放在脑后，模仿托马斯躺在床上的姿态。有一会儿，他没有改变姿势，也没有发出声音。托马斯仔细打量他的身体，但他知道自己不能下床，不能去拥抱威尔利。

一天夜里，当威尔利对着他勃起时，托马斯解开自己的衣服，走了过去。威尔利让他靠近些，这是他第一次触摸威尔利。当托马斯发现，他毫无预兆地高潮了，并发出几声短促猛烈的叫喊，他和威尔利一样吃了一惊。威尔利立刻低声要他离开，回自己房间，熄灯上床。

托马斯刚溜进走廊，就听到楼下的开门声，威尔利的父亲喊起来："你们俩还没睡吗？你们在干什么？"接着他听到楼梯上响起脚步声。

托马斯知道如果廷佩博士进入他的房间并触碰那盏灯，他就会从温度上判断出灯才刚熄灭。如果他掀开被子，就会看到托马斯衣服都没脱。如果他靠得足够近，就能从气味上猜出托马斯和他儿子刚才在干什么。

托马斯听到他打开威尔利的门，问他儿子刚才那是什么声音。他没听到威尔利的回答。他知道廷佩博士很快会来检查他的房间。他把脸朝向墙壁，一动不动，装出熟睡者的呼吸声。

他听到廷佩博士打开房门，他把呼吸控制得平缓，他觉得博士会来查探他其实醒着的迹象。廷佩博士一定知道刚才惊动他的是托马斯的声音，是托马斯发出了无法控制的声音。

他听到关门声后，还是一动不动，唯恐廷佩博士关门是为了引他出动。他可能还在屋里。

他等了好一会儿，竖起耳朵倾听最细微的声响，最后才下了床，在黑暗中慢慢地脱下衣服，换上睡衣。

早晨，他心想威尔利的父亲会不会说起昨夜他听到的喊声。但早餐时廷佩博士似乎心不在焉，他一语不发，一直在看报。托马斯来用早餐时，他都没有抬眼。

如今他的父亲已故世，商行不复存在，他又寄宿在别人家，学校中似乎无人注意他了。

他曾经以为与生俱来的权力和威望都已消逝。在他父亲过世前，他就像一个王子一般享受着殷实的家庭条件，沐浴在母亲丰富多彩的生活中。

在父亲死前，托马斯在学校中表现懒散，不专心学习，只是老师们私下讨论的话题，只到学期末发成绩单时，才会传出去。有些老师不遗余力地想要纠正他的惰性，另一些老师每天都把他拎出来训斥。所有人都让他的弦绷得紧紧的。

如今这条弦已经改变。此事已经没有意义，此人已不值得费心。老师们不再关心他是否理解某个公式，也不管他是否在偷看同桌的作业本。没人再要求他背诵一首诗，虽然他暗中开始对艾兴多夫、歌德和赫尔德的作品感兴趣。

他和威尔利·廷佩之间的事没有任何精神羁绊。他知道，他们在楼上房间里所做的事，以后威尔利并不会放在心上。他们断断续续的亲密接触，不仅是隐秘的，不可启齿的，也被裹上了一种漠然的态度。白天他们对彼此就是如此冷淡。在家中用餐后，或当星期天大家都有空时，威尔利和他并不会相约出门。

几乎不可能不公开嘲弄他的老师，包括以前他可以容忍的老师。对数学老师伊默塔尔，他极尽嘲讽之能事，并为之自豪。同学们对他的俏皮话乐不可支，开心地看着老师被羞辱。伊默塔尔先生向校长告状，校长致信他母亲，母亲给托马斯写信说，如果他父亲还在世，将会很不喜欢他冥顽不灵、不愿学习的态度。鉴于他父亲指定了两位监护人——克拉夫特·特塞多夫先生和赫尔曼·威廉·费林领事——来监管他的成长，如果她再次收到投诉，就不得不联系他们了。

托马斯发现班上有些学生开始对诗歌感兴趣。这些人以前大多安静腼腆，他几乎没有注意过他们。他们都并非出身吕贝克的显赫世家。

临近毕业时，这些男生满怀对随笔、小说和诗歌的热爱。他们喜欢舒伯特、勃拉姆斯更胜瓦格纳，这并没有令他失望，这意味着他可以自己独个儿欣赏瓦格纳。他们都想在他们创办的一本文学刊物上投稿，发表他们的诗歌。作为编辑的托马斯毫不费力地成为他们的导师。他们年龄相仿，但都仰视他。他对德国诗人作品的了解，对他们而言比他在课堂上的差劲表现重要多了。他觉得有几个人相貌英俊，但他知道不能为他们献诗。

托马斯的大多数同学都没有离开吕贝克的志向，但他很清楚，他毕业后就会离开。商行出售后，他已经没有容身之地。他经常在城市里散步，一路走到码头，或者在尼德雷厄咖啡店停下来买一些加了巴西糖的杏仁糖。他知道自己终究会怀念这些街道和咖啡馆，它们会一直鲜活在他的记忆中。当他感受到来自波罗的海的寒风，他知道这也很快会成为过去。

母亲和妹妹们都给他写信，但他总觉得她们在信中提到的事并不重要。她们的语气都太过正式。于是托马斯也用同样的语气给她们回信，说些无关痛痒的事，尤其不提他在学校的糟糕表现。他知道母亲收到了成绩单，但他觉得她不想提这事。

他是从伊丽莎白姑妈那里第一次听到母亲和他的监护人对他的考虑。他去看望她时，她讲了太多家族旧日的荣光，然后回顾了近期来各种店主、磨坊主、布商以及主妇们对她的轻慢，这些人原本地位都不及她。

“现在还有这事，”她悲伤地摇着头说，“还有这事。”

“什么事？”他问。

“他们想给你找个职员的工作。职员！我哥哥的儿子去当职员！”

“我看不会吧。”

“哎，你读书没指望了。他们放弃你了。别人喜欢在半路上拉住我，告诉我这个。没必要让你继续留在课堂了。所以当个书记员吧。你自己有更好的想法吗？”

“没人对我说过这事。”

“我觉得他们会等到一切都安排好后再说。”

托马斯给海因里希寄了几首诗，他的哥哥回信对其中几首表示欣赏。托马斯希望他能对某些诗句或意象做一番评论，但回信的最后一段让他愕然：“我听说你即将离开吕贝克，把课桌换成办公桌。只要有大地、水和空气的地方，就会有火。这对你一定是好消息。”

他回信问海因里希此言何意，海因里希没有回答。

一天他放学回家，发现他的两个监护人之一费林领事正板着脸在廷佩博士家的小客厅里等他。领事没有和他打招呼，也没有握手，托马斯一阵心慌，以为他发现了自己在楼上的夜间活动。

“已经联系过你母亲，一切都安排好了。我想你父亲也会满意的。我听说你的某些老师不会怀念你的。”

“安排了什么？”

“再过几星期，你就要在慕尼黑的斯皮内尔火险公司上班。这是一个很多年轻人都向往的职位。”

“怎么没人告诉我？”

“我正在告诉你。你不必再去教室了。你在收拾行李时，要确保廷佩博士不会抱怨你。你去慕尼黑之前也应该去探望你的姑母。”

领事安排好了他去慕尼黑的行程。他从未听母亲提起火险公司里的文员职位，便以为能说服她相信这个工作不适合他。在他收到的家书中，卢拉的一封信引起了他的兴趣。在一大堆无关紧要的闲话中，她不经意地提到海因里希每个月从母亲那里收到一笔不小的零用钱。

托马斯知道在父亲身后商行被变卖，换了一大笔钱，但他以为这笔资金会用在投资上，母亲只会使用其利息。他没想过这笔钱会给海因里希，或是给他和妹妹们。

但海因里希如今在慕尼黑和意大利各地旅居。他的第一本书出版了，卢拉告诉他，出版费是母亲资助的，他还在杂志上发表短篇小说。卢拉写道，她觉得是因为母亲同意资助海因里希，他就把所有时间都花在文学上，自从去意大利后，他开始多了一种慵懒感。

托马斯后悔没在之前和母亲的通信中说说他的中学期刊和他发表的诗。他应该对她强调，他多么热爱文学，他的作品多么被朋友们看重。那样也许他就能向她要每月零用，过上海因里希的生活。

他将自己写的所有东西，以及发表过的几首诗都整理在一个文件夹中。他一到慕尼黑，就会把它交给母亲。海因里希只会写小说，而他将让她看到，他是一个承袭了歌德和海涅传统的真正的诗人。他希望这能打动她。

他到了慕尼黑。他以为母亲在其他人都去睡觉后，会向他解释火险公司的工作是怎么回事，他为何会退学。可是第一天晚上，她说了很多事，却不提他来的原因。

他被她的样子惊呆了。她仍穿着黑衣，但衣服是年轻女性的款式。她的发型也年轻，留着刘海，用发插和发夹编成精致的盘发。她化了妆，涂了口红，自豪地告诉他，口红是从巴黎进口的。他去到她房间，看到一张桌上全都摆放着化妆品。她和已经长成漂亮大姑娘的卢拉，像同龄人一样讨论时尚。令托马斯惊愕的是，她们还讨论那些傍晚会来拜访的条件合格的男人，哪个可以成为她们的追求者。

第二天晚上，托马斯希望能与母亲讨论一些严肃的话题，但她和卢拉却聊着她们没去参加的一场聚会，说聚会上出现了最新流行的裙子长度。

“我觉得这个不会流行起来。”他母亲说。

“可是已经流行起来了，”卢拉说，“是我们落伍了。”

“我们要纠正。”

“怎么纠正？”

“跟上潮流。我从未做过，但如果你觉得我应该做，那我就做。在吕贝克，引领潮流的人可是我。”

托马斯决定自己出去散个步。慕尼黑的春季傍晚是暖和的。他欣然想到海因里希还留在意大利，这让他可以独自探索这座城市。街头有许多人在散步，咖啡馆外面也坐着人。他找了个地方坐下来，看着来往行人消磨时间。

日子一天天过去，他发觉自己并不怀念吕贝克。即使在盛夏，那里的风也总带着一丝寒意。如果你与别人目光交接，别人会转开视线。那里的习惯是无论春夏秋冬，都在傍晚六点到家，然后待在家里绝不出门。人们仿佛过着永恒的冬天。他们只有在去教堂的路上才露出喜色。教堂里的仪式冗长而枯燥，伴着布克斯特胡德作曲的管风琴的间歇起伏，更是乏味。他厌弃北方冷冰冰的新教和吕贝克对商贸的古板兴趣。在慕尼黑，牧师在街头就和警察一样普通，他们经常走来走去，好像没有特定的目的地。他想，这是一个松弛有趣的地方，他想好了和母亲说过后，就以自己的方式在这座城市里安顿下来。

虽然他之前也在母亲的公寓里住过，但看到从吕贝克搬来的家具摆放在这个新的局促的空间，他仍感意外，甚至连祖母家的几件都搬来了。母亲的大钢琴占据了几乎半个起居室。他发觉那些曾在吕贝克习以为常的桌椅、油画、大烛台，搁在这里与其余的家装格格不入，显得突兀，还有几分滑稽。

虽然他的母亲仍然强调自己的异质和独特，把公寓当成某个知名落难女贵族的避难所，但她还是被打败了。她经常告诉她的孩子们，她曾梦想名动慕尼黑，但没有成功。每晚都有聚会和宴会，但没人邀请她。

托马斯觉得，活力已从她身上消失，取而代之的是忧郁和易怒。以前在吕贝克，她周围的圈子在她眼中饶有趣味，让她兴致勃勃，但如今她满腹牢骚。她随时都会感到不悦，或是因为邮差没按时来，或是快递送包裹的时间是下午而不是上午，或是某个朋友觉得不适合邀请她进他们在歌剧院的聚会，或是有个孩子忤逆了她，这点对托马斯很不利。

托马斯在母亲公寓所在的施瓦宾区散步时，发现一个他从未注意过的世界。看起来像是艺术家或作家的年轻人，自信地漫步街头，高谈阔论。他心想这是不是新近才有的现象，为何他以前来时没有见到。在刚开不久的咖啡馆中，一群群人在深入交谈。他们只比他大几岁，却像来自另一个世界。他注意到一种奇怪的组合：他们衣服穿得随意，发型却老派。他们彼此问好和道别时，折射出一种旧世界的礼貌。但他们也可以笑得肆无忌惮，毫无愧色地露出被烟熏黄的牙齿。他们正在说笑，又忽而严肃起来。他们一会儿懒洋洋地朝后靠着，一会儿又坐直了，在烟雾缭绕的空气中伸出一根手指强调某个观点。

他想听听他们的谈话。他发现一些人是记者，还有一些人是评论家，或是大学职员。他在街头看到三两成群挟着文件夹的人。他想他们一定是艺术家，正在去教室或画室、美术馆。他们在举止言谈间仿佛表示，不仅这个城市，就连未来也即将完全属于他们。

在第一个星期的晚餐后，他总是出门散步，直到走累为止，然后悄悄回到公寓，尽量不吵醒其他人。他每晚决定回家时，就感到一种深重的凄凉。他独坐在咖啡馆里，与他艳羡的世界隔开了。他想海因里希是否认识这些人。如果他们看到他的诗，不会想邀他为伴。他们的神色语气愤世嫉俗，胸怀天下，他确定他们对简单的情诗只会嗤之以鼻。他对他们的话题也无所贡献。他会看起来太稚嫩，太天真，只是个中学生。但这并没有阻止他急切地想成为他们中的一员。

在母亲公寓里用餐时，聊的总是服装和绅士。如果他的父亲还在世，他相信餐桌谈话内容会更有意义，妹妹们说话也会受到严格的监督和管束。

一天傍晚，当她们眉飞色舞聊着新来的一批客人，他终于耐不住了。

“我不想见到这些绅士。他们听起来就像是银行职员。”

妹妹们并没有被他的观察逗乐。母亲直直地瞪着前方。

一天晚上，他上楼去房间，看到床上有一封抬头是“斯皮内尔”的信，通知他星期一上午去他们的慕尼黑办公室报到，他们将为他安排工作。一定是母亲把信放在那里的。日期只有五天了，他决定不再拖延，一定要和她谈谈。

次日下午，妹妹们去购物了，用人带着维克托去了公园，他听到母亲在弹肖邦。他带上装了他写的所有诗和几篇散文的文件夹，来到她房间，安静地坐下来听。

她弹完后，疲倦地站起来。

“我希望我们能有一套更大的公寓，或者一栋得体的独立住宅，”她说，“这里太局促了。”

“我喜欢慕尼黑。”托马斯说。

她转身对着钢琴，仿佛没有听到他说话。她翻看着乐谱，他拿着诗走到她面前。

“这是我写的，”他说，“有几首已经发表了。我的人生志向是当一个作家。”

他母亲粗粗浏览了这些纸。

“大多数我都看过。”她说。

“我想你没看过。”

“海因里希寄给我过。”

“海因里希？他从没告诉我。”

“或许这也不错。”

“什么意思？”

“他对它们的评价不高。”

“他写信给我说他很欣赏其中几首。”

“那是他客气。但他写给我的信完全不同。那封信我还收着。”

“他很鼓励我的。”

“是吗？”

“我能看看他写了什么吗？”

“我觉得那不好，不过你已经有工作了，星期一就要上班了。”

“我是个作家，我不想在办公室里上班。”

“我可以读给你听海因里希的某句评价，如果那能帮助你脚踏实地的话。”

她从钢琴边站起来，离开房间。她回来时，手里拿着一沓信。她坐到沙发上找那封信。

“找到了！两封信都在。在这封里，他说你是‘少年心性，性子可爱，被脱缰的感情带偏了方向’。在第二封里，他说你的诗‘女性化，无病呻吟’。但我自己喜欢其中几首，所以或许这话说得太苛刻了。也许他也喜欢某几首呢。但当我读到他的信时，我确实认为应该替你的将来做好安排。”

“我对海因里希的意见没有兴趣，”托马斯说，“他又不是诗歌评论家。”

“没错，但他的意见为我们指出了方向。”

托马斯垂眼看着地毯。

“于是我们联系了斯皮内尔先生，”她继续说，“他是你父亲的老朋友，在吕贝克开过一家很成功的火险公司。现在他在慕尼黑开的这家也差不多，非常体面。这是一家大公司，只要努力干，每个人都有机会得到提拔。我们没有告诉斯皮内尔先生你的在校成绩。他觉得你靠谱，因为你是你父亲的儿子。”

“海因里希有零用钱，”托马斯说，“你资助他出版了第一本书。”

“海因里希一心写作。他获得了不少赞誉。”

“我也会一心写作。”

“我也想鼓励你写作。但我从你的成绩单上看出，你各方面都天资平平。也许我不该给你看你哥哥对你诗的意见，但我想让你踏实一点。火险公司的这份工作能让你安定下来。我突然想起我们应该去裁缝店量量你的尺码，做几套合身的衣服，让斯皮内尔先生能对你有个好印象。其实你一来我们就该办这事了。”

“我不想去火险公司工作。”

“恐怕大权在握的监护人已经下定决心了。这都是我的错。你看，我对你太纵容了。我拿到成绩单时，不知该怎么办，于是什么都没做。但后来监护人看到了，于是事情脱出我的掌控。如果不是因为这些诗，我本可以拒绝他们。”

他母亲走到小房间那头，再次坐到钢琴前。他望着她那优雅的脖颈、窄窄的肩膀、纤细的腰肢。她才四十三岁。以前她总是对他和和气气，她旁骛过多，不太注意他，或不怎么为他生气。刚才她发号施令的语气，正是她从前深恶痛绝的。她以前还模仿、嘲弄他的监护人和他父亲。要让她回到以前并不太难，但在那一刻他不知该怎么做。他也不敢相信，他把自己写诗的志向告诉海因里希，而海因里希竟然背叛了他，把他的诗批评得一无是处。

他母亲又弹起了肖邦，琴声中灌注了越来越多的力量，他庆幸自己看不到她的脸，更庆幸母亲也看不到他的脸，他开始对她和哥哥寒了心。

第三章

慕尼黑，一八九三年

他开始在斯皮内尔公司上班，每天都忐忑不安。他们给他的工作很机械，就是把一本账册上的账目抄到另一本上，为的是能在总公司留一本备份。

他们认为他能胜任这份工作，告诉他钢笔的替换笔头、墨水和吸墨纸在哪后，就让他自己去干了。他在高桌子上伏案工作，办公室里几个年长的员工经过时和他打招呼。他们看到一个上等家庭出身的年轻人来火险业谋生，似乎感到欣慰。其中最友好的是许纳曼先生。

“你很快会升职的，”他说，“我看得出来，你是个很有潜力的年轻人。你能来这儿工作是我们的幸运。”

没有人来检查他的进度。他把两本账册都摊开放着，确保自己看起来像是在专心工作。他确实抄了一些，但一天比一天抄得少。如果他写诗，也许就会在凝神深思中把眉头拧得太紧，或者低声哼出节奏，所以他写小说。他安静地写着，他想要编织的梦想生活令他愉快，很快他就有了好心情，并一直持续到傍晚，他母亲开始相信是办公室的刻板工作令他受益，他也许会在火险业有远大前程。

打破规矩，反抗老板和监护人，这让他感到满足。他不再害怕去上班。但有些晚上公寓里很闷热，那几个小时很难熬，他无法伏案写作。

他知道母亲不欣赏他在慕尼黑街头散步，或独自去咖啡馆。如果他是在酗酒，或是与不合适的人交往，那么或许还说得通些。

“可你出门是去见谁呢？”她问他。

“一个都不见。每个都见。”

“海因里希在这里时，总是和我们待在一块儿。”

“他是完美的儿子。”

“可你为何要出门几小时？”

他笑了笑。

“没有原因。”

托马斯怯懦，内向，无法像海因里希那样自信地向母亲展示自我。在夜里，他想到他很快会在斯皮内尔公司被发现，除非他加紧抄写账册。但他继续写作，愉快地想到他有充足的纸和其他物品，如果他需要，他可以花一整天来重写一个场景。当小说被杂志录用后，他暗自欣喜，没告诉任何人。他希望小说发表后不会被人注意。

许纳曼先生总是用一种专注的眼神看着他，然后转开视线，像是抓到了他正在违反纪律。他铅灰色的头发如同一根根小钢针扎在他头上。他的脸型狭长，眼睛是深蓝色。托马斯发觉此人令他不安，但他也发觉，与此人对视并迫使对方垂下视线，会让他有种奇怪的力量感。过了一段时间，他知道这些不经意的相遇和对视，是许纳曼先生一天的重要时刻。

一天上午，刚上班不久，许纳曼先生走到他桌前。

“每个人都想知道你了不起的工作进展如何，”他用一种低沉而私密的声音说道，“我知道总部快要来检查了，所以我先来看看。而你这个小顽皮在偷懒。而且比偷懒更糟。我在账册下面找到了你写的很多页东西。不管那是什么，都不是公司让你干的事。如果你只是效率低，我们都能理解。”

他搓了搓手，挨近了托马斯。

“也许这搞错了，”他接着说，“也许抄到了另一本账册上，而那本账册没放在桌上。是不是这样呢？小曼先生对此有何解释？”

“你想怎样？”托马斯问他。

许纳曼先生笑了。

有一瞬间，托马斯以为此人是想帮助自己，想彼此心照不宣地分享他的偷懒。但接着他看到同事沉下脸，收紧下巴。

“我想举报你，我的孩子，”许纳曼先生低声说，“你怎么说呢？”

托马斯把双手枕在脑后，笑了笑。

“你何不现在就去举报呢？”

托马斯回到家，看到海因里希的行李箱在门厅，海因里希正和母亲在客厅里。

“是公司让我回来的。”母亲问他为何不在斯皮内尔公司，他如是回答。

“你病了吗？”

“不，是我被举报了。我没在工作，而是在写小说。这是我从

《辛普利西西姆斯》杂志[1]的主编阿尔贝特·朗根那里收到的信，他录用了我最新的一篇小说。相比火险业的整个未来，我更在乎他的意见。”

海因里希表示他想看看这封信。

“阿尔贝特·朗根很有名望，”他边读信边说，“大多数年轻作家，还有很多老作家，想要收到这样一封信都得呕心沥血才行。不过这给不了你不工作的理由。”

“你成了我的监护人吗？”托马斯问。

“显然你需要一个监护人，”他母亲说，“谁允许你从公司回家的？”

“我不会再回去了，”托马斯说，“我打算写更多的短篇和一部长篇。如果海因里希要去意大利，我要和他一起去。”

“你的监护人会怎么想？”

“他们对我的控制即将结束。”

“你拿什么赚钱？”

托马斯把双手枕在脑后，正如他对许纳曼先生做的那样，然后对母亲露出笑容。

“我会求你。”

在一星期的冷战、哄劝之后，他终于把海因里希争取过来。

---

① 德国的讽刺性周刊，由阿尔贝特·朗根创办于1896年。杂志名取自格里梅尔斯豪森1668年的小说《辛普利西西姆斯历险记》。

“我该怎么向监护人解释?”他母亲问，“斯皮内尔公司也许已经有人通风报信了。”

“告诉他们我得了肺结核。”托马斯说。

“别给监护人回信。”海因里希加了一句。

“你俩好像都不明白似的，如果我不向他们汇报，他们可以停发我的津贴。”

“那就说病了，”海因里希说，“病了，需要意大利的空气。”

她摇摇头。

“我不想拿生病来开玩笑，”她说，“我认为你应该回去道歉，好好工作。”

“我不会回去的。”托马斯说。

他心知母亲其实已经接受了他不会回斯皮内尔公司了。他和海因里希商量着如何劝服母亲给他一笔零花钱。最后他对母亲的恳求无效，便转而求他的两个妹妹。

“我干这种下等工作，对家里没什么好处。”

“那么你要做什么呢?”卢拉问。

“我要和海因里希一样写书。”

“我认识的人都不读书。”卢拉说。

“如果你帮我，我就在你和母亲吵架时帮你。”

“你也会帮我吗?”卡拉问。

“你们俩我都会帮。”

她们对母亲说，有两个作家哥哥将有助于她们在慕尼黑交游。她们会被邀请去更多的地方，更受人关注。

茱莉娅终于对他说，她认为他最好去意大利。她给监护人写了一封正式信函，通知他们这是在听取专家意见后，出于健康原因才这么做的。她的语气坚决而强硬。

“我唯一担心的是，我听说意大利人喜欢夜晚上街。我们已经受够了这个。至今我仍无法想象你在街上干什么。我得让海因里希保证你早早睡觉。”

他们在制订南行计划时，海因里希告诉托马斯，他为了弟弟的事，向母亲说了多少好话。他说他告诉母亲，自己很欣赏托马斯的诗。托马斯只道了声谢。

他喜欢与一个他无法完全信任的人一起旅行。这将激励他越发守口如瓶，不分享任何秘密。他们可以讨论文学甚至政治，也许还有音乐，但他始终明白海因里希和母亲对他的权力。托马斯会一直提防着不让兄长找到任何能在将来对付他的把柄。他不想再回到火险公司。

他们先去了那不勒斯，一看到德国人就避开，然后搭着邮递马车继续旅行，去往罗马东部萨宾山的帕莱斯特里纳。那个城市坐落于山谷之上，道路两旁都是桑葚树、橄榄树和葡萄藤架，耕地被石头墙分隔成小块私田。他们在海因里希曾住过的贝纳第尼之家安顿下来。那是一栋位于斜巷里的沉静而结实的大宅子。

他们各有一间卧室，共享一个起居室。起居室背阴，有石铺地板、藤编椅子和马鬃沙发，还有两张桌子，他们可以像隐修士或勤恳的职员那样，背对背地伏案写作。

宅子的女房东，大家都叫她内拉，她掌管楼上一层，大厨房是她的总指挥室。她对兄弟俩说，在他们之前这里住过一个俄国贵族，他遇见了游魂。

“我很高兴，”她说，“他把游魂带走了。帕莱斯特里纳有自己的鬼魂，我们不需要外来的游魂。”

在那不勒斯，托马斯几乎没能睡觉。因为他的房间太热，也因为他白天在城市里逛街遇到了令他震撼的事。一天上午，一个年轻人尾随上了他和他哥哥，他知道他们穿着太讲究，太正式，在人群中很显眼。年轻人先用英语招呼他们，然后欺近了改说德语。他想给他们介绍姑娘。兄弟俩没理他，想要避开他，但他越发凑到跟前，拉住托马斯的胳膊，低声说他有姑娘，但有的不只是姑娘。他说得神秘兮兮，仿佛在暗示什么。这句“有的不只是姑娘”，显然他以前也说过。

他俩好不容易在拥挤的街道上脱身，海因里希碰了碰托马斯。

“这种事最好在天黑后，最好是找单身的。那人是在耍我们。白天才不会做这种事。”

海因里希随口说出这番话，像是见惯不惊，但托马斯不确定他是否只是逞强。他看着小巷里破旧的楼房，思忖那里有没有位于暗处的、有人把守的房间，在某些房子里是否正在进行交易。当托马斯琢磨着那些脸，包括许多洋溢着活力和美的年轻面孔，他寻思他们，或是像他们这样的年轻人，晚上会不会有空。

他想象着自己悄悄经过海因里希的房门，独自出去了。他勾勒出夜色中的街道、垃圾、臭味、流浪狗、门窗里传来的人声，也许还有守在角落里的人。他想象着自己如何与其中一个人以他期待的方式发生亲密关系。

“你看起来心事重重。”海因里希说道，这时他们走进了一个一侧有教堂的大广场。

“这里的气味对我来说很新鲜，”托马斯回道，“我在思考怎么形容它们。”

他们在那不勒斯经历的氛围，填满了托马斯清醒的时间，也进入他的睡梦。甚至当他在帕莱斯特里纳写新的小说，听到海因里希在另一张桌上运笔书写的声音时，某个夜晚在那不勒斯也许会发生的事，总是令他振奋。他想象着自己被一盏昏黄的灯引入一间屋子，那里的家具破破烂烂，地上铺着老旧的地毯。然后一个端庄的、穿西装打领带的年轻人开了门，又在他身后轻轻关上。他有乌黑发亮的头发、漆黑的眼睛，他脸上的表情目的明确。年轻人一言不发，他都不看托马斯一眼就直接开始脱衣。

他为了驱走这些念头，和自己定下规矩，只有写完一个小说章节，才能让心思折回到那屋里的事。他又开始写了，他意识到内心澎湃的感受已经潜入了他正在构思的这个场景。当海因里希的笔沉默下来时，他觉得自己应该继续写下去，免得房间里一片死寂。他写完这一场景，悄无声息地从椅子上起身，他走过房间时，看到海因里希偷偷摸摸地把几页纸塞到笔记本下面。

后来海因里希出门散步时，托马斯拿起笔记本，看到下面压的四五张纸上画满巨乳的裸女。在一些画上他还画了胳膊和腿，甚至是手和脚。少数几幅画上的女人手拿香烟或酒。所有画上的乳房都巨大赤裸，还精心描绘了乳尖。

他想，这可真怪，他俩每天都在写小说，但心里想着别的事，并从这些事中汲取力量，滋养想象力。他心想他的父亲在签合同、去银行、寻找投资伙伴时，是否一直想着能让他呼吸加快的私事。

当海因里希出门散步时，托马斯常有冲动想与他同去，但他心知哥哥对独处的需求犹在自己之上，或说在哥哥的意识中，两个年轻的单身兄弟一起出门散步这事显得更不寻常。

他们的女房东有两个这样的兄弟，两人住在一起，都体弱多病。有时傍晚他们过来在厨房里坐坐，或在星期天弥撒后出现。托马斯感觉，即便在熟悉的环境中，他们都看起来很古怪。他们既没有结婚，也不是单身。他们都有点不喜欢对方。其中一个当过律师，他退休的原因是个谜团。他兄弟时常提及此事，但一开口就被他的房东姐姐制止。另一个很迷信，但他的律师兄弟不赞同他的想法。这个迷信的兄弟煞有其事地告诉托马斯和海因里希，说当一个男人去见牧师时，应该把右手放在自己睾丸上，但律师兄弟说没有这种规定。

"事实上，"他说，"有一条规定是不要做这种事。还有一条规定要人保持理智。所以我们都有头脑。"

托马斯心想，他和海因里希是不是这对兄弟的弱化版。他想，等他们人到中年，这种相似性会越发明显。他认为他们现在待在一起，是因为若是向母亲要钱，两人一起开口，谈谈旅游见闻，聊聊他们的作品，事情会容易很多。

唯有一次在意大利旅居时，曼家兄弟吵过一架。起头是海因里希陈述了一个托马斯闻所未闻的观点：他认为德国统一是一个错误，唯一的结果是让普鲁士人继续统治。

“他们夺取了控制权，”他说，“一切假借发展为名。”

对托马斯而言，发生在海因里希出生那年，以及在他自己出生前四年的德国统一事件，是早有定论的，无人能争议其价值。它逐渐演变为一项工程，其意义早已彰显。德国是一个国家。德国人说一种语言。

“你认为巴伐利亚和吕贝克是这个国家的一部分吗？”海因里希问。

“是的。”

“德国——如果我能使用这个词——它包含了两种彼此对立的要素。一种是对一切都情绪化，包括语言、人民、民间传说、森林、古代，这是十分荒谬的。另一种是关于金钱、掌控、权力。它使用梦幻的语言来遮盖赤裸裸的贪欲和野心。普鲁士人的贪欲。普鲁士人的赤裸裸的野心。它的结局会很糟糕。”

“意大利统一的结局也会很糟糕吗？”

“不，只有德国才是。普鲁士人的霸权是通过打胜仗得来的，它掌握在军队手中。意大利军队就是个笑话。你试着嘲笑一下普鲁士军队看看。”

“德国是一个伟大的现代国家。”

“你说什么胡话。你经常胡说一气。你听到什么就信什么。你是一个渴望失恋的年轻诗人。但你生活在一个对扩张、霸权感兴趣的国家。你得学会思考。你只有学会思考，才能成为一个小说家。托尔斯泰能够思考，巴尔扎克也能。很不幸，你不能思考。”

托马斯起身离开房间。之后几天他一直想展开一场争论，证明海因里希是错的。但他突然醒悟到，海因里希是故意吵架的，这番话并非他的本意。也许他只是为了争吵而争吵。他从未听哥哥说过这种话。

俯瞰镇子的巴贝里尼宫，是一个庞大而丑陋的建筑物。托马斯没有告诉海因里希，他悄悄出门去参观导游书上提到的公元前二世纪的尼罗河镶嵌画。当托马斯出现时，门口那个女人表示惊讶，她怏怏不乐地告诉他关门的时间。她给他指明镶嵌画的位置，守在那里的是一个穿着破旧制服，漫不经心的年轻人。

令托马斯着迷的是镶嵌画的晦暗感，那一定是在时光中褪了色，灰色和稀薄的蓝色成为主调，石板和泥土的颜色成为主宰。

尼罗河上清澈的光线让他想起吕贝克的码头，被风吹远的云，他父亲告诉他，他可以从一个系缆桩跑到下一个，但不要被缆绳绊住脚，也不要离水太近。

他的父亲和一个职员在一起，讨论着船、货物、日程。雨滴落下来时，两人望向天空，伸手试了试是否会下大雨。

接着他想到了什么。他看到了他正在构思的小说的全貌。在这部书中，他将把自己重塑为一个独生子，把母亲写成一个娇美的、爱好音乐的德国女继承人。把伊丽莎白姑妈写成喜怒无常的女主角。男主角不是一个人，而是家族商行本身。吕贝克的重商氛围将成为小说背景，但商行会衰败，正如家里的独生子会夭折。

如同镶嵌画的艺术家曾构想出一个云影水光中的流动世界，

他也要重建吕贝克。他要进入父亲的灵魂，还有母亲的、祖母的、姑妈的灵魂。他会看到所有这些人，刻画出他们命运的衰微。

他们回到慕尼黑后，托马斯开始创作《布登勃洛克一家》。他与海因里希日常见面，但没告诉他这个长篇计划，只让他看已经写完的、即将结集出版的短篇。但当他想要专心写作时，却发现慕尼黑令他分心。他散步过多，读报、看文学杂志过多，起床太晚。他需要待在一个能把一生奉献给小说的地方，而且在那里，他不会一开始就忍不住把内容告诉别人。

他去了罗马，开始认真地写这部书。他在城中无人认识，这给了他自由。一定有文艺青年聚集之地，但他不想知道。他把小房间里的桌子搬到窗口。他给自己定下规矩，每写一小时，就可以躺在小床上休息十分钟。他每天一起床就写作。

他记忆中的吕贝克以形形色色的画面出现，几乎都是些碎片。像是有什么东西粉碎了，而他的脑海中只留住了碎屑。然而当他开启每个场景，他便创造出一个连续、完整的世界。这让他觉得他能挽救已经结束的一切。吕贝克曼家的生活即将被遗忘，但只要这部越写越长，超过了以往所有计划的书能获得成功，布登勃洛克家的生活将在未来为人瞩目。

等到回慕尼黑，他已完成书的前几章。

自从海因里希和托马斯发表作品后，只要他们愿意，就能在慕尼黑任何一家文艺咖啡馆里和同行们坐在一起。当他们从一家咖啡馆走到另一家，总能被人认出，甚至有人特地来找他们。渐渐地，托马斯发现自己坐的桌子、身边围绕的人，正是在一年前他远远观望着的那些。

不久他在一家杂志社找了份兼职，这让他租下了一套属于自己的小公寓。他经常写作到深夜。当他将满二十三岁，小说的进度将近一半时，在一个寻常的傍晚，他坐到一桌子人中间，那里有两个他不认识的年轻人。他对他们感兴趣是因为这对兄弟并不对彼此的存在感到不安。他们像朋友或同行似的热情交谈。他们是保罗·埃伦贝格和他的弟弟卡尔，两人都是音乐家，卡尔在科隆读书，保罗还在慕尼黑学画。

他俩自然地切换某种方言的样子，让托马斯觉得有趣。他们凡事都率性而为。他们在德累斯顿长大，彼此间说话模仿古时候的城里人，或者模仿从周边农村进城，赶着猪，运着一马车货的农民。他试着想象自己和海因里希模仿吕贝克人会是什么样，但他不认为海因里希会觉得这有趣。

他与保罗熟识后，犯了一个错误，他把保罗引见给他的家人，但发现保罗对他妹妹卢拉动了心，而他母亲希望保罗常来。

有时托马斯和保罗能聊得很坦诚，他们都认为男人的性是复杂的，过程可以很曲折。他们心照不宣地分享某些感受。因此当他们说到要避开随便的女人或站街女，并表示他们对上流社会的淑女感兴趣时，托马斯明白，上流社会的淑女并不易得，这是对其他事物的一种指代。

他们开始在文艺圈朋友不太去的咖啡馆里单独见面，特意坐在后面的桌子，而不是坐在前面的窗口。他们觉得不必非说话不可。他们可以望着远处，思考未说出口的想法，然后目光交接，并让这种凝视停留片刻。

托马斯把自己正在写的小说只告诉了保罗。起初他玩笑般地告诉保罗，他已经写了多少页，结尾还遥遥无期。

“没人会读，”他说，“没人会出版。”

“为何不写短些呢？”保罗问。

“每个场景都是必要的。这是一个衰亡的故事。为了突出这点，我必须写这家人最得势的时候。”

他尽量不让自己在这部书上显得过于认真，他仅仅扮演一个在阁楼里写书的、自我陶醉的作家，而此书好高骛远，远非严谨。他明白保罗知道他是认真的，但当他还想接着聊写作进展时，保罗也觉得无甚趣味。

一天傍晚，保罗显然不知该对他披露自己的小说进度作何回应。

“今天我在书里杀了自己，”托马斯说，“昨晚就开始写了，我回头会再读一遍，改一改，但基本已定局。细节部分我是从一本医学教科书里查的。”

“别人会知道那是你吗？”

“是的。我就是那个男孩汉诺，他死于伤寒。”

“你为何杀死他？”

“这个家庭无法继续了，他是最后一个。”

“没有人活下来吗？”

“就剩他母亲。”

保罗沉默下去，似乎有些不安。托马斯意识到他很快会厌倦这个话题。

“我喜欢上了他，”他接着说，“他的纤敏，他演奏音乐的样子，他的孤独，他的痛苦。他的所有这些要素我都知道，因为那都是我的要素。我对他有种奇怪的控制欲，不想让他活下去，好像我能用这种方法预见自己的死亡，一句一句地朝它走去，仿佛体验着什么生理快感。”

“生理快感？”

“这是我写作时的感觉。”

自从保罗明白这种见面对写作进入尾声的托马斯而言是多么重要，他便开始戏弄他，忽而临时改变计划，忽而去托马斯的公寓投一张便条说约会取消。保罗是拥有掌控权的那个人。有时他将托马斯拉得很近，但随即又毫无预兆地放松了这根绳子。

一天托马斯得知，这部小说将分成两卷出版，他需要找到保罗告知这一消息。他先去保罗家投了便条，然后去了保罗的工作室。他找了多家咖啡馆，但时间还太早。终于在晚餐后，他找到了保罗。他正坐在一群画家同行中间。托马斯也坐下来想和他说话，但保罗没理他，只和其他人一起哈哈大笑，嘲弄某个在课上讲光影的教授。

“要画阴影，你得混合灰色、棕色然后再加点蓝色，”保罗模仿老人的语气说道，“但要混合得当。混合不好，画出的阴影就不对。”

谈话还在继续，托马斯朝隔着两个座位的保罗转过身去。

“我的小说被录用了。”他说。

保罗淡淡一笑，然后转向另一侧的那个年轻人。接下来一小时，托马斯试图得到他全部的注意力，但保罗不是在模仿别人，就是在讲同行的笑话。他甚至还模仿了一个农民把土地卖给另一个农民。他没有与托马斯对视。托马斯终于决定离开，他想着保罗会跟他出来。但他发现自己在街头孤身一人，独自朝公寓走去。

小说出版后，对一些人来说他的成就无可置疑。但吕贝克有传言说，这是对这城市的羞辱。他的伊丽莎白姑妈给他的母亲写了一封语气生硬的短信，说她不喜欢这本书。

“我在街上被人认出，但别人认的不是我，而是书里那个可怕的女人。他写这一切没有得到任何人的允许。如果我母亲还在世，她会活活气死。你的儿子就是个自以为是的傻小子。”

托马斯没有从住在柏林的海因里希那里听到只字半语，他甚至以为他的信被寄丢了。他母亲把《布登勃洛克一家》拿给所有的客人看，一个劲说喜欢儿子给她画的肖像。

“我在书里很喜欢音乐。当然咯，我是喜欢音乐，但书里的我比真实的我更有天分，更勤奋努力。我要好好练琴，争取和克罗格弹得一样好。但我觉得自己比她更有才智，总之别人是这么告诉我的。”

在咖啡馆里，有几个作家和画家认为，慕尼黑最不需要的就是再出一部关于衰落家族的两卷本长篇小说。托马斯对公开赞扬这部小说的保罗抱怨说，假如他写的是一本短小的关于他自身灵魂黑暗面的费解的诗集，那么他会得到更多的赞誉。

他的妹妹们想知道为何她们没有被写进去。

“别人会以为我们不存在。”卡拉说。

“我希望没人会把我们跟那个鬼一样的小汉诺联系起来，”卢拉也说，“母亲说他和那个年纪的你一模一样。”

托马斯知道，虽然这部书是以吕贝克曼家为原型，有些素材却来自他自身之外，超出他的控制。这如同某种魔法般的东西，不会再次轻易到来。他得到的赞誉也令他意识到，这部书的成功在很大程度上掩盖了他在其他领域的失败。

他仍然守着秘密。事实上，他从未告诉保罗，他想从他那里得到的是什么。可当他在慕尼黑越住越久，他渐渐确信，他俩的关系应该改变。只要保罗来找他，在如此的冬夜，只需要一小时，也许两小时，他们之间的一切就会不同。

一天傍晚，他一阵难耐，失去了以往自我保护的戒心，他提笔致信保罗，说他渴望有一个人对他说“是”。信寄出后，他情绪高涨，但这没能持续多久。当他们再见面时，保罗没有提到这封信。他只是朝他笑笑，碰了碰他的手，和他聊绘画和音乐。傍晚快过去时，他用胳膊揽着他，把他拉近，低声说了几句亲热话，好似他们已经是情侣。托马斯心想自己是否被嘲弄了。

在晨光中，他自问想从保罗那里得到什么。他想要的是一夜缠绵，彼此毫无保留？当他想到要与另一个男人睡在一起，在他的怀抱中醒来，感到他们的腿贴在一起，他就在这个画面前退缩了。

其实他想要保罗出现在他书房的灯光下。他想要抚摸他的手、他的唇，想要他帮自己脱衣。

他最想要的是在那之前，确信此事将会发生之时，贪欲涌动的一刻。

托马斯等着海因里希来慕尼黑。起初他决定不去问母亲是否收到兄长关于书的来信。待到决心耗尽时，他后悔了。

“我收到了海因里希的几封信，”他母亲说，“他好像很忙，完全没提到这部书。他很快就来了，到时我们会听到他的意见。”

海因里希来后，一家人一起用晚餐，当时托马斯以为他会等到其他人都去睡觉后，与他谈论小说。后来海因里希和卡拉在起居室里聊天，他差点想提起这话题，但他俩言谈亲密，令他无法插话。最终托马斯走开了，他离开家人，走到街上，感觉松了口气。

他开始接受这个想法——海因里希并不打算对《布登勃洛克一家》做任何评论。但在一个星期天上午，他去公寓时发现海因里希独自在那儿，其他人都去了教堂。他俩聊了一会儿各家杂志编辑的习惯后，都沉默下来。海因里希开始翻看一本杂志。

“我想你从未收到我的书。”托马斯说。

“我读过了，还会再读一遍。也许等我读完第二遍，我们可以聊一聊它?”

“也许不聊?”

“它改变了家庭的一切，别人会如何看待我们的父母，如何看待你。无论我们去到哪里，别人都会觉得了解我们。”

“你不想写一部这样的书吗？”

“我认为小说不应该耽溺于私生活。”

“《包法利夫人》呢？”

“我觉得那部书是关于道德观改变、社会变迁。”

“那么我的书呢？”

“可能也是关于这个。是的，可能。但读者更会觉得是在透过窗子偷窥。”

“这也许是对小说最完美的说法。”

“在这个意义上，你写了一部杰作。你已经名扬天下，对此我不感到诧异。”

小说印了第二版，于是托马斯有更多的钱可花。因为卡拉越来越想当演员，托马斯经常买话剧和歌剧的票。一天傍晚，他们坐在歌剧院里一个包厢的前排时，她指给他看刚进对面包厢的叽叽喳喳的一家人。

“他们就是那张图片里的孩子，”她说，“看看他们！”

托马斯不明其意。

“他们曾经化装成皮埃罗①，”她说，“就在那本杂志上，你曾把图片剪下来钉在你吕贝克房间的墙上。他们是普林斯海姆家

① 皮埃罗是意大利17世纪晚期兴起的一种即兴剧中的固定角色，是一个总是求爱而不得的悲伤的小丑型人物。在后世的肖像画中，皮埃罗的主题甚为流行。

的人。没人能被邀请去他们家。你想被邀请，就得先成为古斯塔夫·马勒。”

他想起了那张图片，那是印在母亲带回家的一本杂志上的，照片上有几个孩子，其中只有一个女孩。他记得他们黑色的头发，女孩炯炯有神的大眼睛，还有她哥哥们的恬静美丽。他记得最清楚的，是这些年轻人的神采，是他们目光穿透照片的那种青春的张扬肆意和少年的无忧无虑。他从未在吕贝克见过这等人，除了他母亲。

当他父亲还在世时，他母亲时常说她想去慕尼黑领略其轻松不羁的风气，他就把这张图片钉在墙上，作为对她的支持。这是他想在长大后能够结识的那种人，但更重要的是，这是他想成为的那种人。

普林斯海姆一家人在包厢里安定下来，他注意着他们。兄妹俩坐在前排，父母坐在后排，这可不同寻常。女孩给人的印象是矜贵，内敛，带着几分忧愁。她哥哥对她小声说了些什么，她没有回应。她的头发剪得相当短。她比照片中的模样长大了许多，但仍不脱稚气。她哥哥再次对她耳语，并且笑了起来，她摇摇头像是表示她不觉得好笑。她回头去看父母，似乎满腹心事。灯光暗下来了，托马斯心里期待着第一次幕间休息，想再好好看看她。

“他们非常有钱，”卡拉说，“父亲是教授，但他们还有其他进账。”

“他们是犹太教徒吗？”托马斯问。

“我不知道，”她说，“但应该是。他们的房子就像一个博物馆。我也没被邀请去过。”

之后数月，只要有瓦格纳的歌剧，普林斯海姆家总会出现在观众席中。他们也去听现代音乐和实验音乐。托马斯毫无顾虑地盯着那家女儿。因为他觉得既然自己不会与她结识，她如何反应就无关紧要。

读过他书的人越来越多，他发觉自己在音乐厅、剧院、咖啡馆以及大街上都备受瞩目。普林斯海姆家的姑娘出席音乐会，也会让他知道她知道他在看她。她回视的目光坦坦荡荡，毫不畏缩。他看到她的兄弟也在注意他。

一天傍晚，他和几个文艺青年坐在一家咖啡馆靠窗的位置，他发现正和自己交谈的是一个他不熟悉的诗人。此人看起来身体羸弱，神态局促。他开口前总是迟疑，不时斜眼去看咖啡馆的菜单。

“我有几个朋友总是说起你。”他说。

“他们读过我的书吗？”托马斯问。

“他们喜欢你在音乐会上看着他们。他们叫你汉诺，就是小说里死掉的那个男孩的名字。”

托马斯反应过来，诗人说的是那个普林斯海姆家的姑娘，以及她的兄弟。

“她叫什么名字？”

“卡提娅。”

“她哥哥呢？”

“克劳斯。他俩是双胞胎，上面还有三个哥哥。”

"双胞胎哥哥是做什么的？"

"音乐。他很有才华。他师从阿勒。但卡提娅也很有天赋。"

"音乐天赋吗？"

"她学科学。她父亲是数学家，还是一个狂热的瓦格纳爱好者。她非常有教养。"

"我能见见他们吗？"

"她和她哥哥很欣赏你的书。他们觉得你太孤独。"

"他们为何这么觉得？"

"因为他们观察你，就像你观察他们一样，也许他们观察你还更多。你是他们的话题之一。"

"我该为此骄傲吗？"

"是我的话就会。"

"你也是他们的话题吗？"

"不是，我只是个写诗的。我的姑妈常去他家在阿尔西斯特拉斯的房子，那可真是富丽堂皇。我就是这样认识他们的。因为我姑妈是个画家。他们收藏她的画。"

"你觉得我能和他们会面吗？"

"他们也许会邀请你去他家的晚宴。他们不来咖啡馆。"

"何时？"

"很快。他们不久将会举办晚宴。"

当他母亲越来越显出年龄，她的牢骚也与日俱增。她不爱独自待着。托马斯去探望她时，经常看到那些以前被认为不适合交往的男士，自在地坐在小客厅里。海因里希表示这对妹妹们——尤其是他最喜欢的卡拉——的名誉不利，托马斯也有同感。于是他们开始讨论母亲的公寓对来客降低了标准，这话题让他俩都能以明智人士自居，他们顾虑面子，仿佛父亲的鬼魂来到他们中间，敦促他们对体面之神要有敬意。

来母亲家做客的男士中有一个是银行家，名叫约瑟夫·勒尔。当托马斯被介绍给此人时，他以为勒尔是来追求母亲的。母亲近来越发恍惚，飘忽。托马斯看到她有几颗牙齿松动了。如果她想要成为勒尔夫人，就得抓紧了。

事情弄清楚了，勒尔造访公寓追求的不是母亲，而是比他小将近二十岁的妹妹卢拉，托马斯深感意外。卢拉与这位银行家毫无共同话语，他平平无奇，还毫不掩饰地热衷名利。用保罗·埃伦贝格的话说，勒尔是那种即便钱从天上掉下来，也会叫身边人谨慎花钱的人。卢拉正相反，她爱花钱，爱出游，爱笑。托马斯不知道她和勒尔在婚后的漫漫长夜能聊什么。

宣布订婚时，保罗表示反对，他喜欢所有人甚至包括母亲都围着他转。他乐意和她们调笑。刚回柏林的海因里希更是反对。他致信母亲，要她制止这一联姻，要她的公寓对所有男士关上大门，因为她在照顾女儿一事上疏忽大意，无法被信任。他还说，他不在乎这位银行家地位多高。勒尔不是卢拉的良配，他要么会用种种要求把她困死，要么让她无聊至死。他写道，妹妹在约瑟夫·勒尔家主持家政这个想法令他不适。

母亲把这封信给托马斯看。

“他一定以为良配是从树上掉下来的。”她说。

“我想他是太爱妹妹们了。”

“也许是吧。很遗憾他无法娶其中一个，或是两个都娶。”

托马斯把信交还母亲时，注意到她无精打采的样子。这不仅因为她化了浓妆，发色不自然，还因为她的语气和眼神。已经离她而去的旧日的精气神，如今因为女儿的订婚而彻底消散。

在他首次去参加的普林斯海姆家的晚宴上，目测客人多达百位，餐桌摆了好几个厅。大多数厅里都雕梁画栋，无一处不装饰。与他同来的是那位怯场的诗人和诗人的画家姑妈，她的脖子和头发上戴满闪亮的首饰。

“普林斯海姆家的男孩，特别是克劳斯和彼得，堪为慕尼黑少年的榜样，”这位姑妈说，“他们温文尔雅，彬彬有礼，小小年纪已然成就非凡。”

托马斯很想问问他们有何成就，但他们刚把外套交给用人，她就转身离开，把两个年轻人留在暗处观望这一场景。

他好几次与卡提娅·普林斯海姆对上视线，她似乎对他的在场感到有趣，但并没有直接招呼他。晚宴结束后，他请朋友把他介绍给卡提娅和克劳斯，他俩正站在走廊里密切交谈。他看到卡提娅笑着打断了哥哥，手指竖到唇边阻止他继续说话。他们一定觉察到托马斯和诗人正在走过去，但都没有回身。诗人伸手碰了碰克劳斯的肩膀。

克劳斯望向他时，托马斯发现他的相貌非常漂亮。他大概明白了克劳斯为何不常去咖啡馆。他一定会鹤立鸡群，引人注目。他翩翩的风度、含蓄的语气、整洁的衣着，都会在时下流行的破旧风中格外突出。

托马斯觉察到当自己端详卡提娅的哥哥时，卡提娅也望着他，他把注意力全部转到她身上。她的眼睛是和哥哥一样的深黑色，她的皮肤更柔软，她的目光毫不窘迫。

“你的书在我家备受赞赏，”克劳斯说，“我们还吵了一架，因为我们当中有一人把第二卷藏起来了。”

卡提娅伸了个懒腰。他看到她身上有一股男孩子的力量。

“我不会说出那个罪魁祸首的。”克劳斯继续说。

“我哥哥真无聊。”卡提娅说。

“我们都叫你汉诺。”克劳斯说。

“只有几个人这么叫。”卡提娅说。

“我们都这么叫的，包括我母亲，她还没看完这部书。”

“她已经看完了。”

“到今天下午两点，她还没看完。”

“我把结局告诉她了。”卡提娅说。

“我妹妹就爱扫人兴。她还把《女武神》的结局告诉我。”

“那是因为父亲已经告诉我们了，我担心他会发现你没听进去。”

“我们的大哥海因茨把《圣经》的结局告诉我们，”克劳斯说，“这毁了一切。”

“那是彼得干的，”卡提娅说，“他太可怕了。我们父亲不得不禁止他参加聚会。”

“我妹妹一向只听父亲的，”克劳斯说，“她是在随他学习。”

托马斯看看这个，又看看那个。他感觉到，他们的对话是一种暗中取笑他的方式，或至少是将他和他的同伴排除在外的方式。他知道自己回家后会记得他们说过的每一个字。当他从那本杂志上剪下普林斯海姆家孩子的图片时，这就是他脑海中的画面——一个满是高雅人士和奢华装饰的世界，那里正在进行机智和琐碎的交谈。他不在乎装修太过繁复，有些人情绪太过激动，只要这两个年轻人继续允许他听着他们说话，看着他们就好。

“啊，不！”卡提娅喊了一声，“母亲落到了那个女人手里，就是那个中提琴手的妻子。”

“为何邀请她来？”克劳斯问。

“因为你或是父亲，或是马勒，或是别的什么人欣赏她丈夫的琴艺。”

“父亲对中提琴一无所知。”

“祖母认为应该禁止所有已婚女人来，”卡提娅说，“想想看如果大家都听她的话，这些房间的面貌会多么不同。”

“我的祖母是黑德维希·多姆，”克劳斯像在对托马斯说什么推心置腹的话，“她是个很激进的人。”

他们离开房子时，那位年轻诗人告诉托马斯，他已经问过他姑妈，普林斯海姆家是不是犹太教徒。

“她怎么说？”托马斯问。

“他们以前是。家族两边都是。但现在不是了。现在是新教徒，虽然他们看起来是典型的犹太人。显赫的犹太人。”

“他们改宗了吗？”

“我姑妈说他们被同化了。”

一天傍晚，托马斯和保罗兄弟俩在咖啡馆里待晚了，等他回到公寓楼大门口，正在摸钥匙开锁，一个人从背后走上前来。他转过身，看到是个身材瘦高、戴眼镜的中年男子。片刻后他才认出是斯皮内尔公司的许纳曼先生。

“我要和你谈谈。”他压低了沙哑的嗓音说道。

托马斯以为许纳曼惹上了麻烦，被袭击了，还是被抢劫了。他心想他是怎么知道他的住址的。街上一个人也没有。他觉得自己别无选择，只能请许纳曼先生进公寓楼。然而走到公寓门口，他犹豫了。

“你真的必须今晚见我吗？”他问。

“是的。”许纳曼先生说。

进了公寓，他请他的客人脱下外套。托马斯心想，只要许纳曼没受伤，就可以让他走了。也许他只是想要坐出租车的钱。

“我好不容易才得到你的地址，”他们面对面坐在小客厅里，许纳曼先生说，“我在咖啡馆里找到你的一位朋友，我对他说是有急事。”

托马斯困惑地看着他。他的头发仍然是灰色，根根如钢钉，但他身上还有一种他从未见过的东西。当他的客人沉默下来时，他的面庞显得越发柔和。

“我想请求你的原谅。”他说。

托马斯想说他对于在斯皮内尔公司被告发一事是心怀感激的，但许纳曼先生阻止他开口。

“我有公司大楼的钥匙，只要里面没人我就去办公室。我必须向你坦白，我晚上去那里只是为了摸一摸你坐过的座位。我还做了别的。我会把整张脸贴在座位上。白天我唯一想要的就是你的回应。”

托马斯突然想到，难道是保罗·埃伦贝格给了此人地址？

“无论我干了什么，无论我多少次经过，多少次与你说话，你只把我当成办公室里一名员工。后来当我发现你没在抄账册，我就报复了你。我必须请求你的原谅。你不原谅我，我就无法睡安稳觉。”

“我原谅你了。”托马斯说。

“只是这样吗？”

许纳曼先生起身时，托马斯以为他要走了。他也站起来。许纳曼先生慢慢走到他跟前，吻了他。刚开始只是他的唇贴上托马斯的唇，接着他的舌头探入托马斯的嘴，双手伸入托马斯的衬衫，然后越发从容地往下移动。他的呼吸是甜蜜的。在采取下一步行动之前，他停下来等待反应。

他们之间发生的一切似乎水到渠成，自然得仿佛其他行为都不可能做到似的。许纳曼先生显然比托马斯更有经验。由此他能够引导他，鼓励他。他脱光衣服后，身子柔弱娇嫩，与白天他严肃的样子相比，很是奇怪。他像是突然被魔鬼附身，剧烈喘息着来到高潮。

许纳曼离开后，托马斯才开始觉得自己其实并不想要刚发生的这一切。许纳曼引诱了他。整个过程循序渐进，技艺高超。他穿好衣服后，内心产生极大的厌恶感，他本该在许纳曼挑明意图时就感觉到的。

他穿上大衣。街头仍然空空荡荡。许纳曼已经消失在夜色中。托马斯下定决心，无论将来如何，那人再也进不了他的公寓。如果他出现在门口，托马斯会让他明白，他们之间的事绝不会再次发生。

他找了家开到很晚的安静的咖啡馆，在后面的桌子前坐了下来。他点了一杯咖啡。最令他不安的是他自己的反应。他想要被吻，被触摸，甚至是被许纳曼这种人。以前在他眼中，许纳曼只是一个忙忙碌碌的中年人，他对他的关注令他烦恼，这个好事者还告发了他。

他对他有那么一丝欲望又会如何？当他年长后，会不会在夜里等待像许纳曼这样的人来到他门口，看看他的起居室里是否还亮着灯？他会不会只能看着他的客人匆忙脱衣，却不愿和他双目对视？

他会不会遇到保罗那样的人，戏弄他，满足他的梦想？会不会在慕尼黑或是别的旅居的城市，被人知道他是一个在夜晚有秘客来访的男人？

他拿定了主意，起身付账。回家路上，他心意坚决。次日醒来，他越发确信无疑。他要向卡提娅·普林斯海姆求婚。如果她拒绝，他会再次求婚。与她结婚的梦想进入头脑后，他有了一种新的满足感。

随后在卡提娅是否应该接受求婚的问题上，阵线分明。她的祖母极为反对，但她的母亲相当赞成。卡提娅的父亲认为，如果她要结婚，男方应该是一名教授，而不是一个作家。

托马斯的母亲认为卡提娅出身富豪，娇生惯养。她希望托马斯能找一个性子更亲和，处事更低调的结婚对象。当时在意大利的海因里希给托马斯写信只探讨文学问题，而妹妹们表示很高兴让卡提娅当嫂嫂。

当托马斯与卡提娅、克劳斯这对双胞胎坐在一起时，他意识到双方之间的鸿沟。他们从不知失去为何物。他们从未背井离乡。他们从小就被认为才华横溢，被鼓励追求自己的爱好。假如这家人中有人想当小丑，家人就会骄傲地给他一个假鼻子，送他去马戏团。但他们不想当小丑。他们是音乐家和科学家。每个人都有一技之长。每个人都将继承一份家业。卡提娅的父亲外表像是一个心有旁骛的数学家，但他手中掌握着从他父亲那里继承而来的巨额金钱、高价房产和股份。他多次对托马斯说，在他心目中，他唯一的女儿是所有孩子中智力最高的。如果她能做出牺牲，她能成为一个杰出的数学家。

普林斯海姆家都把深谙文学、音乐、绘画视为理所应当。有几次托马斯正在滔滔不绝地谈论一位作家或一本书时，他注意到卡提娅和克劳斯暗中交换眼色。他想，他们想必是觉得他在炫耀学识。普林斯海姆家的人不会这么做。他们不会花时间来表现。

当他第一次写信向卡提娅求婚时，她回信说她很享受独身生活。她写道，她喜欢学习，也喜欢与家人做伴，喜欢骑单车、打网球。她强调说，她才二十一岁，比他小八岁。她还不想要一个丈夫，或是不想要一个家庭领域的管理者的身份。

他每次见到她，都觉得自己被洞悉了。她经常很少开口，让他和她哥哥交谈。克劳斯从无正经的时候。从一开始，克劳斯就明白自己对托马斯的影响力，他能把托马斯对妹妹的注意力吸引到自己身上。克劳斯对托马斯玩的这套把戏，似乎让卡提娅觉得有趣。

她的笔迹稚气十足，她的书信简洁含蓄。托马斯明白，他能获取她芳心的唯一方式，就是给她写复杂的长信，也就是他给海因里希写的那种。因为即便他想像她哥哥们那样博学广闻，优雅时髦，他也无法更胜一筹，于是他连试都不试。但他会用庄重的语调给她写信，用别人没有的方式认真对待她。唯一的危险是她也许会对他的信感到厌烦。但还有另一种可能，卡提娅来自一个尊重艺术家的家庭，他们幽默、讽刺，但将他视为一个思想独立的小说家，而不是一个吕贝克商人的神经质的、执迷不悟的儿子。

一天傍晚，他坐在一家咖啡馆里，看到保罗·埃伦贝格进来了。他们已有段时间没有联系。

“我听说你找到了一位公主，想要唤醒她。”他说。

托马斯笑了。

“结婚不适合你，”保罗说，“你应该知道这点。”

托马斯示意保罗说话小声些。

“这张桌上每个人都知道结婚不适合你。每个看到你目光的人都知道你的视线落在哪。”

“你的工作怎么样了？”托马斯问。

保罗耸了耸肩，没理这个问题。

“你的公主很年轻，还很有钱。”

托马斯没有回应。

保罗等了一星期，然后毫无预兆地出现在托马斯的公寓门口。外面在下雨，他的衣服湿了。托马斯给了他一块毛巾擦头发，把他的大衣挂起来。他以为保罗大概是来说茱莉娅的事，她刚宣布说她想离开慕尼黑，去巴伐利亚乡村生活。

“我希望你会劝她不要这么做。”托马斯说。

“我已经对她说了，我不知道她能在巴伐利亚乡村做什么。许多人死都不愿去那里生活。”

“她认为我弟弟在一家乡村中学能学得更好。”

托马斯心想他俩这样还要聊多久。他走到两扇窗前，拉下百叶窗。

“你想说什么？”保罗问。

“没什么。”

“我认为你不该结婚。”保罗说。

“那么，我会让你惊讶的。”托马斯说。

第四章

慕尼黑，一九〇五年

订婚宣布后，普林斯海姆家邀请茱莉娅·曼、她的女儿卢拉、女婿约瑟夫·勒尔去参加晚宴。这是托马斯在他们家首次参加正式晚宴。走进阿尔西斯特拉斯的房子的主客厅时，勒尔感叹道：“我得说这一切都花费不菲。”卡提娅转头朝托马斯一笑，像是在说他妹夫庸俗得无可救药。他希望卡拉没去参加巡回演出，否则她的演技能在这一场合发挥作用。

他们受到了卡提娅父母的热情招待。她的母亲让人用隆重的礼仪奉上饮品，她的父亲对勒尔评论了当日新闻，勒尔也回应得体。当他们被请去餐厅时，托马斯的母亲已经逛进了最里面的一间接待厅，他看到她在细看一套沙发椅的材质。他让她跟他去餐厅。餐食送上来时，她依然沉默，托马斯觉得她是想表现得像一个端庄娴雅的孀妇。

餐桌上每套餐具旁都摆着一个插着兰花的玻璃花瓶。托马斯觉得玻璃器皿和餐具都是古董，但他不确定是何年代。烛台看着是现代的。他们周围的墙上都挂着现代画。托马斯知道，如果这是在吕贝克，他母亲一定会熟悉这栋房子，她会是常客。她能够与卡提娅的父亲随意聊起他的邻居和同事。她会用熟稔的口吻揶揄他的装修技术和艺术品位。她会发现她与他的妻子有共同朋友。

可是在普林斯海姆家，茱莉娅·曼就不在行了。阿尔弗雷德·普林斯海姆不是一个商人。他没有商店、仓房，也不出口任何货物。他只是一个数学教授，从他投资煤矿和铁路的父亲手中继承了财产。尽管坐守金山，他喜欢说自己对赚钱一窍不通。他补充说，他甚至都不知道怎么花钱。他建了这栋房子，因为他需要地方住，他买了这些油画，因为他们夫妻俩欣赏油画。

“可是您怎么理财呢，我能否问一句？”勒尔问。

“哦，我一直说我只是照顾我的家，”阿尔弗雷德说，“贝特曼斯照顾我。”

“这就说得通了，”勒尔回应，“贝特曼斯公司。这是一家老公司。犹太人的。”

“与犹太人无关，”阿尔弗雷德说，“如果我觉得巴伐利亚的天主教徒擅长此道，我也会让他们来理财。”

“哦，如果您打算换银行的话，我会把您介绍给最合适的人。我是说，那些消息最灵通的投资银行家，他们对风向十分敏锐。”

卡提娅瞟了一眼托马斯，眼中满是讽刺。

“过度考虑金钱的人是穷人，”阿尔弗雷德说，“这是我的座右铭。”

他喝了一口葡萄酒，点了点头，又喝了一口。

“我想会不会有一天，银行会不存在，钱也不复存在。”他说。

勒尔眼神锐利地看着他。

“同时，”普林斯海姆又说，“每天早晨醒来看到我的床单是丝绸做的，我就有点欣喜。对于一个不在乎钱的男人来说，这可真奇怪！”

托马斯注意到母亲正在环顾这间客厅，她仔细地看那些油画和雕塑，然后把视线转向雕花天花板，仰起脖子去看横梁之间精巧繁复的图案。

卡提娅的母亲黑德维希·普林斯海姆确保每个人面前的餐食饮品都不会短缺，同时她数次示意丈夫，他应该让别人也说说话，但她自己完全没有加入谈话。她的沉默似乎是一种对自重的巧妙表达。

由于克劳斯·普林斯海姆去了维也纳，这个傍晚更为松弛。卡提娅没有旁人可以分享她的乐趣。她的哥哥海因茨学物理，非常循规蹈矩，他坐在桌边就像一个要去从军的青年。当他的脸安静下来时，托马斯发觉他比克劳斯更漂亮，皮肤更光滑，头发更有光泽，嘴唇更饱满。

当托马斯听到卡提娅试图与他妹妹交谈，说她家喜欢瓦格纳的音乐，近年来还喜欢马勒，他越发感到，他的家庭与他即将联姻的家庭之间差距巨大。

“我们不喜欢两者之外的任何人，”卡提娅说，“这方面我母亲比我父亲更专一。”

“她也喜欢马勒吗？”卢拉问。

“古斯塔夫·马勒是她的一个老朋友，”卡提娅露出纯真的笑容，“他经常说，如果我母亲能去维也纳住，维也纳就完美了。他非常仰慕她。但她不能住在维也纳，因为我父亲在这里工作。”

“可是你父亲不在意他这么说吗？”

“幸运的是，我父亲不听任何人说话。他只听音乐。也许那已经足够。所以他不知道马勒说了什么。他大多数时间都在思考数学。有几条定理是以他命名的。”

托马斯看得出卢拉不知道何为定理。

“住在这么漂亮的房子里真是太棒了。”卢拉说。

“托米说你们家以前在吕贝克的房子也很漂亮。”卡提娅说。

“但也没这么漂亮！”

“我想慕尼黑有更好的房子，”卡提娅说，“可我们的房子就这样了，还能怎么办呢？”

“那就好好享受吧。”卢拉说。

“哦，我快要和你哥哥结婚，享受不了多久了。”

结婚前几周，托马斯有几次亲吻了卡提娅，但她的双胞胎哥哥总是在周围晃悠，让他感觉不自在。卡提娅一方面示意他应该谨慎行事，一方面又明确表示，觉得强加于她身上的限制几乎是个笑话。

当克劳斯留下他俩单独在房间，不久他会再次进来，面露诡秘的笑。他经常直接走向妹妹，挠她痒痒，让她扭来扭去咯咯直笑。托马斯希望克劳斯能把更多时间投入到音乐上，最好让他哥哥彼得出面，以更端庄的方式代表这个家庭。

由于卡提娅花很多时间在她房中做出门准备，克劳斯就和托马斯坐在外面，闲聊艺术、音乐，或是询问他的生活。

“我没去过吕贝克，”一天当卡提娅在楼上时，他说，“我认识的人都没去过汉堡，更不用说吕贝克。你一定觉得慕尼黑很奇怪。我在这里觉得自由。比在柏林、法兰克福甚至维也纳都更自由。比如说，在慕尼黑如果你想要亲吻一个男孩，没人会在意的。你能想象这种事发生在吕贝克会引起多大轰动吗？”

托马斯淡淡一笑，装作没把克劳斯的话听进去。如果克劳斯继续，他会另起一个话题，确保他们不再聊这个。

“当然，这得看那个男孩愿不愿意被吻，”克劳斯说，“我觉得大多数男孩愿意。”

“马勒赚的钱很多吗？”托马斯问。

他知道马勒这个话题会让克劳斯很感兴趣。

“他生活优裕，”克劳斯说，“但他对一切都忧心忡忡。他的性格如此。在一场大型交响乐中间，他担心他为藏在最后面的那个可怜的小短笛手写的几个音符。”

“马勒的妻子呢？”

“她把他迷得神魂颠倒。她爱他的名声。她那样子仿佛他是世上唯一一个男人。她很美。她迷住了我。”

“谁迷住了你？”卡提娅说着走进房间。

“是你，我的双胞胎妹妹，我的分身，我的快乐，只有你。”

卡提娅双手变成爪子挠他的脸。她装出一声兽类的吼叫。

“是谁定的规矩，双胞胎兄妹不能结婚？”克劳斯问。他把这个问题问得很严肃。

托马斯望着这对双胞胎中他即将迎娶的那个，意识到他永远无法完全融入他俩创造的小世界。

当阿尔弗雷德·普林斯海姆没有过问他和卡提娅的意见就装修了他们的公寓，他们没有怨言。这是在弗兰兹·约瑟夫街一栋楼房里的三层楼，有七间卧室，两间洗手间，从屋内还看得见利奥波德王子宫的花园景色。阿尔弗雷德为他们装了一部电话、一架小三角钢琴。

托马斯没想到阿尔弗雷德还决定了他的书房装修。这在他心目中属于私人领域，因此当他看到已经买好了书桌，做好了书橱——还是阿尔弗雷德亲手设计的，他感到吃惊。他再三感谢岳父，心里却暗喜阿尔弗雷德并未觉察他要摆脱普林斯海姆家的决心，如非必要，他再也不去坐在他们家餐桌旁。

他的母亲对婚礼没在教堂进行而惊诧。

“他们是什么人？”她问，“如果他们是犹太教徒，何不直接承认呢？”

“卡提娅的母亲那边已经是新教徒了。”

“她父亲呢？”

“他不信宗教。”

“我觉得，他对婚姻没有敬畏之心。你的小舅子说，他还在自己的起居室里接待过他的演员情妇。我相信我们不会在婚礼上见到她。”

托马斯觉得，民事结婚仪式之后的宴席松松垮垮，如果有一位女演员在场，想必场面会大有改观。卡提娅的家人无法掩饰对失去女儿的伤感。托马斯觉得克劳斯太过关注茱莉娅，让她有机会表达对吕贝克那些大事件的回忆和憎恨。克劳斯不时地瞟一眼卡提娅，表示他觉得她的新婆婆很有趣。只有托马斯十四岁的小弟维克托，那天似乎玩得很尽兴。

卡提娅和托马斯坐火车先去苏黎世，再去洛桑。普林斯海姆家为他们预定了苏黎世巴尔拉克酒店最好的套房。他们穿起晚宴装去餐厅时，托马斯明白他们是怎样一幅画面，一个未满三十岁的名作家偕着他出身富豪的年轻新娘，她是少数几位在慕尼黑上过大学的女性之一，语气自信而矜持，穿着低调而华贵。

吃饭时，他一直想着卡提娅的胴体，她白皙的皮肤，饱满的唇，小小的胸脯，强壮的腿。她说话声音低沉，他觉得她都可以当个男孩。

那天晚上，卡提娅来到他身边，他就兴奋起来。他不相信自己能够触摸她，能够把手放在她身上任何地方。她张大嘴，用舌吻他。她毫无畏惧。但当他听到她的呼吸变得沉重，意识到她想要他，他就犹豫起来，几乎有点害怕。但他继续探索她，让她转过身来，好让自己和她面对面，她的乳尖碰到他胸口，他的双手落到她臀上，他的唇探入她嘴中。

他感兴趣的是卡提娅的说话方式，她对她正在读的书，听到的音乐，对他们去参观的美术馆的看法。言谈间，她总能找到一个论点，顺着从一开始就确定的逻辑走下去。她不关心观点。她关心的是讨论的过程，以及得出结论的依据。

她把她的思维运用到家常琐事上，比如公寓的主客厅的矮桌上是否需要放几本艺术书，是否需要增添一盏灯，她就这些事列出肯定与否定的种种理由。她用同样的精神检查他的合同、银行账户，了解他的财务情况。她以看似毫不费力的方式开始打理他的事务。

她与他的两个妹妹和母亲都截然不同。他希望海因里希会从意大利回来，与她认识，因为他只能对海因里希分享他对她的兴趣，而这似乎出自她身上的犹太人特质。他屡次想让她说说她的传统，但她坚决表示不想谈。

“在我家最荒唐的讨论中，我们都不谈这个，”她说，“你看，我们对这不感兴趣。我的父母喜欢音乐、书籍、油画和聪明幽默的朋友，我的哥哥们也是，我也是。你不能把这归结为一种我们甚至都不信仰的宗教。这种想法是荒谬的。”

他们结婚数月后，去柏林住在卡提娅的姑妈埃尔斯·罗森贝格和她丈夫家。托马斯喜欢他们在蒂尔加滕的豪华房子，也因为罗森贝格夫妇熟悉《布登勃洛克一家》而高兴。让他感到意外的是，他们能随口聊起自己的犹太人身份，提到这话题时，卡提娅也毫不介意。他发现，罗森贝格夫妇不去犹太会堂，甚至都不记得至圣日[①]是哪天，但他们却经常开玩笑自贬说是犹太人。他们似乎觉得这样很有趣。

和普林斯海姆家一样，罗森贝格夫妇也爱好瓦格纳。一天傍晚，他们在餐后坐在大客厅里时，卡提娅的姑父找到了《女武神》

① 犹太教的新年，在犹太历的提施利月，是重大的宗教和民族节日。

第二幕的钢琴谱。埃尔斯问他能否找到布仑希尔德、齐格蒙德和齐格琳德的那一场，他找了一番，找到了，然后读了一会儿说，这太难了，没法演奏。于是他用轻快的男高音唱起了布仑希尔德的台词，又压低了声音唱齐格蒙德的词，那段是齐格蒙德问布仑希尔德，他的双胞胎妹妹，亦即他所爱的女人，是否会和他们一起去瓦尔哈拉。

他中途迟疑了几次，但他记得所有歌词。

最后他停下来，放下乐谱。

“还有比这更美的吗？”他问，“是我把它唱坏了。”

“他们的爱很伟大，”他妻子说，“每次听到这我总是流泪。”

那一瞬间，托马斯想到了他的父母，他想象着他们听到这对双胞胎兄妹发现彼此深爱对方的故事。他知道茱莉娅和议员曾经去看过这些歌剧，他寻思父亲对兄妹恋会有何看法。

罗森贝格夫妇和卡提娅讨论着演过瓦格纳歌剧的众多歌手。托马斯在一边听着，自觉像是从德国偏远农村来到了一个大都会的家庭。他们说的歌手，他一个都不知道。

他的目光被墙上一幅褪色的挂毯吸引了。一开始他看不出那是什么，接着他辨认出了画面，那是望着水面、沉迷于自己倒影的纳西索斯。身边的聊天还在继续，他却开始想象如何去写一篇小说，故事中的一对双胞胎因为其中一人即将结婚而不得不分离。这就好比纳西索斯与自身倒影的分离。

他可以为他们取名齐格蒙德和齐格琳德，但将他们置于当代世界的背景中。托马斯和卡提娅回到慕尼黑后，他有了更清晰的小说轮廓，但他立刻意识到危险所在。他想把小说的背景设在罗森贝格家，或是类似的柏林富豪家，可是餐桌上的一家人是卡提娅的家人。闯进来要把齐格琳德带去结婚的那个人，将以他自己为原型。他的角色不是一个作家，而是某个政府官员，一个与齐格琳德高朋满座的家格格不入的无趣的人。

他给这篇小说取名《瓦尔松之血》。令他感到兴奋的是，在他创作此篇的大部分时间，卡提娅都在隔壁房间。有时当他需要集中精力，他就关上自己书房的门，但他经常把门开着。他很高兴一边听到卡提娅在居室里走动，一边创作她的小说形象，那是一个一直与她的双胞胎哥哥手拉手的女孩。他写道，他们长得很像，有同样的鹰钩鼻，同样饱满的嘴唇，同样的高颧骨，还有同样明亮的黑眼睛。

他的分身名叫贝克拉特。他身材矮小，胡髭短硬，黄皮肤。他在礼节上一丝不苟。他说每句话前都会快速吸一口气，这个细节他是从约瑟夫·勒尔身上观察到的。

他写道，双胞胎的母亲奥伦霍尔德夫人，矮个子，外貌显老。她说一口方言。她的丈夫把钱投资到煤矿中。小说中有一点很清楚，与她女儿结婚的贝克拉特是新教徒，而奥伦霍尔德一家是犹太教徒。

小说中间的那顿午餐显示出贝克拉特在这家人面前越来越不自在。当这家的儿子齐格蒙德训斥一个熟人，说他不知道宴会装和正餐装的区别，贝克拉特羞愧地发现，他自己也不知道。

很快，当话题转向艺术时，贝克拉特越发丧失信心。

当他们朝菠萝切片上撒糖时，齐格蒙德说他与妹妹请求贝克拉特的同意，他们要去观看当晚的《女武神》。贝克拉特同意了，他又说他也可以去，但他被告知不行，这对双胞胎想在婚礼前最后一次独处。

小说中，歌剧结束后，齐格蒙德知道家里没人，他回到自己房间，确信妹妹也会跟来。当她进入他的卧室，他对她说，因为她和他一样，她与那个人的结婚经历也将是他的经历。她吻了他垂落的眼睑。他吻了她的脖颈。他们吻了彼此的手。他们忘情地抚摸对方，进入狂乱的激情之中。

托马斯飞快地写完了小说的最后几页，他知道如果他停下来思考，一定会顾虑卡提娅和她的家人。他没告诉卡提娅他在写什么。当写完最后一个句子，他把稿子搁置一旁，好几天没再去看。他很清楚普林斯海姆一家不喜欢被归类，他知道他们看到小说开头把这家人写成犹太人，就会不高兴。

最终他修改了几处后，交给卡提娅看，他意外地发现她反应平静。

“我觉得很好。我很喜欢你对音乐的描写。”

“但这个主题呢？”

“主题很适合瓦格纳。谁能抱怨你这么用呢？”

她笑了笑。他想，她一定发觉了小说与奥伦霍尔德一家以及她自己的联系！但她似乎并未觉得内容有何不妥。

数日后她对他说，她已经告诉了母亲和克劳斯，他新写了一篇小说，于是他们请他去家里，晚餐后读给他们听。

他想这是不是卡提娅对他的警告，或者她希望他想到要把小说读给她母亲和哥哥听时，就会放弃这篇小说。但他既然已打算把小说寄给杂志，先读给他们听听也好。

当他在阿尔西斯特拉斯的房子客厅里看他的小说时，克劳斯和卡提娅从外面进来，也过来听，他们彼此挨着坐下了，而他们母亲坐在另一处。

他清了清嗓子，喝了口水，开始了。他觉得克劳斯虽然说过亲吻男孩这种事，却是个内心纯真的人。托马斯满足地想到，等到朗读结束，他就会变得不那么纯真了。然而他预感到这位母亲会发出厌恶的尖叫，一边奔出客厅，叫来她丈夫或仆人或她母亲。

这三位听众都很熟悉《女武神》，当他们听到双胞胎的名字时，都发出了满意的声音，接着当读到双胞胎要去看这出歌剧，他们又都表示赞赏。

壁炉里的火噼啪作响，仆人们进进出出，托马斯仔细念着那些不太会引发不适的片段。虽然他早已下定决心，他还是没有足够勇气来读会让他们感到不安的部分。他跳过了几段，然后飞速略过双胞胎在最后幸福地依偎在一起的部分，省略了好些词。他读完时，相信他们没听懂小说的主旨。

“写得太好了，读得也很美。”卡提娅的母亲说。

“你指点过他歌剧的事吗？”克劳斯问他妹妹。

不久他把《瓦尔松之血》寄给《新评论》杂志，该杂志很快同意把小说发表在一月号上。然后他就忘了此事，这时卡提娅即将分娩他们的第一个孩子。

他没有料到卡提娅分娩时经历了一整夜的痛苦。孩子出生后，他松了口气，但也知道卡提娅会对此刻骨铭心。他想，她由此得到的新知识将会伴随着她。

这是个女孩，后来取名埃丽卡。托马斯想要的是男孩，但他致信海因里希说，也许看着一个女孩长大将能令他更接近另一种性别，对此他身为丈夫却仍然知之甚少。

女儿出生的头几个月中，托马斯经常见到妻子的父母，他们对孩子的疼爱让他决定撤回这篇关于双胞胎的小说，尽管当时小说已经排版，他担心一旦付印，他们看出这写的其实是他们家，难免会恼怒。然而当他遇到一位年轻的编辑时，他还是担心起来。这位编辑已经看了小说，还气喘吁吁地告诉他，别人也看了。

“我们觉得这真有勇气，你写了一篇关于双胞胎的小说，而你自己娶了其中一位！”这位编辑说，“我有个朋友说，不知你是想象力太丰富，还是因为和慕尼黑那家人联姻了。”

一天下午，卡提娅带着孩子从娘家回来，说她父亲雷霆震怒，他要立刻见托马斯。

他从未进过岳父的书房。一面墙的书架从地面到天花板都装满艺术书，另一面墙都是皮面精装书。每一面墙都有梯子。书桌后面的墙上摆满意大利锡釉彩陶器件。托马斯正在端详瓷砖，他的岳父问他写那篇小说时到底是怎么想的。

“关于小说的谣言满天飞。我相信内容一定很恶心。”

“小说已经撤回了。”托马斯说。

“这不是关键。有些人已经看过了。假如我们早知你有这种观念，你绝不会被允许进这家门。”

“什么观念?”

“反犹太人的观念。”

“我没有反犹太人的观念。”

“其实我们不在乎你有没有。但我们在乎我们的隐私被一个装作是女婿的人侵犯。”

“我没有装。”

“你是个低等生物。克劳斯一看到你就会揍你。”

那一刻，托马斯想提起阿尔弗雷德的情妇。

“你能否向我保证，这篇问题小说绝不会出现在任何报刊上?”阿尔弗雷德·普林斯海姆问他。

托马斯朝他看了一眼，耸耸肩。

他送托马斯到客厅，他们发现卡提娅把孩子交给保姆，自己过来了。她和双胞胎哥哥站在一起，他们的母亲坐在旁边的沙发椅上。卡提娅的眼睛亮晶晶的。她朝他笑。

“克劳斯非常遗憾这篇小说不会发表。这会让他一举成名。他说他还没出过名呢。是这样吗，我的小双胞胎哥哥?每个人都会用异样的眼神看着你。”

克劳斯开始挠她痒痒。

“我听说你要揍我?”托马斯问克劳斯。

“我说这话只为了讨好爸爸。”

“可怜的爸爸，”普林斯海姆夫人说，“他怪我没有在你读过小说后向他报告可怕的内容。我说我听的只是节奏。它就像诗一样。我真不知道写了什么。我还以为内容很美好呢。”

“我每个字都听了，”克劳斯说，“它确实很美。你的想象力太丰富了！但或许你只是个很好的倾听者？”

阿尔弗雷德一直无奈地站在门口，此刻终于严肃地开口。

“我对你的建议是，”他手指托马斯说，“你还是写历史题材吧，或者写吕贝克的商贸生活。”

他说到“吕贝克的商贸”时，仿佛在说某个偏远地区的庸俗不堪的事。

来公寓最勤的人是克劳斯·普林斯海姆，他问埃丽卡是否真的需要睡午觉。

“小女孩的人生目的就是逗她可怜的舅舅开心，”他说，“当他来看她的时候。”

“让她睡吧。”卡提娅说。

“你的丈夫还要写关于我们的小说吗？”克劳斯问得好像托马斯不是刚刚走进这间屋子。

一瞬间，托马斯发觉卡提娅犹豫了一下。自从埃丽卡出生后，她就变得正经起来。但克劳斯还想让她陪自己调笑。

“或许写一部长篇？”克劳斯继续说，“那么我们都可以出名了。”

“我的丈夫有更实际的事要做。”卡提娅说。

克劳斯往后一靠，抱起胳膊端详她。

“我的公主怎么不开心了？”他问，“结了婚，当了母亲，她被摧残了吗？”

托马斯心想能否插进去换个话题。

“我真是来和孩子玩的。”克劳斯说。

“我都不确定埃丽卡是不是喜欢你。”卡提娅对克劳斯说。

“为什么不喜欢？”

“她喜欢不那么轻浮的男人。我想她欣赏稳重的人。”

“她喜欢她父亲吗？”克劳斯问，“他可稳重了。”

“是的，她喜欢她父亲。”托马斯说。

“她是他的小情人吗？”克劳斯问。

托马斯觉得这时他应该回他的书房了。

他的母亲离开慕尼黑，在南方一个名叫波林的村子安居下来。约瑟夫·勒尔在婚前就认识的熟人施魏格加特夫妇，在村郊有一座农场，他们自己住在一所老本笃会修道院的房子里。马克斯和卡塔琳娜·施魏格加特在夏天把房屋租给寄宿者。茱莉娅和维克托来时，卡塔琳娜热情地接待了他们，答应把修道院场地里的一栋房子租给他们整年使用，还答应把茱莉娅介绍给附近的贵人。她对她说，波林的空气和宁静的社交氛围比慕尼黑适合她和她的儿子。

村子远离尘嚣。大多数南下的火车都不在村站停靠。当托马斯第一次来探望他们时，他被卡塔琳娜拉到一边。

“我不太明白你是干什么的，”她说，“我认识勒尔先生和卢拉。我见过一次卡拉，她是演员。但我吃不准你和你哥哥是干什么的。你们都是作家？你们就靠这个谋生？”

“对。”

卡塔琳娜满意地笑了。

“两兄弟当作家这种事我还是头一回知道。夏季常有画家来我们这边住，但我不知道他们是否全职在做这些严肃的事。”

她停顿片刻。

“我指的不是钱，也不是谋生方式。我指的是生活中的黑暗面、麻烦和困顿。我想，作家理解这个，而理解能力也许是生活中最重要的东西。能培养出两个作家，那一定是一个了不起的家庭。”

她说到生活黑暗面的口气，仿佛它如同一年四季或一天二十四小时那么寻常。

为了装点场地上那栋朴素的房子，他的母亲把慕尼黑最好的家具和地毯都运来了，还有吕贝克的几件家什。托马斯讶异地看到它们被安放在新居，它们犹如幽灵，告知人们旧世界还没有忘记它们。

母亲很快就适应了波林的生活。她自己做午餐，但很乐意把晚餐交给卡塔琳娜或她女儿去做，维克托也喜欢与马克斯·施魏格加特父子一起在田野里待着。

不久，茱莉娅开始在房子里招待客人。她的举止行为一如吕贝克旧日，她款待最普通的人，仿佛他们来自一个异域世界。如果有人骑车来，她便要求看看自行车，并感叹说它是多么实用。她开始在波林变得家喻户晓，人称议员夫人。

托马斯有了第二个孩子克劳斯后，过了三年，又有了戈洛。两个大孩子变得日渐吵闹和多事，戈洛开始动辄竭声尖叫，这时托马斯发现去波林探望母亲成了轻松的休闲之旅。

但最令他感兴趣的是房子本身，以及堆房、谷仓、果树、牲口圈、猪舍、蜂巢，一整个平静的田园氛围。他希望能更好地了解巴伐利亚，以便在将来能够写一部以某个村子为背景的小说。

他喜欢在庭院里散步，然后去老修道院楼上空荡荡的走廊上走走。这成了他的日常习惯。他觉得楼上有一间屋子一定是某个修道士住过的。小窗外有一棵榆树，摇晃的枝叶在粉墙上落下影子。托马斯喜欢关上房门，享受寂静和变化的光线。他愉快地想到，这里曾是一个祈祷、冥想、克己之所，是一个孤身灵魂的避世之地。楼下有一间大房间，是院长室，他喜欢坐在那里阅读。

他会和母亲一起用午餐，聊聊家常，包括她对卡拉的担忧。当演员的卡拉接到的角色越来越少，或是角色不合她的远大理想。

“她当不好演员，”茱莉娅说，“以前不行，以后也不行。但你不能对她直说！卢拉曾坦率说她演技不行，她就不再和姐姐说话了。海因里希当然鼓励她，但她太依赖他了。我觉得她应该找个丈夫，过上正常的家庭生活，但她只跟演员约会，而演员们都不这么做。”

托马斯记得曾在杜塞尔多夫的一家小剧院里看过卡拉演的一个小喜剧。舞台上她一直是个悲悲戚戚的女主角，哪怕在几场台词滑稽的戏里也是如此演出。结束后用餐时，他发现妹妹心神不定。她一直问他觉得她的表演如何。她喝了点酒后，他觉得她像他们母亲。

卡拉极少提到托马斯的妻子孩子。每当他说起他们，她总是飞快地切换话题。后来说到结婚时，她说卢拉是婚姻最不幸的一个，虽然她有两个可爱的女儿。她问，你能想象吗，嫁给约瑟夫·勒尔，每天晚上和他一起睡觉？托马斯只能说他无法想象。他俩都笑了起来。

海因里希写信告诉他，卡拉有了未婚夫。他叫阿图尔·吉博，是米卢斯的工业家。他与剧院毫无关系，希望卡拉放弃职业，专心持家。卡拉则看中了米卢斯是法语区，她告诉母亲，她想要将来的孩子说法语。

“她著名的波希米亚主义怎么了？”托马斯问。

“再过一年她就三十了。”他母亲说。

“阿图尔看过她演戏吗？”

“我听到这消息太宽慰了，”他母亲说，“我什么都没问她，叫卢拉也别问。但我理解吉博家里更希望阿图尔娶一个没有舞台经历的人。”

当托马斯在波林见到卡拉时，觉得她看起来老了。他厌烦她不停地问起海因里希，问他何时会来。他和她一样，对海因里希的想法了解甚少。当他告诉她，卡提娅怀上了第四个孩子，她流露出一脸不耐烦。

“是啊，那足够了。”她说。

他耸耸肩。

“我相信卡提娅过得很开心，”她说，“她运气好。我们几个中间，你是最稳的。”

他问她是什么意思。

“我知道，”她接着说，“你以为海因里希比你更务实，但他不是。你以为卢拉比你更稳定，但她不是。而我呢？我想要两种东西，但它们背道而驰。我要舞台名声、周游世界、刺激的人生。我也要一个家庭，静好的岁月。但我不能两者都要。而你，你只要你已经拥有的东西。你是我们当中唯一一个这样的。”

他从未听卡拉这样说话，她说得那么严肃认真，不像是以往那个万事不关心的她。他想这是否因为她即将嫁为人妇。

用午餐时，母亲兴致勃勃地说着卡拉的结婚计划。

“我知道波林不是个时尚的地方，吉博一家远道而来也挺辛苦，但应该有人告诉他们，新娘的母亲希望婚礼在这里的可爱的村教堂里举行，宴会在院长室里举办。我想不出还有更好的结婚场所。勒尔的小孩和埃丽卡可以当伴娘和花童。”

托马斯看到卡拉退缩了。

“如果海因里希不来，我饶不了他。可怜的卡拉，议员过世后，他几乎可以算你的父亲了。你那些小问题和小秘密都和他分享。我从不知道你在想什么。你记不记得你曾经把一个骷髅放在梳妆台上？女孩子怎么有这种东西！只有海因里希理解你。我们应该都写信给海因里希，说我们等着他那天来。”

那年夏天，莫妮卡出生后，托马斯、卡提娅带着孩子们去伊萨尔河畔的巴特特尔茨度假，那是慕尼黑市民常去消夏的地方，他们在那里建了一栋房子。他喜欢变幻不定的天空把各种不同的光线洒入屋内。小孩们喜欢和朋友一起玩，他们在女家庭教师的看管下到处闲逛。

在盛夏的一天，他和卡提娅请客人来吃午饭，花园里装满孩子们的吵闹声，持续了好几个小时。大人们在阳台上用餐，喝着他储藏的白葡萄酒。客人走后，女仆把三个大孩子带去河边，卡提娅去照顾未满两个月的莫妮卡。

托马斯正想去睡个午觉，电话铃响了。是波林的牧师打来的。

“我是来告诉您坏消息的。”

“是我母亲出事了吗？”

“不是。”

“那是？”

“您家中还有别人吗？”

“能否告诉我是什么事？”

“您的妹妹死了。”

“哪个妹妹？”

“当演员的。”

“她在哪死的？”

“在波林。就在刚才。今天下午。”

“她怎么死的？”

“这个不该我来说。”

“她出意外了吗？”

“不是。”

“我母亲在那吗?”

“她目前状况下无法说话。”

“请告诉她，我会尽快赶过去。”

托马斯搁下电话，走到厨房。他记得有一瓶葡萄酒喝了一半，应该重新塞上软木塞。他用力地塞回软木塞。然后他喝了点水，站在那里盯着厨房里的东西，好像其中哪一样会告诉他应该作何感受。

他想他能否给卡提娅留张纸条，说他去波林见母亲了。但这样不够。他必须得写上妹妹死了，但他不忍把这些字写到便条上。接着他意识到卡提娅就在楼上。

她劝他等到次日早晨再开车去波林。

他在中午前赶到。他在施魏格加特家的高屋顶的客厅里找到母亲。卡塔琳娜正在安慰她。

“遗体被运走了，”她说，“他们问我们要不要在盖棺之前再看她一眼，我说我们不要。她脸上都是斑点。”

“为什么有斑点?”他问。

“氰化物，”母亲说，“她服了氰化物。她随身带着。”

接下来几小时，托马斯得知了这桩秘事。妹妹和一个医生有了风流韵事，医生去她演戏的地方，住在同一家酒店中。此人已有家室，他对他妻子说，他是去其他城市给病人看病。卡拉对她母亲说，他为强烈而无端的嫉妒所苦。他听说卡拉订婚后，要求与她继续保持关系。她拒绝后，他威胁说要写信给阿图尔·吉博和他家人，告诉他们她不是一个配得上与体面男人缔结婚姻的女人。卡拉屈服了，但医生利用完她后，还是写信给她未婚夫及其家人。

卡拉写了一封信给意大利的海因里希，请他出面告诉吉博家，医生的信是一派谎言。

可是海因里希还没来得及做任何事，阿图尔已经追到了波林，卡拉已先一步逃去了那里。在花园中的某处，她面对他说出了真相。他跪下来求她不要再见那个医生，起码几天后他是这样告诉她母亲的。她答应了。他离开后，卡拉从她母亲身边跑过去，去了自己房间。几秒钟后，母亲听到她在喊，接着是漱口的声音，卡拉想要止住喉咙里的灼热。母亲想开门，但门反锁了。

茱莉娅跑出房子去找施魏格加特夫妇。马克斯立刻赶来，他无法开锁，就砸开了门，发现卡拉躺在躺椅上，手上脸上都是黑斑。她已经死了。

托马斯致信海因里希，他知道母亲已经告诉他卡拉死了。

“在母亲面前，我还能保持平静，”他说，“但我一个人时，我几乎无法控制自己。如果卡拉来找我们，我们一定会帮她。我想跟卢拉打电话说说话，但她伤心欲绝。”

卡拉葬礼过后数日，托马斯带着母亲和维克托回到巴特特尔茨。

海因里希没有出席葬礼。他来了之后，在慕尼黑见了托马斯，他俩一起去波林。海因里希想在卡拉去世的房间里待一会儿。

他们来到她的卧室。有些东西在她死后立刻被拿走了。看不到她装水漱口的玻璃杯。看不到任何衣服首饰。床重新铺过了。

床边桌上放着一本莎士比亚的《爱的徒劳》。托马斯想，卡拉一定曾计划参与演出这部剧的某出戏。他注意到她的箱子放在房间一角。海因里希打开衣橱，卡拉的衣服挂在里面。

他感觉她随时会走进房间，问两个哥哥在干什么。

“这张躺椅原来是在吕贝克的。”海因里希抚摸着褪色的条纹椅面。

托马斯不记得了。

“这是她躺过的那把椅子。”海因里希似乎在自言自语。

他问托马斯，卡拉咽气前，他是否听到她的喊声。托马斯不得不解释说当时他不在波林，他在巴特特尔茨。他以为海因里希是知道的。事实上，他很确定那天早晨他又对海因里希说过一遍。

“我知道。但你听到卡拉的喊声了吗？”

“我怎能听到？”

“我听到了。就在她服下氰化物的那一刻。我当时在外散步。我停下来看周围。那声音很清晰，就是她的声音。她非常痛苦。她一直在叫我的名字。我等着，听着，直到她安静了。我当时就知道她死了。我就等着消息。我从未遇到过这种事。你是知道我多么讨厌谈论鬼魂或亡灵。可是这事发生了。别怀疑我，这是真的。”

他走到房间那头，把门关紧。

“别怀疑，这是真的。”他又说了一遍，茫然地看着弟弟。他沉默地站在那里，直到托马斯离开他，下楼。

第五章

威尼斯，一九一一年

托马斯独自坐在慕尼黑音乐厅中间的过道座位上。古斯塔夫·马勒率领管弦乐队的乐手们穿过安静的走道，大厅里鸦雀无声，他抬起双手，像要维持或控制这种肃静。后来他告诉他邀请来观看彩排的托马斯，如果他能从第一个音符开始前就得到这种肃静，那么他就无所不能。但极少能做到。总会有某个不经意的声音，或是乐手们不能如他要求那样长时间屏住呼吸。他说，他要的不仅仅是无声，而是一个什么都没有的时刻，一种纯粹的空。

作曲家在指挥台上控制全场时，他是温柔的。他从动作间透露出，他寻找的东西不是大幅度的手势能获得的，而是要从一无所有处把音乐提升起来，让演奏者们知道，在他们开始演奏之前那里有什么。托马斯看着马勒，他似乎想要降低演奏的强度，他指着几个乐手，示意他们减轻力度。然后他伸开双臂，仿佛把音乐朝自己拉拢过来。他让乐手们知道，他们要在乐器允许的范围内尽可能柔和地演奏。

他让他们反复演奏开头一节，他挥动指挥棒，标出他们应该一起开始的那个瞬间。他想要一个锐利、单一的声音。

托马斯想，这就好比开始写一章小说，他会涂改掉一些句子，然后从头开始，加上几个词和短语，删掉一些，慢慢打磨，直至无一字可改，无论白昼黑夜，无论他感觉疲惫还是精力充沛。

托马斯听说马勒非常迷信，他很怕死，他不希望被提醒这是他的第八部交响曲，接下来就是第九部了①。

托马斯感到，这部交响曲中有一种宏大和精微的碰撞，这标志着马勒的名声与实力能够驾驭如此规模的交响乐队和合唱队。音乐中有一种神秘的未知的东西，一种对效果的追求，随后有一种散发出寂寥与纤美的乐调，它时而又悲伤、彷徨，展现出圆熟的才华。

在演出后的餐桌上，马勒并没有显露疲态。关于他身体状况不佳的传闻看来是夸大其实了。他经常陷在自己的座位上，神色紧张地环顾四周。若是有人过来，他会坐直身子，他的脸会一下子富有生气，每个人都会转头看着他。托马斯能看出他身上涌动的情欲，这是一种远甚于精神的肉体力量。阿尔玛终于来了，因为她的迟到，宴席上菜也推迟了，托马斯看得出作曲家被他的妻子撩动了。他想，这一定是他们游戏的一部分，阿尔玛不理她的丈夫，而去亲吻拥抱马勒的随从，同时大作曲家为她留着一把椅子，一直等着她，仿佛整个夜晚——甚或整个精妙的长篇交响曲的创作过程——都只是为她坐到他身边而做的准备。

此事过后不久，卡提娅听克劳斯说，马勒来日不长了。他的心脏正在衰弱下去。他有过几次好运，但好运不会一直都有。马

① 从贝多芬写完第九部交响曲后去世开始，数位作曲家在第十部交响曲未完成时离世，这被认为是一种诅咒。

勒正在兴奋地创作他的第九交响曲，但他也许无法完成了。

令托马斯感兴趣的是，马勒活着，他还在创作，还在想象着声音从乐谱中出来，同时他非常确定，他对音乐一心的奉献不久将会终结。这一刻即将到来，他会写下此生的最后一个音符。决定这一刻的并不是精神，而仅仅是他的心跳。

海因里希来做客时，说卡拉的死让他难以释怀。他一醒来，妹妹的事就浮现在眼前，他入睡后，那些事仍然逗留在他脑海中。卡拉的灵魂中有一些无拘无束的东西，即便在死后，她仍然不得安息。他去探望过母亲了，她也觉得女儿还在波林那栋房子的阴影里。

当海因里希倾诉他毫不掩饰的悲痛，托马斯意识到，妹妹死后，他一直埋头写作。有时他甚至让自己相信，她的自杀未曾发生。他几乎嫉妒起海因里希来，因为他能随时谈起卡拉。

海因里希在谈论家人时，比他谈论时事时更容易相处。他已经形成了激进右翼和国际主义的观点。报纸上有各种关于德俄法英冲突升级的说法。托马斯认为其他国家是出于邪恶的目的，迫使德国增加军备支出，但海因里希认为这是普鲁士扩张主义的一个例子。他似乎相信了这一套理论，并将之运用到每日时事上。托马斯觉得跟哥哥探讨政治很是无趣。

但在海因里希谈起卡拉自杀之前，他从未见过哥哥如此痛苦。哥哥经常话到一半，停顿半晌后才能接着说完。

卡提娅表示，等海因里希回罗马，他们夫妻俩可以与他同去，托马斯也觉得他们应该在意大利陪他几周，看看能否令他宽心。

他们可以把孩子们留在慕尼黑，交给家庭教师和用人们照管，卡提娅的母亲也会常来探视。比起罗马或那不勒斯，托马斯更愿意去亚得里亚海。“亚得里亚海”这个词令他想到柔和的阳光、温暖的海水，尤其是当他在科隆、法兰克福和周边城市做年度巡回讲座时，刺骨的严寒令他越发对那里心生向往。

五月，他们在伊斯特里亚海岸附近的布里奥尼岛定了一家酒店。他们从慕尼黑搭夜火车去的里雅斯特，再换当地火车。托马斯喜欢酒店员工彬彬有礼的样子，还有沉重的老式家具，以及在一小片砾石海滩上都能感觉到的风俗礼仪。餐饮是以奥地利方式烹饪的，侍者们说着流利的德语。

然而他们三人都十分不喜欢一个带着随从住在酒店里的大公王妃。她走进餐厅，所有客人都得起身。她没有落座前，其他人不能坐下。她不离开餐厅，别人都不能走。她离开时，他们也都得站起来。

“我们比她重要多了。”卡提娅笑着说。

“我会继续坐着。”海因里希说。

她的出现令他们彼此相处融洽了起来。当海因里希表述某个新观点，说普鲁士人应该去除其非理性的焦虑时，他们就可以聊聊这个大公王妃，还有酒店经理去她餐桌点餐时的谄媚劲儿——他毕恭毕敬地倒退离开，并亲自把菜单送去厨房。

“我想看她掉进水里，”卡提娅说，“水溅在权贵身上是不会客气的。”

“帝国就是这样灭亡的，”海因里希说，“一只疯狂的老蝙蝠在一家乡下酒店被待若上宾。这些将被彻底清扫出去。”

岛上的无聊，加上大公王妃的傲慢，让他们想离开达尔马提亚海岸。他们发现波拉有一艘汽船能送他们到威尼斯，于是托马斯在丽多岛的拜恩斯大酒店订了房间。

他们出行的前一天，传来马勒过世的消息。所有报纸都刊登了头条。

“克劳斯，我的哥哥，”卡提娅说，“他一直爱着马勒，他的很多朋友也是。”

“你的意思是？”海因里希问。

“是的，是这个意思。不过我相信没发生过什么。阿尔玛一直盯着。”

“我只见过阿尔玛一次，”海因里希说，“如果我娶了她，我也会死的。”

“我记得她故意不理马勒，而这似乎让他感到愉快。”托马斯说。

“那些年轻人爱他，”卡提娅又说，“克劳斯和他的朋友们打过赌，赌谁能先吻到他。”

“吻马勒？”托马斯问。

“我觉得我的父亲更喜欢布鲁克纳，”卡提娅说，“但他爱马勒的歌曲。还有一首交响曲。我不记得是哪首了。”

“一定不是我听过的那首，”海因里希说，“因为它太长了，从四月一直听到新年，我听着听着胡子都长了一大把。”

“我们家很爱马勒，”卡提娅说，“即便只是提起马勒的名字，我哥哥也会有种滑稽的满足感。在其他方面他很正常。”

“你哥哥克劳斯？正常？”托马斯问。

托马斯从未经海路到威尼斯。他望见这个城市的剪影的那一瞬间，就知道这次他会写它。在同一瞬间，他想到如果能在小说中让马勒复活，他将能得到多大的安慰。他想象着马勒正在船上的同一个地方，他换了换姿势，以便能看到更好的风景。

托马斯知道他将如何描述马勒：个头中等偏下。相对于纤细的身子，脑袋显得过大。他的头发朝后梳。他的粗眉高耸而拧作一团，他的注视随时会朝向内心。

此刻在托马斯的眼中，小说里的这个人物是一个作家，而不是作曲家，他写了许多托马斯自己考虑过要写的书，比如关于腓特烈大帝的一部长篇。他在他自己的国家中是个名人，现在他想从写作中，甚或是从名声中，抽身出来，休息一下。

“你在构思什么吗？”卡提娅问他。

“是的，但我不确定那是什么。”

引擎停下时，贡多拉蜂拥而至，登陆梯放下了，海关人员登上甲板，人们开始登岸。他们坐上贡多拉后，托马斯注意到这种船暗沉肃穆的风格，它像是为运载棺材而设计的，而不是在威尼斯的河道里运载活人。

他们站在酒店大堂时，托马斯说了一句这地方没有大公王妃可太好了。他们的房间朝向海滩，大海正在涨潮，长长的浪线有节奏地拍击沙滩。

他们用餐时发现客人来自世界各地。距离他们最近的一桌上，是一群礼貌而安静的美国人，稍远处坐着几位英国妇人，一家子俄国人，几个德国人和波兰人。

他观察着那个和女儿们坐在一起的波兰母亲，她请前来点餐的侍者先走开，似乎还在等另一个人。接着她们朝一个男孩招手，他正从两扇大门进来，很快落座。他迟到了。

男孩沉着地走进餐厅。他有一头及肩的金色卷发。他穿一件英国水手服。他自信地走到他家人的那张桌子，朝母亲和姐姐们正式地鞠了一躬，然后坐在了托马斯的视线毫无遮挡的座位上。

卡提娅也注意到了这个孩子，但托马斯觉得海因里希没有。

“我想去圣马可广场，”海因里希说，“谁不想去呢？然后去圣方济会荣耀圣母教堂，再然后可能去圣洛克堂看丁托列托的画，接着再去另一个奇怪的小教堂，里面像小商店，挂着卡尔帕乔的画。我就想看这些。剩下的时间我想去游泳，什么都不想，看看大海，看看天空。”

托马斯打量着孩子白皙的皮肤，蓝色的眼睛，安静的模样。他母亲对他说话时，他礼貌地点点头。他和侍者说话时一本正经。让托马斯动心的不只是他的美貌，还有他镇定自若的样子，他安静时不显得郁闷，他和家人坐在一起，又保持着距离。托马斯琢磨着他的镇定，他的自信。当男孩的视线与他相遇时，托马斯垂下目光，暗自下定决心，他只思考明天的计划，不再去想这个孩子。

早晨，天色碧蓝，他们决定充分利用酒店的沙滩设施。托马斯带着他的笔记本和一部打算读的小说，卡提娅也带了本书。酒店员工给他们安排好了遮阳伞，摆好了桌椅，让托马斯可以写作。

早餐时他又看到了那个男孩。他再次比家人们晚到了，这仿佛是他为自己申请的特权。他迈着前一天的那种优雅步伐，轻快地穿过房间。他知道自己没机会和这男孩说话，于是男孩越发地吸引他。他唯一能做的就是望着他。

他写道，在第一个钟头，男孩和他家人都没来。当男孩终于出现时，他光着胸脯，对正在堆沙丘的一群人宣告他的到来，他们喊着他的名字，那是一个托马斯无法准确念出的双音节名字。

这些年轻人用一块旧木板在两个沙丘间划出连接线。他看着男孩抱着木板，在另一个年龄更大、更强壮的男孩的帮助下，把木板放回原地。这两人检查了他们干完的活后，勾肩搭背地走开了。

卖草莓的小贩过来时，卡提娅让他走开。

“他们洗都不洗。”她说。

托马斯放弃了写作，捧起小说阅读。他觉得男孩和他的朋友去玩什么恶作剧了，午餐时男孩会现身的。

他在海上折射过来的乳白色光线中昏昏睡去，然后醒来，读书，再睡去，后来他听到卡提娅说：“他回来了。”

她的声音很轻，他觉得她是不想让海因里希听到。当他坐起来朝卡提娅看时，她埋首读书，没有理他。但她说得没错。那个男孩正站在齐膝深的水里，接着他蹚着水朝远处走去。他游了起来，直到他母亲和另一个应该是家庭教师的女子喊他回到岸上。托马斯看到他从水里出来，卷发滴着水。他越是看得仔细，看得长久，卡提娅就越是读书读得起劲。他心里明白，即便他俩独处时，也不会讨论这事，因为没什么可说的。他知道自己不必在这个场景中隐瞒自己的兴趣，便越发感觉自在起来，他挪了挪椅子，以便可以看到男孩在母亲和家庭教师的看护下擦干身体。

天气仍然适合沙滩休闲，但海因里希说服他们陪他次日一早去参观教堂和美术馆。轮渡刚离开小码头，托马斯就后悔了这个决定。他离开了前一日还那么丰富的沙滩生活。

他们前往广场时，威尼斯正值最佳气候。不冷不热的南风吹拂着他，他倚坐着阖上双目。他们上午会去欣赏画作，也许在用过午餐后，当阳光和缓下来时回丽多岛度过下午。

托马斯和卡提娅看到海因里希在圣方济会荣耀圣母教堂里看到提香的《圣母升天图》时的兴奋，不觉都笑起来。托马斯想，没有一个小说家会喜欢这幅画。这个中心人物虽然色彩丰腴，但太过出世，太过不可能。他欣赏片刻后，又去看画面下方那几张惊讶的脸，这些形象来自普通人，他们和他一样目睹了这一场面。

他知道，当他们朝大运河折返时，海因里希会在这一启发下对欧洲、历史或宗教发表一番高论。他对此毫无兴趣，但也不想破坏这天上午他与哥哥的友好关系。

“你能想象生活在耶稣受难时代吗？”海因里希问。

托马斯认真地看了他一眼，像是正在思考这个问题。

“我觉得这世上不会再发生什么了，”海因里希提高了声音接着说道，让自己能在窄巷早晨的喧闹声中被听到，“我是说，还会有局部战争、战争威胁，然后会有和谈、合约。还会有贸易。船会更大，更快。道路会铺得更好。山里会挖更多的隧道，桥也会建得更好。但不会再有大洪水了，神明不会再降临。永恒的只是中产阶级。”

托马斯笑着点点头，卡提娅说提香和丁托列托她都喜欢，虽然导游手册上说这两位彼此不喜欢对方。

他们来到一个暗室里欣赏卡尔帕乔。托马斯愉快地想到，没人能看到他，没人能发现他对这些画的反应如何。他从卡提娅和海因里希身边走开了几步。他惊讶地发现，马勒突然清晰地闯入他的脑海。那一瞬间，他觉得在这个昏暗的画廊里，他就是马勒。这是一个异想天开的念头，他想象着马勒就在这里，他从一幅画走到另一幅画，欣赏着这些场景。

在从波拉过来的汽船上，他构思了一篇会有马勒出现的小说，但主人公是一个孤身男子，而不是一个丈夫和父亲。托马斯大致想过淡化主人公所经历和书写的那些宏伟的想法，只写一个想法，一段经历，或一次失意。这就好比他可以使用海因里希刚才在街上阐释的事，把它置入某段黑暗压抑的情绪中进行考察。但那时他还没有把这个想法与他自身在海滩上、酒店餐厅里的经历联系起来。

他的角色——无论是马勒、海因里希还是他自己——来到威尼斯，遇见了美，他腾起欲望，抖擞精神。托马斯曾考虑把欲望的对象设为一个小女孩，但他立刻想到，这种写法太常见，没有戏剧性，特别是如果他写的是一个大姑娘。不，他想，那将是一个男孩。在小说中，这种欲望来自性欲，但当然，那也是遥不可及的。年长者的注视正因为一切都不会发生而变得越发炽热。正因为这种相遇转瞬即逝，没有结果，它才会更有力地改变主人公的人生。它不能被社会接受，不能被家庭接受，也不能被世界接受。它会打开灵魂曾自以为坚不可摧的大门。

海因里希去银行换钱时，银行出纳员提醒他说，不要按照他原本的计划去南部，因为传闻那不勒斯在闹霍乱。话音刚落，托马斯就知道自己会把此事写进小说。他会写威尼斯传闻在闹霍乱，丽多岛也是，于是酒店客人日渐稀少。他会把年长者的欲望与疾病、衰败的感觉融合起来。

早餐时，波兰人的桌子是空的，和前一晚一样。托马斯找了个人少的时机，询问服务台的年轻人，波兰人一家是否已经退房。他告诉托马斯，波兰人一家还在。

午餐时那位母亲带着女儿们来到餐厅。卡提娅和海因里希在讨论海因里希从晨报上读到的新闻，托马斯则一直盯着大门。门开过几次，但进来的只是侍者。然后那个男孩现身了，他穿着他的水手服，毫无愧色地穿过房间，在落座前顿了一顿，向托马斯颔首示意，微微一笑，然后开始专心点餐。

下午在沙滩上，托马斯思考着他如今打算要写的小说。海因里希的行李箱丢了，他打算把这一情节写进小说，把它写成主人公延迟离岛的原因，但真实原因是他想在男孩这边多逗留一会儿。他想到他们被兜售的草莓，这一段也将被写进小说。

他的角色看到如此完美的形体后所生发的情感，逐渐变为忧虑。他的主人公阿申巴赫眼前一直浮现着这个男孩，甚至当他穿过潟湖时，都能从圣马可广场上看到他。他发现那家人为了可以在沙滩多待一会儿，开始早起用餐，于是他也早早地用餐，并在他们之前赶到沙滩。

阿申巴赫在小说中是个单身汉，他结过婚，中年丧偶。他有一个女儿，但并不与他亲近。他的阿申巴赫就像一个小说家那样缺乏幽默感。他的讽刺只留给哲学和历史，他不允许它朝向内心。面对强大的美，他毫无防御，这种美穿着蓝白色的泳衣，在明媚的亚得里亚海阳光下每天早晨出现在他面前。男孩在地平线上的剪影俘虏了他。他说的外国话，阿申巴赫一个字也不懂，但他为之感到兴奋。他大多数时间在等待安静下来的那一刻，比如说，当男孩离开家人，独自站在海边，双手抱着后颈，在蓝天碧海间做着白日梦。

当托马斯和卡提娅、海因里希准备离开时，他们得知威尼斯可能有霍乱。托马斯的小说已经有了大纲，他知道如果把这想法说给卡提娅听，她一定会似笑非笑地看着他，意思是他名为写小说，实则心中另有他想。

他在大堂里等她时，想起早在当年他就发觉，她对他的了解有多深。他觉得那是第一次在她父母家见面，她和她哥哥克劳斯与他交谈之时。她似乎用克劳斯设下圈套，或是把他当成诱饵。她看到了她未来的丈夫正在注意她的哥哥。

托马斯也很注意卡提娅，但他的目光中并无特别之处。他想，在那次聚会上他有几次松懈了提防，被卡提娅兄妹揶揄的眼睛看到了。也许他在其他场合也有过。他想，奇怪的是，卡提娅似乎并不在意。

在他们的婚姻岁月中，在她严密的监督下，他俩形成了一种做法。一开始是在不经意间，卡提娅发现温巴赫酒庄有一种雷司令酒能让托马斯兴奋起来，他变得多话，专心。喝完红酒后，托马斯会来一杯白兰地，也可能来两杯。然后，卡提娅和他道过晚安，便会上楼，她确定托马斯很快会出现在她门口。

在他们心照不宣的协议中有一项条款，托马斯不能做出有损他们家庭幸福的事来。卡提娅洞悉他的欲望本质，但毫无怨言，看到他热切的目光停留在那些人身上，她付之一笑，她还适时地主动表示对他各种伪装的欣赏。

小说写完后，他给卡提娅看。他等了几天没有回音，终于忍不住问她可曾看过。

“哦，你掌控了全局。读着就像身临其境，不过我能看透你的心。”

“你觉得会有人有意见吗？”

“你是人们最敬重的人。但这篇小说会改变一些事。它会改变世界对威尼斯的看法。我觉得也会改变世界对你的看法。”

“你觉得我不该发表它吗？”

“我觉得你写了就是为了发表。”

小说在两期期刊上连载后，出了单行本。他觉得他的敌人或许会抓住这一机会攻讦他。他担心会有评论文章暗示作者似乎对这篇小说的题材很有经验，已超出健康的范围，尤其是对一个有四个孩子的父亲而言。

事实上，评论者们认为，艺术家和男孩的关系在一个失和的时代中象征了死亡的诱惑与永恒之美的魅力。唯一激烈的反对来自卡提娅的一个远房叔叔，他完全看不出小说中的隐喻，并一怒之下致信卡提娅的父亲："这是什么小说！还是一个有家室的男人！"

另一方面，已年过八旬的卡提娅的祖母，在柏林的报纸上称赞这篇小说，并写信对卡提娅说，她终于放下了之前对卡提娅丈夫的所有成见。她一改顽固和冷漠的态度，认为托马斯·曼代表了她毕生梦想的新德国。

单行本出版前，托马斯和卡提娅有一桩更不妙的事需要考虑。卡提娅结核病复发，肺部再次出现斑点。他们决定让她去瑞士的达沃斯疗养。

托马斯觉得奇怪，六岁的小埃丽卡和五岁的小克劳斯，似乎在母亲刚离开去疗养院时就开始思念母亲。现在看管孩子的是保姆埃莉泽，她工作勤恳，对孩子们严格，但经常把注意力放在两个要求越来越高的幼子幼女身上。很快埃丽卡和克劳斯为自己制定了一套休闲方案，包括每晚睡觉前演一出剧。他俩穿戴莫名其妙的装束，吵吵嚷嚷，影响他们父亲在底楼房间壁炉边的安宁阅读。

在卡提娅离开期间，托马斯把母亲接到巴特特尔茨来消夏。茱莉娅对不守规矩的孩子毫无经验。她自己的孩子虽然早慧，但总是很听话，容易被管束。埃丽卡和克劳斯则把祖母的古怪性格视为另一个他们可以为所欲为的理由。他们认为自己已经长大，不想和戈洛、莫妮卡一起被关在房子的花园里。他们有自己的伙伴，自己的生活。他们说，母亲总是让他们和同龄孩子去河边玩，只要伙伴们的保姆在旁看着就行。

母亲向他告状，他训诫了埃丽卡和克劳斯，可是埃丽卡后来正告他说，他们从未经受这种管束，她劝父亲和祖母谈谈，为他们争取自由。

戈洛悄悄地钻进自己的世界。他并不想跟着哥哥姐姐，后者也不爱带他玩。他与祖母或其他来顶替母亲的看护人都不亲近。他都懒得看他父亲。他在房间里就找个角落独自待着，他在花园里就坐在树荫下。托马斯惊讶于他的自制力。

莫妮卡还是个婴儿。她一直很难管，夜哭，动辄生气。他和三个大孩子吃饭时，要求埃丽卡和克劳斯守时，坐直，说“请”和“谢谢”，用餐没结束就不能离开餐桌，但他不知道该拿莫妮卡怎么办。在巴特特尔茨，他只把她留给他母亲照顾。他每次经过她的房间，就听到她在哭。

刚开始，卡提娅每天从达沃斯写信来。信里写她的病友和疗养院的制度，充满欢乐和趣味。托马斯回信时想写写孩子们的趣事。把长子长女的活动写得有趣并不难，他们有各种机灵劲和创意，甚至戈洛的习惯也能被写成笑话，但对于莫妮卡就不知该说什么。

无论他们给彼此写的信多长，多详细，他在卡提娅离开后很快感觉到，他想念她。在她走之前，他未曾意识到他们如此亲密。

其实他觉得他们交谈并不多。他们一起吃饭，下午一起散步。但妻子在他写作时不会进他书房。近些年来他睡眠不稳，他们就分房睡了。但如今的日常生活，那些最寻常不过的事，因为无法与她谈说，便失去了深度和实在感。

学校开学，他们从巴特特尔茨回慕尼黑，他知道卡提娅在疗养院的时间很可能会延长。他在数封信中特意提到了他们盼着她回来。他知道她母亲和祖母都认为她生育太过频繁，又承担了过多的家务和丈夫的经济事务。当她们开始为她的病而责怪他时，他小心翼翼地回避有关病因的话题。因为她母亲和祖母并不像他自己母亲那样帮忙带孩子，他不觉得有必要讨好她们。

卡提娅来信说她等着他去探望。他列了一单子想要告诉她的事，但当他写到孩子们说过的话，做过的事，那些也许会逗乐她的故事时，他意识到在她离开的头几个月中，四个孩子已经形成了难以改变的行事风格。两个大的如今被学校和朋友们的家长抱怨不休。但凡有人与戈洛说话，就像打搅了他古怪的冥思遐想。还有莫妮卡，无论他们怎么安抚她，她都不开心。

他知道这些事写进信里会显得冷硬，令人担忧。如果在谈话中慢慢道来，则能缓和许多。他想，等到他离开孩子们去达沃斯就好了。他开始给他们定规矩，下命令。他觉得在最近几周，三个大孩子开始讨厌他了。他们避着他，而且无论他怎么鼓励他们在餐桌上说话，他们都经常沉默不语。

他让母亲告诉孩子们，他要离家三周。那天，他天明出门，搭上去罗尔沙赫的早班火车，然后换当地的小火车去阿尔卑斯山区的兰德夸特。他在那里等一辆窄轨车。火车爬升的山路蜿蜒陡峭，仿佛没有尽头。铁轨紧紧地嵌在两侧的山墙里。列车还没抵达终点，他已觉得远离了带孩子的烦恼。

这不仅因为他远离了慕尼黑，其实早在他出发、等火车、再次踏上旅途的那天，慕尼黑就隐去了。他已经投入了卡提娅统辖的大山世界。那个世界被疾病所左右。

卡提娅来车站接他。

“真好，又有人和我说话了。”在去疗养院的路上，她对他说。他会有自己的房间，不与她同住，但会在疗养院餐厅里和她以及她的病友们一道用餐。

她已经写信说过很多病友。他才到达沃斯半小时，就遇到了那个西班牙妇人，她走来走去喊着“两个”，指的是她的两个得了肺结核的儿子。他还遇到了那个嗜吃巧克力并一直说要用枪自杀的男人。

他与卡提娅在开头几天一直聊个不停。他得知在她居住期间，疗养院死了不少病人，这些事她从未在信中提及。他惊讶她说到死者时的语气那么平常。很快他发现自己在对她说孩子们的事，那些细节他本不打算告诉她的。

“你的意思是一切照旧？”她说。

“一切照旧？”

“照你的说法，那四个和我离开前一模一样，两个大的太戏剧化，很不听话，戈洛总是独个儿想心事，莫妮卡还是个娃娃。他们没出事吧？”

“没有。”

“那么唯一的不同就是你开始注意他们了。”

他的房间令人愉悦而安宁，白色的家具是实用型的，地板干干净净，阳台门能透进一束山谷里的光线。

用餐时，来了一位医生，他好笑地听到托马斯说自己完全健康，只是来探视妻子。

“想想吧！”医生说，“我从未见过一个完全健康的人。”

卡提娅悄悄地为他描述了每一个走进餐厅的人。她指了指俄国人坐的两张桌子。

“一张是好俄国人的桌子。坐的都是那个国家的上等人。另一张是给坐不上好桌的人，我觉得是坏俄国人的桌子。”

当卡提娅提醒他，住在他隔壁房间的夫妻就是坐坏桌子的，他并没有多想他们和他们低下的地位，直到他夜里被一阵隐隐约约的笑声吵醒。他发觉房间之间的墙壁很薄。他不需要懂俄语就知道这是什么事。他们制造的声音越发奔放了，他想象着此后几天他会看到这些人。当他们被介绍给他时，他们一定会明白他们做爱的声音曾传入他耳中。只是在那一刻，他们似乎毫不介意。

卡提娅带他去用早餐时，他决定不提昨夜所闻。可尽管有此决心，他还是迫不及待地向她描述了一番。

托马斯发现疗养院让她与世隔绝。她对外面的世界感兴趣，她爱听孩子们的事，也爱听母亲和婆婆的事，但她总是在谈到达沃斯时更来劲。虽然他们比以往聊得都多，他也没有书房需要待着，但他还是觉察到她与他拉开了距离。有几次当他提起她回慕尼黑的事，她就有点心不在焉，她让他明白她的肺还有些问题，此时离开达沃斯不是一个选择。

他想，这是她的一大变化。她成了一个病人。又过了一两天，他发觉自己也跟上了这样的生活节奏。和卡提娅一样，他无事可操心。他开始近乎痴迷地观察别人，探听他们的情况。他带了几本书来，但发觉到了晚上已经精力耗尽，没法阅读。在白天的休息时间，他最不想做的事就是读书。他想休息，平静地躺着，思索刚听到的关于疗养院的事。

他特别喜欢下午近晚时分，因为很快又能见到卡提娅，他们能专心分享自从上次说话以来的一小段时间里各自的感受。

他告诉她，他一直知道，在一个不熟悉的地方，时间总是过得很慢。

“但现在我回头看，似乎感觉我已在这里待了不知多久，自从我来后似乎已过去了无尽的时间。”

主治医生每次在走廊看到托马斯和卡提娅都会停下脚步。他让他们知道，虽然他读过托马斯的书，他的注意力仍然放在卡提娅身上。然而有一天，他飞快地告诉卡提娅他在思考她的情况，然后转身把托马斯拉到灯光下，仔细查看他的眼白。

“这里有医生给你做过检查吗？”他问。

“我不是病人。”托马斯说。

“建议你充分利用这里的时间。”他怀疑地看着托马斯，然后走了。

他为托马斯在诊所预约后，没有惊动他，只是派了两个勤务员在上午休息时间去他房间。他们说，他们的任务是把他带去诊所。他暗示需要让他妻子知道他去哪了，可他们说他妻子正在休息，不应该被打扰。

在诊所中，医生让托马斯脱下外套、衬衫和背心。他感觉自己暴露无遗，看上去比实际年龄更老。他等了一会儿，医生才回来，一言不发地开始检查他背部，用拳头敲几下，听听声音，另一只手轻轻地贴在背部下方。他一直在检查相同的地方，一处是右锁骨附近，一处是更低一些的位置。

他叫来一个同事，他们让托马斯深呼吸，咳嗽。他们开始用听诊器在他背部上下移动，听里面的压力。从他们缓慢仔细的检查方法中，托马斯知道完毕后他们一定有很多话要说。

“正如我所想的。”一个人说。

托马斯希望能回到之前在房间里那一刻，当勤务员来时，他会说他正忙着，不想跟他们走。

“我怕你在这儿不仅仅是客人，”另一个说，“你一来我就猜到了。事实证明来这儿是你的幸运。”

托马斯拿起衬衫，想把自己遮起来。

“你的一个肺有问题。如果现在不治，我肯定你几个月后还要回来。”

“怎么治?”

“和这里的病人一样治。需要时间。”

“多久?”

“他们都问过这个，但很快他们懒得问了，因为知道难回答。”

“你的诊断结果确定吗？我在这里而不是别处诊断出问题，这是不是太巧合了？”

“这里的空气适合疗养，”那位资深医生说，“但也适合让病症暴露出来。它能让潜藏的病灶发作出来。现在你该去睡觉了。我们很快会给你拍一张X光。”

X光打破了他的达沃斯之梦。一天早晨，他被告知当天下午要去地下检验室。他问卡提娅时，她说那没什么，只是为了让医生得到一张更清晰的胸肺照片。

他等在小房间里时，来了一个高个子瑞典人。在这个局促的空间里，他发觉自己很注意这个瑞典人，自从他来这里后还从未这么注意一个人。他想象着X光穿透这个人的皮肤，在体内寻找无人会触碰、观察的地方。当一个技术员过来让他们脱掉上衣时，托马斯感觉尴尬，差点想问他能否等会儿再脱，让瑞典人先去X光室。但他还是迟疑着顺从了。

等他脱下衬衫，瑞典人已经转过身去脱掉了背心。在昏暗的灯光下，他的皮肤光滑，泛出金色光泽，背部肌肉发达。在那几秒钟内，托马斯想到既然空间如此狭小，那么他从同伴身边擦过，胳膊在他赤裸的背部不经意地停留，也是自然而然的事。他还没来得及打消这个念头，瑞典人转过身来，毫不客气地伸出大拇指和食指丈量托马斯右臂的二头肌。他孩子气地笑了，耸耸肩，指了指他自己的上臂肌肉，然后轻轻拍了一下托马斯的肚子，意思是他太胖了。

内室中，医生站在柜子前。当眼睛逐渐适应暗室的光线后，托马斯看到滑轮架上有个类似照相机的盒子，墙上挂着成排的底片。他还能看到玻璃器皿、配电盒和竖高的量具。他想，这可以是一个摄影师的工作室、暗房，也可以是一个发明家的工厂、炼金师的实验室。

片刻后，来了一个更年长的医生。

“你俩能否把叫痛声的音量控制到最低？”他问。周围一片笑声。

“你们要看看我们的手工艺品吗？”他问。

他按下开关，给一沓底片打上灯光，呈现出可怕的身体部位——手、脚、膝盖、大腿、胳膊、骨盆，都是些鬼影憧憧的东西。X光机除去血肉肌理，深入柔软的部位，直击核心，身体看上去就像皮肉已经腐败。托马斯屏住呼吸，目光上下扫视某个人的身体内部——他必定经常在走廊上遇到此人，这时他发现自己靠在瑞典人身上，他的肩膀碰到了这人的上臂。

医生让瑞典人先来。他坐到照相机前，胸口对着一块金属片，两腿分开。助手把他的肩膀往前推，用揉面手法按摩他的背部。他让瑞典人做一个深呼吸，然后屏息。接着打开了仪器灯光。托马斯看到瑞典人闭着眼。量具嗞嗞地发出蓝光，墙上啪啪地闪烁，一道红光忽明忽暗。接着一切都安静了。

轮到托马斯了。

“抱住这块板子，”医生说，“想象这是一个人，一个你喜欢的人。用胸口抵住这个人，深呼吸。”

结束后，医生让他和瑞典人稍等片刻。他说，他们很快会看到照相机拍到的东西。先看瑞典人的。

瑞典人的相片挂到了灯光下，托马斯看着胸骨浮现出来，还有脊柱，那是一根暗色的可怖的柱子。然后他的视线移到胸骨附近一个袋状物。

“看到他的心脏了吗？”医生问。

轮到托马斯看他自己照片时，他感觉仿佛走进了一个圣地的内室。屏幕亮起来时，一瞬间他想到了父亲的遗体，如今已在吕贝克的墓地里化为一具骷髅。接着他看到了自己在墓地里的身体。他寻思在这些底片里会不会有卡提娅的，如果他看到她封存在永恒中的样子，也许会更珍惜她。

电光石火间，他看到了该如何把这些写进书里，会有怎样的戏剧性。这将是小说家首次描写X光，描述各种古怪的光线和离奇的声响，最终得到的图像迄今没有与他人分享。他看到，他仿佛是被魔法引诱到了达沃斯。他知道，只要他一脱离这里的氛围，他就会开始写作。现在他希望能回到书房，只要孩子们发出一点声音，他就会抱怨。他恭恭敬敬地听医生说话，医生告诉他X光证明了他们之前的怀疑，他有肺结核，需要治疗。他礼貌而恭顺地点头，表示愿意把自己交到医生的手中。但在他心里，他已经登上了火车，穿行在阿尔卑斯山的窄轨铁路上。

他与慕尼黑的家庭医生讨论过后，从魔法中解脱了出来。在达沃斯，他在睡梦中和清醒时都被魔法牢牢钳制。

“我的建议是，”医生说，“你还是待在平原上。如果你开始略血，就立刻来见我。但我有种感觉，我们不会很快见面。还有，转告你的妻子——如果她肯听的话——离开家人只会让她病得更重。”

托马斯回家后，让长子长女吃饭时要坐正，盘子没有吃干净前，不能离开餐桌。有时在埃丽卡的要求下，他会为他们讲笑话，表演魔术，自从卡提娅离开后他就没这么做过了。其中一个笑话是他假装看不到坐在椅子上的埃丽卡，说她是个靠垫，放在那里给他靠背的。这让埃丽卡和克劳斯都笑疯了，但戈洛双手掩面。两个大孩子要他一遍遍地做此表演，这时他希望卡提娅能在这里，说游戏该结束了。

他开始构思长篇小说《魔山》。主人公比他小十五岁，来自汉堡，拥有科学家的头脑和天真。他会旅行去达沃斯探望在那里疗养的表妹，他也会像托马斯一样注意到，一进入疗养院设定的日程，时间就失去意义。这种新奇感令他不安，但他会逐渐习惯。

在想象世界中的达沃斯，规范的作息取代了低地上的不规律生活。病人们逐渐衰弱的身体，反映了不知不觉间潜入日常生活的某种道德疾病。但这太简单了。他要让生活，而不是某种生活理论，来统摄他的书。他要让场景里充满机遇和怪异。他要探索无处不在的潜藏的情欲。

当他正在构思这部书时，他发觉慕尼黑有了新变化。来他家采访的记者，问的不是书而是政治。他们探讨着巴尔干半岛和大国强权，认为他会想谈一谈德国在欧洲的角色以及奥斯曼帝国瓦解的意义。他有时希望卡提娅和海因里希能看到他努力装出已对这些政治问题有过深入思考的样子。但他也发现自己喜欢以小说家的身份对变化中的世界投以审视的目光。渐渐地，他对报纸更上心了，新闻上说德国军事力量正在增长，德意志君主需要保持警惕，因为他的敌人遍布于周边国家。

托马斯写信对卡提娅说了他的小说，她对此没有反馈。她只告诉他，那张坏俄国人桌子上有人死了，他们在半夜里悄悄地把尸体运出疗养院。

他屡次问卡提娅，她打算在达沃斯待多久，但她没有回应。他觉得她仍然被那里的生活所蛊惑。他的那次探访，他在那里参与日常生活，并没有令她觉醒现实，反而让她越发陷入幻觉。

为了打破迷障，他写信告诉她，他们需要在慕尼黑建一栋新房子。他说，他已经在看房址了，也在考虑规划。他记得他们在巴特特尔茨建房子时，卡提娅参与了每一个最小的细节。建筑商还开玩笑称她是建筑师。她经常在夜里醒来，对规划作出一些改动。

他给她写了几封信，说他在考虑哪一类房子，还画图说明他的书房在哪，厨房会在地下室。他希望这能让她从达沃斯的梦中醒来。但他认为把她引诱回来，还需要时日，还需要对房子做更多的细节规划。在他收到一堆不痛不痒的信之后，意外地来了一封短信，她说医生告诉她，继续待在山里不会再有益处，她决定不久后回来。

他不知道应该立刻告诉孩子们，还是等她回来再给他们一个惊喜。在等待中，他明白不久后卡提娅就会充实他们的生活，仿佛她从未离开。他则会在想象中居住在她即将离开的地方。

第六章

慕尼黑，一九一四年

克劳斯·普林斯海姆坐在钢琴前，两边分别坐着九岁的埃丽卡和八岁的克劳斯·曼。卡提娅坐在沙发上，穿着一袭黑色的织锦缎连衣裙。莫妮卡找到了一把勺子，她不顾别人的恳求，在一个从厨房拿来的锅子上敲敲打打。戈洛用略带嫌弃的神情看着这一幕。

“克劳斯，”他的舅舅说，“埃丽卡唱和声时，你别跟着她，要稳住旋律。必要时就提高声音。”

这是一首音乐厅曲目。

卡提娅在哥哥在场时，还是原先变化无常的性子。从达沃斯回来后，她就把精力放在孩子们身上，还监督着建房工程，他们在波琴格街上买了一块靠近河边的地。傍晚房子里安静下来时，托马斯就看到她坐在餐桌边看规划方案。但只要她的双胞胎哥哥一来，她就变回在娘家聚会上与他谈笑风生的那个女孩。她和克劳斯又摆出以前冷嘲热讽的姿态。他觉得他们是在取笑他。

“我们要的，”克劳斯转向托马斯说道，“是一个独立的慕尼黑，它要和法国联手对抗普鲁士人。这场战役必胜！”

“你会去打仗吗，我的小乖乖？”卡提娅问。

“白天，我是最勇猛的战士，”克劳斯说，“晚上，大家都会请我去给军队演奏鼓舞士气的音乐。”

他弹了《马赛进行曲》开头一段。

“我们有邻居，”托马斯说，“现在情势紧张。”

“我们有些邻居想打仗。”卡提娅说。

埃丽卡和弟弟克劳斯唱了起来。

我们讨厌俄国佬放大臭屁。

我们讨厌法国人老奸巨猾。

我们讨厌英国人冷冷的心。

德国兵会与他们奋战到死。

死，死，死，直到都死光。

他们在房间里列队行进，莫妮卡用勺子敲着锅子跟在后面。很快戈洛也跟了上去，迈着庄重的步伐。

“他们是从哪学来的？”托马斯问。

“有几千首这样的歌，”他的小舅子说，“你应该多出门。”

“托米喜欢世界自己走到他身边来。”卡提娅说。

“等到玛利亚广场改成法语名吧。”克劳斯说，“那就会有歌了，或者等到它改俄语名。”

托马斯注意到几个用人聚集在楼梯平台上。他后悔他和卡提娅给长子取的名字是克劳斯。一个克劳斯已经足够。他希望克劳斯·曼不要以舅舅为榜样。

一月，他们搬进新居。有段时间，出于迷信，托马斯特意没去房址。当卡提娅问他具体想法时，他说他只要一间有阳台的安静书房，让他能待在里面思考世界，如能有两间则更好。

“我想要一间自己的浴室，但我不会为此大动干戈。”

“在一切停当之前，不能让我父亲知道，否则对于最小的家具他也要大动干戈。”

“我想要吕贝克的书橱，不是你父亲设计的那些，还想要一扇从书房通往花园的门，好让我失踪。”

“我给你看。这就在规划里面。”

他笑着举起双臂，做了个无可奈何的姿势。

“从你给我看的规划中，我只看到了要花出去的钱。”

“我父亲……”卡提娅刚开口。

“我宁可向银行贷款。”托马斯说。

房子显得太过奢华。他想，这像是一个富人的房子，而这人像是在荷兰和英国旅行过，学到了那里的风格，并且满不在乎地炫耀自己的财富。他发觉自己既为拥有这样一栋房子感到骄傲，又担心别人的感受，比如海因里希。他还担心这会不会让孩子们被孤立。他们也许会在附近找到友伴，但会被视为来自一个挥霍金钱的家庭。他不希望自己的孩子有这种高人一等的态度。但现在他已经无能为力。他小心翼翼地不为此埋怨卡提娅，而卡提娅正开心地带娘家人参观房子。

“我们的小作家让你变成贵妇了，”克劳斯对她说，他饶有意味地冲着托马斯挤眉弄眼，“从寒碜的吕贝克人变成耀眼的贵人。

别告诉我贷了多少款！没有一个作家有这么多现金。”

他们去巴特特尔茨时，托马斯只希望无人会提起战争的可能性。一离开城市，他就知道，不能对爱国主义开玩笑。在慕尼黑，他婚后就不常去咖啡馆了，也不聊政治。他总觉得打仗是不可能的。在他想来，英国想要一个更弱势、更不自信的德国，这场战争会让仍然渴望掠夺殖民地的英国成为最大赢家，他不认为法国和俄国会参与进去。

在去巴特特尔茨的路上，他们多次停下来吃点心，但没听到任何新闻。他们在下午四五点钟抵达，一到就忙于整理房子，连散步的时间都没有。但他们让大孩子在女佣的陪伴下去找他们的朋友，并严格限定在七点前回家。

托马斯正在书房整理他的书籍，埃丽卡和克劳斯跑进来了。

“他们打死了一个大公！他们打死了一个大公！”

起初，托马斯以为他们又唱起了哪一首歌。假期刚开始他就下定决心，不让两个大孩子得到过多关注。

他一把抓住克劳斯，威严地对埃丽卡伸出手指，这时他很庆幸卡提娅还在楼上。

“我不要听你们唱歌！不许唱歌！”

“克劳斯舅舅说我们可以随便唱。”埃丽卡说。

“他不是你们的父亲！”

“不过这不是歌，”埃丽卡说，“是真事。”

“他们打死了一个大公，”克劳斯说，“你是最后一个知道的人。”

“什么大公？”他问。

“谁在说大公？”卡提娅过来问道。

“他们打死了他。”埃丽卡又说了一遍。

“他死得透透了，”克劳斯接着说，“*死，死，死，直到都死光。*”

次日早晨，什么报纸都买不到。托马斯去找当地的报纸商汉斯·加勒，订了几份之后两个月的德国日报。曼家刚来消夏，加勒就骄傲地把托马斯的书都陈列在橱窗上。

他陪着托马斯走到街上，前前后后地观察，仿佛随时会冒出一支外国军队。

“刺杀斐迪南大公的不是一个简单的塞尔维亚人，”加勒慎重地说，“他是一个塞尔维亚民族主义者，也就是说他是被俄国人收买的。如果此事是俄国人下令干的，那么英国人一定也插了一手。法国人太弱太蠢，无法阻止这种事。”

托马斯心想，加勒是从报纸上读到的这些，还是从某个顾客那里听到的。

每天早晨托马斯去拿报纸时，都发现加勒已经把几小时前读到的观点，加上自己的成见，整合了起来。

“唯一的解决方案是一场闪电战。我们应该在夜里去偷袭法国人。能打败英国人的唯一办法是炸沉他们的船。我知道我们在新型鱼雷上做了很多研究。那种鱼雷能撼动我们的敌人。”

托马斯笑着想到，埃丽卡和克劳斯唱着他们的歌来给加勒可怕的预测伴奏。

他研读的报纸越多，便越发认为英国、法国、俄国铆着劲儿要打仗。他骄傲的是，德国已经增加军备生产。他认为这是发给敌人的最合适的信息。

“我看德国不想打仗，”一天上午他对加勒说，“但我觉得英国人和俄国人认为如果他们现在不使足劲压过我们，那么永远都没机会和我们平起平坐了。”

“这里的人都很想打仗，”加勒说，“男人们都准备好了。”

托马斯没把他和加勒的谈话告诉卡提娅。他知道她不想在家里谈论战争。

他们不在慕尼黑时，房子里新建了一间浴室，托马斯不得不回城付钱给建造商。俄国动员令下达时，他正独自在波琴格街的房子里。

他去付钱时，建造商指了指浴室里的那几个人。

“这是他们最后一天在这里了，”他说，“我们正在加快进度，今晚要全部竣工。下星期世界就要大变了。”

“你确定吗？”托马斯问。

“下星期我们将要穿上军服，所有人都是。今天建浴室，明天就要对阵法国人。我为法国人感到遗憾，他们是一个悲惨的民族，但如果有一个俄国人在慕尼黑露脸，我保证我会给他一个终生难忘的教训。俄国人应该知道不能来这里。”

那天傍晚，托马斯早早地吃完饭就进了他的书房。他意识到，这些书架上每一本书里的每一个词，都是德语词。与海因里希不同，他从未学过法语和意大利语。他能阅读简单的英语，但只具备初步的口语能力。他取下几本从吕贝克时就有的诗集，如歌德、海涅、荷尔德林、普拉滕、诺瓦利斯。他把这些小册子堆放在沙发椅旁的地板上，觉得这也许是最后一晚他还能享有如此闲情。他寻找着结构简单，语调沉郁，关于爱情、风景和孤独的诗。他喜欢德语变化的韵词，令人愉悦的完成度和完美感。

要毁灭这些并不难。他觉得，德国尽管拥有强大的军事力量，但却是脆弱的。它的存在是因为它的语言，也就是这些诗歌所使用的语言。在其音乐和诗歌中，蕴藉着精神的珍宝。它一直探索生活中的黑暗、艰难和痛苦。但如今它被与它毫无共性的国家所包围、孤立，变得岌岌可危。

他来到画室，翻找唱片。当他能放出在现场演奏中听过的音乐时，留声机才让他感到满足。他记得在刚结婚那几年，他被普林斯海姆家带去看利奥·斯莱扎克的《罗恩格林》。他在唱片里找了一会儿，找到了这部歌剧里的一首咏叹调，是斯莱扎克唱的《在遥远的国度》。他记得，当斯莱扎克在慕尼黑的歌剧院里唱完这首时，他的岳父大声鼓掌，引得周围人向他们注目。

声音中有一种渴望，令他思考当下随时都会失去的东西。还有一种感觉，它朝着光明或是瓦格纳笔下的知识前进，踌躇着，迟疑着，却也一心一意地进入这种精神。

他低下头。他想，迫在眉睫的战争，并非由一场误会而起。各方代表不可能会晤并慢慢找到共同立场。其他国家讨厌德国，想要它失败。他想，这就是战争的原因。而德国的强大不仅在军事力量和工业上，还在其精神之中，对自身灵魂的深入体察，对内在自我的严肃盘诘。他听到咏叹调末尾，知道德国之外的人永远不会明白此刻在这间房间里发生的事有何意义，为这段音乐入迷的人能从中得到多少力量和宽慰。

次日早晨，当他来到市中心，读过他的书的人纷纷过来与他握手，好像他是他们的领袖。穿军服的人已在街上列队行进。在一家咖啡馆中，当几名士兵进来时，他注意到他们相当年轻、稚嫩，对店员彬彬有礼。他们行动间稳重而谨慎，没有打扰到他读报。

他想写写这场战争对德国的意义，但一个下午消磨过去，他发觉自己该回巴特特尔茨了。他发现卡提娅并不讳言自己对战争的前景相当悲观。晚餐时，她问他有关建造商和浴室的事。他没告诉她自己傍晚独自和诗歌、音乐待在一起，也没说他正在写一篇关于战争的文章。

早晨，他看到加勒斗志昂扬地站在店门口。

“我给你留了所有的报纸。今天德国要宣战了。这很清楚了。这是我们国家的自豪时刻。”

他说得那么铿锵有力，托马斯不禁朝后一退。

“紧张是应该的，”加勒继续说道，“战争不可轻视，虽然有些人似乎这样想。”

他用谴责的目光看着托马斯。托马斯心想难道他的某本书中有什么触怒了这位报商。

“你是一个叫海因里希·曼的人的兄弟，对吗？”

托马斯点头。加勒走进店里，拿来一份两天前的柏林右翼的报纸。

“这类东西将会被审查。”他说。

海因里希的文章一开头就说，在一场战争中没有胜利，只有伤亡，只有死者和伤者。他接着惋惜德国增加了军需开支，但对能够改善人们生活的东西却拨款不多。文章最后说，如果德意志君主无法不开战的话，德国人应该声明自己的权利。

“煽动叛乱，”加勒说，“背后捅刀，他应该被逮捕。”

“我的哥哥是一位国际主义者。”托马斯说。

“他是人民的敌人。”

“是啊，他应该保持沉默，直到战争胜利。”

加勒尖锐地扫了他一眼，想知道他是不是在开玩笑。

“我曾有个哥哥，这一切本来是他的。”加勒说。

他指着这间小店，仿佛这是乡下的一片地产。

“我以前在一个大农场里工作。后来他决定去美国。没人知道原因。我们只收到过他的一张明信片。没有别的了。所以我现在站在这里。我们都有哥哥。”

托马斯被宣布为不适合服兵役，这几乎是在情理之中，海因里希也是如此，其实加勒也如此。但他二十四岁的弟弟维克托参了军，还有卡提娅的哥哥海因茨。

在巴特特尔茨，托马斯发现加勒已经把他支持战争的那些话传开了。一天他和卡提娅在大街上走，一群路过的中年人向他致敬。其中一个走过来告诉他，在危难时日，德国需要他这样的作家。他们听到这句话时，其他人都欢呼起来。

“他是什么意思？”卡提娅问。

“我想他的意思是，他很高兴我不是海因里希。”

托马斯和卡提娅从巴特特尔茨到慕尼黑去参加维克托的婚礼，维克托想在上前线前完婚。路上托马斯发现了一种轻松和愉快的气氛。在拥挤的火车上，如果有平民出现，士兵们立刻站起来让座。许多人，包括托马斯，坚持不让士兵让座。一名士兵站在座椅上对车厢里的人发言。

“我们为德国服役。这就是我们穿军服的意义。为了显示我们服役的决心，我们要站着，而不是坐着。”

其他穿军服的人欢呼，平民们鼓掌。托马斯发现自己眼含热泪。

在拘束的婚礼上，母亲告诉他，海因里希谈了一个捷克女演员，并打算结婚了。

“她叫米米，我觉得这是一个可爱的名字。”

托马斯没有说话。

“我没有看过他写的文章，”母亲接着说，“但我的邻居们看了。现在这时候我们应该团结起来。我为维克托感到骄傲。”

卢拉夫妇喝多了，勒尔让卡提娅建议父亲投资战争债券。

“若有人怀疑他不支持打仗，便可以此堵住这些人的口。”

“他为何不支持打仗？”卡提娅问。

“他不是犹太人吗？他的父亲不是犹太人吗？”

卡提娅成了黑市专家。她有了一个供货网，对有哪些现货都了如指掌。她说她看一眼鸡蛋的价格，就知道战争的进展，但接着她的理论失效了，因为鸡蛋买不到了，出高价都不行。

埃丽卡和克劳斯被勒令不得唱任何歌，不得对战争做任何评价，即便在家里也不行。

“他们把不听话的小男孩送上前线。”托马斯说。

“他们确实这么做。”卡提娅说。

托马斯觉得，在战争最初的几个月里，房子里的书房和客厅之间的距离变长了。他甚至不让孩子们出现在外面的走廊上。而克劳斯·普林斯海姆随来随往。他弹钢琴，逗孩子，聊轻松的事，但也不时地对战事或军事领导的发言嘲讽两句。托马斯小心翼翼地不与他争辩。后来，只要小舅子来家里，他压根不陪他们。

在书房里，托马斯能回到他喜欢的书籍中间。但在战争造成的混乱中，他无法继续写疗养院的小说。他艰难地写着战争之于德国及其文化的意义的文章。他有时希望自己拥有更多知识，他没读过任何政治哲学，对德国哲学也是一知半解。

婚后他只待在家庭圈子里，不与其他作家交往，也不参加文学聚会。卡提娅一直提防着试图攀援他的人，抱着怀疑的心态应付他们。没有什么比一个作家想要讨论该如何写作更让他泄气的了。

战前一年，作家恩斯特·贝尔特拉姆拜访过他几次。他想那是因为《死于威尼斯》，也许身为同性恋的贝尔特拉姆以为托马斯也是同类。后来他又以为贝尔特拉姆是追求上进。但最终发现他只是对德国和哲学感兴趣。他阅读广泛，有许多坚定的想法。他只想从托马斯那里得到关注。

贝尔特拉姆讨论时事时引经据典。他很少在陈述观点时不引用尼采。他引用俾斯麦、梅特涅，也引用柏拉图、马基雅维利。他提到出处总是很准确。他说到某段文字时，甚至能说出具体出自哪一页。

卡提娅对贝尔特拉姆并不友好。

“他对你非常感兴趣，”她说，“这超出常理了。有时候他就像一条摇尾乞怜，伸长了舌头的大狗。有时候我觉得他想带你私奔。”

“私奔去哪？”

“瓦尔哈拉[①]。”她说。

“他懂得很多。”

“是的，他懂得如何对人有礼貌，接着他会避开目光。但他只避开我的目光。我觉得他只想和男性交朋友。他太像德国人了！”

“这有什么问题吗？”

“我觉得有问题！”

渐渐地，贝尔特拉姆成为家里的常客，和孩子们、用人都混熟了。他是唯一一个被准许进入托马斯书房的人，如果他碰巧上午来的话。

贝尔特拉姆谈论德国的未来、文化土壤里的根基、德国音乐

---

① 瓦尔哈拉神殿位于雷根斯堡，是德国的名人堂。

的表达及其提升德国精神的方式。渐渐地他们不再谈论尼采的作品——贝尔特拉姆写过一篇关于尼采的论文，而开始讨论德国的独特性，其文化力量如何让邻国孤立了它。贝尔特拉姆认为，唯一的解决方案是战争。只有战争胜利了，德国才能在欧洲施展其影响力。

托马斯同意这一点，瓦格纳的歌剧与尼采的作品以其兴奋和渴求感呈现了德国精神，但这种精神是不安定的，非理性的，充满内在斗争的，因此也更可感知，更有力。当贝尔特拉姆回应说，德国灵魂中的信仰永远都不满足于简单的民主，托马斯不禁点头称是。

贝尔特拉姆并不讳言他有一个男性伴侣，甚至私下里说他们睡在一张床上。有时他这么说时，托马斯发觉自己在想这个丑男人赤裸时会是什么样。他早晨醒来时，身边一定有另一个男人。托马斯想象着他们细瘦而多毛的腿交缠着，嘴唇亲吻着。这一形象令他着迷，但也让他退缩。他觉得和恩斯特·贝尔特拉姆一起睡不会有很大乐趣。

托马斯想自己也许会写一本关于德国和战争的小书。渐渐地，计划中的小册子越写越长，目标越发远大。托马斯以往经常让卡提娅参与他的长篇和短篇创作，一写完就大声朗读给她听，但他无法轻松地与她探讨一本政治题材的书，也无法朗读给她听。

“你能想象等克劳斯和戈洛长大后去参军，我们坐在这里整天等他们的消息吗？”她问，“而这一切都因为某种理念。”

当他们第五个孩子伊丽莎白出生时，很自然地，他们请恩斯特·贝尔特拉姆当她的教父。当时他是托马斯唯一的朋友。

托马斯一直关注战争进程，还发表了许多支持德国抗争的文章，他为参与了一场包括工人、商人以及全国各地人民的运动而深感安慰。当他在乎的整个价值观遭受各国威胁时，他如何还能继续创作小说？这些国家包括一个半文明的警察国家——俄国，以及仍沉醉在十八世纪革命的浑浑噩噩的梦中的法国。

他写道，这场战争将使欧洲扫除腐败。德国好战是因为道德感，不是因为虚荣，或追求荣耀和帝国主义。德国将比以前更自由，更进步。他警告说，如果德国战败，欧洲将永无宁日。只有德国的胜利才能确保欧洲和平。

他的文章发表后，就收到前线战士的信，说他的话极大鼓舞了他们，这令他很高兴。然后在贝尔特拉姆的鼓励下，他努力完成了一本计划中的书。书名是《非政治人物的反思》。

战前，托马斯认为海因里希的国际主义是因为他在意大利和法国待了太久。如今随着德国的伤亡增加，托马斯以为哥哥将对德国遭受的威胁不那么无动于衷，将会抛弃他世界主义的姿态。

当托马斯去波林探望母亲时，他发现她已经给海因里希写信，让他别再说不利祖国的话。托马斯看到，这场战争为母亲的双目注入了新生命。她在村子里四处游走，拉住每一个人讨论德国的进程。她还喊爱国口号。

“每个人都拉住我问我儿子怎样了。他们问的是维克托，可怜的小维克托。在这之前他们只问海因里希和托马斯。但现在是家里这个当兵的。我一天出门散步两次，三次，或更多次。每个人都对我说要坚强。所以我很坚强。”

一九一五年末，海因里希在一篇发表的文章中提到了小说家左拉，他在德雷福斯事件[①]中试图让同胞们认清一桩冤案。显然，海因里希是在自比这位法国作家。

让托马斯恼怒的并不是文章的论点，而是第二句话：“创造者总是晚熟，而那些看似正常并且在二十出头就老于世故的人，必定很快才华枯竭。”

他把文章给卡提娅看。

“这是对我的人身攻击。我是在二十多岁时赢得名声的。他说的就是我。”

“可你并没有才华枯竭啊。”

他不敢争论下去，因为就连《死于威尼斯》的成就都不如他的处女作，海因里希是在为此嘲讽他。

贝尔特拉姆来访时，他便毫无顾忌地指责兄长。

“他一直都那么记仇，无论是我凭那部书赢得了名声，还是我娶了一个富有的太太，还是我早就张罗好了房子，而他恋爱一再失败至今未婚。”

---

① 德雷福斯事件：19世纪末发生在法国的一起政治事件，一名法国犹太裔军官阿尔弗雷德·德雷福斯被误判为叛国，法国社会因此爆发严重的冲突和争议。此后经过重审以及政治环境的变化，事件终于在1906年获得平反，德雷福斯也成为国家英雄。

“他就像那些所谓的社会主义者，”贝尔特拉姆说，“愤世嫉俗。”

一天下午近晚时分，托马斯去波林看望母亲。天光已经黯淡下去，他走进起居室时，她正坐在半明半暗中。

“是谁?”她喊。

“托米。”他说。

他在身后关上门，她顿时激动起来。

“啊，托米?哎，我同意你的看法，他就像个小将军一样在指挥战斗。很快他就要吹着军号挺进比利时了！他怎么变得如此好战?我对他的妻子说，他应该冷静下来。而她只是看了我一眼！你知道，我从来就不喜欢卡提娅·普林斯海姆，我喜欢你的米米。”

“母亲，我是托米。”

她转过身，盯着他瞧。

“哦，是你啊！”她说。

在慕尼黑，他对卢拉说了此事，她哈哈大笑。

“母亲爱你们两个。在海因里希面前，她是罗莎·卢森堡，在你面前，她是兴登堡①。在我面前，她只谈针垫和棉布罩子。”

当卡提娅终于和海因里希的新婚妻子米米有了交往，开始彼

① 罗莎·卢森堡：德国马克思主义政治家、社会主义哲学家和革命家。兴登堡：“一战”德国陆军元帅。

此通信和交换礼物时，兄弟俩却断绝了联系。托马斯嫌恶地注意到，那篇左拉文章为海因里希赢得了支持者，让他成为勇敢的公众人物，所谓的极少数敢于对战争说真话的人之一。

海因里希早期的书大多数已绝版，而且没有一本卖得好。如今，十卷本的海因里希·曼作品集在书店上架，每一卷还出了平价的平装本。海因里希的反战立场让他在文学界声名鹊起。

甚至在米米生下一个女孩后，托马斯仍然没有联系他的哥哥。他听说，海因里希在利奥波德街的公寓是和平主义和新政治观爱好者的天堂。而在伊萨尔河的另一侧，托马斯的社交局限于恩斯特·贝尔特拉姆的来访。他仍然无法写小说。他关于战争的书越写越艰难，多次修改和重写。

如今兄弟俩在政治上公开对立，彼此间的矛盾也逐渐加剧。海因里希在年轻人和左翼活动家中的追随者越来越多，而托马斯发现即便那些曾经的热心读者，也对他略有微词。由于许多言论要被审查，人们很难公开地写战争。于是书面发表对曼家兄弟是非功过的评论，成为作家和记者表达各自战争立场的间接却有力的方式。

托马斯和卡提娅私下不讨论战争，但当他们和她父母兄弟在一起时，卡提娅不经意的几句话让托马斯知道，她认为德国会战败，而且她对德国大业并无忠诚之意。她言谈间十分确定，但也带着一丝轻松随意，让他无法与她争辩。

“爱德国是我们的责任，但读歌德《浮士德》的第一部和第二部，也是我们的责任，”她说，“对我来说，这些责任加起来就太重了。我爱我的丈夫和孩子们，我爱我的家人，这些就耗尽了我的精力。我觉得这让我变成一个很坏的人，人们应该避开我。”

托马斯开始变得沉默，不仅在普林斯海姆家，在他自己家、自己的餐桌上也是如此。孩子们总是吵闹惹事，尤其是克劳斯。与战前那些年不同的是，当时托马斯往往对一上午的写作感到满意，很有把握地知道自己在做什么，然后来到餐桌前，准备陪孩子们说笑，如今他发觉很难不在一顿饭上不命令克劳斯要守规矩，要表现得像个十岁的男孩，也很难不给戈洛下命令，如果母亲问他话时他不理不睬，就一星期别想吃甜点。

但他严格管教孩子的努力经常落空。他仍然在餐桌上变戏法，还穿着魔术师的衣服，带着埃丽卡和克劳斯去参加聚会。几天后，他走进克劳斯的房间时，这孩子正在做噩梦，梦见一个人胳膊下夹着自己的脑袋。托马斯让克劳斯别看那个人，并且自信地告诉那人，他的父亲是一位有名的魔术师，说过一个孩子的卧室里容不下他，他应该为自己感到羞愧。他让克劳斯把这句话重复了几遍。

次日一早，克劳斯对母亲说，他父亲会魔法，知道怎么驱鬼。

“爸爸是个魔术师。”他说。

“他是魔术师！”埃丽卡也说。

最初是个笑话或是餐桌上的谈笑，但他们父亲的新绰号就这么流传下来了。埃丽卡让所有的客人都和她一起用新名字称呼她的父亲。

战争还在持续，托马斯继续观察着海因里希的文章。他发现哥哥经常不直接写冲突，而是发表对法兰西第二帝国的看法，并留下足够的空间让读者明白当时的法国与现在的德国之间的关联。但随着反战运动的发展，托马斯留意到哥哥变得勇敢起来了。举个例子，海因里希同意参加在慕尼黑举办的反战社会主义者的会议，他认为战争不该是人们津津乐道的事，它没有促进文明和净化，没有创造真实和正义，也没有让人们更亲如兄弟。

托马斯详读了新闻报道里的每一句话，他相信“亲如兄弟”这个词是针对自己的。他知道无论是谁读到海因里希的文章，都会明白这是在影射兄弟间的宿怨。

战争结束时，餐桌上的主要话题是卡提娅不停地寻找食物，以及她对自己父母的担忧。

“因为某些原因，”她说，“鸡蛋很充足，但我买不到面粉。我能买到的唯一的新鲜蔬菜是菠菜。”

“我们不爱吃菠菜。”埃丽卡说。

“我不爱吃鸡蛋和面粉。”克劳斯也说。

克劳斯·普林斯海姆来波琴格街时，说他正在筹办一支由退伍士兵组成的乐队。

“我和其中几个人一起学过琴。他们以前都很有才华，但现在大多数人两手颤抖，肺也不行了，我不知道他们要怎么活下去。我曾以为他们活下来是运气好，但我现在不这么想了。”

他提醒托马斯和卡提娅上街要小心。

“两天前有一群年轻人出现在我们的街角。他们穿成农民的样子，推着一车苹果。他们看到我父亲从学校回家，其中一个人就朝他扔苹果，砸到了他脑袋一侧。”

埃丽卡笑起来。

“他把苹果吃了吗？”她问。

“没有，我母亲把苹果扔进了垃圾箱，然后打电话报警。当时我已经在街上，我发现扔苹果的人根本不是农民，而是社会主义者，他们以这种方式显示自己可以为所欲为。”

“他们朝你扔苹果了吗？”托马斯问。

“他们不知道我是谁，但你们要当心，”克劳斯·普林斯海姆说，“警察不会帮你的，他们告诉我母亲，如果她担心人身安全，就去找私人保镖。我从一个音乐家朋友那里得知，扔苹果的人很快就会武装齐备，不需要再扔苹果了。”

“如果他们武装起来，”托马斯说，“就会有人对付他们了。”

“没人会对付他们，”克劳斯说，“他们能够在一转眼间夺取这座城市。这就是战争失败的结果。警察完全没用。”

“我们想让战争彻底过去，”卡提娅说，“那个叫恩斯特·贝尔特拉姆的人几天前来过，一脸的嗜杀好斗。我在门口把他赶走了。”

她挑衅地环视餐桌。托马斯原本还在想为何贝尔特拉姆没联系了，自己是否应该给他打个电话或写封信。

他打算餐后向卡提娅提提意见，但她早早地上床了，他只能独自待在书房，在书架上找本能让自己舒坦的书。

战争失败了。他的书写完了，即将在一个改变了的德国出版。半年前还弥漫着爱国主义，甚至民族主义热情，而现今人们只谈伤亡。新闻报道着配给和供应品。皇帝[1]下台了，但无人知道接替他的是什么。德国如今成了共和国，但托马斯觉得这是个笑话。

这不是读诗之夜。他也不想看他一直在看的哲学书。无论哪个德国人的话都帮不了他。如果贝尔特拉姆来，托马斯会问他，这场战争既然轻易失败，又为何开始。他想知道现在德国还有什么骄傲的资本。

反之，如果来的人是海因里希，他会问如果德国现在和其他地方一样，活在战胜国的控制下，那么用德语写作，在四壁排满德国著作的书房里写作，在傍晚听留声机上的德国音乐，还有什么意义？

他想到了装扮成农民向富人扔苹果的年轻人。这就是必然结果吗？戏仿、徒劳、愚蠢？这就是德国伟大计划的最终意义？

埃丽卡和克劳斯继续关注每日新闻。当战后第一次选举开始时，他们很高兴女性首次有了选举权，认为又有了在餐桌上怠慢长辈的机会。茱莉娅从波林过来时，埃丽卡就说，她听说所有已婚妇女都能和丈夫一样参加选举。

“我的小乖乖，她们也许会说一定去投票，”卡提娅说，“但选举是保密的。只有我的祖母除外，她已经公开说了她会怎么

---

① 指的是当时的德意志皇帝威廉二世。

投票。”

“你会怎么投票?”克劳斯问他的祖母。

“我会理智投票。”茱莉娅说。

“那魔术师呢?”

数月以来托马斯头一次大笑。

“我会和你母亲一样投票，她也会理智投票的。”

“结果会怎样呢?”克劳斯问父亲。

托马斯还没来得及回答，卡提娅就说。

“德国会成为一个民主国家。”她说。

“但社会主义者怎么办呢?”克劳斯问。

“他们会参与民主。”卡提娅坚定地回答。

“贝尔特拉姆先生是社会主义者吗?”克劳斯问。

“他不是。”卡提娅答道。

“我是社会主义者，”克劳斯说，“埃丽卡也是。”

“那么你俩就去守路障吧，”托马斯说，“那里还有很多位置。”

“他们还太小，不该跟他们讨论路障的事。”茱莉娅说。

“戈洛是无政府主义者。”克劳斯说。

“我不是!”戈洛大喊。

“克劳斯，坐正，”托马斯说，“否则离开餐桌。”

“你知道，我一直不喜欢皇帝，”茱莉娅说，“我相信，我会更喜欢新人类，只要他们不跟我说人人平等。我一辈子学到的经验不多，但我认为许多人有劣根性，包括那些自视甚高的人，我这个观点是不错的。”

“工人阶级将会掌权。”克劳斯说。

“谁告诉你这个的？”茱莉娅问。

“我们的克劳斯舅舅。”

“我确定他听到的消息不对。”茱莉娅说。

“魔术师和你看法一致。”埃丽卡说。

“埃丽卡，别说了！”卡提娅说。

“你支持哪一方呢？”茱莉娅问托马斯，“很难搞清楚。我遇到人问我这个。”

“我支持德国，”托马斯说，“整个德国。”

他抬眼看到卡提娅正在摇头。

他曾计划将《非政治人物的反思》作为某场大辩论的回应。可等到出版，辩论已经改换话题。一些评论不甚赞许，还有少数甚至特意批评此书。另一方面，海因里希的新小说备受称赞。

自从埃丽卡和克劳斯发现他们父母在政治上意见不合，家里的餐桌就硝烟弥漫。埃丽卡开始喜欢给克劳斯·普林斯海姆打电话讨论时事，送货员上门，她就下楼跑到厨房，打听今日慕尼黑街头有何动向。

“在吕贝克，在我小时候，”托马斯说，“一个十三岁女孩和她十二岁的弟弟都是安安静静的，除非别人和他们说话。”

“现在是二十世纪了。”克劳斯说。

“慕尼黑就要革命了。”埃丽卡说。

一天傍晚他正坐在书房里，卡提娅来问他是否记得一个名叫库尔特·艾斯纳的年轻作家。

“他是海因里希的朋友，”托马斯说，“就是那些因为分发印刷很差的煽动性小册子而被捕的人中的一个。”

“在厨房里，”卡提娅说，“他们在说他开始干革命了。”

“他写了什么吗？”

“他掌管了这座城市。”

几天后，用人们不再上门，卡提娅发现连黑市上都买不到任何食品。埃丽卡和克劳斯被禁止使用电话，但他们还是能跟进各种小道消息和猜测。

“这是苏维埃风格。”埃丽卡说。

“你知道这是什么意思吗？”托马斯问。

“他们枪杀富人。”克劳斯说。

“他们会把富人们从房子里拖出去。”戈洛也说。

“但你们是从哪听来的这些？”

“每个人都知道。”埃丽卡说。

库尔特·艾斯纳被右翼极端主义者枪杀时，托马斯大吃一惊。他觉得海因里希去艾斯纳的葬礼上致辞，是置身险境。

卡提娅发现他们的司机卡尔掌握的消息通常是最准的。一天早晨，她来到托马斯书房，拿着一张写着两个名字的纸。

“现在掌权的是这两人，”她说，“他们处置一切，但不管供给，因为我买不到面粉，牛奶也没得卖。以前卖给我牛奶的妇人都被警告了。”

“把名字给我看看。”托马斯说。

他看到她记下的名字是恩斯特·托勒和埃里克·米萨姆，不禁笑了起来。

“他们是诗人，”他说，“坐咖啡馆的。”

“他们在中央议会，”她说，“你想要什么，就去找他们。”

这天晚些时候，克劳斯·普林斯海姆来了。

“我绕路来的，”他说，“诗人们正在封锁街道，他们太可怕了。”

“你应该待在家里。”卡提娅说。

“家里没法待了。父亲受到了威胁。他们说他最终得交出房子和油画，但现在他们要他瑞士银行的账号。”

“我希望他拒绝了。”托马斯说。

“他惊呆了。我母亲认出了其中一个男孩，把他痛骂了一顿。她说，他来自一个知识分子家庭。她对他说，如果他不走，一定会有好瞧的。”

“他怎么做?”卡提娅问。

“他拿枪指着她，说不想继续听她废话。这时候我溜出来了。我装得像个用人。我以为我们会像罗曼诺夫家族一样被枪杀，我们的案子会轰动一时的。”

自从听说慕尼黑要革命，托马斯就闭门不出。但当他发现卡提娅的父母能随意地穿过城市走到他家门口，他寻思这场革命是不是真的。他发觉，经过这次变乱，岳父更喜欢他自己的声音了。

“他们宣传人人平等，这意味着他们讨厌所有和他们不一样的人，”阿尔弗雷德说，“他们想要我们所有人生活在一间屋子里，侍候我们的用人。哦，我们不想这样，我们的用人也不想。”

“哦，是他们大多数人不想。”克劳斯·普林斯海姆插话说。

“我觉得我们都应该放低声音。”卡提娅说。

“快了，”她的父亲又说，“但在我闭嘴之前，我能提醒你们注意那个勇敢的巴伐利亚非法新政府的所谓的财政部长吗？他宣布说他不相信钱。他要废除所有的钱。还有掌管外交部的利普博士，是个公认的疯子。当我们想到这些人正在管理慕尼黑时，我们应该浑身发抖。让我愤怒的是这群害虫还没有被抓起来关进去。感谢上帝还有瑞士，这就是我要说的。现在就带我去那儿！”

“也许我们应该保留我们的愤怒。”卡提娅说。

“是啊，”托马斯说，“我们也许过不了多久就用得上了。”

埃丽卡走进房间，她的外祖父母站起来想抱她，可她朝后一退。

“我听说外面宵禁了，如果你们现在不走，就会被捕。”

普林斯海姆夫妇似乎对她的严肃劲大感诧异。她看着他们，仿佛他们的命运掌控在她手中。托马斯发现，就连克劳斯·普林斯海姆也不得不沉默了。

托马斯过了好一阵子才接受这一事实，慕尼黑已有了一个正在运行的新政府，其成员是诗人、空想家以及海因里希的朋友们。令他安慰的是，德国其他城市里类似规模的叛乱都没有成功，这意味着军队也许会为了重振声威而镇压叛乱。

有时他坚信，他们所要做的就是等待。巴伐利亚是天主教的，也是保守的。它不会默默接受一群无神论顽固分子主持大局。而且他也相信，德国虽然战败，但假如有谁趁着战后余殃，在这段奇怪的、令人震惊的间隙中夺取权力，它并没有输掉发动精准、策略性攻击的能力。然而，也有这样一种可能，他们因战败而一蹶不振。

他希望在这些诗人和他们的朋友意识到他们即将面临处决或长期监禁之前，国家会采取行动。由于这帮革命领导人仍被他岳父这等人视为荒唐，托马斯觉得如果他们感到迫切需要被严肃对待，那这种嘲讽很可能会让他们变得非常危险。

最后国家军队准备发动进攻，叛乱者扣押了中上层阶级显贵家庭当人质。托马斯已经卖掉了巴特特尔茨的消夏别墅，只能继续住在波琴格街，但他不再午后散步，也无法把心神集中在自己身上。

他知道卡提娅已经对埃丽卡和克劳斯说过，不得和用人厮混，也不得给克劳斯舅舅打电话，或散布任何谣言。学校停课，他们在母亲的严密监管下学习。

但不知怎么，他们得知有些和他们父亲一样的人被捕了，有些和他们房子一样的房子被抢劫了。他俩不敢公然反抗，虽然卡提娅没想过要威胁戈洛，但戈洛在家里跑来跑去，嚷嚷“我们都要被枪杀了”。

托马斯想，领导层中一定有人知道他与他哥哥的嫌隙。幸运的是，当武装者在城市里搜捕那些言行上支持统治阶级的人时，其中几乎无人读过他的书。

最后军队准备进城结束革命。汉斯捎来的传闻说，暴徒已经草草地枪杀了几个人质。曼家和用人们都远离窗口。托马斯尽可能地待在书房里。如果这场革命再进行下去，他岳父的预言就要成真，一家人就不得不带上能带的一切，逃往瑞士边境。走运的话能逃走。

他差点气得敲桌。他突然想到，如果德国变成反叛、革命、混乱的中心，他压根就不关心德国。他意识到，他更关心自己和自己的财产。这场变乱把他降格为中产阶级，而在那之前他只是表面上过着中产的生活而已。

邻居都不来拜访，他也不去附近的人家。他是一个没有国家的人。德国就像一个吸引了过多热度的小说人物，需要被处理掉。他想象着被武装好的、近视眼的、患有肺结核的诗人们拖出房子，这些人因为对美的兴趣而越发坚决、野蛮。他相信在那些日子里，监狱里关满了人，热情似火的年轻人会来处置这些囚犯。不久后他们会把一些囚犯拖出去枪决。他清晨醒来，听到外面在念即将被处决者的名字，联想到自己被关押的情景，不禁打了个冷战。

在迫近的危亡感下，过去几年中他所有的想法都失去了意义。他曾期待一个充满想象力和社会稳定的战争结局，但如今因为过于担心自己和家人的命运而无法安眠。

叛乱久久没有结束，枪声让所有人担惊受怕，唯独除了戈洛，他听到声音就欣喜地鼓掌。汉斯对卡提娅说，托马斯应该在阁楼里找个地方躲起来，因为革命者快要失败了，他们什么都干得出来。但托马斯仍然待在书房，餐食送进房间，并且他让卡提娅尽可能和他待在一起。

在慕尼黑革命的余波中，托马斯唯一的安慰就是婴儿伊丽莎白，她已经在学爬行了。每天早晨用完早餐，他就抱着她进书房。他跟着她打量房间，她的目光平静而聪慧。当伊丽莎白确定书籍和沉重的家具里没什么有趣的东西，她就朝关闭的房门爬去。直到此时她才表示自己知道父亲在房间里。她转过头，示意他应该开门，让她出去找哥哥姐姐们玩。

革命被镇压后，有个面容苍白的年轻诗人来找托马斯，说是海因里希派他来的。一个用人把托马斯叫出来，托马斯没有请客人进客厅或书房。

“海因里希自己不能来吗？”他问。

年轻人做了一个不耐烦的手势。

“我们需要帮助。我是恩斯特·托勒的朋友，他很仰慕您和您的作品。他可能会被处决。我被派来请您在请愿书上签名，请求为他减刑。”

“谁派你来的？”

“您的兄长告诉我，我应该来找您。恩斯特·托勒也问您会不会签名。”

托马斯转身看到卡提娅下了楼。

“这位年轻人是海因里希的朋友。”托马斯说。

“那么我们应该请他进来。”卡提娅说。

年轻人拒绝坐下。

“因为您的身份，”他说，“您是有影响力的。”

“我并不支持革命。”

那人笑了笑。

“我想我们都清楚这点。”

语气近乎嘲讽，气氛顿时紧张起来。托马斯觉得来访者本来差点要走，但又收回了决定。

“您本来在抓捕名单上，”他说，“读名单时，我就在那房间里。是两位领导人坚持要删去您的名字。一位是埃里克·米萨姆，另一位是恩斯特·托勒。托勒大力赞扬您的美德。”

托马斯听到“美德”差点笑了，很想问问是何美德。

“他真好心。”

“他很有勇气。房间里还有其他人不同意。他和他们争执起来。我可以向您保证这点。我也可以向您保证，还提到了您兄长的名字。”

“怎么提到的？”

“提到后您就得救了。”

在他答应写信后，他意外地发现年轻人对协议书知之甚详，知道应该如何措辞，抬头该写谁。他说应该再抄一份留底，又说这份请愿书现在还不能公布。如果恩斯特·托勒需要其他帮助，他还会再来。

一天下午，托马斯准备出门散步，却在房子和花园里都找不到卡提娅。最后他听到楼上的喊叫声，循声找到了埃丽卡和克劳斯。

“你们的母亲呢？”

“她去见米米了。”克劳斯说。

“哪个米米?”

“只有一个米米，”埃丽卡说，“是我接的电话。母亲一放下话筒，就拿起帽子、大衣，出门去见米米了。”

她把“米米”说得好像这名字是编出来逗她开心的。

卡提娅回来后，推开托马斯书房的门。她还戴着帽子穿着大衣。

“现在，我要你写一张便条，”她说，“我可以告诉你怎么写，你也可以自己写。你要把便条和花束一起送给你住院的哥哥。他已经脱离危险了，但他得了腹膜炎，他们本来以为他可能会死。米米还是六神无主。花束和便条将会是一个很大的惊喜。”

她递给托马斯一支笔。

“我有笔，”他说，“我会写便条的，但不是道歉信。”

便条和花束送去后，海因里希虽然身体虚弱，还是表达了他收到这些东西的喜悦。

海因里希出院回家后，米米致信卡提娅，说她丈夫很希望他弟弟能去看他。

托马斯去了利奥波德街，带着给米米的花和给海因里希的里尔克诗集。公寓门打开后，米米自我介绍。

“我是你的仰慕者，”她说，“我们是时候见面了。”

她的发型是时下流行的款式。她的口音更像法国人而不是捷克人。她的语气略显轻浮，但也随和而优雅。她风姿楚楚地陪他进起居室见他哥哥。

“我带来了一个老朋友。”她说。

公寓的装修风格显得它越发小巧紧凑。地毯是土耳其的。墙纸是红色的。到处挂着画，书橱上也靠着画，许多小桌子和边桌上都摆着小雕像和形状奇特的花瓶。深蓝色的地毯是生丝做的。

在一切图案和色彩中，在一排阿拉伯靠枕中，海因里希穿戴着西装领带和轻薄的白衬衫坐在那里。托马斯觉得他的鞋子是意大利的。他像是一个商人或一个保守的政客。

米米很快端来咖啡。咖啡杯很精致。咖啡壶是现代风格的。米米打量着兄弟俩的样子，心领神会地笑了笑，满意地离开了。起居室和书房之间是用玻璃珠帘隔开的。

卡提娅和托马斯事先约定，即使海因里希引发话题，托马斯也绝不讨论政治。但他发现，海因里希有了一种冷峻而高贵的魅力。他说他早几年就该结婚了，没有什么比家庭生活更好的了。谈笑间他双目放光。

他们谈论着母亲，她的健康状况不妙，收入因为通货膨胀而减少。他们不知道她还能活多久。他们换了轻松的口气感叹弟弟维克托毫发无伤地经历了战争，而战前他是一个多么平凡沉闷的书呆子。

“我们都像维克托就好了！”海因里希说，“他没有因为读书多而头脑昏聩。”

他们边聊边喝咖啡时，一个小女孩走进房间。看到陌生人，她露出羞涩不安的神色，默默地走到父亲身边，把脸埋在他腿上。她抬头看时，托马斯玩起了他这些年一直在家里玩的把戏，让大拇指看起来像是突然消失了。她又把脸埋到父亲腿上。

“这是戈斯基。”海因里希说。

她的母亲也来了，她让戈斯基对叔叔道安。她站起来看他时，托马斯发现，女孩的黑眼睛和方下巴里有他父亲家族里的两代人的影子。他的姑姑、祖母、父亲都聚集在这张小脸上。

他朝海因里希转过身。

“我知道。”海因里希说。

“她是一个汉萨[①]公主，”米米说，“是不是，亲爱的？”

戈斯基摇头。

“您的大拇指是怎么回到手上的？”她问托马斯。

“魔术，”他说，“我是魔术师。”

“您能再做一遍吗？”她问。

他对卡提娅说，他要见恩斯特·贝尔特拉姆，已经过了那么久了。

“让他当伊丽莎白的教父是个错误，”她说，“如果他问起她，最好说她在外祖父母那里。”

他们在书房里落座后，托马斯就告诉贝尔特拉姆，他和兄长联系上了，又说重叙亲情是脆弱而艰难的，他对此并不抱有幻想。他对贝尔特拉姆肯定地说，他的个人观点并没有改变，但他越来越相信人性的理念，并且想要弄明白这一理念在德国战败后的真实世界中有何意义。

---

① 以吕贝克为首的商业、政治联盟，有汉堡、科隆、不来梅等大城市的富商、贵族参加。

贝尔特拉姆报之以冷冷的沉默，托马斯不由恼怒。

“我们生活在一个战败的德国，”托马斯说，“旧思想将无法维持下去。”

“失败只是表面的，”贝尔特拉姆说，“事实上这是迈向胜利的第一步。”

“是失败了，”托马斯说，“去火车站看看那些寻求庇护的伤者，缺腿的、盲眼的、失去人生意义的。问问他们这是胜利还是失败！”

“你说话口气像你哥哥。”贝尔特拉姆说。

卡提娅前一年又怀孕时，她的母亲建议她堕胎，并开始为此做安排。普林斯海姆家的看法是卡提娅已经耗尽精力了，她要打理一个家，对付麻烦的孩子，还要照顾一个把自己锁在某个德国梦里并写着一部天书的丈夫。

托马斯陪卡提娅去诊所商量堕胎的事。他注意到她询问过程及细节时十分冷静。他们约好时间，离开诊所后，卡提娅低声说：“我要生下这个孩子。”托马斯挽着她的胳膊走向汽车，没有说话。

分娩过程艰难。米夏埃尔出生后，卡提娅被要求卧床数周。托马斯在这段时间照看孩子们，他发现埃丽卡和克劳斯在母亲不在时，穿衣打扮都不同了，还学大人的样子。他发现埃丽卡的乳房开始发育，克劳斯的声音也变低沉了。他问卡提娅是否注意到了这些，她笑着说早几个月就开始了。

一家人和用人们都想尽办法让一岁的伊丽莎白和父亲一起去

看母亲和她的新弟弟。但她一眼看到躺在母亲身边的婴儿，就蜷缩起来，要求离开房间。第二次托马斯想抱她进卡提娅的房间，她在楼梯平台上使劲摇头，一脸不容拒绝地指着楼下。

埃丽卡和克劳斯从小就喜欢一起做伴。戈洛学会阅读之后，就会找到莫妮卡，带她到房子的安静角落，读书给她听。但伊丽莎白坚决地无视米夏埃尔。他一哭，她就大惊小怪好像她的一天都被毁了。她找到最爱当首领的戈洛，要他陪着她，保护她避开小弟弟。据托马斯所见，在米夏埃尔人生的第一年中，伊丽莎白只要有可能就绝不会朝他看一眼。卡提娅和她母亲，甚至是埃丽卡，都觉得这是坏性格的征兆，但托马斯觉得不能把伊丽莎白的决心视为一个小孩子的任性。

伊丽莎白学会走路后，每天早晨自行出现在他书房。她一开门，就在唇边竖起手指，表示他和她都需要绝对的安静。她学会说话后，其他人就让她去给他传话。

埃丽卡和克劳斯在战争和革命岁月中长大，除了政治几乎不谈别的。他们抢在父亲之前去拿报纸。他俩都喜欢调侃父母对德国未来的意见分歧。

"民主有什么不好？"一天，克劳斯问。

"没什么不好。"卡提娅说。

"我们不需要外人强加的体系，"托马斯说，"让德国人决定德国人需要什么。"

"那么你是反对民主咯？"埃丽卡问。

"我相信人性。"他回答说。

“我们都相信人性，”克劳斯说，“但我们也相信民主。我相信，埃丽卡相信，我们的朋友都相信，我母亲相信，克劳斯舅舅相信，海因里希伯伯相信。”

“你怎么知道海因里希伯伯相信？”

“每个人都知道。”戈洛插嘴说。

“民主会来的，”托马斯说，“但我希望它会来自于德国对人性的信念。我相信我哥哥也是这么想的。”

卡提娅看着他，点点头。

数月后，他俩散步时，她提醒他曾对民主说过什么。

“你的读者会很想知道你对德意志共和国的看法。”她说。

“他们得等小说出版才能再次听到我说话。我上次和他们的沟通的努力并没有受到普遍的欢迎。”

“我认为你应该写篇随笔或评论，或者做一场讲座。你不必说你已经改变了想法，只是你对德意志共和国的支持，是你的思想在当代的直接延伸。你可以说没有一个人的看法是固定不变的，特别是在当下，而你的看法一直都是动态的。”

“动态？”

“嗯，你可以用这个词。你也可以谈谈德国的人性，以及你对人性的信仰一直是你思想的根基。”

他点点头，心想他也许会照她说的做。他心里笑了笑，意识到卡提娅已经说完了想要说服他的话，不会再聊这个话题。他们转身朝家慢慢走去，想到慕尼黑再次平静下来了，松了一口气。

第七章

慕尼黑，一九二二年

“我要制定一条新规则！”

埃丽卡挑衅地看着父母。

“这条规则你自己会遵守吗？”卡提娅问她。

“我会遵守所有人上餐桌前必须洗手的规则，”埃丽卡说，“特别是莫妮卡，她的手老是很脏。”

“我的手不脏。”莫妮卡说。

“我也同意我们应该按时吃饭，特别是戈洛，他老是读书，不按时吃饭。”

戈洛耸耸肩。

“但我的新规则是，餐桌上任何一个人都能打断其他人，没有人有权利说完他们正在说的话。如果我不同意你，我就可以打断你。如果你说的话很无聊，我就可以让你别说下去。”

“我们也有权利打断你吗？”卡提娅问，“还是你和以前一样希望自己是特例呢？”

“我的新规则适用于每一个人。”

“包括魔术师吗？”莫妮卡问。

“特别是魔术师。”克劳斯说。

有时，长子长女让他感到很有趣。他们比两个最小的孩子活泼得多。有时他们却严肃地讨论书本和政治，话语中不乏洞见。他们似乎读了很多德国、法国、英国文学。他们忙着读所有最新的小说。克劳斯手中一直挥舞着安德烈·纪德的集子和 E.M. 福斯特的小说。但托马斯好奇他们何时真正坐下来阅读他们自称非常欣赏的书。据他所知，他们把所有闲暇时间都花在了社交圈子上，为出门而穿衣打扮，和朋友们策划繁杂的戏剧事项。他们的朋友包括里基·豪尔加滕——一个住在附近的英俊聪慧的年轻人，还有帕梅拉·韦德金德——一个当下很红的剧作家的女儿。

托马斯时常恼怒两个孩子和他们朋友的尖叫声，还有他们进进出出的杂音，但他也对他们印象深刻。豪尔加滕说德国文学中少有作品符合他严格的标准。他一刀切地排除整类作品，却让克劳斯对他深信不疑。比如说，他认为莎士比亚的喜剧优于悲剧。托马斯以为他只是夸夸其谈，问他知道哪些喜剧，他便开始列举。

“《第十二夜》和《仲夏夜之梦》。我喜欢它们的结构，它们形成的模式，”他说，“但在所有剧作中，我最喜欢《冬天的故事》，尽管它不是一个喜剧，尽管我还可以删掉中间牧羊人的部分。”

托马斯不确定自己是否读过这部剧。但里基·豪尔加滕没有注意这点，他专心地分析他喜欢的古希腊剧作和他很欣赏但不怎么喜欢的剧作之间的区别。说话间，他让托马斯想起了卡提娅的哥哥克劳斯·普林斯海姆，他在这个年纪也是满口文学，他也是这样的深色皮肤。

埃丽卡和克劳斯无法就范于任何一所学校的规章制度，对他们的告状接连不断。卡提娅说服托马斯，让他们去一家更自由的教育中心。他们入学后，毫不遮掩他们享有的自由，直到被禁止在餐桌上当着弟妹们的面，或在卢拉姑妈和任何长辈面前讨论他们不羁的生活细节。

克劳斯·普林斯海姆来家里做客时，鼓励埃丽卡对他坦白，他发现她在学校里一直和女生们有恋情，而她的弟弟克劳斯则和男生们谈恋爱。托马斯发现克劳斯这么做，愤懑不已。

“我的外甥和外甥女与他们的吕贝克祖先已经大不相同了，”克劳斯·普林斯海姆对托马斯说，他道出这个城市的名字时，仿佛在说什么怪胎，“他们天性不受压制，又从母亲那里继承了美貌，我相信他们长大后一定人见人爱。”

“我希望他们不会很快长大，”托马斯说，“而且我一直认为他们的美貌得自于父母双方。”

“你是说他们长得像你？”

“这有什么好惊讶的？”

“我确定他们还有不少令人惊讶的事没说，如果我听说的是真的。”克劳斯·普林斯海姆说。

托马斯好笑地告诉卡提娅，说他觉得她哥哥在伪装面目之下，对埃丽卡和克劳斯施加坏影响。

“我倒觉得事实可能正好相反。”卡提娅说。

埃丽卡虽然不情不愿，还是拿到了中学文凭。但克劳斯再也不想读书。他母亲问他没有文凭打算将来如何生活，他朝她笑。

“我是艺术家。”他说。

托马斯问卡提娅，他们这样稳重的家庭怎会栽培出这等人。

“我的祖母是柏林最直率的女人，”卡提娅说，“而你母亲也很难说是一个保守的人。但埃丽卡一生下来就是这样。她和克劳斯形影不离，把他变得和自己一样。我们完全没有阻止此事。我们什么都没做。也许我们只是表面上稳重而已。”

卢拉没告诉他们，约瑟夫·勒尔已经病危。她去他们家做客，仿佛一切如常。她和十一岁的莫妮卡交上了朋友，对她说知心话。

“她是唯一一个能和我聊天的孩子，”她说，“其他人都太高傲强势。我对别人不说的话，都对莫妮卡说了，她也告诉我她的秘密。”

“我希望你没有告诉她太多事。”托马斯说。

“比我告诉你的更多！”卢拉说。

海因里希来告诉他们，勒尔的日子不多了。

“那房子里都是些奇怪女人。米米说她们在吸吗啡。她们的行为相当古怪。”

葬礼上，卢拉效仿茱莉娅在议员死后的样子。托马斯看到，她挟一身超然气息，淡淡微笑，款款交谈，脸上抹的粉使她容色苍白。她跟着棺材走时，戴着黑面纱，让三个女儿紧跟着她，但不与她们说话。她看起来像是在摆姿势让人画像或拍照。

当他和卡提娅、海因里希、米米来到墓地时，她朝他们点点头，仿佛不太认识他们。

后来，卡提娅、米米陪着卢拉的女儿一块走时，托马斯和海因里希落在了后面。

“她告诉过我，”海因里希说，“勒尔留给她的财产几乎不值分文。”

托马斯觉得自己生活在三个德国。第一个是他的长子长女居住的新德国。它混乱无序，尊严扫地，只想打破和平。这个国家活得就好像世界将被重造，法律将被抛弃和重立。

第二个德国也是新的。这国家里有大量在冬夜读小说和诗歌的中年人，他们会涌入演讲厅和剧院去听他的讲座，听他读作品。

在战后劫波中，他有种感觉，他在许多受过教育的德国人心目中已被遗弃。当战争开始时，他的随笔和评论文还符合时下主流观点，但战争过半时，这些文章就变得危险而过时。等到争议结束后，无人还想听他这样的人说话。

然而随着时间流逝，他关于德国和战争的文章逐渐退出公众记忆，取而代之的是他的长篇和短篇小说，无数德国人开始阅读他的作品。他的小说被视为自由的象征，他将时代变迁戏剧化了。《死于威尼斯》被认为是关于一种复杂的性的现代作品。《布登勃洛克一家》是一部关于旧商德国衰亡的小说。他在这部书中对女性的描写，使他在德国女性读者中知名度上升。

托马斯很乐意收到邀请信，并把它们拿给卡提娅看，然后查看他的日程簿，做好安排。他喜欢一下火车就有人接，或是有车来接。在出席活动前与市长或某位市领导，或文学编辑、出版商共进晚餐，让他感到满足。受到恭敬的款待，让他心情愉悦。他对自己拿到的酬金也很满意。

他发现听众是不会轻易疲倦的。他读上一个小时，他们仍不满足。在卡提娅的建议下，他把开场白拉得长长的，他喜欢自己一开口就肃静下来的大厅。如果他说话声过低，卡提娅会对他打手势，他就提高音量。有时这就像宗教仪式，他是牧师，短篇或长篇里的章节是神圣经文。

他总是在听众里注意到一些年轻人。有些人是与他们爱好文学的父母同来的，另一些年纪更大的，则因为被《死于威尼斯》所打动。他一站到演讲台上，就会扫一眼第一排座席，每次总能看到这样的人。托马斯会把他挑出来，对他投以注视，然后移开视线，然后投以更密切的注视，直到这位年轻人不再怀疑自己受到了特殊待遇。朗诵结束后，托马斯会以目光搜寻那位被他注视过的年轻人，但他的注意对象往往会消失在夜色中。有时，他们中的一个会拿着一本书，腼腆而礼貌地走上前来，他们可以交谈片刻，直到有人来提醒托马斯，许多人还等着见他。

第三个德国是他母亲居住的波林村。那里一切都没有变。年轻人上过战场，许多人丧命、受伤，但战争一结束，生活就继续下去，仿佛没有发生什么大事。农耕时节的田野里运作着同样的机器，储存稻谷和干草的是同样的谷仓，人们吃着同样的食物，教堂里念诵着同样的祷文。慕尼黑仍然远在天边。火车时刻表也没变。

母亲的房东马克斯、卡塔琳娜·施魏格加特夫妇年事已高，但待人处事还是照旧。卡塔琳娜用友善和委婉的语气向托马斯表达了她对茱莉娅身体状况的担心。施魏格加特的孩子们也继承了父母的智慧和老练，他们说着一口村里的方言。

从埃丽卡和克劳斯身边来到波林村，就像从一个满地狼藉的混乱场所来到一个安稳而永恒的德国。

然而没有什么是安稳和永恒的。卢拉和母亲抱怨她们的收入在逐渐贬值，而他发现通货膨胀是因为战胜国对德国出口货物征收的一系列打击性的税款。托马斯和所有德国人一样谴责这些事，认为这是报复行为。但他渐渐明白，通货膨胀不仅造成生活贫困，还引发难以平息的怨恨。

由于美元升值，托马斯的书在海外的销售收入大幅增长，他与卡提娅能毫不费力地支付用人薪水，把埃丽卡和克劳斯保释出来，帮助他的母亲和妹妹。他们养得起两部车和一个司机。

他们的财富很快被注意到了。一天，家里接到好几个电话，他问卡提娅是什么人。

“是卖东西的，他们听说我们有钱。他们卖油画、乐器，还有皮大衣。最后那个打电话来的女人说有一尊雕像，她觉得它很值钱。我不知道该对她说什么。”

托马斯有几次从波林或是参加完某次活动回来时，看到街头有游行。他从报纸上读到此次动荡是反共产主义群体掀起的，但他每日只顾着写战前扔下的那部长篇，他为慕尼黑的稳定而心生感激，觉得一切都已尘埃落定。他对游行毫不关心。

他母亲搬到波琴格街住，每天都和卢拉碰面，直到卢拉厌烦了她。

“她不停唠叨同样的话，一会儿以为我是卡拉，一会儿假装她是故意惹我。我觉得她还是回波林住一阵的好。”

托马斯想，母亲把一沓钞票交给他以支付自己的用度时，她一定知道这些钱已经不值钱了。

“我老了，不知道哪样东西值多少。我想我已经不会加减法了。还好有你和卡提娅帮我处理这些事。卢拉靠不住，海因里希呢，我把这些钞票给他看，引来他的长篇大论，他有时候说话像你父亲一样。”

在波林，他付清了她的房租，雇了一个管家，确保房子里一直有暖气和充足的食物。可他不知该如何给母亲买衣服。她说，她穿拖鞋是因为脚疼，但托马斯知道其实是她买不起鞋。卡提娅提议她们一起去购物时，茱莉娅假装太累不去。

他有几次发现母亲是真的累了。午餐后，她经常在起居室找个地方睡觉。她和卢拉一样，最疼爱莫妮卡，说她是唯一一个来自老吕贝克的孙辈。

“为什么我是来自老吕贝克？”莫妮卡问。

“她的意思是，你很懂规矩。”托马斯说。

“和埃丽卡不一样？”

“是的，”卡提娅说，“和埃丽卡不一样。”

茱莉娅回波林后不久，消息传来，她卧床不起。

托马斯赶去时，卡塔琳娜·施魏格加特在等他。

“我觉得她没什么病，”她说，“不过附近每个村都有这样的事，特别是那些靠积蓄过日子的女人。是从去年开始的。她们躺在床上，不吃饭，就等死。你母亲就是这样。”

“可是她被照顾得好好的。”托马斯说。

“她过不了没钱的日子。我们这里的人都爱她，每个人都很想帮她。可她没钱了。过惯有钱日子的人受不了这个。这世道就是这样。”

“医生来看过她吗？”

“来过了，但他也没办法。她还给了他一张旧钞票。”

茱莉娅被喂着汤水和干面包，撑过了大半个冬天。有些日子她想见卡拉或卢拉，有些日子她喊着两个儿子。当托马斯在她床边陪了一晚上，觉得她也许撑不过那晚时，她以为他是巴西的某个人。

“我是你的父亲吗？”他问。

她摇摇头。

“是你记得的某个人吗？”

她盯着他，开始喃喃自语，他觉得是葡萄牙语。

“你爱过巴西吗？”

“我只爱过巴西。”她说。

一星期后，她还活着。她越发瘦了。她见到他时，让他扶她坐起来。海因里希和维克托都在楼下，他问她是否也想见他们，但她摇摇头。她状似困惑地探询他的眼睛。他告诉她自己是谁。

“我知道你是谁。”她声音很轻。

他握住她的手，但她慢慢把手抽回。有几次她勉力张开口，但没说出话来。她打了个哈欠，闭上双眼。卡塔琳娜来了，她对他母亲说，她看起来气色不错，很快又能和以前一样在村里走动了。茱莉娅朝她虚弱地一笑。

在门外，卡塔琳娜对托马斯说，茱莉娅撑不过这一晚了。

“你怎么知道？”

“我服侍过我母亲和我祖母。她今晚会走。会悄悄地走。”

托马斯、海因里希、卢拉和维克托坐在她床边。茱莉娅不时表示要喝水。卡塔琳娜和她女儿过来换了床单，让她更舒服些。过了午夜，茱莉娅闭上眼睛。她的呼吸声时深时浅，然后又恢复正常。

“她能听到我们说话吗？”托马斯问卡塔琳娜。

“她可能到最后都能听到。谁知道呢？”

烛光下，她的脸浮现生机。她嘴唇翕动，眼睛一开一合。若有人握住她的手，她就明确表示不需要。一个小时过去了，又一个小时过去了。

“这事总是最难的。”卡塔琳娜说。

“什么事？”

“等死。”

死亡来临时，托马斯坐在她床边。他从未见过这种突然的变化。前一秒他母亲还活着，后一秒她就不在了。他不知道这事会这么快，这么决断。

在托马斯的孩子中，只有埃丽卡参加了祖母的葬礼。

“我从没见你哭过。”她对托马斯说。

“我很快就不哭了。”他说。

海因里希也哭了，维克托也是，但卢拉非常冷静，她目视前方，脸色比往常更苍白。等到站在教堂里时，托马斯才发现她已经那么枯竭衰弱。她的女儿们得扶着她走在棺材后面。

在母亲死后的日子里，托马斯所能做的事就是写作。当卡提娅提议去意大利，他说等写完《魔山》他去哪都行。

这段时间他也去周边城市参加朗读会、做讲座。出席公众活动给予他能量。他发现朗读会前后的几个小时很有成效，他能从中获得可以写进小说的新想法和新场景。

他告诉埃丽卡自己在写这部书，但他注意没对卡提娅透露太多，她只知道书里写到了达沃斯的疗养院。他在写作一些章节的时候心里只想着卡提娅。他把她想象成此书的唯一读者，意识到相当一部分内容只有他俩知悉，包括他取材于她书信的场景和人物。有时他读完刚写好的几页，不禁担心除了卡提娅，再无旁人会欣赏他的作品。他还担心细节过于繁琐，人物过多，关于哲理和人类未来的探讨过于冗长。

可是他最担心的是，他不知道把时间的流逝戏剧化，或让时间如同一个小说角色那样放慢脚步，对此书的读者而言是否有意义。当他想到这部书扎根于最私密的念想，也许只在私密领域才能茁壮成长，他不由得对自己笑了。

《魔山》排完版时，托马斯对卡提娅说，要送给她一个包裹。她表示诧异，他便拿出一个装满书页的盒子给她。

他们坐下来吃饭时，他使劲注视着她，但她只是神秘兮兮地朝他笑了笑，离开餐桌时，又笑了笑，说她很忙，得去干活了。

戈洛开始对父母和兄姐有了一种无休止的好奇心。哪怕别人都不知道埃丽卡和克劳斯在哪，戈洛却总是掌握着情报。

托马斯经常看到他出没在自己的书房门口。一天，他拦住托马斯问他是否知道母亲在读什么书。

“你为什么问这个？”

“她一直在笑。我知道她在看你写的新书，可是你的书从来都不好笑。”

“有些人觉得好笑。”

“不，我觉得你在这点上被误导了。”戈洛说道，他像个教授似的皱起眉头。

他和卡提娅下午去散步时，希望她能对书发表一些意见，可她只谈他们操心的家事，比如卢拉的经济状况、埃丽卡和克劳斯的闹剧。

一天早晨，她端着咖啡和饼干出现在他书房门口，他知道她已经把书读完了。

“我有很多话要说，”她开口说，“我喜欢你在书里把我写成一个男人，而且是那么好的一个男人。但这是小事。更重要的是你改变了我们的一切。”

“用这部书改变吗？”

“你的严肃性已经如此令人瞩目。书里充满了严肃性。它会被每一个爱读书的德国人阅读，也会被全世界阅读。”

“它不是写了太多我们的私事吗？”

“也是，但除了我没人在意这点。你花了好多年才有如此成就。现在是时候让每个人来读它了。这部书来得正是时候。”

接下来几星期，他们一起把书过了一遍。卡提娅提了一些删改，但大多数时候她只是把欣赏的片段挑出来并读上几句，赞赏其细节描写。

“处理时间的方式，还有这书如此缓慢地展开！还有他们在留声机上播放《瓦伦丁的祈祷》时，那个以我为原型的人起死回生，走进了屋子！还有好俄国人桌子和坏俄国人桌子！”

“你和母亲在干什么？”戈洛问。

“我们在读我的小说。”

“你是说那部好笑的小说？”

出版商们先是担忧小说的长度，然后勉强决定出版。很快，国外出版商买了版权。出版数月后，当托马斯和卡提娅去歌剧院和话剧院时，人们来到他们面前称颂此书。邀请函从德国各地飞来，请托马斯去开朗读会。有本杂志让读者选出书中他们最喜欢的段落。

瑞典有消息传来，评选诺贝尔文学奖的学院正在郑重考虑《魔山》。

埃丽卡十八岁、克劳斯十七岁那年，他们搬去了柏林。埃丽卡当上了演员，克劳斯开始写随笔和短篇小说。他俩很快在报刊上发表各类题材文章，因文风浮夸而出名。他们被认为代表了新一代人的声音，但也是作为托马斯·曼的孩子。他们承袭了父亲之名，但他们告诉采访者，他们希望在父权世界和他们的世界之间拉开距离，他们想要凭自己的成就扬名。

“可惜啊，”卡提娅说，“他们不是凭自己的成就赚钱。如果我再读到埃丽卡的采访，我就要把她装惨的要钱信发给媒体。”

关于曼家姐弟眼高手低的笑话越来越多。在一幅卡通画上，小克劳斯对他父亲说：“爸爸，我听说天才的儿子成不了天才。所以，你不能是天才！”不喜欢托马斯的贝托尔特·布莱希特写道：“整个世界都知道托马斯·曼之子克劳斯·曼。顺便一问，托马斯·曼是谁？”

托马斯和卡提娅有时不明白长子长女乱七八糟的事。传闻说克劳斯和帕梅拉·韦德金德订婚，卡提娅也听说埃丽卡正与帕梅拉谈恋爱。

“也许他们分享了她。”托马斯说。

“我知道埃丽卡从来不分享任何东西。”卡提娅说。

克劳斯写了一部主角是同性恋的小说，又写了一个关于四个年轻人的剧本，剧本中的两个男孩和两个女孩彻底抛弃成规。由于餐后读书是家庭传统，大家让来做客的克劳斯把他的新作分享给家人，包括他的卢拉姑妈。

克劳斯读完剧本后，卢拉姑妈明确表示反对作品中两个女孩的性爱关系。

“这太不健康了，”她说，“我希望这个剧本默默无闻。托马斯和海因里希写的书那么好，但现在本该在学校里读书的这些孩子，想写什么就写什么。我可不能让我的女儿们看到这些。”

“战争已经结束了，卢拉。”托马斯说。

“哦，我不喜欢和平。”

卢拉的观点没有得到著名演员古斯塔夫·格林德根斯的认同。他是汉堡室内剧院的明星。他提出要在克劳斯的剧中演一个角色，并说另一个男角应该由克劳斯自己来演，两个年轻女角则由埃丽卡和帕梅拉·韦德金德来演。

格林德根斯让曼家愈加扑朔迷离。就连戈洛也开始津津乐道格林德根斯身兼数爱。一天，对自身性取向毫不隐瞒的克劳斯来信说，他和格林德根斯在谈恋爱。不久，埃丽卡来信说她要与格林德根斯结婚。随即克劳斯来家里对他们吐露，虽然他姐姐和格林德根斯订了婚，她仍然爱着帕梅拉·韦德金德，而他虽与格林德根斯恋爱，与帕梅拉仍有婚约，这让他父母和戈洛大惑不解。

“每个人在结婚前都这样吗?”戈洛问。

“不是，”他母亲回答说，“只有埃丽卡和克劳斯这样。”

克劳斯的剧在德国巡演时，四个演员的复杂关系传遍媒体报刊，那些报道暗示这部剧作是取材于演员的个人生活。

“我们在计划一场盛大的慕尼黑首演，”埃丽卡说，“所有人都得去，我们的成功在此一举。”

“十匹马都不能把我拉去，”托马斯说，“报纸可以把你们的荒唐事当世界热点一样报道，但我只会待在自己书房里。那天晚上我会早早睡觉。”

托马斯和卡提娅知道他们无法阻止埃丽卡及克劳斯谈恋爱、订婚、演戏。大多数时候，他们觉得两个孩子的行为很可爱，但他们渐渐开始讨厌古斯塔夫·格林德根斯，并想让埃丽卡知道他们的不满。

当埃丽卡带格林德根斯去父母家时，他并不隐瞒他对他们了解多深，他对托马斯和海因里希在战时的嫌隙了如指掌，还提到了曼家的美金来源。格林德根斯是第一个试图进入埃丽卡和克劳斯所打造的黄金圈的外人。托马斯和卡提娅是看着帕梅拉·韦德金德长大的，他们曾与她的父母里基·韦德金德夫妇比邻而居，但他们不知古斯塔夫·格林德根斯是何来历。

“我曾经在从慕尼黑到柏林的火车上见过他这样的人，”卡提娅说，“他一直面带笑容，简直不能更讨人喜欢，可是当检票员过来时，发现他没买票。”

卢拉来做客时，满面红光，神情激动，但突然间恼怒起来，又提起了埃丽卡和克劳斯的出格行为。

“我看到一篇对埃丽卡的采访。看来她对权威一点都不尊重。她在采访里那么说的。”

一天下午，克劳斯·普林斯海姆正与托马斯、卡提娅一起悠闲地喝咖啡，卢拉来了。托马斯注意到他的小舅子仔细地打量卢拉，他希望这两位可别碰面。

“活着真有意思，”克劳斯说，“前一年皇帝还在，后一年就一切自由。这就叫历史。”

“话不是这么说的，”卢拉说，“上等人家的人像小丑一样在德国各地上街游行，这令人愤怒。”

“埃丽卡和克劳斯？”克劳斯·普林斯海姆问，“上等人家的？”

“哦，我们家至少德高望重。”卢拉说。

“感谢上帝，我们家不是，”克劳斯说，“看来问题的关键是门不当户不对。”

“我想克劳斯是在开玩笑。”卡提娅说。

卢拉的脸红了。

“你究竟是做什么谋生呢？”她问克劳斯。

“我研究音乐，有时候指挥乐团。我不做什么谋生。”

“你应该为自己感到羞耻！”

“羞耻已经结束了，”克劳斯说，“你在慕尼黑和柏林晚上出门看看，那里早就没有羞耻了。它和皇帝一起倒台了。从那以后就是一场无耻的盛宴。”

“那就是德国的末日。”卢拉越说越激动。

“难道那不是一桩好事？”克劳斯问。

卢拉说要走了。她似乎一下子显出疲态，几乎萎靡下来。有一会儿，她两眼发直地坐着，像是快要睡着了。托马斯不得不把她搀扶到门口。

他回到房间后，克劳斯问他，有没有人照顾卢拉。

“你什么意思？”托马斯问。

“你的妹妹看着我的样子，像是一个用吗啡提神的女人。”

“别说傻话。”卡提娅说。

不久埃丽卡穿起了西装、打起了领带。托马斯想，姐弟俩彼此肖似，他俩经常同时开口，想说相同的话，对格林德根斯——

如果他在场的话——清楚表明，他被排除在他们的世界之外，他不会理解他们深奥的言下之意，微妙的戏谑玩笑，或是他们对任何道德规范的抗拒。托马斯想，他们说话的语气是在故意排斥任何新来者。令托马斯和卡提娅不解的是，埃丽卡为何非要嫁给此人。

“她最好谁都不嫁。”卡提娅说。

托马斯差点想说，可惜埃丽卡不能嫁给她的亲弟弟克劳斯，否则就能管住克劳斯了。起初他并不相信她真的会与格林德根斯结婚，即便她把这事说成是她要完成的一桩任务，并不很麻烦，好比应观众要求而加演的一场戏。但接着邀请函寄来，日期定了。

他和卡提娅勉为其难地去参加婚礼。当周围的年轻人都在寻欢作乐，玩愚蠢的把戏，给男人取女人的名字，给女人取男人的名字，开各种粗鄙的玩笑，他不得不摆出更严肃、更正式的样子。卡提娅碰了碰他，他发现克劳斯已经闭上眼睛，若不是一个盛装的姑娘过来邀他跳舞，他很可能就睡着了。这个姑娘后来走到托马斯和卡提娅跟前，告诉他们，帕梅拉·韦德金德因为嫉妒而没来。

“他们会在康斯坦茨湖的一家酒店度蜜月，埃丽卡和帕梅拉最近刚在那里度过一个美妙的浪漫周末，”这个姑娘说，“格林德根斯非常嫉妒，他把埃丽卡的一件结婚礼服撕成了碎布。但她毫不在意。她哈哈大笑，因为她不喜欢那条裙子，这就让事情越发糟糕。在蜜月酒店里，帕梅拉扮成男人，说自己是韦德金德先生，我们现在都觉得埃丽卡会在酒店登记簿上写曼先生，如果格林德根斯容许她写的话。他经常很无趣。”

埃丽卡开始了新婚生活。克劳斯仍然和家人住在慕尼黑。白天他精神不振，但每天傍晚开始吃饭时，他总是有讲不完的点子和计划。托马斯有几次注意到，他是在和一个看不见的埃丽卡说话。他说，在剧院里和格林德根斯一起工作，让其他三人都感到压抑。格林德根斯在生活中是个沉闷的人，读过的书屈指可数。他没有好奇心，缺乏闪光点。但一登上舞台，他无所不能。克劳斯、埃丽卡和帕梅拉都期待着演出结束，他们能一起吃饭，但格林德根斯一等灯光熄灭，就光芒不再。餐桌上，他变得很普通。如果他们约会到很晚，他还能变得很无聊。但在舞台上，他身怀魔力。克劳斯说，这事十分怪诞，简直令人感到惊悚。

谈话间，托马斯突然想到，对于克劳斯而言，与其他事带来的兴奋感相比，写作是一个乏味的过程。克劳斯喜欢外出、聚会、结交新朋、旅游。他天生不爱待在一个艰苦而隐秘的地方，像炼金术士那样把一个主题提炼到光线下。他写东西很快。托马斯得出判断，克劳斯虽有天赋，但不是一个艺术家。他不知道儿子年龄增长后将会如何生活，能干什么。

克劳斯早已对他们预言，埃丽卡与格林德根斯的婚姻从一开始就是一个灾难。当克劳斯在柏林和他们一起吃饭时，他说格林德根斯为一期杂志封面拍了一张克劳斯、埃丽卡和帕梅拉·韦德金德的照片。他告诉他们，这张照片上原本有他，可是某个编辑觉得他名气不大，就把他删了。他说，显然他不重要，其他三人都是名演员，就他不是。他又说，或许他们只是想要被著名文学家父亲宠溺的孩子们，而他不是。

克劳斯说，整个傍晚都在听格林德根斯抱怨。那时埃丽卡已经厌倦了他。他让她请她父亲去多家剧院的管理层为他说项。克劳斯告诉他们，格林德根斯已不再满足于当演员，他想自己开剧院。

“等埃丽卡回家，”他说，“她会觉得嫁给这个人是她自己犯蠢。我们得好好安慰她。”

托马斯关注着阿尔道夫·希特勒的新闻，虽然他对此兴趣寥寥。慕尼黑总有怪人和疯子，他们是左翼还是右翼并不重要。希特勒在狱中时，人们谈论着他，猜测他会被释放，然后被驱逐去奥地利。在一九二四年十二月的选举中，他的党派只赢得百分之三的国民投票。

托马斯将德国的战败视为某种终结。因为他曾津津乐道德国灵魂的特殊性，如今他觉得有义务把这些词句从他的词典和脑海中驱逐出去。他花在小说上的时间越多，就越加确定他应该讽刺和反思自身的传统。

海因里希和米米来吃饭时，托马斯知道海因里希会说希特勒是一个潜在的威胁。他面对人群慷慨激昂演说的照片开始经常出现于报端。

“他的脸上有种让人讨厌的东西。”托马斯说。

“他整个人都让人讨厌。”米米应道。

“钱已经不再是钱了，”海因里希说，“这对大多数人都是不可想象的。只要有人站出来高声指责，别人就会听他的。”

“可是没人听希特勒的，”托马斯说，“他所谓的政变就是一场灾难。他企图蛊惑人心然而失败了。”

“你怎么看这个人，卡提娅？”米米问。

“我希望这个希特勒能放过我们，”卡提娅说，“巴伐利亚没有他就已经够糟糕了，我无法想象有了他会是什么情况。”

米米向他们透露说，她确切知道卢拉在吸吗啡。

“她仍然跟那群女人在一起，她们仅仅为了吗啡而混在一起。她们彼此掩护，确保供应不断。我有个朋友，她的妹妹就在那群人中。”

卢拉下一次来家里时，坐在那里目光呆滞，不停点头。有一会儿，她喃喃说着什么，接着猛一愣神，似乎意识到自己身在何方，随即眉飞色舞地聊了起来。

当女儿们在身边时，她让她们和她一样遵守社交礼仪。如果她看到某个女儿的坐姿不那么端正，便会立刻训斥。她对到访和告辞的礼节十分严格，要求其他人跟着她使用传统的问候语和同样次数的吻面礼。

一天，她被邀请去用午餐。她纠正了戈洛随意拿刀叉的方式，仿佛她是一个修道院院长，一丁点细节不到位，她就摇头哀叹，感慨礼仪崩坏。

“你可以把这归咎于战争，”她说，“或是通货膨胀，但我归咎于人们自己。是人们养成了坏习惯。而且有时候父母比孩子更不像话。”

“你是说我父母吗？”戈洛问。

“我正在说新出现的粗鲁行为，这就是一个例子。”

只要埃丽卡和克劳斯可能会来，卢拉就声称不会让女儿去波琴格街，以免她们被玩世不恭的表兄姐带坏。

“埃丽卡毫无女人味，”她说，“她是怎么生活的？她看起来像个男人。”

“她就想要这样。”卡提娅说。

“她给妹妹、表妹，还有一般的年轻姑娘，树立了极坏的榜样。”

海因里希在慕尼黑多个阶层走动，他得到消息，甚至早在勒尔过世前，卢拉就与一个已婚男子有过风流韵事。她被看到在一栋有名的公寓楼前撒泼。起初，托马斯以为这是两个名作家的寡妇妹妹能招来的那种谣言。他认为，人们不对卢拉说些什么，探听些什么，是不会满足的。在慕尼黑文学圈和体面人士会晤的地方，卢拉被人注意，不是因为她的观点，而是因为她显然开始手头拮据了。

海因里希告诉他们，他相信卢拉有个对她不忠的相好。那个男人已经结婚，但他在公众场合露面时身边围着一群女人，而不是他的妻子和卢拉。

“他的妻子早已不在乎，”海因里希说，“但这对卢拉来说是公开羞辱。”

接着海因里希告诉他们，卢拉在街头跟踪这个男子，或是去咖啡馆和餐厅看他是否坐在里面，然后她沮丧地独坐着，说出他的名字，并坚持说要等他。

后来消息传来，卢拉自杀了。当海因里希来家里通知托马斯和卡提娅时，卡提娅和戈洛立刻赶去安慰卢拉的女儿们，但海因里希和托马斯留了下来，他俩躲进托马斯的书房。

海因里希问他记不记得母亲向他们讲述巴西童年故事的那些夜晚。

“在那样一个夜晚，如果有人走进来告诉我们的两个妹妹，她们将如何死去，你能想象这事吗?”托马斯问。

“卡拉走的时候，”海因里希接着说道，“我的一部分也跟着她去了。现在是卢拉。很快我们也都会走。”

在一九二七年和一九二八年，每到诺贝尔文学奖公布那天，总有记者围在他家门口。第一年，卡提娅还让用人请他们喝茶吃蛋糕，但第二年她关上百叶窗，下令所有人要出门就从后门走。

“去年你没获奖时，我觉察到一种幸灾乐祸。”

到了一九二九年，托马斯和卡提娅开始担心他可能会获奖。由于失业再度波及了两百万余人，希特勒的名字挂在每个人的嘴边，他在慕尼黑的见面会总有数千人出席，他们不想公开领受巨款，也不想在埃丽卡和克劳斯招来的关注之外更添风波——随着希特勒的影响力增长，兄妹俩和他们的朋友越发对他横眉怒骂。

当埃丽卡、克劳斯或者他哥哥海因里希表达对希特勒的警惕，表明他们讨厌他的追随者时，托马斯并不很信任他们。他感觉，他的哥哥和他的长子长女需要在德国有个敌人来对之咆哮。他早晨读报时，经常发觉自己在浏览希特勒的新闻。希特勒的党派宣布赢得了当地州和地区的选举，以几个百分比的优势险胜。

戈洛却开始收集希特勒和冲锋队的剪报。一九二九年八月的纽伦堡集会之后，他买了所有的报纸，一些报道估测集会人数有四万，另一些认为有十万。他把所有剪报放在餐桌上，请父亲来看。

“队伍在壮大，”他说，“而且有纪律了。他们一边组织选举，一边组织半政府的军队。”

“他们没有资助。”托马斯说。

“这不是真的。我每天都能给你看他们的资助是什么。这不是暗中进行的。”

托马斯和卡提娅达成协议，不提诺贝尔文学奖的事，也不让别人提。但在奖项宣布的前夜，他辗转反侧，想着自己是多么渴望得到这个奖，他认为这是自己性格的一大缺陷。他告诉自己，不应该要它，它也许能带来读者，但也会带来麻烦。

早晨，他听到电话铃响，就等着卡提娅或戈洛出现。他们没有出现，他笑着想到自己竟然如此确信这奖是他的。当卡提娅端着两人的咖啡出现在门口，他以为她是来安慰他的。她关上门，坐下来之后才开口。

“两分钟后，电话铃会响，记者会到门口。我以为我们还能有一段清闲时光，但暂时不会有机会了。”

他原已答应去莱茵兰开朗读会，而今又增加了其他事，包括在慕尼黑的一场名人晚宴和波恩大学的一场典礼。满大厅的人也是战后一直参加他朗读会的那些人，但如今厅里的气氛充满期待，仿佛他能驱走听众周围的恐惧和失败感。

在开场白中，他不谈政治，但他作为一个置身事外、誉满全球的德国人，他的在场就让这些场合成为反对者无形的集会，让德国无瑕的灵魂得到抚慰。

戈洛告诉他，在自由派的报纸上，这一奖项不仅被视为对他作品的辩护，还是对他代表自己国家的思想生命的辩护。一家报纸写道，这些庆祝是对威胁着他的祖国的黑暗势力的反驳。

戈洛给他看《观察家画报》，这是一份被希特勒控制的报纸。此事他早有觉察，但他从报上读到的版本更具煽动性。这一奖项令他进一步成为纳粹的目标。战后他所代表的文化——中产阶级式的、海纳百川、不偏不倚、平和沉稳——正是他们最想毁灭的。他的文风——深思、持重、文雅——正是他们风格的对立面。

他们开启的战争包括文化独裁之战。犹太人或左翼作家写的一首抒情诗，犹如成功的犹太人企业一样成为他们的眼中钉。一个名作家在他们看来，就像一个不友好的异域国家或一个犹太银行家。他们不仅想要控制街道和政府大楼、银行和企业，还想重塑德国的未来。如果他们无法掌控抒情诗和小说，那么德国文化的未来将很可能滑出他们的手掌心，而他们就像注重当下一样注重这种未来。

当他傍晚坐在慕尼黑自家的书房里时，这些结论越发清晰地浮现在他脑海中。他以前从未想过纳粹会掌权。有段时间他们只是令人厌恶，代表了潜入生活方方面面的粗糙。餐厅里的服务员不再那么有礼貌。他喜欢的书店里的店员不再那么恭顺。卡提娅时常抱怨中意的家政服务难找。他觉得邮递也比以前慢了。

但这些只是小麻烦。因为他不太上街，他没怎么想过街上穿制服的暴徒。纳粹在德国未来的政体中占有一席之地的想法几乎不值得讨论。他认为，既然他们没有根基，也将会很快退出。他认为未来的争斗将在社会主义和社会民主之间。

若干年前，当戈洛刚开始对政治哲学感兴趣时，他喜欢和戈洛辩论这两者的裂隙将可能弥合。如今他与戈洛的讨论都集中在纳粹和意大利法西斯的区别上，话题关于德国工人党是如何在不知不觉间进入公众想象的中心，他们没有赢得任何选举，也没有为了获得支持而降低语调。当他试图让戈洛对社会主义和社会民主感兴趣时，戈洛耸耸肩说：

“虽然海因里希、埃丽卡、克劳斯都认为希特勒对我们所有人是一个威胁，但不意味着这就不是真的。”

“我没说过这不是真的。”

“我很高兴听到这话。”

他发现，埃丽卡和克劳斯从他们敌人的粗俗和恶意中得到能量。他们旅行去了美国，遇到一群好奇的记者想要采访他们。他们的朋友里基·豪尔加滕正住在纽约，他招待了他们，带他们去城里寻欢作乐。埃丽卡在信中说，其中一些乐子连她亲爱的父母都不能说。他俩坐火车穿越美国，然后环球旅行，去了日本、韩国、俄国，合写了一本关于旅途见闻的书，书的结尾是沮丧的回国，他们在微明的晨光中踏上普鲁士的土地，在警察警惕的目光下，他们只得停止嬉笑，严肃起来。

托马斯记得，他们抵达时见到的并不是警察，而是他们的父母和弟妹。他们没有回到柏林，而是回到了慕尼黑。刚到家时，他们几乎又变成了孩子。往常他和他们的母亲总是提醒他们在餐桌上要守规矩，但这次他们的环球历险记充满了天真的奇遇，仿佛两个民间故事里的姐弟，逃到世上后，被许多好心的陌生人照顾，幸运地避开了所有灾祸。

很快他们又变回了成年人。当里基·豪尔加滕从美国回来，埃丽卡写了一本童书，他给书画了插画。卡提娅告诉托马斯，克劳斯和他谈上了恋爱。克劳斯现在每年出版一两部小说。埃丽卡因她写的新女性短文而名扬德国。她喜欢被拍到开着车，飞扬着短发，对性和政治这类争议性话题发表意见。她与里基参加了一场为期十天的赛车并赢得冠军，埃丽卡在他们各地的休息处写作。

当时托马斯和卡提娅迈入了平静的知天命之年，而埃丽卡和克劳斯发现生活多姿多彩。他们计划开两部车从德国去波斯，随行的有里基和埃丽卡的朋友安娜玛丽·施瓦岑巴赫。

对托马斯而言，平静的岁月转眼间成了惊诧。他获得诺贝尔文学奖后一年，纳粹赢得了 650 万选票，而两年前还仅有 80 万。但他认为，他们的支持来得快，去得也快。在他看来，德国工人党的承诺是空洞的，人们迟早会醒悟。只要戈洛不再给他看小报上骇人听闻的文章，他就能安定地写他的书了。

然而几个月后，在他写作、出门做讲座和朗读会期间德国发生的变化成了他难以忘怀的景象。他答应去柏林的贝多芬音乐厅做一场题为《呼吁理性》的讲座。这个题目在其他时间也许并不敏感，但此刻是的。他认真地准备讲座，越写越愤怒，也越发肯定这些话必须说出来。

他仍然相信听众是他所定义的三个德国中的第二个。他以为贝多芬音乐厅中会坐满冬夜读书的有思想的人。他以为他们会像他一样谴责抛弃文明社会规则的做法，他把这些规则命名为"自由、平等、教育、积极和发展的信念"。他以为他的听众会鄙视他所称的"怪异蛮横的狂潮和原始的民粹游园会上的吠叫"，他们会认同他说的德国工人党提供了"一种怪诞的政治，充斥着群众反射性的癫狂，游乐园里的钟鸣，高喊的哈利路亚，单一口号念经式地重复，直到所有人都口吐白沫。"他呼吁听众支持社会民主党——德国政坛中最理性、最进步的党派。

大厅里座无虚席，他刚开始演讲时，台下的反馈是积极的。他很高兴埃丽卡、克劳斯和卡提娅都在观众席中。当他说到德国给人的感觉可能会变成"对世界的威胁"，又说纳粹是"泥足巨人[①]"时，观众席中站起一个男子，要求发言。

托马斯从未被打断过。他一时不知如何是好。犹豫片刻后，

① 与"纸老虎"喻意相近。

他指了指这个男子，让他发言。

男子的声音传遍整个大厅，说他是一个骗子，是人民的公敌。观众中响起不满的嗡嗡声。托马斯心想幸好他有讲稿。他决定不去理会。他知道欣赏他作品的观众会对此有情绪，但这会进一步激怒那个打断他的人。

他发现大厅里到处都是反对者，他们一抓住机会就辱骂、吹口哨。显然他们是有组织的，他们来此就是为了不让他做讲座。他们现在开始喊他下台。有几人离开座位，朝讲坛走去，但大多数观众默默坐着。打断他的人是有备而来。他们都是年轻人。他每次在演讲中抬眼望去，大厅里都是他们寻衅的身影。

托马斯继续演讲，这时他收到一张纸条，让他缩短发言，在事态变得更紧张之前结束。他决定不能那么做。不仅因为这种撤退会被广泛报道为可耻的投降，也因为他不知道他和卡提娅还有其他人该如何离开——如果抗议者觉得他们被吓倒了。

他越发强硬地批判纳粹的理念，大厅里的起哄声越来越大，气氛越来越糟。起初只是个别人在叫嚣，但后来成群的人唱歌、辱骂。到最后，托马斯的声音几乎被淹没。

他讲完后，显然已经很难安全离开。他看到卡提娅做手势让他去台侧。他在那里找到了指挥家布鲁诺·瓦尔特和他妻子，他俩对音乐厅复杂的楼梯和通道很熟悉，小心翼翼地带着他和卡提娅走到隔壁的楼房，瓦尔特的车就停在附近。

托马斯明白，只要纳粹得势，他就再也不能在德国演讲而无惧旧事重演。想听他演讲的人会觉得参加他的活动是不安全的。

他同意出版演讲稿，也很高兴它出了三版，但他知道这没什么用。他已经被打上了标记。戈洛想给他看德国工人党报纸上的讲座报道，他拒绝了，他知道他们会怎么说他。

他继续写作，但心里清楚，只要他走上慕尼黑街头，就会被注意到。他和卡提娅在河边散步时，他们警惕着周围。他认为反对纳粹是值得的，他相信他们一定会被打败。他看到，通货膨胀已经让整个国家动荡不宁，在稳定到来之前，会有很多党派倾轧，理念轮换。但柏林那一夜前所未有地让他醒觉，他崇高的文学声名并不能将他置于安全无虞的地位。他不被允许随心所欲地陈述他的思想。他的德国，他在朗读会上对之发言的那个德国，已经失去了中心地位。

危机四伏之际，埃丽卡和克劳斯越发慷慨激昂。他们的父亲因为柏林的叫骂事件而不愿再出席任何活动，他们却在纳粹紧逼的威胁下变得更勇敢了。

克劳斯写了第二部四个演员的剧，两男两女，但这次的风格更为沉郁阴暗，似乎除了爱情是一场欢愉的游戏外，还要赌上更多东西。四个年轻角色为他们的人生而奋斗。吸毒对他们而言并不能带来宽慰，只能导向毁灭。爱情是占有对方的纠缠，死亡是另一种自由。

克劳斯、埃丽卡和里基·豪尔加滕为他们的波斯之行做最后的准备。托马斯和卡提娅开始欣赏里基，他与夫妇俩说话，就像与他们的长子长女说话一样轻松随和。克劳斯在里基身边也变得稳重起来，不太发表惹父亲生气的极端观点。

然而在那几个月中，他们全都对德国工人党持有极端观点。餐桌上托马斯总是听到猛烈的抨击。尽管如此，他还是对里基批判希特勒的语气感到诧异。

“一切都完了！我们完了！我们所有人。他们会毁灭一切。书、照片，一切。谁都不会安全。”

接着他刻意模仿了一段希特勒冗长激昂的演说。

“你们看到正在发生什么吗？”他声音颤抖地问道。

在预定的启程日前一天，里基、埃丽卡、克劳斯和安娜玛丽·施瓦岑巴赫去了一家巴伐利亚的新闻影片公司，拍了一部关于他们旅程的电影。为了拍摄效果，克劳斯和埃丽卡坐在车里，其他两人忙着修理想象中的车损。里基说克劳斯应该拍一段他修轮胎的戏，这样拍摄就得停了，他们都哈哈大笑。

按计划，他们与各自家人度过最后一晚后，就会在次日下午三点出发。但中午消息传来，里基枪击自己的心脏自杀了。他去了阿莫斯湖畔的乌廷，他在那里有一套小公寓。他留下一张纸条给当地警局，上面写了卡提娅的名字和电话号码，让警察联系曼夫人，请她去告诉他父母这一消息。

那天晚上，埃丽卡和克劳斯无言地坐在餐桌旁。之前有段时间，他们处于欣喜若狂的状态。克劳斯曾担心此次旅行会给他和里基脆弱的关系造成压力，但里基通过一种新的做爱方式安抚了他，让他俩都兴奋起来，这是埃丽卡告诉卡提娅的。克劳斯即将与他最爱的两个人踏上旅途。在这之前的数日，他都无法安坐。每次托马斯看到埃丽卡，她面前都放着路线图和一堆导游书、词典。她对着空房间发号施令。她已经为即将发表的文章想好了题目，还策划了一部由四位旅行者合作的书。

他们去了里基身亡的公寓，看到他床上方的墙壁上溅了他的血。埃丽卡看到他的尸体和血，她嚎叫起来。克劳斯带她回家时，她还在嚎叫。

卡提娅去书房找托马斯。

“我不知道里基为什么把我的名字给了警察。我去敲门时就知道我会毁了豪尔加滕夫妇的生活。还有，埃丽卡得停止嚎叫。你得走出书房，让她别嚎了。”

之后数日，托马斯对埃丽卡和克劳斯讲了他的两个妹妹是怎么死的，这两起自杀事件是多么令人震惊和困惑，但他们似乎不能理解。他们无法把里基之死与其他人之死联系起来。即便他讲了种种细节，卡拉和卢拉死时他在哪儿，感受如何，他俩都听不进去。仿佛他们那种明亮、丰富、生动的生活是其他人的生活所无法企及的。里基无法与他们名不见经传的姑姑们相提并论。

“你不明白，”埃丽卡一遍遍对他说，“你不明白。”

第八章

卢加诺，一九三三年

一九三三年二月国会纵火案发生时，托马斯和卡提娅正在瑞士阿罗萨度假。他们每天都听说又有许多人在街头被捕，被袭击。一星期后国民议会选举开始，托马斯的第一反应是立刻回慕尼黑，确定有没有被抄家。如有必要，他们会把房子出租，甚至出售，然后悄悄地把资产转移到瑞士。

他吃惊地听到卡提娅在酒店里告诉一个客人，他们不能回慕尼黑。

他说先与埃丽卡取得联系，然后再做决定，但卡提娅说打电话回家不安全。他们不能说自己目前在哪。她打电话时，他就坐在一旁，听着埃丽卡回话。卡提娅用密语问女儿现在是否可以进行春季大扫除了。

“不行，不行，”埃丽卡说，“而且天气很糟糕。你们再在那里待一阵子，你们什么都不会错过的。”

埃丽卡和克劳斯尽快离开了慕尼黑。只有戈洛还住在房子里。他们不解的是，他的来信看似一切正常，似乎这个政权上台已不再是新闻。他告诉他们，他曾听到一个谣言，埃丽卡被捕了，被关押在达豪集中营，但他现在知道这不是真的。戈洛又说，他见过叔叔维克托，叔叔非常高兴自己在银行里升职了。他心想叔叔是不是取代了一个犹太人同事的职位。

卡提娅在卢加诺租了一栋房子，莫妮卡和伊丽莎白也来了。米夏埃尔在一所瑞士寄宿学校念书。不久埃丽卡也来了，她抽烟比以前更凶，晚上喝很多酒，早晨第一个起来拿报纸。她的声音灌满房子，她更像是一个来谴责他们的亲戚，而不是像他们一样来避难的大女儿。埃丽卡对德国最小的地方官的姓名都了如指掌，她对他们详细讲述了那边在强制执行下发生的变化。上午的其余时间，她给世界各地的朋友和盟友写信。她打很多电话。她被关押在达豪集中营的谣言成了她的奇怪谈资，对每个人津津乐道。她声称要反抗当局，开车回慕尼黑拯救父亲的手稿，但在母亲的坚持下，她答应不去冒险。但后来托马斯好笑地听她说起这段她仿佛亲身经历的旅程，说她如何骗过纳粹的边境守卫，把珍贵的文书藏在驾驶座下带了回来。

埃丽卡开始和家人争论，说他们应该接受这一事实——再也回不去慕尼黑的房子，他们失去了它，他们在德国银行的钱将被没收，这时他就感觉不那么好笑了。埃丽卡像是把这些话熟记在心，一遍遍复诵，迫使他和她母亲面对他们一直逃避的现实。

埃丽卡让托马斯发布一份声明，与德国永远断绝关系。托马斯的一场关于瓦格纳的讲座被许多巴伐利亚音乐和文化界名人弹劾，一长串名单中包括他的朋友理查德·施特劳斯和汉斯·普菲茨纳。托马斯觉得最好不要对此做出反应，认为他们一定是受到了新政体的威压才这么做。埃丽卡则认为他应该利用这一机会，宣布他对新政府的厌恶。他应该呼吁同胞们以各种方式反对希特勒。托马斯最终发布声明，刊登在瑞士报纸上，但他确保在发出去之前，埃丽卡没有看到。后来卡提娅告诉他，他的女儿觉得这份声明的语调谄媚懦弱，他并不感到意外。

在大战刚开始时，托马斯对他的德国观众有清晰的认知。当他在柏林做讲座时，他认为他的听众都认可他关于自由民主的观点，也认可他所说的身为德国人的意义。如今这些人沉默了。已经没有一处论坛可以让他对他们说话。如果他在瑞士的安全处境下攻击希特勒，那么他也会受到反攻。他的书将在书店和图书馆下架。他不会再被允许发言。

他对纳粹的看法人尽皆知。他觉得没有必要再重复，毕竟戈洛和卡提娅的父母还在德国，他自己在慕尼黑有房子，在德国银行有存款。更何况，批判一个还只是蠢蠢欲动、令人讨厌的德国工人党，和批判一个在全世界寻求合法性的德国政府是不同的。

读到戈洛的来信，他们担心他的安全，但戈洛似乎并不害怕，他在信中写得好像慕尼黑成了一个剧院，或是一个他必须报道的大场面。他也传来一些伤心的消息，特别是写到他去探望外祖父母。他们仍然住在他们漂亮的房子里，但对未来的焦虑与日俱增。他写道，他的外祖父一直在说："我们竟然要在有生之年目睹这些！"在当局眼中，普林斯海姆家是犹太人。卡提娅的哥哥彼得被柏林的洪堡大学解雇，他和兄弟们一样，正在计划离开德国。

卡提娅的父亲让人特地给她送了一封信，信中让她别写信也别打电话。她把这段话给托马斯看：

我一直不确定，是不是每个人都知道你——我的女儿——是埃丽卡和克劳斯·曼的母亲、托马斯·曼的妻子。曾经也许这在慕尼黑是一件骄傲的事。现在你逃离在外，我知道你的孩子们和丈夫将需要发言反对新秩序，对此我能理解。但这会让我们的生活更加窘迫。我们一直在当忠诚的德国人。我喜欢瓦格纳的音乐，为了支持他，我做了一切，包括帮忙举办拜罗伊特音乐节。黑暗中的唯一一线希望来自威妮弗雷德·瓦格纳①，真不可思议，因为她衷心支持那个我不会写出名字的人。她说她会帮助我们，但我们不知这是什么意思。

托马斯发现，虽然伊丽莎白读了这封信，但其他人并没有看。餐桌上，卡提娅让埃丽卡一个人说话。每晚她都尽可能早地回自己房间。当埃丽卡去法国找克劳斯时，她似乎终于松了口气。

十四岁的米夏埃尔和他们同住在卢加诺。托马斯记得他在慕尼黑时极不情愿上小提琴课，而他的钢琴老师拒绝再给他上课，因为他对老师的辅导相当反感。可是在寄宿学校中，他倒是不讨厌一个教小提琴和钢琴的意大利老师。

“他和你的其他老师有何不同？”卡提娅问。

“他是意大利人，其他老师都嘲笑他。”米夏埃尔说。

“所以你喜欢他吗？”

“他的父亲和哥哥都关在监狱里。如果他回意大利，就会被

① 威妮弗雷德·瓦格纳：威廉·瓦格纳的儿媳，她在丈夫过世后一直举办拜罗伊特音乐节，直至“二战”结束。

捕。而且没有人真正需要一个小提琴老师。所以他一脸悲伤。”

米夏埃尔每天花数小时练习，他对小提琴格外上心，他还和老师商量好，让老师每周两天来卢加诺一起拉琴。

托马斯对米夏埃尔说，他演奏的音乐很美，米夏埃尔皱起了眉。

“我的老师说，我有音乐天赋，就这样。”

“你还想要什么？”卡提娅问。

“天才。”米夏埃尔说。

米夏埃尔建议托马斯向他的小提琴老师学习英语。

“他的英语非常好，而且他需要钱。”

“他是意大利人，我不想像意大利人那样说英语。”

“你想像德国人那样说英语吗？”米夏埃尔问。

托马斯答应他会上英语课，还会读一本简单的英文书。

戈洛在一封信中描述了在慕尼黑与恩斯特·贝尔特拉姆的一次午餐。贝尔特拉姆说他赞成自由，但这仅限于好德国人。当戈洛说他父亲也许永远不会回德国时，贝尔特拉姆说：“为什么不回？他毕竟是德国人，我们都生活在一个自由的国家。”戈洛又说，贝尔特拉姆在卢加诺时没去探望托马斯，他试图为此找借口。他说，当时他不是一个人，意思是他迫不得已，无法与戈洛的父亲维持友谊。

戈洛还说，他在家里举办了一场宴会，以此消耗父亲酒窖里的最好的酒。他不紧不慢地打包收拾书籍，整理资料。

托马斯每次听到这种说他再也无法看到老房子的话，都心中一惊。他仍然每天读报，希望希特勒的势力能够衰退下去，或者他被行刺，或者军队起义反抗纳粹统治者。

起初，触犯纳粹的书在柏林被焚烧时，托马斯还庆幸他的书不在其中。但埃丽卡回来时，她指出所有重要的德国作家，包括海因里希和克劳斯，以及布莱希特、赫尔曼·黑塞，他们的书全被扔进火里。她强调说，被排除在外，很难说是一项荣誉。托马斯看到卡提娅在默默地点头。戈洛写信告诉他们，恩斯特·贝尔特拉姆非常支持烧书，但他没让托马斯的书被一起烧掉。卡提娅先读了信，然后把信交给他，自己离开了房间。

戈洛把家具、油画、书籍从慕尼黑的家里搬走，以出售为名搬到了瑞士，这事并不难办。戈洛还从他父亲账户里提走了大笔存款。托马斯想从德国转走的有手稿和信件，包括卡提娅从达沃斯写来的所有信，但他明白最重要的资料是他的日记。日记藏在他波琴格街书房的保险柜里。从来没人看到过它们。他想，卡提娅应该知道日记的存在，也一定知道里面有私密资料，因为日记是被锁起来的。但她绝对无法想到，穿插在天气、讲座地点这类平淡记叙中的是他的私密梦想和情欲生活。

他必须把日记运出慕尼黑。他得设法让人打开保险柜，把日记原封不动地送交给他。

他的性梦想已经进入他的小说，但在虚构作品中它们能很容易地被解释为文学游戏。由于他是六个孩子的父亲，从来无人公开指责他内心深处的反常。但如果这些日记出版，他是什么人，他在幻想什么，就一清二楚了。人们会发现，他文风里的疏淡和书卷气，他性格中的古板，以及他对荣誉的兴趣和执着，都是为了掩盖心底的性欲。当其他作家——包括恩斯特·贝尔特拉姆和诗人斯特凡·乔治——已经公开他们的性取向，托马斯把他的性兴趣锁在日记本中，日记本又锁在保险柜里。他明白，如果此刻被暴露，那么他会因为刻意欺瞒而备受鄙夷。

他想，卡提娅已经接受了家里的损失和长期流亡的可能性，但无法接受丈夫颜面扫地。

“真奇怪，”她说，“现在我们倒是犹太人了。我父母从没去过犹太教会堂。我把孩子们视为纯粹的曼家人，可现在他们因为母亲是犹太人而成了犹太人。”

她担心戈洛留在慕尼黑的时间过久。她也担心年近三十的埃丽卡和克劳斯，在德国对他们关上大门后该如何谋生。托马斯想，她对另一种危险还一无所知。不披露日记的内容，他就无法对她分享此事。她会惊骇他是何等愚蠢，竟然把这样的东西押给了命运。

他想，在他所有的孩子里，戈洛从小就最能保守秘密。他在餐桌上就喜欢仔细观察，一言不发。托马斯把保险箱钥匙寄给他，让他把油布封面的笔记本拿出来，不要翻阅，直接装进箱子寄到卢加诺。他毫不怀疑，戈洛会依命行事。

戈洛说事已办妥，托马斯松了口气，现在他要做的只是等它们运达。

戈洛在慕尼黑的处境逐渐艰难起来。银行不再让他取钱。他觉得自己被监视了，随时可能被拘押。他无法阻止当局把两部家庭汽车都没收了，没收时，他发觉是家里的司机汉斯向纳粹告密，说他计划开其中一部车去瑞士。

当汉斯被指责告密时，他抖起了威风，大摇大摆地走在房子里，威胁厨师和女佣，说他会让他们都进监狱。这话戈洛也听得到，汉斯是特意让戈洛知道，他也可能会进监狱。

戈洛抵达卢加诺后，将这事告诉父母，又不经意地补充了一句："我把那个箱子交给汉斯了，他答应帮我去邮局寄。但只有上帝知道他是怎么做的，他很可能把它交给纳粹了。"

卡提娅离开后，托马斯问戈洛，他交给汉斯的箱子是不是就是那个装着日记本的。

"他主动说让他去寄。当时我觉得自己被监控了，我想他不太容易被注意，这看来是最佳方案。我也许应该再等一等，把箱子一起带过来，可我以为你想尽快拿到它。"

"他有没有给你收据或什么纸，证明他已经寄了？"

"没有。"

戈洛不安地朝他瞟了一眼，托马斯瞬间意识到，戈洛多少知道日记本里写了什么。他心想他是否翻过日记，或者读过几段。如果是这样，他会很快得出结论，为何这些被锁在保险箱里，为何只有这些——而不是其他文件——需要被寄往卢加诺。

戈洛和托马斯面对面坐在沙发椅上，托马斯从未离他儿子这么近。其实最好什么都别说，这似乎让戈洛感到舒坦起来。与长兄长姐不同的是，他对别人的心思更感兴趣。此刻托马斯感到，他看穿了父亲的心思。毕竟在这些年里，他一直默默地在家里观察。

他想，如果有人读到这些日记，一定会奇怪他家与普通德国人差距那么大。当他的同胞们的钞票变得一文不值时，他在赚美元。那段时间他过着想当然的奢侈生活。政治上，他变得更自由，更国际主义，但在生活上他与外界越发隔离。

最初在一九二〇年代，他不喜欢纳粹，因为觉得他们低俗，他以为他们最多只能成为困境中的德国的一根芒刺。如今他想象着一群纳粹在逐页读他的日记，对他的自说自话相当不耐烦，但接着看到某几段，他们精神一振。他们不会追踪他漫无目的的每日行踪，但会用燃火的双眼搜寻场景和句子，并做好摘录。

他明白，他的长子长女不会如他一般名誉扫地。他们所立足的世界，是他们公开拒斥对性简单分类的世界。任何破坏他们名誉的作为，只能换来他们和他们朋友满不在乎的嘲笑。可一旦他的日记被选段出版，没有人会觉得有趣。

早晨他一睁开眼，就想着也许箱子今天会到。他不确定会是邮车来送，还是别的官方运输车。托马斯穿好衣服后，就开始在楼上窗口张望。他楼下的临时书房面朝房子前方，他能看到所有经过的人。他注意到邮递员来了，但只是送来几封信和小包裹。

房子里很安静，如果邮车来送箱子，托马斯觉得他一定能听到。他留意着是否有发动机的声响。箱子一日不到，他就知道自己仍处于尊严扫地的危险之中。他对纳粹了解越多，就越懂得他们的宣传才能。如果日记落到戈培尔[①]手中，他必定知道掌握了

① 戈培尔：纳粹德国时期的国民教育与宣传部部长。

什么宝贝。他会挑出最具破坏力的细节，并在全世界曝光。他会把托马斯·曼的名声从伟大的德国作家变成丑闻的代名词。

托马斯在苏黎世找了一个书商，在他为自己的临时小图书馆所开列的书单上，又加上了王尔德的传记。他知道自己即便曝光，也不会像王尔德那样锒铛入狱，他也知道王尔德曾过着浪荡的生活，而他不是。他感兴趣的是如何从一个名作家走到耻辱的公众人物这一步。这在王尔德身上发生得如此猝不及防，而公众又是多么翻脸无情地对之谴责！

他一遍遍回想日记里写过什么。一些私人内容是无妨的。他记得自己写过对伊丽莎白的疼爱，那对任何一位父亲来说都是恰当的感情。即便是居心叵测的纳粹，也不能指出他对伊丽莎白的写法有何不妥。但当他想起对克劳斯写过什么，不禁蹙起眉头。长子年幼时，他曾为他的美貌心动。一天，他进入克劳斯和戈洛合住的卧室，看到克劳斯赤身裸体。这一形象印在他脑海中，足以让他在日记中写下他被儿子莫名吸引。

他想，一定曾有几次他在日记中写过克劳斯身体的诱惑，或是当克劳斯身穿泳衣出现在他面前，他心中的悸动。

他想，这并不是许多父亲都会有的想法。他知道自己并非特例，但也知道那少数几位父亲——或许只有极少数——发现儿子对自己有性吸引力后，并没有蠢到把话说出来。他当然没有告诉任何人，他确定无论是克劳斯还是其他家庭成员都对他的心理活动毫无所知。

然而他付诸日记。如今在德国的某个地方，这些日记可能正在被竭力想毁坏他声誉的人检查。

家里电话铃一响，托马斯就担心会不会有人来通知他，部分日记已经出现在报端。他在家门口的马路上踱来踱去，巴望着听到来送箱子的邮车声。他寻思着，万一日记落入纳粹手中，他能否说日记不是他的，而是精心策划的伪造材料。但他知道，那上面记载了太多细节和太多日常信息，无人能够炮制出来。

日记里还有许多他珍爱然而无法与人分享的时刻。对前来听他讲座的年轻人或是在音乐会上对偶遇者的无意一瞥。有时这种视线是相互的，对视的力度使其意义昭然无疑。他对公众的景仰感到受用，对他吸引的庞大观众感到欣慰，但留在心底的却总是这些沉默而隐秘的偶遇。注视中充满秘密能量，不把这些信息记入日记，是不可想象的。他想把转瞬即逝的东西固化起来。他所知道的唯一方式就是付诸笔墨。难道他能让他的人生故事就此离开，彻底湮灭吗?

日记中最令他担心的是对一个名叫克劳斯·霍伊泽尔的男孩的感情。他是在六年前，一九二七年的夏天遇到他的，当时他与卡提娅正带着三个幼子幼女在北海叙尔特岛的坎彭镇度假。

第一天刮着猛烈的风，大家都不能去沙滩，托马斯坐在阳台上，望着白云在天上飞速穿梭。他想读书，可是空气中有种沉重感，他只觉得昏昏欲睡。卡提娅买了雨衣，租了自行车，带孩子们骑车去了。

托马斯下楼来到门厅，虽然才下午，光线已经很暗。他想，如果他们去的是西西里岛或威尼斯，情况会多么不同。如果去了特拉沃明德，他心中会有怎样的波澜。

从酒店的廊檐下，他看到一个正在风中艰难行走的老妇。她一手提着沉重的购物袋，另一手拄着拐杖。一阵狂风刮来，她的帽子被吹走了。他正要出去捡，看到走在老妇身后的一个高高瘦瘦的金发少年，飞快转过身，跑去捡起了帽子。

他听不见少年对老妇说了什么，但那一定很幽默，她大笑起来，大声说谢谢。少年主动帮老妇提购物袋，但她拒绝了。他的穿着和自信的样子都说明他不是岛上居民。少年经过托马斯身边走进门厅时，朝他笑了笑。

第一天傍晚，晚餐快结束时，一个男子走到他们桌前，自称是来自吕贝克的美术教授。他告诉这家人，他非常欣赏《布登勃洛克一家》，觉得这部小说让他的城市脱离了乡土气。他名叫哈伦。他有个习惯，每晚都与朋友霍伊泽尔教授——一位来自杜塞尔多夫的画家——一起喝酒，因此他问他俩能否与这位作者在今晚或其他晚上一起喝一杯。他指了指一张桌子，那边的男子举手向他们致意。托马斯想，那位就是霍伊泽尔教授了。而坐在他身边饶有兴趣观望此事的，正是他早先看到的少年，显然他是此人的儿子。托马斯对那位教授点点头，然后把目光投向少年，少年也回视着他。他们都站起来时，他觉得这少年应该是十七八岁。少年对他父亲说了几句，然后带着他的身材窈窕的母亲离开了餐厅。

当晚他们在酒店休闲厅里喝酒时，托马斯知道这两位美术教授并不想问他的书。他们讨论的是彼此都认识和仰慕的画家，托马斯对这些名字一无所知。他们兴致勃勃地谈论着夜总会和德国小巷子里的场景对画家来说是多么有价值的题材。

“通货膨胀时代的百万富翁的脸，”霍伊泽尔教授说，“能画一幅好肖像画。”

“或者是还没有开始写书的哲学家。”吕贝克的教授说。

“也许他已经写了‘我是’，然后不知道该怎么写下去。”

托马斯背对着门，没看到霍伊泽尔的儿子进来，但他注意到了这位父亲脸上浮现出宠爱的笑容。他把儿子克劳斯介绍给托马斯。

“我的儿子读完了《布登勃洛克一家》《魔山》和《死于威尼斯》。你能想象他发现他和最喜欢的作家住在同一家酒店的心情吗？”

“我相信这位作家有其他的事要做，没空想象我的心情。”克劳斯说。他开心地弯起嘴角，然后笑开了。

“他们在跟您聊画画吗？”他问托马斯。

“我们晚上通常只聊这个，”他的父亲说，“我们非常无聊。”

第二天午餐时，伊丽莎白与克劳斯·霍伊泽尔交上了朋友。

“他告诉我，”她小声说，“岛上有个人能预报天气，这人说很快会有酷热。”

“克劳斯是怎么认识这个人的呢？”卡提娅问。

“他骑车出去，”伊丽莎白说，“遇到了这个人。”

“你是在哪遇到克劳斯的?”托马斯问。

“我自行车的链条掉了，是他过来修的。”

“他真是个热心人。”托马斯说。

“他知道我们所有人的名字。”莫妮卡也说。

“怎么知道的?”卡提娅问。

“他和前台那个人交上了朋友，他查看了登记簿上我们的名字。”莫妮卡说。

下午天气更坏了，但其他人又出去骑车游荡。托马斯站在阳台上，望着巨浪拍岸，白沫翻滚。敲门声响起时，他以为是酒店员工，便喊了声“进来”，但无人进来。敲门声又起，他过去开门，发现站在那里的是克劳斯·霍伊泽尔。

“抱歉打扰了您。您的女儿告诉我，您只在上午写作，所以我希望您现在不在工作。”

他彬彬有礼，但不露怯。他的语气里有种揶揄，这让托马斯想起自己的儿子克劳斯经常对母亲说话的口气。托马斯请他进房间，克劳斯直接走到窗口，托马斯不知该让门开着还是关上。克劳斯没有回身，他开始欣赏风景，托马斯轻轻关上了门。

“我来是因为我父亲昨晚一时兴奋告诉您，我读完了《魔山》。我当时很尴尬，因为我只读了开头。但我读完了《布登勃洛克一家》和《死于威尼斯》，我非常喜欢它们。”

他语气中充满自信，说完后却红了脸。

“《魔山》非常长，”托马斯说，“我经常想是否有人读得完它。”

“我喜欢开头，就是汉斯遇到表兄那里。”

一阵风来，吹得窗框作响，托马斯走到他旁边，一起放眼眺望。

“天气要变了，”克劳斯说，“我遇到一个人，据说是岛上的专家，他有关节炎，能凭身上的疼痛情况判断天气。”

“你学的是艺术吗？”托马斯问。

“不，我学商务，我没有艺术天赋。”

少年环顾房间。

“您是在这里写作的吗？”

“如你所说，上午在这写作。”

“下午呢？”

“读书，如果天气好转，我会去沙滩。”

“我得走了，不打扰您了。明天会转晴，也许我会在沙滩上遇见您。”

很快克劳斯·霍伊泽尔的关节炎预报被证实是对的。天气转暖，一丝风也没有。早晨海上的白云总杂着几缕乌云，但到了中午就晴空万里。托马斯一到沙滩，就需要阳伞遮阴。他读书或眺望大海，而卡提娅被米夏埃尔缠住，不得不帮他建造沙堡，陪他玩水。莫妮卡和伊丽莎白被克劳斯·霍伊泽尔带去海滩的另一头。

“我们一定会小心的。”克劳斯出现时说。

伊丽莎白要克劳斯午餐时和他们坐在一起。他对她说，他母亲会想他的，她就让家人晚点用餐，让克劳斯先和他父母吃饭，然后再到曼家这边来。

克劳斯·霍伊泽尔开始每天中午来见托马斯，这时托马斯已完成上午的写作。

“我父亲和哈伦教授聊过您的书。他们说您写了一篇关于一位教授和他家庭的小说。”

托马斯被克劳斯热诚的语气逗乐了。

“那篇是《混乱与早期的悲伤》，”他说，“是的，那位父亲是个教授。”

“我父亲也是。可是很难把我父亲写入一篇小说。”

“为什么？”

“因为他清楚知道自己就是一篇小说里的角色。这很显然嘛。他就像是一篇画家小说里的画家。所以他画自画像。”

“他画过你吗？”

“在我小时候他画过。但现在我不要他画了。反正他不画自己时，就爱画马戏团演员，还有半夜在外游荡的人。”

克劳斯每天都在强调他不会逗留太久，他经常走到窗口眺望通往沙滩的路。他喜欢查看放在桌上的一本笔记本里托马斯写的东西，大声读上一段或一个长句。如果他与曼家共进午餐，或餐后来到他们桌边，他绝口不提他和托马斯聊过的事，也不说他去过托马斯房间。他把注意力放在莫妮卡和伊丽莎白身上。

“我看克劳斯又有了仰慕者。”托马斯说。

“这孩子有很多仰慕者，”卡提娅说，“他赢得了整个餐厅的爱，也许还有大半个岛的爱，只除了可怜的米夏埃尔，他根本不看克劳斯一眼，也许还有我。”

“你不喜欢他？”

“能让莫妮卡开心的人我都喜欢。”

一天傍晚，哈伦教授早早地去睡觉了，托马斯和霍伊泽尔教授喝到很晚。

“我看我儿子已经成为你的仰慕者了。”他说。

托马斯意外地听到他自己早先用过的这个词。

“他很聪明，对他这个年纪而言很早熟，”托马斯说，“还有他和我的女儿们玩得很好。”

“每个人都喜欢克劳斯，”教授说，“都想拉他一起玩。”

他面露微笑看着托马斯。托马斯没看出嘲讽或不悦。教授似乎放松下来，像是正在享受他的傍晚。

“有件事很奇怪，”他说道，“无论我们把人脸画得多好，都很难画好手。如果魔鬼现在来问我，我想用什么来交换永恒的臣服，我会请他让我画手，画出从未有人注意过的手，完美的手。小说家有没有类似我们画手的问题？”

“有时候很难写爱。”托马斯说。

“是啊，所以我不画我的妻子和儿子。你能用哪些颜色呢？”

一天下午在沙滩上，米夏埃尔在遮阳伞下睡着了，卡提娅打断了托马斯的阅读。

“伊丽莎白一定要我们邀请克劳斯·霍伊泽尔去慕尼黑。今天上午早餐后，她去向他母亲说了这事。她还拉着莫妮卡一起去。她有没有问过你这事？”

“完全没有。”他说。

“也没来问过我。她很任性。我看得出莫妮卡为她们没先来问我们而不安。但你的宝贝伊丽莎白不是这样，她完全不担心。”

“那孩子接受了吗？”

“他站在一旁，和平常一样镇定。”

当天傍晚用餐后，克劳斯·霍伊泽尔的母亲来找他们。

“你们的两个女儿特别可爱。”她说。

“你的儿子也招人喜欢。”卡提娅说。

“他们仨求我让克劳斯去慕尼黑拜访你们，但我告诉他，假期里的事不会延续到冬季。”

托马斯看到卡提娅的脸色一沉，这是在说她的女儿们或许性情易变。

“很欢迎你的儿子来慕尼黑。”她说。

“我和丈夫认真商量过此事，”克劳斯的母亲说，“克劳斯有时间去，但我不希望他给你们添麻烦。”

“他不会的。”卡提娅说。

莫妮卡和伊丽莎白保证说，如果克劳斯·霍伊泽尔来住，她们会照顾好他。

“家里有很多房间。”伊丽莎白说。

“一定会很完美，”莫妮卡说，“让他来吧！”

“可是这很不正常，”卡提娅说，“一个男孩和两个女孩住在一起。”

“我都十七岁了，”莫妮卡说，“埃丽卡和克劳斯在这个年纪时，你都让他们去柏林了。我们只是想让一个可爱的人来我们家做客而已。”

很快这事定了，克劳斯·霍伊泽尔秋天去。托马斯竖起耳朵想知道克劳斯打算在他家住多久，但他发现压根没提及。

一天午餐后，他听到莫妮卡和伊丽莎白在小声地求卡提娅什么，卡提娅摇头，莫妮卡继续求。

“为什么这么小声？”他问。

“她们想让克劳斯留下来，他父母两天后就走了。”

“这难道不该由他父母决定？或者克劳斯自己？”

“克劳斯想留下来，他父母也答应了。但他们说这样一来，他就是我们的责任了，我们也必须同意。”

“我同意，”莫妮卡说，“伊丽莎白也同意。”

“这不就结了？”托马斯问。

“如果你们都这么说的话。”卡提娅说。

托马斯发现固定下来的作息时间令他受益。他每天上午都能写到满足为止。餐桌上，他欣慰地看着女儿们和克劳斯说话。下午的沙滩上，八岁的米夏埃尔和父母单独在一起，就变得更安静，更听话。他已经习惯了待在水里，喜欢父母一人一侧牵着他的手，把他从扑来的浪头上举高。托马斯曾让克劳斯和戈洛骑在他肩上走，但他陪米夏埃尔玩过的事，从未和他们玩过。米夏埃尔每天看到父亲午餐后出现在沙滩上，都会快乐地大叫起来。

父母离开的那天，克劳斯送他们到轮渡，然后回到酒店敲响托马斯的门。托马斯想，一个十七岁的孩子被父母留在酒店里，想必是很奇怪的。他和卡提娅现在取代了离开的教授夫妇。他记得，他自己的儿子克劳斯十七岁时，生活不受管束，也毫不掩饰没有父母监管的好处。可是这个孩子，另一个克劳斯，没有克劳斯·曼对思想和时事的兴趣。他不想写小说、演戏。他可以平起平坐地和托马斯说话，问他问题。托马斯觉得他对莫妮卡和伊丽莎白也是同样的态度，只是稍稍调整一下语气。

“我不觉得父母离开了有什么区别，”他说，“他们在这儿的时候，我也一样自由。我父亲曾参加过战争，他讨厌规矩，所以他从不给我立规矩。我父母从不告诉我应该做什么。”

“我想告诉我的孩子们该做什么，可他们不听我的，特别是两个大的。”托马斯说。

“克劳斯和埃丽卡。”克劳斯说。

“你怎么知道他们的名字？”

“我父母在杜塞尔多夫看过他们的剧，就是那出关于四个年轻人的剧，还对我说了他们的事，不过谁都知道他们是谁。”

克劳斯在看托马斯正在写的一段文字。他的手指在一行行字下滑动，托马斯站在一旁。当托马斯指出某个被删掉的字时，克劳斯焦急地抓住托马斯的手推到一边，以便能看到被删的那个字。

托马斯立刻感到了克劳斯的手贴在他的指节上的温度。他没动，也没说话，任由克劳斯的手多停留了几秒钟。

他俩都没开口。托马斯觉得他可以转过身，抱住克劳斯。可他明白这种举动多半是不会受欢迎的。他想，克劳斯来他房间并无他意。他一直与大人们处在一起，也被他们平等地对待。他近来在沙滩上和莫妮卡、伊丽莎白蹦蹦跳跳地玩，但并没有想过会被她们的父亲，一个年龄是他三倍的男人拥抱。

托马斯想要说些什么，好缓和房间里的紧张气氛，他觉得克劳斯也感知到了这种紧张。克劳斯瞟了他一眼，然后垂眼看着地板。他的脸红了，看起来比实际年龄更小。托马斯只想让这少年出去，他知道卡提娅或孩子们就要来了，或者酒店员工会突然来敲门，即便克劳斯现在出去，他也会在走廊上遇到卡提娅。

“您不介意我去慕尼黑吧？”克劳斯问。

“不介意，而且我的女儿们因为你要去都很兴奋。”

“希望我不会打扰您的工作。莫妮卡说，别人在您书房门口都不能说话。”

“她夸大其词。”托马斯说。

“我想读完您所有的书，”克劳斯说，“但我不能再打扰您了。”

他在唇边举起手指，表示他做的是一桩秘密的事。然后他悄悄走了出去，轻轻关上门。

克劳斯·霍伊泽尔秋天来慕尼黑时，总是避免给人添麻烦。如有人想要找他，他总是在某间客厅里读书。如果莫妮卡有空，他就和她待在一起。他对伊丽莎白也一样。很快戈洛开始注意他，两人经常在一起深入讨论话题。

克劳斯·曼来时，毫不掩饰他对小克劳斯的欣赏，他公开调戏他，还说他相信他俩之间有很多共同点。托马斯看到克劳斯·霍伊泽尔与克劳斯·曼保持距离。

托马斯和卡提娅下午散步回来，睡过午觉后，克劳斯·霍伊泽尔总是来他书房，他会仔细地听托马斯告诉他自己上午写了什么。克劳斯总是要看他的手稿，对涂改之处特别着迷。每次托马斯对他指出某个词，他就会重复当时在酒店房间的动作，把手放在托马斯的手上，停留一会儿，然后把托马斯的手挪开，好看清楚涂掉的那个字。

埃丽卡来了，她说她回家很开心，哪怕被迫每天陪莫妮卡散步，听她喋喋不休地诉苦，她也不会说什么了。

“莫妮卡没有任何苦恼，”她的弟弟克劳斯说，“家里没人苦恼。就连戈洛也笑脸常开。魔术师还戴上了颜色鲜艳的领结。这都是因为他们在北海岛上找到了一个来自杜塞尔多夫的小天使，把他打包新鲜送到家。他住在阁楼上。我母亲也喜欢他。只有米夏埃尔一看到他就皱眉。”

“我相信你对这男孩的感觉一定难以描述？”

“对，这是对我感觉的很好总结。”克劳斯说。

餐桌上，埃丽卡没有搭理克劳斯·霍伊泽尔，而是一直谈论她看过的各种剧，她说有必要来一场反纳粹的卡巴莱歌舞，那一定能吸引很多人。

“我应该这么做，但首先我想去环球旅行，我想在文明分崩离析之前去看看每个地方。”

“埃丽卡，”她母亲说，“你真是为弟弟妹妹树立了一个好榜样，我想我们应该给你画一幅肖像，挂在厅里。”

“克劳斯·霍伊泽尔的父亲可以画。”莫妮卡说。

克劳斯羞涩地笑了笑。

“啊，你就是那个金童，”埃丽卡说，她朝霍伊泽尔转过身，

“啊，我之前没注意到你！看看这个金童！”

“是啊，我就是这样。”克劳斯说着，抬起头和埃丽卡对视，仿佛在说如果她继续挑衅，他会比她更强。托马斯从未见他如此美丽。

克劳斯·霍伊泽尔一天下午过来时，问起托马斯的早年生活。克劳斯听得很认真，不知不觉间，托马斯追忆起了他父亲的死。他对克劳斯讲了他与海因里希那些年的积怨。当克劳斯问起他母亲，托马斯情绪激动起来，他无法回答，起身走到书橱旁，站在那里，背对着克劳斯。他等着，他知道克劳斯得做出决定，是否要走过来。托马斯心想他不能转身，不能说话。他屏住呼吸，倾听克劳斯是否正在走过来。

他感觉到他在移动，但随即又停下了。他想到克劳斯正在自问该怎么办。他想，如果他咳嗽一声，或发出什么轻微的声音，甚至只是把重量从一只脚换到另一只脚，他就能让克劳斯不再冒险。

后来他想，他是否被操控了，正如保罗·埃伦贝格曾经操控他那样，但他确定克劳斯·霍伊泽尔并非在耍他。他觉得这少年对他心怀敬畏，也不知这位年长的作家白天黑夜心里都是他。他相信克劳斯对这些都一无所知——一个喜爱的眼神，与男孩的手的相触，甚至他的声音都能让托马斯以某种他以为不再可能的方式兴奋起来。

埃丽卡提议请他们的舅舅克劳斯·普林斯海姆来家里吃饭，让三个克劳斯同聚一堂。这像是玩笑话，但莫妮卡和伊丽莎白当了真，几天后就安排好了。

克劳斯·普林斯海姆来了，卡提娅让他在餐桌上坐在她旁边。埃丽卡也要坐在自己的弟弟克劳斯身边。莫妮卡和伊丽莎白想要克劳斯·霍伊泽尔坐在她俩中间。托马斯笑着看到他自己、戈洛和米夏埃尔没提任何要求，似乎也没人提出要坐到他们旁边。

上菜后，交谈渐渐热烈，托马斯没有参与他们的聊天。他发现莫妮卡和伊丽莎白面露不快，因为埃丽卡和克劳斯·曼对克劳斯·霍伊泽尔大感兴趣，不停地问他问题，和他讲笑话，逗他。与此同时，卡提娅一直小声地和她的哥哥克劳斯说话。他们聊得很开心，克劳斯说了什么后，卡提娅惊讶地摇起了头，接着他俩的谈话变得严肃起来，克劳斯·普林斯海姆认真地听卡提娅对他说的话。

托马斯看着他们，似乎看到了他的小说有了生命。克劳斯和卡提娅回到了他为他们设想的《瓦尔松之血》的场景中。他们是一对彼此牵缠的双胞胎。他从一个沉闷的闯入者变成了魔术师，把他自己无序的家庭变得有了实形。

他与克劳斯·霍伊泽尔目光交接，意识到自己也发生了变化，变成了《死于威尼斯》中的古斯塔夫·冯·阿申巴赫，而克劳斯变成了他在沙滩上密切关注过的那个男孩。

托马斯所能做的只是观察。如果他离开餐桌，除了克劳斯·霍伊泽尔，无人会注意到他离开。就连戈洛和米夏埃尔也在热烈地聊天。他从这张脸看到那张脸，他发觉克劳斯·霍伊泽尔一边假装在听莫妮卡说话，一边却不时地朝他投来一瞥。他趁大家都忙着聊天，大大方方地盯着克劳斯看。而克劳斯先听莫妮卡说，又听伊丽莎白说，还回应了克劳斯·曼的话，他偶尔朝托马斯抬起眼，默默地表明他只在意托马斯，餐桌上发生的其他事都对他毫无影响。

家里人都知道，上午不能打扰他，但他们也知道，这条规矩到了下午就无效了。尽管如此，只要克劳斯·霍伊泽尔和他在书房，就没人会过去。

谈话间，托马斯会起身走到书架前。他不会取下一本书来，也不会换姿势，只是等着克劳斯走过去。

克劳斯来做客的第二个星期，某天下午，他告诉托马斯，他与卡提娅聊了几句。

“很奇怪，”他说，“是她先说我想住多久就住多久。我不知该怎么回答，所以只好说谢谢。我本想说我不急着回家，但她又说欢迎我继续住下去。我觉得她是话中有话。”

“这是什么意思？”

“我是说，谈话结束的时候，我不知道怎么回事，总觉得我应该在这个周末离开了。”

托马斯不由得使劲咽了口唾沫。他们默默坐了片刻，然后他开口。

“你想要我去杜塞尔多夫看你吗？”

“是的。”

托马斯起身走到书架旁。他还没来得及定下心来倾听克劳斯的呼吸声，克劳斯已经快步走过来，一把抓住托马斯的双手，握了一会儿，然后让他转过身，他们面对彼此，亲吻起来。

埃丽卡和克劳斯即将离开，他俩与家人以及克劳斯·霍伊泽尔吃了最后一顿饭。餐桌上，克劳斯·曼坐在他身边。托马斯看着他们商量当克劳斯·曼去杜塞尔多夫时，两人见个面。很快埃丽卡也决定要去，他们三人可能会结伴去柏林。当莫妮卡和伊丽莎白明显感到自己被排除在这些计划之外时，克劳斯·霍伊泽尔不再搭理克劳斯和埃丽卡，当晚剩下时间只和两个小姑娘聊天。

托马斯把克劳斯·霍伊泽尔写到了他的日记里，他详细地描述了他们在一起的高潮。他不觉得这么做有何危险。不把这些写下来，任其消逝，那才是危险。

克劳斯·霍伊泽尔离开后一星期，某一天，托马斯和卡提娅在河边踏着秋叶散步，卡提娅提起了他们的客人。

“我觉得我们过着风雨无忧的生活，”她说，“我愿意生养六个孩子，因为想让他们能彼此有个伴。但我时常想，这是否意味着我们更多把自己封闭起来，更少接触外面的世界。小克劳斯让我们的生活都变得活泼起来，包括我在内。我们所有的孩子，除了戈洛，都只考虑自己，可能我俩也是这样，但克劳斯似乎在考虑每一个人。这真是一项杰出的天赋。”

托马斯仔细品味这番话是否别有他意，但没有。

“你哥哥怎么看他?”他问。

“第三个克劳斯吗?我哥哥的眼里只有我。”她说。

“莫妮卡很爱克劳斯·霍伊泽尔。”

“我们都爱他。幸好我们当初去了叙尔特岛，否则就不会遇见他了。”

他记得，他在日记中不仅仅写了他与克劳斯·霍伊泽尔之间的事。他还逐日写下了他的梦想，那个少年待在书房中，对他有何意义，他早晨醒来之际，想到克劳斯就在楼上某个房间的床上时，他想到了什么。他想象着在某个办公室里，穿制服的人读到他与一个比他长子次子年龄都小的人的关系时，会如何彼此推推搡搡低声窃笑。他想象着他们也许会把这些日记交给他们的上司。在这些上司中，也许有人知道要如何利用这些日记。他想象着自己和卡提娅走在卢加诺的街头，穿着如常一丝不苟，但当他经过店门口时，里面的人都聚过来朝他瞧。

他的律师海恩斯从慕尼黑来到瑞士，当他和卡提娅、戈洛与海恩斯见面时，他们的主要议题是纳粹也许会夺走波琴格街的房子。他们达成协议，海恩斯会尽力阻止此事发生，他会把书房里的文件，包括信件和小说手稿，都拿走并保存在他自己的办公室里。

最后托马斯提到了箱子的事。海恩斯详细询问了戈洛那个司机干了什么后，说他会去查询。

一周后的上午，他听到电话铃响。是海恩斯。

“我拿到箱子了。它在这儿。我该怎么处理？”

“你是怎么拿到的？”

“不难。慕尼黑总有些渠道。官员还是那些官员。我只是去邮局投诉了这个延误问题。他们找到箱子时，非常懊恼，不知该如何解释为何没有寄走。”

“现在能寄了吗？”

“你放心吧，一定能收到，除非你想把里面的东西和其他文件一起存放在我办公室。”

“不必，箱子里有我正在写的小说的笔记。”

等待邮递期间，他盼着再读一遍他写的克劳斯·霍伊泽尔。

然后在某个夜晚，当他独自待在出租房中时，他会把这些日记，也许还有其他一些东西一起投入火中。他知道，日记能寄到他手中是他的幸运。此刻他心想，在流亡的第一年中，他是否还需要这样的幸运。

第九章

屈斯纳赫特，一九三四年

他从未打算逃离自己的国家。他没能看出预兆。他误解了德国，这个本该刻在他灵魂上的地方。他想到只要自己一踏进慕尼黑，就会被从家里拖走，带到一个再也出不去的地方，就恍如身在梦中。

每天早晨他们用餐时读报，总有一人会分享新闻，纳粹又犯下什么暴行，逮捕了谁或是没收了谁的财产，又有什么威胁了欧洲的和平，对犹太人、作家、艺术家或共产党又有什么古怪的指控，然后他们就叹口气沉默下来。有时候卡提娅读新闻，会说最糟糕的不过如此，但随即埃丽卡纠正她说，自己看到了更耸人听闻的事。

起初，他觉得他的意大利英语老师过于穷酸，他都无法集中精力学习。语法学习和不停的重复教学也很乏味。戴眼镜的老师显然恼了，他拿出一本但丁《地狱》的英译本，带着托马斯一行行地读，让他抄写所有的生词，并在下一堂课前记住这些单词的意义。当托马斯在餐桌上说到他在学习但丁的英语原著时，埃丽卡和米夏埃尔都跳起来纠正他。

“我拿过诺贝尔文学奖，”托马斯说，“我知道但丁是用哪种语言写的！”

卡提娅决定一起来听课，但托马斯觉得她更像老师而不是学生。她已学完了一本英语语法书，她要求慢慢地、细致地讲解规则，从现在时态讲起。每天早晨，她交给托马斯一张二十个英语单词的列表，背后写着德语词义，她说他得在晚上之前记住它们。上课时，她努力做得比老师更好，经常一不高兴就讲德语，但意大利人不懂这门语言。

数月后，卡提娅找了一个住在附近的年轻英国诗人，请他来家里上对话课，不讲语法。她说她更习惯过去时态，想要聊聊历史。

“历史都是过去时，”她说，“所以讨论历史有助于学习。他在过去。它在过去。她在过去。他们在过去。这个在过去。这些在过去。”

托马斯知道，终有一日他不得不从安全的外界批判德国的事，但此刻尽管承受压力，他不想让卡提娅的父母再遭危险，也不想让自己的书从书店下架。而且他的出版商戈特弗里德·贝尔曼还在德国。如果托马斯的书无法在国内发行，贝尔曼就没有生意可做，重印这些书也只会让他落入更大的险境。虽然卡提娅和埃丽卡持相反论调，托马斯仍然认为希特勒的将军会让他下台，或者会发生群众起义。他每天早晨打开报纸，都希望能看到纳粹的势力正在衰退。

他发现他与卡提娅的护照即将到期。他去更新护照，德国官员先是驳回，然后不予理睬。他曾指望瑞士能介入此事并给予他和他家人国籍，但他发现这是个愚蠢的想法。他明白这个接纳他的国家既是一处避难所，也是一座堡垒。最终瑞士给了他临时居留身份和让他能够旅行的临时证件。

这时，瑞士的报纸毫无讽刺地称希特勒为“元首”。托马斯开始失去信心，觉得德国政权不会倒台了。他意识到纳粹不是慕尼黑起义中的诗人。他们是街头打群架的混混，但攫取权力后并没有失去对街道的控制。他们既当政府，又当反对者。他们凭借敌人的理念崛起，把敌人包含在自身之内。他们不怕负面宣传——相反，他们想把自己的恶劣行为传遍天下，让每个人，包括他们的死忠党，都害怕他们。

起初他背井离乡，离开他那仿佛永固的慕尼黑豪宅，还缓不过神来，以为只需要找个安全的落脚点。但当他拿到瑞士的证件时，他开始不安了，似乎卢加诺只是第一站，是临时的避难所。离家令他恐惧。那些日子里当他想到一本书，就知道它大概在书房的什么位置，但他无法把书取下来，无法打开书，这令他心里难受，有时也感到恐慌。另一方面，住在瑞士，听着当地人说话的有趣口音，读着当地报纸，让他感觉轻松自在，犹如踏上了一段冒险旅程。

于是，迁往法国南部的决定似乎是一时兴起。但决定之后，他和卡提娅都不想列举种种理由来说明这一变化的合理性。没有理由。他们觉得应该做些什么，就下定决心去做了，想到这点，他不禁微微一笑。别人问他，他就说南法会让他觉得更舒服，许多德国人都迁去了那里。一家人先到邦多勒，然后跟着其他作家去了萨纳瑞苏梅尔，在那租了一栋大房子。

在卢加诺和阿罗萨，托马斯能读到德国报纸。而在萨纳瑞，谣言四起，还有各种派系斗争。大多数德国流亡者每天早晨去咖啡馆。他发现，犹太人感兴趣的是留在德国的犹太群体的命运，他们受到的威胁与日俱增。社会民主党忙着憎恨共产党，共产党也憎恨社会民主党。他发现贝托尔特·布莱希特很能惹是生非，他一家家咖啡馆地散布异议。他惊讶的是恩斯特·托勒，此人曾是慕尼黑叛乱的领袖之一，现在也在萨纳瑞发表意见，仿佛他的意见很重要似的。其他人来来去去，包括海因里希。他主要待在尼斯，在当地一家报纸上用法语写专栏，批判希特勒及其政权。

他早间的作息一成不变，但到了下午时常忍不住去镇中心走走，去报摊看看新到的外国报纸，在咖啡馆喝一杯咖啡。托马斯很乐意和犹太人或社会民主党人坐在一桌上，但他会避开共产党人的桌子。

一天下午，他独自坐着，发觉旁边一群讲德语的年轻人正在注意他。当其中一人过来邀请他与他们同坐时，他笑着站起来，和每个年轻人打招呼。他发现自己的到来引起了这群人中两个瘦长脸的疑虑。他一出现，他们就停止了交谈。他看到邀请他加入的那个人欲言又止。

“你是诗人吗？”托马斯问他。

“不是。有时我写一两句，但接着就会涂掉，连手稿都不留。”

“那么你是做什么的呢？”

他意识到这话问得有些嘲讽。

“我为自己感到遗憾。”这个年轻人说。

另一人笑起来。

“他不喜欢德国，”他说，“但他更讨厌法国。”

“你的慕尼黑豪宅还在吗？”一个瘦长脸的年轻人问。

“我觉得房子快被没收了。”托马斯说。

“慕尼黑叛乱时，我是负责监督你的人。”

托马斯面露困惑。

“别惊讶。当时我十六岁，看起来天真无邪。我盯着你进进出出，然后把所有的事上报。”

“为什么？”

“因为你写了那些书。”另一个人窃笑着说。

“你本来可能会挨枪子儿。”年轻人继续说。

“那我可能就会名声大振了。”托马斯说。

“是托勒阻止了这件事。”

“我知道。”托马斯说。

“现在他在这里身无分文，而你和你家人住着大房子。总有一天这一切会改变。”

“你是说在希特勒的手中改变？”托马斯问。

“你知道我的意思。”年轻人答道。

托马斯发誓再也不去咖啡馆，但他不能拒绝所有流亡者朋友的邀请。他想，这可真奇怪，就连他们中间最爱谈论政治的人，也兴致勃勃地谈起自身的苦难了，比如财产损失和签证问题。他观察他们时，觉得他们是一群已经被打败了的、正在蒙受真实和想象中的痛苦，同时等着新闻或钱的人，他们的衣着日渐寒酸。

他想避开这群人的原因之一是，他从他们身上看到了自己正在慢慢变成什么样。和他们一样，他每天等着消息，报纸上的头条新闻或内版的一则故事可以让他安睡，也可以让他做噩梦。

其他人都以各种方式批判这个政权，他是唯一一个没有这么做的。他知道以布莱希特为首的这群人正注视着他——这个他们当中最有名望的人。他和卡提娅傍晚去广场散步时，特意不穿看起来很新或很贵的衣服。

一天傍晚，卡提娅略感不适，他独自去参加了一场流亡者的晚宴，饭局上他与恩斯特·托勒打了个照面。

他一直不明白为何这个不成熟的年轻人能成为革命领袖，当上巴伐利亚苏维埃共和国的所谓的总统，即便只当了六天。他不明白是什么驱使恩斯特·托勒把慕尼黑搅得天翻地覆。

托勒紧张激动地和他握手，问他是否有时间一起喝杯咖啡或酒，托马斯以为这位诗人是想要钱。他带了点现金，他想可以一坐下来就把钱给托勒，或许还可问问托勒是否欠了酒店钱，他可以帮忙付账。

然而托勒没有提到钱，却问他对克劳斯写文章激励国外民众起来反抗希特勒的事有何看法。

“这让我们所有人都感到惭愧。”托勒说。

托马斯说他与儿子已有段时间没联系了。

“他非常优秀，”托勒说，“他孜孜不倦地写作。也许他的成就只有在将来才能被认可。”

托马斯一直听人这么评价海因里希，但还是第一次听人这么说克劳斯。

“我想单独见你是有原因的。”托勒说。

他越发紧张了。托马斯寻思他是否会开口要一大笔钱。

“埃里克·米萨姆被纳粹抓了。他们在国会纵火案后拘捕了他。我知道他被用了刑。他和我们其他人不同。你知道，他是剧作家、诗人，但也是老派的无政府主义者。他在监狱里是不会为自己争取好处的。”

托马斯想起来，米萨姆是另一个不太可能但却当上了慕尼黑革命领袖的人。

“你是说他会直言不讳？”

“是的。”

酒送来了，他们沉默无言地坐着。

“他一直为你说好话，”托勒最后说，“我能否请你帮他？”

“怎么帮呢？”

“你是在世的最有影响力的德国人之一。”

“现在不是了。”

“可你一定有一些朋友和熟人？”

“在纳粹里吗？”

“在有影响力的人中。”

“如果我有，我怎会还在这儿？”

“我来问你，也是束手无策了。想到他我就睡不着觉。你一定有人可以联系。”

“我在纳粹里没有朋友。”

托勒悲伤地点点头。

“那么他完了。我没有其他办法了。”

走在回家路上，托马斯自问那些流亡者是否真的认为他有足够的影响力，能把一个人从监狱里解救出来。他想，托勒的请求并非心血来潮，而是经过慎重考虑的。托马斯认识的唯一一个纳粹就是恩斯特·贝尔特拉姆，如果贝尔特拉姆收到托马斯·曼的信，要求他动用自己的权力把一个参与慕尼黑革命的无政府主义者从监狱里放出来，托马斯都能想象他的惊讶。

他什么都做不了，但这种无能为力的感觉令他不安。当他独自坐在书房中时，他突然想到，他可以引发外界，甚至是美国，对米萨姆案件的兴趣，但这也许会让他的处境变得更糟。最好还是什么都不做。他去睡觉时想明白了这点。但他不知自己的动机是否单纯，他做出袖手旁观的决定是为了规避风险，还是有更好的理由。

越来越多的德国作家、艺术家携家带口离开这个国家，包括海因里希的新女友内莉·克勒格尔。海因里希和米米几年前分手了。米米和戈斯基现今生活在布拉格。海因里希时常写信给托马斯，提及他离开她们的内疚感，以及对她们命运的担忧。他无法邀请她们来尼斯，因为他自己都生活拮据。等内莉来了，经济就更困难了。

海因里希也把法语剪报寄给托马斯，还在剪报上画了重点。托马斯和卡提娅想过回寄一些东西，但后来也就忘了。托马斯决定每周六给哥哥写信，即便无甚新事可谈。他可以告诉海因里希他正在读什么小说和诗，但他知道海因里希对政治进展更感兴趣。

海因里希从尼斯搬来和他们同住后，对萨纳瑞的流亡者数量之多大感兴趣。他通常一早起床，去市中心买报纸，然后看看咖啡馆里都坐着些什么人。等托马斯和卡提娅下来用早餐，海因里希早已收集了一箩筐的最新消息。托马斯以为萨纳瑞的大部分德国人，包括布莱希特、瓦尔特·本雅明和斯蒂芬·茨威格在内，见面只是为了聚众赌博，但海因里希说他与他们一起讨论艺术和政治。

“无论德国是谁掌权，”托马斯说，“这些人都会觉得被排挤在外。”

“你应该和他们多相处，”海因里希说，“他们的视角超越战争，甚至超越和平。他们见面是为了讨论思想，这当中会诞生重要的书。”

“他们想要创造一个新世界，”托马斯说，“但我更喜欢旧世界。所以我对他们没用。”

海因里希又倒了些咖啡，往椅背上一靠。

傍晚，他们去广场散步，顺便把海因里希送进某家咖啡馆，回家路上没有海因里希，托马斯和卡提娅都感到如释重负。

有海因里希时，他倾听、微笑，在餐馆里他坚持付账。他问到米米和戈斯基，也问到内莉·克勒格尔。

他们说好，等内莉来尼斯，她和海因里希就会去萨纳瑞，住在一家小酒店中。等她来了，托马斯和卡提娅会去接她和海因里希，为他们接风洗尘。

当他们去酒店大堂接他们时，托马斯看到哥哥身边坐着一个年轻的金发女子。那一瞬间，他以为她是酒店员工，或是酒吧里的侍者。当内莉站起来拍手，发出一声欢呼，引得周围人都朝她看时，他注意到卡提娅的神色顿时严峻。

"啊，一顿美妙的盛宴，有汽水、红酒、汤，还有龙虾，或者我们能吃鸭子吗？你觉得他们会有鸭子吗，我的小鸭子？"

她抚弄着海因里希的一只耳朵。

"他们会给你准备一切。"海因里希答道。

他们走向餐厅时，内莉把目光投向卡提娅。

"天热的时候，我觉得冷，天冷了，我觉得热。我不知道我是怎么回事！希望在长途旅行之后我不会感到寒冷。但有人说，嗒嗒的火车声能让人快速热起来。"

卡提娅冷冷地望着远处。

餐桌上，海因里希想和托马斯聊聊他从下午的报纸上读到的消息，但内莉打断了他。

"不谈政治，不谈书。"

"那你想谈什么呢？"托马斯问，"你是客人。"

"哦，谈美食和爱！还有别的可谈吗？也许可以谈钱，也许谈我们女人能否在冬天到来前买到皮大衣，还有皮帽、丝袜。"

餐厅里有一个长桌上坐着一群古板的中年法国人。他们正在彼此低声交谈，然后似乎吃了一惊，因为内莉在餐后点了科涅克白兰地，说只要她还没有向法国和所有法国人祝酒，这个傍晚就不能结束。

托马斯看到，因为她是用德语祝酒，那张长桌上的人并没有被打动。

她还要继续，这会儿连海因里希也让她坐下来，侍者似乎也面露忧色来到一边。

“为了法国，”她说，“我为法国干了这杯。你们不想为法国干杯吗？”

她终于坐下后，把注意力转向了海因里希。

“亲爱的，我想今晚就在镇上逍遥。先找家高档酒吧，一直喝到港口的烂酒馆，怎么样？”

“这就是我盼望见到你的原因。”海因里希说。

“卡提娅，”内莉说，“你知道晚上去哪里玩最好？”

“我这辈子从来没真正地晚上出去玩过。”卡提娅说。

“啊，那你一定要和我们一起去。你可以把俾斯麦留在家里。我肯定他还有一部书要写。”

来萨纳瑞的流亡者越多，当地人就越讨厌他们。托马斯走在街上，不想被人认出是德国人，卡提娅也不喜欢走进商店时因为她的国籍而受到注视。十五六岁的伊丽莎白和米夏埃尔还在上学，他们希望可以生活在一个不会因为他们说的语言而被区别对待的地方。

托马斯决定举家搬回瑞士，伊丽莎白和米夏埃尔可以等开学后去上德语学校。他们希望在萨纳瑞郁郁寡欢的莫妮卡，能在瑞士找点事做。

他们一回去，卡提娅就又找了一个英语老师，来弥补意大利老师工作上的不足。

“是的，我了解但丁，”她对托马斯说，“人生的中途、幽暗的森林①，所有这些我都了解，但这帮不了我去杂货店买胡萝卜，也没法和一个管道工解释水管渗漏的事。我们需要学习日常美国英语。”

克劳斯主编了一本文学杂志《集合》，当创刊号从他居住的阿姆斯特丹寄来时，托马斯发现自己的名字被列在未来的作者中。他想，他没有特地批准让自己的名字被印上去，但他在某种程度上同意了将会为杂志撰稿。然而无人告诉他，尤其是克劳斯对此只字不提，它会采取如此尖锐的政治立场。海因里希的文章和克劳斯的编者按都激烈抨击纳粹政体，克劳斯写道，虽然这份出版物不是政治性的，但它有明确的政治使命。

自从一九三〇年的柏林讲座后，托马斯还没做过触犯当局的事。在流亡法国和瑞士的这些年里，他谨慎地没有接受任何采访。他从他的出版商贝尔曼那里得知，他的缄默已为柏林所注意。纳粹也许会没收他的财产，拒绝更新他和他家人的护照，但仍然允许他的书出售。

他想到在未来某一天，他的书会在德国下架，他便恐惧起来。

① 引自《神曲》的开篇：“在人生的中途，我发现我已经迷失了正路，走进了一座幽暗的森林……”（人民文学出版社2015年版，田德望译）。

他回想起为他奠定声誉的《布登勃洛克一家》和《魔山》，意识到假如他当初在写作时就知道，没有一个德国人会被允许读它们，那么这两部书一定会大为逊色，不会有如此的自信和强度。他在写那些书时，不必去想它们会在想象层面上干预本国焦虑的公众生活。这种空想是不必要的。他的词汇与德国读者之间的关系是平和自然的。他知道这种关系迟早会被打破，但他希望尽可能地推迟这一天。

如今克劳斯把他的名字印在杂志的未来撰稿人中，就是把他拖进了流亡者的叛离网，把一切都置于危险之中。

“是的，”卡提娅说，“我也认为这是一种误判。他也许应该发表海因里希正在写的长篇的一个章节，而不是一篇针对希特勒的檄文。而且你说得对，这篇编者按太过尖锐，虽然也无人能说他写得不对。而且最好删掉未来撰稿人名单。”

“克劳斯故意把我列入他的异见者名流群。”

“克劳斯头脑发热，欠缺考虑，”卡提娅说，“但他光明正大，不要阴谋诡计。我建议你写一封信，语气要平和，但要强调这种事不能再发生。”

托马斯想，如果不是德国的一份贸易杂志发布了德语写作促进会办公室禁止书商经销克劳斯的杂志的警告，那么此事或许就会平息。贝尔曼着了慌，他联系托马斯，说他与这一惹事的出版物的关系或许会导致他的书下架。托马斯没有与卡提娅商量，便拍电报给贸易杂志，确认《集合》的创刊号与其初衷不符。

他的电报被布拉格和维也纳的德语报纸攻击。戈洛告诉了他，于是他知道克劳斯是多么伤心，在深夜打了让母亲付费的电话，说他饱受打击，父亲对他的事业毫无尊重。戈洛说，克劳斯不相信父亲会这样背叛他。

“他觉得有需要时就利用我的名字，”托马斯说，“与此同时他也不觉得损伤我的名誉有何不妥。”

“谴责希特勒并不会损伤你的名誉。”戈洛说。

“是否要谴责希特勒，此事由我决定，而不是别人。”

戈洛起身离开房间。

很快卡提娅来了。

“以后发电报必须和我商量，”她严厉地说，“但你发了这个很有用。”

“我不觉得……”

“哦，是的，这让我告诉克劳斯，他父亲和他一样头脑发热，他听了似乎很开心。”

托马斯以为埃丽卡会对他横加指责，已经打算求她放过他。当时他和卡提娅正忙着搬进一栋三层楼的别墅，那地方靠近苏黎世，在屈斯纳赫特的湖边。等埃丽卡来住时，她和母亲一起去买新家具，并负责接收他们从慕尼黑救回来的书籍和油画。她眼下忙个不停，顾不上还在阿姆斯特丹的弟弟的苦难。

得到瑞士当局让《胡椒磨》——她在离开德国前就排演过的反纳粹卡巴莱歌舞——重新上台的批准后，她开始重写几首紧扣时事的歌曲。她订场地，雇新演员，电话终日响个不停。

“我想让他们恨我。”首演之日临近时，她说。

“哦，这不难吧。”莫妮卡说。

“我要让瑞士恨我，但要等到歌舞剧结束。我要让纳粹知道我还在舞台上。如果每个人都和我一样做，很快希特勒就会来粉刷我们的门厅，费用还比现在的低。”

“如果没有希特勒，你会做什么？”戈洛问。

“我从来不想‘如果’。”埃丽卡说。

“但你刚刚还说‘如果每个人都像我一样做’。”戈洛指出。

“戈洛，我太忙了，顾不上前后一致。我有太多事要干。”

《胡椒磨》在剧院里满座上演了。卡提娅告诉托马斯，卡巴莱歌舞剧巡回演出时，埃丽卡和一个女伴坐头等车厢，住最好的酒店，而其他演员坐二等车厢，住便宜酒店，托马斯不由好笑。

“她从来就不是社会主义者，”托马斯说，“她还是娃娃时就相信自由市场。”

埃丽卡在阿姆斯特丹见到了克劳斯，他被戈培尔废除了国籍，这让托马斯意识到自己的半无国籍状态也不会长久。他考虑像海因里希一样申请捷克国籍。托马斯在一次会议上见到了捷克外交部长爱德华·贝内斯，被告知说他们乐意接受他的申请。埃丽卡的德国护照即将到期，她回来时告诉父母，她决定自食其力，找个外国丈夫。

“我第一眼见到那个叫克里斯托弗·伊舍伍德的人时，”她说，“就知道他适合我。他是矮个子、英国人、作家、同性恋。我把他勾引到了克劳斯喜欢的一家阿姆斯特丹的酒吧的角落里，我直奔主题。我以为他会说他愿意。但令我惊骇的是，伊舍伍德说了不，说障碍是他男友还是他母亲，或者两者都是。然后他主动提出联系他的朋友，那人更有名，更像英国人，也更像同性恋。他叫奥登。这个奥登说他很愿意和我结婚。于是我换上最好的套装，飞去英国，他人很好，就是有点儿难以琢磨。所以我不仅结了婚，还变成了英国人，现在人人都得多看我一眼了。”

“我们要见你的丈夫吗?”卡提娅问。

“我不确定他能否待在英国之外的土地上。”埃丽卡说。

当埃丽卡告诉她的家人，克里斯托弗·伊舍伍德得知自己为她“拉皮条”而出名后很高兴，他们告诫莫妮卡说，她也快失去国籍了，她也应该找个诸如英国人的丈夫。

“他们不洗衣服，”伊丽莎白说，“英语里没有‘肥皂’这个词。”

“你得嫁给伊舍伍德，”米夏埃尔对她说，“如果他愿意娶你的话。他不想娶埃丽卡。”

“他要我的，”埃丽卡说，“但时机不对。”

“魔术师，”莫妮卡说，“要把我们都变成捷克人。”

“我宁可变成丹麦人。”伊丽莎白说。

“或者巴西人，就像我们祖母一样。”莫妮卡说。

“如果海因里希伯伯能成，我们都会变成俄国人。”米夏埃尔说。

“为什么不变成瑞士人呢?”莫妮卡问。

“因为瑞士不颁发国籍，”托马斯说，“事实上他们不把国籍给任何人，更不用说从希特勒那里逃出来的德国人。”

“我们就是这类人吗?”米夏埃尔问。

“醒醒，我的小弟，”埃丽卡说，“我们说话时，希特勒正在看你的档案。他看到了一个恶形恶状、满脸雀斑、脾气暴躁的小伙子。”

她做了个舞台上的怪相，朝米夏埃尔伸出胳膊，像是要打他，然后她追着他满桌子转。

他们想在屈斯纳赫特这栋湖景房中安居下来。他们不仅把他吕贝克祖母家里的大烛台搬来放在餐厅里，把魏玛版143卷的《歌德全集》摆在了他的书架上，卡提娅还以她的风格布置了私密而舒适的角落，以及更大更豪华的空间。她每到一处都这么做，在萨纳瑞是，在慕尼黑也是。

他开始梦见他以前住过的房子。在每个梦中，他都是当下的自己。经过某种神秘的安排，他可以短暂地返回那些已经清空的房间。在吕贝克，他看到了原先放钢琴的地方，还有母亲的梳妆台的位置，以及楼梯井那幅仕女画被取下来后，墙纸上留下的痕迹。

他穿梭在蒙斯特劳斯街祖母的房子里，心知它终有一日会归他所有。

但另一栋房子，就是慕尼黑波琴格街的房子，经常在另一个梦中出现。那里的房间没有人，没有家具，没有书，也没有油画。他回去找遗落的某物。必须把它找回来。黑夜里，他摸索着找路。他越来越焦虑，记不起来他想带走的是什么东西。正当他担心有人会在这里找到他时，就听到楼梯上的脚步声、叫喊声，他被捕了，无助地被带出房子，送上军车，飞驰在慕尼黑的街道上。

一九三五年春，他和爱因斯坦被哈佛大学授予荣誉博士。他以为卡提娅会担心身在慕尼黑的父母而不愿远行。曾经有一阵子，她的父亲下决心搬家离开，但卡提娅的母亲犹豫不决。后来等她母亲决定了，她的丈夫却改变了主意。由于他们经营的不是犹太人商行，没有被勒令关门。她说，他们深居简出，威妮弗雷德·瓦格纳也一再保证会保护他们。她说，他们从不喜欢瑞士。为何会有人想去瑞士呢？

尽管担心父母，卡提娅仍然坚持要他接受荣誉博士。

“在这种时候，我们需要盟友，”她说，“如果知道哈佛是站在我们这边的，我就能睡好觉了。”

轮船比他想象得更舒适，旅程也更平稳。他在小放映室里看美国电影自娱，并避开其他乘客。

轮船靠岸后，他的美国出版商阿尔弗雷德·克瑙夫做出了大动作，要求允许新闻记者登船采访这位伟人，要求当局给予托马斯和卡提娅特殊待遇，这让同船乘客大吃一惊。

在哈佛盛典上有六千人。爱因斯坦似乎很高兴作家得到的喝彩声比科学家的更响亮。

“就该这样，”他说，“事情倒过来的话就乱套了。”

托马斯心想此言何意，但他忙于为仰慕者们在书上签名，无暇多想。在午餐以及后来晚餐前的酒席上，他注意到爱因斯坦在故意逗卡提娅发笑。

“他比卓别林更风趣，”她说，“我之前很怕他会聊科学。我父亲对他的理论颇有研究，可我已经忘了。他不会原谅我的。”

“谁?”

“我父亲。他曾说过，只要爱因斯坦能听他的，事情将会大为不同。”

托马斯差点想说这就是普林斯海姆家的特点，但他不想打破其乐融融的场面。

他们收到许多请柬，被请去波士顿与纽约之间的多处豪宅客居，但当白宫晚宴的邀请送来，所有计划都改变了。既然要与罗斯福会面，托马斯就得思考他该如何评论德国。他想，也许他可以与总统谈谈德国的犹太人的遭遇，有多少犹太人走投无路，到处藏身，这个话题应该十分有力。他想知道美国能否成为他们的避风港。但他应该避免让总统感觉他是在为某个群体代言，是来游说或威吓他的。

在纽约的某一天，卡提娅接起他们房间的电话，发现是《华盛顿邮报》来找托马斯。他知道德国大使馆在监督他的行动。在之前数次采访中，他尽量少说话，声称只想谈文学。他不想有意外，于是当卡提娅递来话筒时，他摇了摇头。

“我恐怕他不会接受任何采访。”卡提娅努力用英语说。

他看到她皱起眉，听到她用德语和电话那头的人说什么。她说了好几遍道歉的话。

“她是《华盛顿邮报》的老板，”卡提娅捂住听筒说，“她说她曾联系过你。她叫阿格尼丝·迈耶。她说德语。”

他记得在哈佛收到过一张具名此人的便条，但他没有回复。

“我该怎么处理?”卡提娅问。

“她想干什么？”

他还没来得及让她别问，卡提娅已经问了电话那头的女子有何贵干。托马斯从自己坐着的地方都能听到阿格尼丝的咆哮声。

“要么我挂电话，要么你自己和她讲。”卡提娅再次捂住话筒说。

托马斯接过话筒时，那个女子还在大骂卡提娅，她以为卡提娅是一个秘书。

“刚才接电话的是我的妻子。”托马斯说。

电话那头沉默了片刻，接着阿格尼丝·迈耶说欢迎他来美国，随后立刻说请他去白宫是她的主意。

“他需要了解中间派，”她说，“迄今为止他只知道纳粹，他不喜欢，还有反叛者，他更不喜欢。我向他保证，你会在整件事上提供全新的视角。我们在华盛顿饱受诽谤。”

“我们？”

“德国人。”

“也许那很对。”托马斯说。

“总统不会想听到这个的。”她说。

他不喜欢她的语气。

“你是谁？”他问。

“我是阿格尼丝·迈耶，《华盛顿邮报》老板尤金·迈耶的妻子。”

“你打电话来有何贵干？”

“别这么和我说话。”她说。

“你不如回答我的问题？”

“我打电话来是想说，我们应该在华盛顿见个面，我就在华盛顿。我不会参加晚宴，那将是一个私密场合。我打电话来是因为你需要知道两件事。第一，罗斯福不会在位很久了。第二，我会对你很有用。”

“谢谢。”

“等我看到你的日程，我会添上一次和我的会面，地点在我们住的新月山庄。这将是一次私人会面。现在我得挂电话了。谢谢你接电话，请向你的妻子代为致意。”

白宫比他想象得更小。他们被带进去的那个边门毫不起眼。在一间在他看来壁纸太花哨、窗帘太像剧院的客厅里，他见到了罗斯福夫人和其他几位客人，他们都问他和卡提娅旅程如何，打算何时回欧洲。

他努力地说英语，但翻译接手后，他感觉轻松多了。

在餐厅里，总统也来了，是一个男助理用轮椅推他来的。他穿着紫色的晚宴服，似乎很高兴见到他们。

“欧洲人觉得我很奇怪，”他说，“我既是总统，又是总理。但这没有坏处。”

在这顿非常普通的晚餐上，总统什么都没问，只是发表了许多幽默的评论。当听说曼家夫妇接到阿格尼丝·迈耶的电话时，他和妻子都觉得好笑。

“私下里，她是个可怕的人，”他说，“但电话上，她是一个歌剧演唱家。”

"我们最近还听了一场歌剧，"罗斯福夫人说，"总统现在犹有心悸。"

晚餐后，他们看了一场电影，然后总统以有紧急事为由，被轮椅推走了，他的妻子带他们参观他的书房。

托马斯以为他和总统会有一次单独对话，也许会谈谈德国的事，但总统显然无意于此。

第二天，阿格尼丝·迈耶向他保证，这是罗斯福夫妇表达友善的方式。

"他们极少对别人这样，"她说，"他们说话越少，食物越简单，就表明他们越喜欢你。他们没有邀请要人，就说明他们信任你。你看，我对他们说过要信任你。第一夫人想要深入了解你，我认为她喜欢你有所保留的态度。哈佛那边的人觉得你古板，但罗斯福夫妇更有见识。你瞧，他们都赞赏你的妻子，此事意味深长。他们是很看重家庭的人。"

托马斯不知该如何接话。

"你随时都可以给我发信号，"她继续说，"我会为你在美国打开方便之门。克瑙夫出版社只对纽约一知半解。他们是书商，没有真正的影响力。如果你不给我信号，我等到时机成熟时，会给你发信号。"

"发什么信号？"

"你会在美国定居的信号。同时，你也得抓紧学英语了。"

托马斯从美国回来，仍然没做任何不利于当局的公众发言。

当埃丽卡发现他决意不批判希特勒，是为了不把他的德国出版商贝尔曼拖入泥沼，便致信他说，现在他应当表明自己的立场，还说她不在乎贝尔曼。

“她不明白你父母的危险处境。”托马斯对卡提娅说。

“克劳斯、埃丽卡和海因里希火力全开，”卡提娅说，“若会出什么乱子，早就出了。你的发言不会对他们有影响。不过话说回来，他们是时候离开德国了。”

“看来我的发言会对埃丽卡有影响。”

“会对我们都有影响。”

当贝尔曼因为留在德国继续出版而受到流亡者的指责时，托马斯发表声明支持贝尔曼，这时埃丽卡写信给他，语气是有节制的愤怒。

> 您也许会因为这封信很生我的气。我已经做好了心理准备，我知道自己在做什么。友好相处的时光注定会让人分离。您与贝尔曼博士及其出版社的关系是不可终结的——您似乎准备为此付出一切代价。如果这对于您是一种牺牲，那么我，毫无疑问，终将成为您的损失，如果到这一步，也不必介怀。这对我来说是悲伤而可怕的事。

托马斯把信给卡提娅看，他以为她会有很多话要说，说埃丽卡从出生那天起就试图以各种方式控制他们的人生。可卡提娅什么都没说。

他知道，埃丽卡要与他划清界限的事也许会传得众所周知。他也从阿尔弗雷德·克瑙夫那里了解到，去见他的美国读众是把他视为在世的最重要的德国作家，只因反对希特勒而流亡在外。如此一来，向他们解释他的沉默便不那么容易了。

迄今为止，他都将自己视为一个例外，因此他不曾想过加入反对派。但更重要的原因是，他害怕。卡提娅理解这点，但埃丽卡、克劳斯、海因里希不理解。他们不理解怯懦。对他们而言，只有透彻。但托马斯认为，这个时代的透彻只属于少数勇士。对其余人而言，这个时代唯有混乱。而他归属于“其余人”的方式，如今并不让他感到自豪。他想要以有原则的形象立足于世，但他觉得这个形象其实是软弱的。克劳斯拍来的电报给埃丽卡点燃的火上又浇了把油，托马斯独自去湖边散步。等埃丽卡写信后再行动，正是克劳斯的一贯做法！他差点想写信给他俩，说既然他们如此精明，不妨把自从一家人流亡以来，他们从他那里得到的钱都加起来算算。

但最令他更生气的是，他知道埃丽卡和克劳斯是对的。

他每天都在写基于《旧约》中的约瑟故事的长篇小说的第二部。即便好战者的声音在德国日渐喧嚣，他仍然觉得这样的书会有读者。然而一旦他开口反对政体，他就会失去德国读者。他已经写下的那些字将会死在纸页上，只能仰仗翻译。而且他将会永远留在纳粹的黑名单上，卡提娅的父母也会进一步遭受逼迫。但当他朝家走去时，他告诉自己，其他作家都曾面对此事，还有很多人也是如此。

他忠于他的出版商，他想保住他的德国读者。他闪烁其词，拖延应对。他曾试图不去想自己该怎么做。他不敢面对他已经失去了德国的现实。他一旦发声，将别无选择。

他当然要批判希特勒！但在女儿的勒令之下，在众目睽睽下这么做，他觉得颜面扫地。只要埃丽卡能不作声，他就会行动起来。

卡提娅写信给埃丽卡，对她的语气表示伤心。她强调说，埃丽卡给父亲写这样的信，让他俩都很难过，她很注意没有与托马斯拉开距离。托马斯则在数日后写了一封温和的信安抚埃丽卡，说他可以发声的那天即将到来。

这两封信却让埃丽卡愈加恼怒。

几天后的早晨，他从书房窗口看到卡提娅在门口车道上收到邮件。他看着她拆开一封信，读着读着皱起了眉，他就知道是埃丽卡的信。他奇怪卡提娅没有立刻来他书房把信给他。午餐时，他们聊着当天的各种事，唯独没有提到埃丽卡。直到后来他找到卡提娅，问她要不要陪他去散步，她才把这封满纸尖酸刻薄的信交给他，但一起交给他的还有她自己用老式手写字体起草的一份宣言，抨击纳粹的宣言，这是让他拿去发表的。

“你们都要跟我作对了吗？”他问。

“这事不急，”她说，“我这只是一份提纲。我相信你自己能写得更好。这里写的你都想过了。”

“埃丽卡要为我做决定吗？”他问。

“不，决定是我做的。”她说。

“你同意她信里的意见？”

“我对她的信没有兴趣。今天早晨我扫了一眼。我已经忘了信里写了什么。”

数日后，他的宣言在《新苏黎世报》上发表，面面俱到地批判了政体，但缺乏真正的尖锐。他写的时候，卡提娅站在一旁看着。

起初，他的宣言几乎无人注意。他收到了海因里希一封短信，热烈祝贺他站对了位置，但其他人都没来联系，他也没有收到来自政体的任何威胁。他猜测，纳粹还有更重要的事要做。此信唯一的实际后果是，伯恩大学撤销了他的荣誉博士学位。

他在这件事上思考得越充分，就越想写一封更长、更有激情的，能被全世界报纸转载的信。如果埃丽卡能发怒，那么他会让她见识何为真正的愤怒。如果她能说，他更能口若悬河。他没把这番打算告诉卡提娅。他要一个人做。

读者经常抱怨他的句子太长，格调太高。他决定这次的文风要更为高蹈。他要用他掌握的所有体系对纳粹发言。他要用纳粹出现之前的作家曾使用的语气，居高临下地站在德语的地位上对他们发言。他要把大量的从句和嵌套从句掷向那些相信自由与进步的人士恐惧和厌恶的人。他会提出一个仿佛他有权得到回答的问题：所谓的领袖如何在短短四年内，把德国降格成了一个无法被准确描述的国家。他会提出一个仿佛无人能够回答的问题：一个习惯于对文字负责的作家，该如何在这个毁灭灵魂的政权危及整个大陆时保持缄默。

他知道此信将会在巴黎、伦敦和华盛顿被阅读，因此他会强调这一点，镇压、消灭一切反对势力的唯一原因，就是要让德国人备战。

他动笔时心里很清楚，此事做得太迟了，而这番如此高傲、自信的语气，像是来自一支已经写了许多批判希特勒的檄文的笔。托马斯意识到，从沉默到发言，他转变得太快，可当写下这些句子时，他找到了自信，他把文章再读一遍，感到心头一松。他本该在希特勒上台那天晚上就写的。

海因里希对托马斯第一封信的反馈是礼貌的，也是平淡的。但这次他的来信显然激动了，他很高兴看到弟弟一口气铿锵有力地说出了所有该说的话。他肯定地说，之前托马斯长期的沉默，并没有让世界遭受损失，因为如今他说的才是最终陈词。

埃丽卡给母亲写信表达她的喜悦之情。现在魔术师把一切都拨乱反正了，她说。克劳斯也来信表扬父亲对纳粹骄傲的出击。

“如果你给克劳斯写封信，”卡提娅说，“也许会有用。”

“写信说什么呢？”

“我相信你会知道该说什么。也许可以写你盼着读到他的下一部书。埃丽卡说他正在写一部现代版的《浮士德》。”

他们的美国之旅让他们明白，要把英语说得流利，还得多加努力。卡提娅找了个女子把句子和词组从德语翻译成英语让她记诵。她已经学会了所有的时态和规则，还记了五百个单词，但她开口说话仍然不自信。英国诗人每天和他们练习一小时对话，他发觉他们犯的错误后，就再讲一小时语法。

“这个‘did’，”托马斯说，“能让我一命呜呼。你可以说‘he did do’，否定是‘he didn’t do’[①]。难怪英语像打仗。”

“那么‘does’呢？”卡提娅问。

“难道不是‘do’吗？”[②]他问。

“两个都是。还有动词短语，”卡提娅说，“我买了一本这方面的书。”

托马斯留意到去湖边散步的人越来越少。他想，如果纳粹真想把他遣返，从山林田野间把他抓走就行。这个念头闪过之后，便挥之不去。瑞士和德国的边境是互通的，把他拖上一部汽车，绑在车厢里，给他注射一针安眠剂，这事并不难。他犹豫着是否要把这些担忧告诉卡提娅，但他觉得她一定早已想过。如今他们应该更认真地考虑美国的邀请。

一天下午四五点钟，他们朝房子走去时，看到有个人站在一辆车旁，车子几乎堵了他们的车道。托马斯朝卡提娅打手势，意思他们应该转身。

“我感觉不妙。”他说。

“每次有人来送货，或是邮递员来时，我都有这种感觉。”她说。

他们迂回绕到房子正面。当他们能把整个景象看清楚时，那

① 德语中否定句一般直接在句尾加否定词，无须添加助动词。因此这一点对托马斯很难。

② 托马斯没学会助动词的单数第三人称变形，以为现在时的“he does do”是“he do do”。

人已经走了。

次日一早，卡提娅走进他书房。

“他又在我们房子外面了。”她说。

托马斯来到楼上的窗口，朝下瞥了一眼。那人三十多岁。他随意地站在他们车道前面，双手插在兜里。

“如果我们报警，”卡提娅说，“会很难跟他们解释。而且也会让我们引人注目。”

托马斯想，如果埃丽卡在，她就能把这人赶走，不管他是谁。

午餐后，他决定出去看看这人是何来历。卡提娅从窗口观望，随时准备报警。

他走到那人面前，那人把手从兜里伸出来，面露微笑。

“我接到命令不能打扰你，所以我想就在你家门口等到你出门或回来为止。”

“你是谁？”

“我是恩斯特·托勒的朋友。我们曾在萨纳瑞的咖啡馆里见过。有人告诉过你，他曾监视你家，我就是那人的同事，但这次是托勒派我来的。”

“他想干什么？”

这人似乎因他的语气吃了一惊。托马斯努力笑了笑，缓和气氛。

“他派我来传个口信。”

“你要进来坐坐吗？”

进了门，他向卡提娅自我介绍，说他去年曾在萨纳瑞街头见过她。

“你是流亡者吗?”她问他。

“是的,”他说,“可以这么说。我曾是一个共产主义者,甚至是无政府主义者,但现在就是一个流亡者。”

“对于这些身份而言,你似乎太过年轻。”卡提娅说。

“我在慕尼黑革命期间是恩斯特·托勒的助手,但我没有被监禁。他在狱中时,我为他工作。”

“革命时期你一定还是个孩子。”卡提娅说。

“是的。”

在托马斯的书房中,咖啡端上来后,他看到此人流露出之前没有的硬气。他想到此人看似文质彬彬,但其实干过革命,便不由觉得好笑。他想,也许列宁也曾经如此。

“我得告诉你,埃里克·米萨姆是怎么死的,”此人突兀地开启话题,“这就是恩斯特·托勒派我来的目的。我知道你曾在埃里克死后,寄钱给他的遗孀。我们现在已经把事件始末拼凑了起来。”

“他是吕贝克人,”托马斯说,“我不赞同他的政治观点,但听到他的死讯,我是很震惊的。”

“你必须知道他是怎么死的,因为曾发生在他身上的事,如今正发生在其他人身上,包括无政府主义者、共产主义者、犹太人,任何被纳粹盯上了的人。人们被关押在集中营里。米萨姆被关过三个不同的集中营。他几乎不间断地遭受折磨,我们对此有真凭实据。据说希特勒恨他是因为他参与慕尼黑革命。他们可以指控他,甚至处决他。可他们没有这么做。托勒让我来告诉你,这种新的暴虐行为已经很普遍了。集中营里的守卫，行为没有任何制约，可是在米萨姆这件事上，他们是有计划的。他们打碎了他的牙齿，这可能是即兴行为，但他们还用烧红的烙铁在他头皮上打了个“卐”字印，这一定是有预谋的。他们让他自掘坟墓，还模拟了行刑。最后他们让他在厕所里上吊，他拒绝了，他们就杀了他，把他从演兵场上一路拖过去，他的头骨碎裂了，然后他们把他吊在厕所里。对此我们有见证人。在埃里克的监禁期间，我们有证据证明他每天被打。这些发生在将近十八个月中。”

“你为什么来告诉我这些？”

“托勒觉得你不明白当下正在发生的事。他以前对你说过埃里克的事。可是无人能救他。现在，轮到其他人了。”

“我能干什么呢？”

“谨慎小心。我们从未见过这种事。我们所有涉及那次慕尼黑事件的人都在名单上。”

“我并没有支持过慕尼黑革命。”

“我知道。当米萨姆和托勒阻止其他人抓捕你、没收你房子时，我就在那屋里。米萨姆说，在我们即将创造的新世界中，你将会有用武之地。可是并没有什么新世界，只有集中营里创造的那个世界。”

他站起来时，托马斯觉察出他有种军人的仪态。

“现在你要去哪？”托马斯问。

“托勒打算去美国，如果我可以的话，会跟随他去。他相信，或有时相信，我们在那里会安全。现在到处都弥漫着绝望。无论如何，我们都得走，哪里对我们都不安全。你也是。”

托马斯送他出门，站在门口看着他走下车道。

“他是谁？”卡提娅问。

“恩斯特·托勒派他来传话，”托马斯说，“他是一个来自过去的人，或许来自未来。我不知道。”

第十章

新泽西，一九三八年

他们坐在汽车后座离开纽约时，卡提娅一直沉默，似乎不愿搭理他。司机在交通灯前停下来时，托马斯听到她低声叹息。他想，她一定和他一样，在想此刻他们虽是在回家的路上，但目的地是普林斯顿的出租房。

他从慕尼黑的房子里运来了他的书和老书桌，还有一些代表他旧日生活的物件，但这里的书房远不如他真正的书房。他每天早晨写作时，就扮演着自己的角色，仿佛从未离开德国。只要他把语言和思维带上，那么理论上他就能在任何地方写作。然而书房之外是一个外国。美国不属于他，也不属于卡提娅，他们已经年纪太大，无法顺应改变。他们无法接受新事物，也不能欣赏这个新国家的品格，他们生活在逝去的时间中。

他想，至少他们是安全的，他应该为此心存感激。只要所有的孩子、海因里希和卡提娅的父母都脱离危险，他就可以更轻松地呼吸了。

他朝卡提娅靠过去。她安抚地捏了捏他的手，但随即收回手，像是怕冷似的抱起了胳膊。

夜深了，路上几乎没有车。起初他什么都看不到，除了偶尔对面驶来的车的灯光。他累了。前一天的晚宴令他感到疲惫。他关于灾祸迫在眉睫的英语发言受到众人好评，但他感觉自己的语气有几次迟疑不定。这不仅因为他英语讲得不流利，更因为他的讲话方式太过严肃，掩盖了他的不确定感。

每天下午，普林斯顿大学德语系一个研究生的年轻妻子会来给他和卡提娅上两小时的英语课。傍晚，他们复习学过的内容，努力每天背二十个单词。他们读英文童书，卡提娅觉得这比但丁的《地狱》更有启发。

他闭上眼，觉得自己快要睡着了。

他醒来时，看到了山麓那边成排房子里的灯光。也许那是个村子或小镇。他试着想象那些房子里的场景，围墙里正在上演的美国人的生活，他们在聊着什么，想着什么。然而他看到的不是人，而是彻底的空白，打破沉寂的只有电器的蜂鸣声。他完全不知道人们怎么住在这里，他们在想什么，晚上在干什么。

如果这是在德国，那里就会有一座教堂、一个广场，若干条巷子和若干条大街。房子都有阁楼窗户。厨房里有老式壁炉，起居室里有镶瓷砖的壁炉。有些房子里有书，这些书勾起了另一番感觉，如同传奇、歌谣、诗歌、剧本所勾起的，也许还有小说。

过去被这些街道的名字或是这些家庭的姓氏唤起，还有那些持续了数个世纪的钟声，它们轻柔地敲响每一刻钟。

他多么想让车子掉头，悄悄地驶入这样一个广场，一个沉淀着古登堡的作品、路德的书、丢勒的画的地方。那里沉淀着千年的贸易，长居久安只偶尔被瘟疫和战争打断，战马扬蹄，炮声隆隆之后，就会签订和约，重返和平。

他想，如果这次旅程能一直在夜里进行，如果他和卡提娅可以在沉默中驶过美国，不必面对在抵达普林斯顿后必须面对的陌生和脆弱感就好了。他相信，他们的房子建得容易，要摧毁也容易，尽管表面上它是多么富丽堂皇。

他突然想到，他们居住的这个新的陌生空间，其实是无辜的，就像德国村庄的空气已被无辜毒害。他一念及此，不禁颤抖起来，不安地想到将来会发生什么。他希望普林斯顿之旅赶紧结束，他可以走进新家明亮的房间，走进他的书房，舒舒服服地待着，享受私密和安全感。之后他可以现身，与等着他的卡提娅、伊丽莎白一起安静地共进晚餐。

在他既往的平稳生活中，这样突如其来的情绪变化是很不寻常的。但如今他的心思就是捉摸不定，白天如此，夜晚尤甚。

他望见地平线上又出现房子的灯光，觉得应该问一问。

“打扰一下，”他朝前俯身，“我们此刻在什么地方？”

“这地方叫新泽西，先生，”司机干巴巴地说，“新泽西。对，就叫这个名字。”

司机沉默片刻后又开口。

“新泽西。”他刻意加上重音，仿佛在做重要宣言。

托马斯听到卡提娅轻微的喘气。他转过头，看到她正在努力忍笑。他的提问和司机的回答，将会被卡提娅当成故事讲给伊丽莎白听，而伊丽莎白会逼着父亲再问这个问题，让她母亲如实重复司机的回答。伊丽莎白或卡提娅还可能会写信给即将和克劳斯一起来纽约的埃丽卡。而埃丽卡会加油添醋一番，把这作为一个绝佳案例讲给每个人听，说她父亲——困惑的魔术师——在长期的努力之后，仍然无法在美国找到正确的语调。

新泽西。是的，这就是他们所在之处。

托马斯想，唯一的慰藉是莫妮卡不在这儿。她在意大利，正准备嫁给一个匈牙利艺术史学家。莫妮卡只要听到父亲任何滑稽的轶闻，都会说个不停。最后卡提娅只能让她停下。但唯一能克制莫妮卡的人是她的妹妹伊丽莎白，这个孩子安静、有耐心、爱观察，她的智慧似乎无所不及，她已经准备以自己的方式来对待这个世界。

伊丽莎白让他想起旧世界。她有一种三代相传的气质。车子驶近普林斯顿时，托马斯期盼见到她。

他此刻想到，不久后埃丽卡和克劳斯会来普林斯顿拜访他们。克劳斯总是在显示他比周围任何人，包括他父亲，都更关心政治。一桩非法的事会让他拍案而起，他会滔滔不绝地谈论某些新闻，还有德国或意大利犯下的新的暴行，然后会质问小说家在这种时代怎能安心写作。难道他们不知当下的悲剧？小说能管什么用？克劳斯就算当着客人和普林斯顿显贵们的面，也毫不客气，那些人自然会把话传给其他人。

车子驶入普林斯顿的主街时，托马斯下定决心，在克劳斯来访期间，他们不会邀请任何客人来用餐。克劳斯若要针砭时事，发表小说无用论，听众就仅限几个家人。

他得把这事和卡提娅沟通一下，但要择机而行，不能惹她生气。他不胜其烦的长子，偏巧是母亲的心头肉。

伊丽莎白在起居室的一角布置了一张小餐桌。她告诉他们，她让厨师提前回去了，她亲手为他们做了一顿冷餐，有芝士和熏肉，还有沙拉和腌黄瓜、洋葱。

“希望你们期待的不是一顿大餐，否则我就犯错了。”

“亲爱的，你总是知道我们想要什么。”托马斯边说边亲吻她，然后让她帮他脱下大衣和围巾。

“这里至少不冷，”卡提娅在门厅里忙，“我得过一会儿才能缓过来。”

“我先去洗手，然后你陪我一起喝杯酒，让你母亲去缓缓。”托马斯对伊丽莎白小声说。

“酒已经开好了。”她也小声回应。

“你俩的话我都听到了，”卡提娅笑起来，“我年纪越大，就越觉得小声说话能听得更清楚，反而大声嚷嚷听不清。你俩去喝吧，我准备好后就来一起喝。”

托马斯和女儿坐在沙发上，她询问他从纽约一路过来的细节。最细小的事她都觉得有趣。

晚餐后，卡提娅给托马斯斟酒，他注意到她和伊丽莎白心照不宣地交换了眼神，她们似乎有种紧张不宁的情绪。他突然想到，会不会是戈洛、莫妮卡或米夏埃尔有什么事，甚至可能是克劳斯和埃丽卡。

他再次抬眼，看到卡提娅正对伊丽莎白点头。看来她们正在说什么悄悄话。

他抿了口酒，椅子朝后一推。

“我也能听听吗？”他问。

“本来我们说好，先让你去书房，我们想把事情告诉你时，会叫你的，”伊丽莎白说，“可是母亲似乎忘了之前的约定。”

“我怕你父亲今晚是不会去书房了，”卡提娅说，“他会直接去睡觉。”

“果然有事？”托马斯问。

“嗯，是伊丽莎白的事。”

他想，如果只是伊丽莎白的事，那就没什么可担心的了。

“我最爱的孩子有事？”他问。

伊丽莎白抬眼，调皮地看着母亲，一瞬间，仿佛他早已过世的妹妹卡拉坐在桌边。

“如果你不说，你的母亲也会说。”他故意板起脸说。

“伊丽莎白要结婚了。”卡提娅说。

“嫁给普林斯顿大学的校长，”托马斯说，“还是罗斯福总统。”

“据我所知，这两位都已经有妻子了。”伊丽莎白说。

她的语气一下子严肃起来，几乎有些悲伤。她用一只手捂着嘴，望着远处。她看起来不止二十岁。

托马斯开始回想有哪个年轻人来过家里，但他能记起的只是伊丽莎白在一个同事家里遇见的几个普林斯顿的学生，他们并不欣赏她的羞怯，她也不喜欢他们的自以为是。有个年轻人问她，如果他和家人夏天去德国远足，是否安全。她告诉他，只要他和他家人不是犹太人，就很安全，他说：“天呐，不，我们不是犹太人！”接着伊丽莎白问这个年轻人，他和家人是否可能是共产主义者，气氛仍然没有好转。他强烈否认后，她便说他和家人会在德国度过美好时光，只要远离某些地方即可，在那些地方，人们被从自己家里拖走，被穿军装的歹徒当街暴打。

伊丽莎白认为自己这番话说得很平静，但她也不得不承认，她和那个年轻人的谈话也许导致了那场聚会提前结束。没人再邀请她和普林斯顿的学生聚会。

卡提娅和伊丽莎白都不再开口，在餐桌上沉默下来。托马斯问女儿，她是否改变心意，喜欢上了那个打算和家人去德国的学生，就是那个“天呐，不”的男孩。

“她要嫁给博尔杰塞。”卡提娅说。

托马斯和卡提娅一对视，立刻知道这不是在开玩笑。朱塞佩·博尔杰塞，芝加哥的罗曼语教授，反法西斯领军人物，他最近来家里聊过政治，之前当曼家刚搬到普林斯顿时也来访过。

“博尔杰塞？她是在哪见到他的？”

“在这儿。我们都是在这儿见到他的。”

“他只来过两次啊。”

“她也只见过他两次。”

“这个‘她’正坐在桌边，如果你们不介意的话。”伊丽莎白说。

“这进展太快了。”托马斯对她说。

“也很合乎礼仪。”她回说。

“这是谁的想法？”

“我认为这是一件私事。”

“所以博尔杰塞第二次又来？是为了见你？”

“我相信这是一部分原因。”

她羞怯而自嘲地笑了笑。

“我还以为他是来见我的！”

“我们两个他都见到了。”她说。

托马斯差点要说朱塞佩·博尔杰塞虽然年龄比他略小，可看起来老得多，但他忍住了，只是说：“我以为他全身心投入到了文学和反法西斯事业中去了。”

“他确实是。”

“也许并不如他表面那样专心一志！”

“我与他订婚了。如果你寻求专心一志，那么你可以认为，我才是拥有这种品德的人。”

伊丽莎白的辛辣语气，平时深藏不露，此刻猛然发作。

“你在和他写信吗？”他问。

“我们日常通信。”

“这么说，埃丽卡嫁给了奥登，而你要嫁给博尔杰塞。”

“是啊，”伊丽莎白说，“莫妮卡也要嫁给她的匈牙利人，而米夏埃尔比我还小，他就要和格蕾结婚了。人大多是这样，长大了就要结婚。”

“你二十岁，而他呢……几岁？”

“五十六。”卡提娅插嘴说。

“只比你可怜的老父亲小七岁。”他继续说。

“结婚会让大家都高兴，”伊丽莎白说，“只要你不扮演可怜、郁闷的老父亲的角色。”

“我没有那么想。”他说。有一瞬间，他几乎要落泪了。

“那为什么呢？”

“我怕失去你。我只是在想我自己和你母亲。如今我们连说话的人都没了。”

“你们还有其他五个孩子。”

“这就是我的意思。只有你……”

他想说，只有她见识过人，脾性温柔，又冷眼旁观世事，他本以为她会找不到良配，会陪伴他们终老。

“母亲和我决定了，当我未婚夫上门时，你必须表现完美。”伊丽莎白说。

他差点笑了。

“你们做此决定花了很长时间吗？”

“我们一路走到威瑟斯庞街，再走回来就决定了，当时你在写作。”

“你真的想和他结婚？”

“是的，就在普林斯顿，在大学教堂里，很快就结婚。”

“我希望我的母亲还在世。”他说。

“你母亲？”

“她喜欢婚礼。她一直喜欢。我觉得这是她嫁给我父亲唯一的愉悦。”

伊丽莎白没有回应这句话。

“我问过博尔杰塞，他现在来访是否会感到紧张，”她说，“他回答说，奇怪的是，他一点都不紧张。”

“那就简单了，一切都定下来了。”

“我们还没定下日期。”

“还有谁知道？”

“米夏埃尔知道，”卡提娅说，“我们给他写信了，等克劳斯和埃丽卡来了，我们也会告诉他们，再然后写信给戈洛和莫妮卡。”

“告诉我一件事，”托马斯问，“博尔杰塞之前结过婚吗？还是这是他第一次尝试进入神圣的婚姻？”

“我没有从你的语气中觉察出讽刺，”伊丽莎白扬眉说，“有些不好的人会这样。这让我感到高兴。不过朱塞佩会问我，当你听到这个喜讯时，是否恭喜了我。我会说是的。因为我还没对他说过谎，那么……”

“我给予你——我的爱女，我最诚挚的祝福。”

“我也是。”卡提娅说。

“你俩都计划好了，”托马斯说，“之前一点口风都不漏。”

“当然了，”卡提娅说，“你在纽约要考虑的事已经够多了。”

“而现在这时候，”伊丽莎白说，“你通常会从桌边站起来，一脸忧思地去书房。”

“是的，我的孩子。”托马斯说。

“所以我来收拾餐桌，明早我们再聊此事。”

“现在你订婚了，变得大不一样了，”托马斯笑着说，“我本来觉得埃丽卡才是那种霸道的女儿。”

“我们都有脾气不好的时候。我肯定莫妮卡来这里也会有耍脾气的时候。”

“我本以为你会一直从他们手中保护我。”他说着叹了口气。

伊丽莎白站起来，嘲讽地朝他一鞠躬。

“这就是我的人生目标吗？”她问道，他没来得及回应，她就离开桌子，走出了房间。

“那只老山羊！”托马斯说，他确定女儿已经走远听不到了。

“我和他俩一起散步时，博尔杰塞几乎不说话。”卡提娅说。

“这往往就是一个迹象。”

“他没显露任何迹象。他只是咕哝着天冷。”

“那也往往是一个迹象。”

卡提娅笑了。

“等他下次来见我们时，我打算对他怒目而视，哪怕只是一小会儿。”她说。

“如果他要找我，就去我的书房。”托马斯说。

他站起身。

“伊丽莎白也不容易，”卡提娅说，“我们一直搬来搬去，那些年里没顾上她。”

“如果我们不是如此处境，如果我们一直住在慕尼黑，她不会嫁给一个老头，”托马斯说，“她会找个年龄相仿的人。”

他有点希望卡提娅质疑他把博尔杰塞说成“老头”，但她接受了这个悲伤的事实。

“我想，我们是没办法了吧？”他问。

“没办法了。”

他准备睡觉时，卡提娅来到他房间。

“还有件事我没说。”她开口说。

“是别的事吗？”

“不，还是伊丽莎白的事。我确实相信她会在自己的新人生中获得满足。”

“也许我们应该告诉她，无论她何时回心转意，想回到我们身边，我们都非常欢迎。”

“她不会回来的。”卡提娅说。

他朝她笑了笑，叹口气。

“我收到一封克劳斯的信。”卡提娅说。

“从哪寄来的？”

“我想他是在起航前寄出的。信写得不清楚，有些字都认不出来，一定是匆忙间写的。但我很担心他。”

“我在他这个年龄时，每天上午写作四小时，吃一顿简单的午饭，然后出门散一会儿步。”

“他失去了他的国家。”

“我们都失去了自己的国家。”

“他来的时候，我们得多关心他。”

“埃丽卡也来信了吗？”

“没有，她只是寄来了她的爱意。”

“她会照顾好他的。”

卡提娅闭上嘴，收紧下巴。他知道，她这个表情是从她父亲那儿学来的。

“他来的时候，我们得对他多加关心。”卡提娅又说了一遍。

然后她轻轻地吻了他，道了晚安，回去自己房间。

上午早餐后，他俩一起复习英语词组。卡提娅在一张纸的正面写词组，反面写例句。她随意挑出一个考托马斯。

“忍受。”她说。

“我无法忍受阿格尼丝·迈耶。”

“穿上。”

“我会穿上我的新大衣。”

“检查。”

“我会再检查一遍我的新小说。”

“释怀。”

“我无法释怀伊丽莎白要嫁给博尔杰塞这件事。”

“放弃。”

“我很快会放弃对普林斯顿的任何人示好。”

“‘放弃’得跟动名词，不是不定式！”

“你确定？”

他预约了要去普林斯顿的签证和外国人事务办公室，卡提娅给他画了一张地图，让他可以找到那栋楼。她提出要陪他去，但他说最好让他独自处理这些事。他有种感觉，如果一个德国作家带着他同样口音浓重的妻子一起去，还不如让十年前刚拿过诺贝尔奖的作家单独去更受欢迎。此外，卡提娅总是敢于质疑规则，这也许会触怒普林斯顿校方。他觉得，他们对完全不了解他们底细的人，会更有同情心。

他确定自己是按卡提娅的示意图走的，但走着走着就来到校园中心，朝纳索大街走去，而其实应该朝反方向走。他快赶不上约定时间了。他向一个学生求助，被告知可从学校体育馆和游泳池附近的斜坡下去。

他从敞开的窗口听到里面传来一声喊叫，愉悦的欢呼声回荡不绝，像是有人跳进了水里。他记起克劳斯曾告诉过他，学生们会在泳池里裸泳。此刻他匆匆经过，不由眼前浮现出这一幕，一群年轻人一个个弓着背，伸展胳膊，双腿稍稍分开，准备跳入水中。还有一些人正从水里钻出来，展示他们腿部和臀部的肌肉。

对一个年长的德国教授而言，出现在他们中间，甚或过多思考这个场景，都是不合适的。然而他一路走着，便看到自己也在水中，游完一圈后，转身只见一群学生刚脱光衣服准备跳水。

在他的书房里，书桌对面的墙上挂着霍夫曼的画《源》，这是他从慕尼黑的房子里拯救出来的，一路带到了瑞士和美国。画上有三个岩石上的赤裸青年，其中两个弯着腰，整个身形和下半身的曲线清晰可见，他们纤美的腿，甚至比咖啡还更有效，在早晨为他注入能量，也激励着他用句子填满纸页。

他打定主意，如果签证面谈不顺利，那么他就要从记忆中请出这幅画来安慰自己，如果那还不够，那么他就会想象刚才路上遇见的这些学生——穿着衣服的高个子年轻美国人——并把他们想象成赤裸身子的，正要从更衣室去室内游泳池的样子。

他找到了签证办公室，推门进去。前台一个人也没有。片刻后，他坐了下来。终于来了一个女人，她瞅了他几眼，然后打了个电话。她打完电话后，他起身走到桌前。

“我和芬利女士约好了的。”他说。

“约的什么时间？”

“恐怕我已迟到了十五分钟。我迷路了。”

“我去看看她是否还有空。”

她让他站在桌边，自己去了内室。回来后，她领着他进了另一处等待区，示意他坐下。

他看着人们来来去去，没有人注意到他，后来来了一个中年女子，手里拿着文件，高喊他的名字，尽管只有他一人等在那里。他说明身份后，她让他跟她进了一间办公室，她在那里翻看文件，然后一言不发地站起来走出房间，把他独自留下。

从敞开的门里，他能看到这个女人——他估摸着她就是芬利女士——一直在与一个同事聊天。他心想应该答应让卡提娅陪他来的。卡提娅会有办法让芬利女士明白，她应该专心工作，而不是闲聊。但他只能直着眼望着远处，时不时地看看芬利女士是否还在那里谈笑。

有一会儿他想溜走，不打招呼地回家，等着看普林斯顿校方会如何反应。但校长办公室已往家里打过数次电话，要求他处理签证，否则就无法支付他薪水，他在美国的处境也会有危险。鉴于此，这种行为不仅粗暴，而且有勇无谋。他只能等到芬利女士尽兴为止。

她终于回来，坐到他对面的桌边，随意地翻了翻文件夹。

“不，不，”她说，“这不对。这份文件说你是德国国籍，但我看你的护照上写的是捷克国籍。问题是两份文件都是你签名的，这就有严重的法律问题。我得把文件送交另一个部门。”

“我有捷克护照。”他说。

“这里也是这么说的。”

“但我是在德国出生的。”

“没人问你在哪出生。关键是你的国籍。”

“我失去了德国国籍。”

“我们接待了很多人，”她又开始看文件，“都是从那些国家来的，我都弄不清楚。”

他冷冷地看着她。

“哦，对了，这里，你的妻子，她也有这个混淆的问题。我想她也是捷克人吧。”

“和我一样……”

“我知道，”她打断他的话，“你不必解释德国的事。我不确定对捷克公民的规定是怎样的。这封信说你和你的妻子都是德国人。”

她从文件夹里抽出一封信。

“如我所言，我们都曾是德国人，直到……”

“直到你们不是为止。”她说。

他站起来。

“我们得另外安排一次面谈，”她说，“好了，你的地址不变吗？”

“是的。”

“电话号码不变？”

“是的。”

“我不知道会要多久。你得确保不换地址和电话号码。我们可能会临时通知你见面。”

他等着她说他可以走了，他尽量保持冷淡和自尊，同时也露出难过和窘迫的样子。

“以后，你就是捷克人，”她说，“捷克人，捷克人，捷克人。你的妻子也一样。你不能在任何地方写‘德国人’。最好是从头开始，把这些表格都扔进垃圾箱。现在我们看看还有没有一样的表格。”

她又离开了房间。

他发觉自己气得发抖。

“没有，当然没有，”她边说边回来，“当然没有！我得去要表格。所以我会和你再联系的。但我得警告你，如果你再次把表格填错，又签了名，那将会是非常严重的问题。移民局不会对此宽容的。你可能就会登上下一班回捷克斯洛伐克的船了。”

他差点要告诉她，捷克斯洛伐克是个内陆国，但他意识到，这将是一个讲给卡提娅和伊丽莎白听的好故事，也大可讲给一两个同事听。他努力忍住不笑。

“我想你已经认识到严重性了？”

他点点头。

她又开始看文件。

他不确定该走还是该留。他尴尬地站在那里。她抬头看到他，皱起眉。

他鞠了一躬离开了，心想回家路上经过游泳池时，得走得慢些。任何一个泳者发出的声音，或是溅水声，都足以令他心生安慰。

克劳斯和埃丽卡要来的那天上午，他问卡提娅他们乘的是哪班火车。

“我想他们是坐车来的。”她说。

“他们开车吗？”

“他们雇了个司机。”

他笑他们奢侈。尽管他们没钱，他也觉得他们是不会搭乘公共交通的。他想，埃丽卡这方面更胜克劳斯。

他听到有车驶上车道时，刚好站在前窗，看到卡提娅正在付钱给司机。他看到克劳斯缓缓挪出汽车，像是一个身患病痛的人。当卡提娅和埃丽卡忙着搬行李时，他袖手站在一边。

托马斯从窗边走开，回到他的书房。

片刻后，埃丽卡敲他的门。他已经习惯了伊丽莎白腼腆、委婉的样子，所以当他看到埃丽卡长驱直入，在身后关上门，大咧咧地坐到他的沙发椅上，他便觉得好笑，精神都振作了几分。

她立刻问起他正在写的书，要求看看第一章。他正在翻找手稿，她又提起了伊丽莎白与博尔杰塞订婚的事。

“我刚才问了伊丽莎白，但她直接转身走出房间。”

“她已经决定了。”他说。

他递给她一摞纸，她看了起来。

“你的字没有一点进步。只有我才认得出你写的是什么。”

“克瑙夫出版社给我找了个打字员，”他说，“可她总是犯可怕的错误。”

埃丽卡已经读了第一页。

“你是一个神奇的老魔术师。可你知道我现在要说什么吗？”

“是的，亲爱的，我知道。”

“你会写一部以当下为背景的小说，它会预示我们未来的事。”

“我对当下没有感觉，太混乱了。我对未来一无所知。”

“那就写写这种混乱吧。”

“在这本书之后，我要写一部关于《旧约》的书。”

“你可以开始为一部小说做笔记了，小说是关于在慕尼黑那些年里，所有发生的一切都导向那个人的崛起，但我们几乎无人识破的故事。你当时在那。”

“我当时忙于照顾孩子们成长。”

“亲爱的父亲，我们没人经常看到你，除了在饭桌上。所以你一定在干别的。你为何不写一部关于我母亲家庭的小说？”

“我对他们一无所知。”

“是的，但你一直观察他们。”

晚餐时，他问克劳斯在哪，卡提娅和埃丽卡不安地交换了一下眼神。

“他身体不适。”卡提娅说。

“也许他在纽约时会深夜出门?”托马斯问。

“我们见朋友,”埃丽卡说,“也在谈一本新杂志,但他确实身体不适。”

“等到《生活》杂志的记者和摄影师来时,他就会好了,”卡提娅说,“他知道他到那时必须好起来,所以现在他休息了。”

“是啊,他在为一篇写我们快乐团结的一家人的专题文章做准备。”伊丽莎白冷冷地说。

“我们都会面带微笑,”托马斯说,“至少我们能做到这点。”

“博尔杰塞是美国国籍吗?”埃丽卡问伊丽莎白。

“是的。”伊丽莎白说。

“好极了。几年前我在某次会议上见过他。如果我想到这事的话,我会自己跟他结婚,”埃丽卡说,“然后你可以跟奥登结婚。”

“我不想跟奥登结婚。”伊丽莎白板着脸说。

“我也不想,”埃丽卡说,“但他会来这儿,作为我们快乐一家的一分子来拍照。哦,上帝,如果他们知道的话!”

“我相信我们像其他家庭一样快乐。”卡提娅说。

埃丽卡朝托马斯瞟了一眼,他俩都偷笑起来。

托马斯为埃丽卡回家而高兴,但她在餐桌上和起居室里心绪不宁,让他觉察到她不会在他们身边待很久。他猜测,她此来是为了见他们,但也是想为某次旅行或项目要点钱,再让他为没能更深入地参与反法西斯运动而内疚。等诸事完毕,她会再次启程。突然间,他想和她一起走,把卡提娅和伊丽莎白留在安静的普林斯顿。他会喜欢和女儿一起旅行，感染她浑身洋溢的活力，和她一起在外面待到很晚，认识新面孔。

但他知道，这种冲动会很快过去。用不了多久他就会怀念书房里的独处时光，还有他孤独的床。

夜里，克劳斯在阁楼房间里碰倒了一件家具，把他们都吵醒了，接着他笨拙地摔倒在楼梯上。托马斯听着卡提娅劝他。他从床上起来时，克劳斯开始大声吼母亲和过来插手的埃丽卡。

“我只是下楼吃一块三明治，因为我饿了，”他说，“我不懂你们大惊小怪些什么。”

“大惊小怪是因为地板很薄，你把整个房子里的人都吵醒了。”卡提娅说。

“房子造得不好是我的错？这又是我干的？”

“克劳斯，吃你的三明治，”埃丽卡严厉地说，“然后安静地上楼去睡觉。”

“我一点都不想来这儿，”他说，“我不是小孩子，你知道。”

“你是小孩子，亲爱的，”埃丽卡的语气有点不悦，“你是一个没规矩的小青年。所以安静一点，让我们睡个觉。”

托马斯回到床上，但睡不着。他自问如果希特勒没有掌权，克劳斯和埃丽卡会是什么状况。他记得，当时他俩十八九岁，战争已经结束，有那么一段时间他俩似乎与所处的时代十分契合，都是公开的双性恋，都对出风头和出丑闻有着天生的敏锐，都对名声孜孜不倦地追求。

他们以前也和现在一样，定期回慕尼黑的家，一身疲惫但精神振奋，脑袋里装满尖锐的观点，心里怀着对下一次冒险的渴望，这让他感到嫉妒。

如果德国的局势一直稳定，能够容纳这种异议和闹腾，他想，那么他们是否会一路顺风顺水。早在十八九岁时，他们便已脱出他的掌控。克劳斯在那些年里出版了头几部书，发表文章，几乎不提及他的存在，而埃丽卡视他为老派、古板、保守、消极。克劳斯崇拜伯伯海因里希，更多是和他在一起。

托马斯想，如今长子长女回归他的羽翼之下，是因为缺钱，或许也因为他们想知道，如果他们自己的世界分崩离析，能否在这里找到庇护。

他们离开了自己的语言、自己的国土。在阿姆斯特丹和巴黎，还是容易的，但他们的新潮在美国渐渐失去其价值，他肯定，这个国家不会进一步接纳他们。他们所支持的自由、他们激进的政治观念，都不会受欢迎。

现在他们三十多岁，不能再被写成后生可畏的曼家少年，而是无法立足于世的成年人，想要世界给予他们不相配的尊崇。当希特勒的危险性越来越明显时，克劳斯和埃丽卡还打着“我早就告诉过你”的旗号，就变得令人厌烦。他确信，很快没人再有兴趣听两个过气的天才少年说话。

在记者和摄影师要来的那天，他们约好在采访和拍照之前，奥登和他的朋友伊舍伍德来普林斯顿和一家人共进午餐。克劳斯和埃丽卡会开车去普林斯顿火车站接他们。

埃丽卡回来时，她的父亲正在门口。

“我们的客人呢？”他问。

“他们去游泳了。”她说。

“去哪游？”

“在普林斯顿的泳池里。奥登说他经常坐火车来这儿游泳，克劳斯说他也知道那个地方。我问他们是否带了泳衣，他们说带了，但我确定克劳斯没带。”

“也许他们会借泳衣。”他说。

“这可不卫生。”

“我知道讲卫生对你丈夫来说不重要。我知道他有很多优点，但这个不是。”

午餐准备好后，这三人还没到。起初托马斯、卡提娅和两个女儿还坐在桌边等，但很快就挪到有大窗子的客厅里。

“《生活》的人在午餐后就到，”卡提娅说，“校长办公室里有个女人，一天打了两次电话来安排日程。克劳斯和奥登迟到可真不行。”

“你认识罗斯福办公室的人？”埃丽卡问，“真棒！”

“不是，别傻了，”卡提娅回道，“我说的是普林斯顿的校长[①]。他比美国总统重要多了。看来学校想趁我们在这儿，得到尽

① 英语中“总统”和“校长”是同一个词。埃丽卡误以为卡提娅说的“校长”是指“总统”。

可能多的曝光。”

“在他们把我们遣返捷克斯洛伐克之前。”托马斯说。

“坐船回去。”埃丽卡补充了一句。

克劳斯和两个客人终于出现，三人都气喘吁吁，头晕眼花。

托马斯端详着诗人，觉得他像是自己曾在巴伐利亚乡间看到的某条瘦狗，毛色发黄，眼神警惕，总像在讨食，要不就是轻吠几声吸引注意力。

他朝奥登笑了笑，和他握手，然后朝奥登的朋友伊舍伍德欠身致敬。

“抱歉，我们迟到了，”克劳斯说，“我们需要锻炼一下。”

“我在游泳后就焕然一新，”伊舍伍德说，“准备接受世界的挑战。”

奥登瞅着屋子，仿佛这里有什么东西很快会归他所有。

“看到各种各样的男孩总是如此美妙。”他说。

“这可以成为一首诗开头的佳句，”伊舍伍德说，“亚历山大体的[①]。”

“不行，‘美妙’里的重音不合律。”奥登回道。

托马斯在餐桌上注意到这两个英国人很是轻松自在。他想，他们一定经常出去吃午饭，或者觉得自己是回到了某一家著名的公立学校。克劳斯正相反，他紧张局促，数次离开餐桌，回来时他告诉奥登，他在策划一本新的国际文学杂志，议程是反法西斯。

---

① 亚历山大体：一种法国诗歌的格律，每行十二音节，在第六音节后有顿挫。

他问奥登是否与弗吉尼亚·伍尔夫相熟，能否请她为创刊号写稿。

“认识她？我是否认识弗吉尼亚·伍尔夫？”奥登问。

“创刊号我想邀请第一流的作家。”

“这样的话，”伊舍伍德插嘴说，“只要写信给英国的弗吉尼亚·伍尔夫就行。我的意思是，不会有第二个她。”

“你能想象吗，”奥登问，“如果我们找了一个同名的人来给周刊写文，结局会怎样？”

“你不欣赏她吗？”埃丽卡问。

“哦，恰恰相反，我非常欣赏她！”奥登说着便拔高音调，模仿一个英国腔的女人说话，“达洛卫要自己去买花，因为她的女仆利蒂希亚有很多活要干。哦，是的，她要去！多棒的一天，像翻滚的波浪一样清新，那些浪头胡乱地流动，像卷心菜一样胡来，长着多余的菜叶，在田野里横生，田野奇怪地沉默着，发出奇妙的嗡嗡声，在一片黑暗、甜蜜、绵延、眩晕的垂直感中，或者达洛卫夫人病态地想，这不该是水平的吗？啊，是的，我是真的欣赏她。”①

“这是你写的，还是她写的？”伊丽莎白问。

“我有失公允了，”奥登回道，“伍尔夫夫人对一本反法西斯杂志来说是完美的人选。事实上，我想不出还有谁能比她更合适。你知道，我是真的欣赏她。”

克劳斯放下刀叉，再次努力想让奥登听他说话。托马斯觉得

---

① 此处是戏仿弗吉尼亚·伍尔夫《达洛卫夫人》的开头。

奥登显然没把克劳斯当回事。

“我是说，如果她能供稿的话，就太棒了。我们一定还能约几个年轻的英国作家，然后再约几个国际上的作家。”

“是的，国际上的。”奥登说。

“我们会在纽约和伦敦同时发行创刊号。”

“都是英文的吗？”卡提娅问。

“我们还会出一个法语版，”克劳斯说，“也许还有荷兰语版。我在阿姆斯特丹有朋友。”

“嚯，别傻了。”奥登说。

托马斯觉得是时候转变话题了。

“你了解普林斯顿吗？”他问奥登。

“只了解泳池，”奥登说，“我喜欢泳池。”

托马斯没料到会在自家餐桌上被嘲讽。

“也许你最好还是不要对《生活》的记者说起泳池的事。他很快就来了。所以建议你慎重。”

他神色凝重地盯着奥登。

“泳池有什么问题吗？”伊丽莎白问。

“只是个普通的泳池，”托马斯说，“普林斯顿大学官方很是为之骄傲。”

他挑衅地瞪着奥登，谅他不敢反驳。

“穆罕默德和我，”奥登指了指伊舍伍德说，“在火车上讨论了一些事，我很想问问。我们觉得有三个重要的德语小说家，穆齐尔、德布林，和我们的男主人。他们彼此都是朋友吗？”

“不是，”埃丽卡说，“他们非常不同。”

“那么就是敌人了？”奥登问。

托马斯确定自己被嘲弄了。他把视线投向花园里的某一处。

“我们只是好奇而已。”伊舍伍德说。

“当我的丈夫脸上出现这种表情时，你们可以随便好奇。”卡提娅说。

“我们在伦敦见到了米夏埃尔，”克劳斯插嘴说，“他现在非常讨厌希特勒。真正的，个人的讨厌。”

“就是说他完全不喜欢希特勒？”奥登问。

“有什么特别原因吗？”伊舍伍德问，他看了一眼奥登，寻求他的赞同。

“有的，”克劳斯说，“他告诉我们，在他整个童年，他都向自己许诺，他会尽快去美国，为的是可以远离他的父亲，而现在，为了希特勒的缘故，他终于可以去美国了，但他的父亲已经在这里了，而且会在码头等他。”

克劳斯哼哧哼哧地笑起来。

托马斯差点想告诉餐桌上的人，他不仅付了米夏埃尔的路费，还付了他未婚妻的，还帮他们办了签证，但他只是面无表情地看着桌子那头的妻子，而她面露愠色抬眼望天，这时克劳斯又开始讲另一个故事。

午餐后，他们等着记者和摄影师来，这时伊舍伍德走到他面前，讲起了德语。托马斯听了一会儿，得出结论，伊舍伍德讲德语的方式，对一个学英语的人极为有益。他直接使用英语的句型，只是把英语词替换成了德语词，并痛苦地念出每个词。他个子矮，但自信心丝毫不少。

托马斯想到，自从一九三三年后，他很少随意冒犯他人。流落异国他乡后遭遇的日常琐事，让他必须时刻把微笑挂在脸上，并且很少开口。然而此刻他不觉得有任何理由表示礼貌。他是在自己家中，而这个矮个子英国人相当粗鲁无礼，他很想看看他的反应。

“恐怕我根本听不见你在说什么。”他用德语说。

“啊，你的听力有问题吗？”伊舍伍德说。

“没有任何问题。”

他说得很慢，让伊舍伍德能听清每一个字。

“好了，你和你的朋友，也就是我的女婿——不管怎么称呼他，能否在记者和摄影师来时好好表现？你们能否尽量表现得像个正常人？”

伊舍伍德面露困惑。

“你没听懂吗？”托马斯用英语问。他在伊舍伍德胸口轻轻锤了一下。

伊舍伍德的脸色阴沉下来，他迅速走开去找伊丽莎白聊天了。

当记者和摄影师来时，伊舍伍德和奥登的变化让托马斯愣了神。他俩不再讲笑话，也不再嬉皮笑脸。他们站得笔直，就连身上的西装也似乎不那么皱了，领带也不那么古怪了。大家都过来拍集体照时，他看得出这两位早就习惯被拍照，也喜欢这种体验。公众场合的曝光似乎让他们变得更和善、安定，少些胡闹。

杂志想要一张正式的全家福。他们都按角色摆好姿势，奥登和埃丽卡是年轻夫妇，克劳斯和伊丽莎白是孝顺而满足的子女，托马斯和卡提娅是模范父母。

摄影师让他们讲个笑话，他们顺从地配合了。接着他请托马斯站起来，作为一家之主站在中间，于是他右侧沙发上坐了三人，左侧矮凳上也坐了三人，包括伊舍伍德。摄影师让他们放松表情，拍了很多照片。

当记者问他们，伊舍伍德和这家人是何关系时，埃丽卡压低声音说，他是他们的皮条客。

在书房里，他们拍了托马斯的书桌。他们看到了墙上的霍夫曼的裸体青年画，但并没有问。这种画无助于他想要展示的稳定和睦的形象。他们只是拍了很多托马斯收集的唱片、他的拐杖，还有他荣获的奖牌和奖状。

托马斯告诉记者，他正在申请入籍美国，摄影师一边拍照一边听着。他对普林斯顿大为赞赏，说他经常和妻女去纽约听古典音乐会。他热情地提到了他们在普林斯顿组织的文学之夜，但也强调了他的个人生活规律，说他长久以来一直整个上午独自待在书房里写作。

当记者说他是当今世界最重要的反法西斯作家和发言人时，他并没有表示反对，只是说他在美国寻求的是安静之所，让他可以创作更多的长篇和短篇小说，尽管他也知道自己肩负着其他责任，那么多同胞正处于危险之中，生死未卜。但他强调说，他不想卷入党派政治。他的任务是与许多论题拉开距离，以便能够就最重要的论题做出主张，那就是呼吁自由、坚持民主。他说，这对他而言是唯一值得努力争取的论题。

采访结束时，他庆幸之前关上了书房的门。他不想让克劳斯和他的两个客人听到这番甚至对他自己来说都显得浮夸而自矜的话。但他知道这篇文章会在华盛顿流传，也会在普林斯顿和纽约流传，而他应该在华盛顿受到礼遇。

他喜欢记者的认真劲。他身边的人不是像奥登那样把每句话都浸泡在冷嘲热讽中，还和朋友伊舍伍德一唱一和，就是像他儿子那样周身散发着紧张愠怒的气息，终于有人不是这样，他为此感到欣慰。他仿佛是在和普林斯顿的学生说话，许多学生是认真思考的，所有学生都态度端正。他和这位记者也是如此，觉得可以卸下心防。问题很简单，没有陷阱，因此对美国人审慎地展示自己并不难。

他们回到客厅时，卡提娅和伊丽莎白已经不在那里了。克劳斯、埃丽卡、奥登和伊舍伍德正在探讨什么灵性话题，但他们一看到他和摄影师、记者，立刻放声大笑。他想，等这两个英国人去纽约，他才能松口气。

他们只能等记者和摄影师先走，因为这两个杂志社的人被告知，模范丈夫奥登是和他的妻子一起住在普林斯顿，而伊舍伍德是来家里做客的。他们说这个快乐的大家庭期待着共进晚餐，之后也许会开一个文学朗读会。

记者和摄影师离去时，奥登小声说，他们会一直等到彻底安全再走。

托马斯告诉卡提娅，之前他在门口迎接的那些人，他不需要与他们道别，然后他去了书房。但当他听到客人们离开时，他走到前窗，看着他们上了车。埃丽卡开车送他们去车站。甚至他们关上车门，大声说再见时，他能看出他们正在笑话些什么。他觉得这一联想并不过分：他们笑话的对象不仅仅是他们适才参与其中的披上伪装的家庭生活，更是他本人、他们的男主人。他觉得如果是他来做客，也会觉得自己滑稽可笑。当他退入书房后，那里的寂静比平时更令人宽慰，因为他的客人走了。

一个月过去了，他没有从签证和外国人事务办公室得到任何消息，他对卡提娅说他为此焦虑。

“我已经去交涉过了。”她说。

“和那个以为捷克斯洛伐克是沿海国家的女人吗?”

“我和她没什么可谈的。我去见了校长本人。去之前我收集了一些论据。我给爱因斯坦打了个电话，重叙我们的老交情。我发现他也被那个女人推来推去。在他的支持下，我不打招呼就去了校长办公室，要求见多兹博士。他们问我为何要见他，我说我是代表阿尔伯特·爱因斯坦和托马斯·曼前来，有紧急事务。”

“你见到他了吗?”

“他们一口咬定他不在。于是我说我会等到他回来。他们又说他要离开数日，于是我要他们和他电话联系。他们让我等了大概一小时，直到我告诉他们，如果多兹校长无法获悉我要对他说的话，这对校长甚至对普林斯顿大学都会有极其严重的后果。一番忙乱之后，他的一个助理来了。一个穿西装的年轻人，自我介绍是劳伦斯·斯图尔特先生。他带我进了一间办公室，我向他阐明了我的要求。”

“恐怕，”斯图尔特先生对我说，“普林斯顿得按规矩来。”

卡提娅原本坐在餐桌旁，这时她站起来，一手指着托马斯，给她的故事增添戏剧性，仿佛他是劳伦斯·斯图尔特先生，而她是一个更强硬的卡提娅。

“‘斯图尔特先生，’我说，‘我代表的是阿尔伯特·爱因斯坦和托马斯·曼。你知道他们是谁吗？’

“‘我知道，曼夫人。’

“‘哦，你有没有比身上这件更好的西装？’

“‘我不明白您的意思。’

“‘你有更好的理发师吗？’

“‘曼夫人，我不明白您为何问我这些。’

“‘好，我来解释。你应该回家，换上更好的西装，再剪一个好发型，因为《生活》杂志的记者和摄影师很快会来普林斯顿给你写文章、拍照，你是让阿尔伯特·爱因斯坦和托马斯·曼在美国生活沦落无助的那个人。你有妻子孩子吗？’

“‘我有。’

“‘他们看到文章后，不会为你骄傲的。那两个摄影师和记者刚采访过我们，我只要打一个电话，他们就会回来，向你扑过去。只要一个电话。’”

“你真的说了‘扑过去’？”托马斯问她。

“是的，我和爱因斯坦的秘书布鲁斯小姐练过这段话。”

“后来呢？”

“这位劳伦斯·斯图尔特先生让我第二天再去，到时他的同事会在那儿。我同意了。我第二天再去，他们变得毕恭毕敬。此后签证事宜都来问我和布鲁斯小姐。我们直接与校长办公室联系，不和其他人联系，很快就会收到让我们申请入籍的表格，你只要签名就好。布鲁斯小姐和我已经从头到尾检查了每一个细节。上星期，我还被请到校长办公室去见他。”

“那么，事情都解决了？”

“只除了一件事，”她说，“之前爱因斯坦因为这件事愁得睡不着，现在他心里石头落了地。他拥抱了我。然后说如果我打算离婚的话，优先考虑他。”

“他向你求婚了？”

“嗯，差不多吧。布鲁斯小姐也在屋里，所以他只是暗示了一下，没有大声说出来。但当她走后，他靠过来在我耳边低语，因为我如此高效地解决了这个问题，也许我们可以安排一些其他的事，适合我俩的事，如果我理解他的意思的话。然后他看着我的眼睛，朝我眨眨眼。我觉得他是个真正的天才。”

“他和老山羊不相上下。”托马斯说。

“是的，我回家路上也这么想过。”

“我们一定要请他来吃晚饭。我相信我们会和他相处得很愉快。鉴于我们家已经有了一只老山羊博尔杰塞，让他俩见个面应该不错，我们可以准备起来了。”

“是的，我想爱因斯坦也很寂寞。我们还可以请布鲁斯小姐。

她很爱好文学。她说她把你的《布登勃洛克一家》读了三遍，很想见见你。但我想，最好不要让我和爱因斯坦长时间独处。他人非常好。可是这个家里已经问题够多了。”

“即便你不和一个科学家私奔？”

“我们去哪呢？”卡提娅问，仿佛她已经在规划更广阔的世界中的未来。“可是也许我们应该等证件都到手后再想这类问题。我很喜欢爱因斯坦的胡子和眼睛，可我觉得他的头发太乱了。我要做的第一件事就是让他修理头发。”

她走过来，热情地在托马斯的脸上落下一吻，然后走出房间。

第十一章

瑞典，一九三九年

战争爆发前几星期，托马斯在卡提娅和埃丽卡的陪同下，在荷兰和瑞典做了讲座和采访。观众、记者，甚至餐馆侍者和酒店员工，都满脸轻松，透着喜气。希特勒的名字还在头版，可是在过去的十年中一直如此。虽然刚开始有过担忧，托马斯仍然为他们这趟回欧洲的短程旅行感到高兴。

他把家里每个人的情况都想了一遍。伊丽莎白安全无虞地在普林斯顿，等着结婚。克劳斯还在纽约，正在为他的杂志筹募资金。其他的孩子也都得到了照顾，米夏埃尔和未婚妻格蕾已拿到美国签证，他希望也能为莫妮卡夫妇办妥签证。等他回美国后，他会着手为戈洛，还有已经结婚了的海因里希和内莉准备文件，让他们可以离开法国。卡提娅的父母失去了他们的房子、油画、珍贵的瓷器和所有的钱，但最终平安地在苏黎世落脚。她的哥哥们都离开了德国，克劳斯去了日本，成为皇家乐团的指挥。经常与托马斯通信的克劳斯·霍伊泽尔，目前在荷兰东印度公司从事贸易工作，他说，只要纳粹还在掌权，他就不打算回德国。

在诸事纷杂中，托马斯也在荷兰的诺德韦克沙滩上享受过八月的阳光、浅水海滩和长长的波浪，并为《安娜·卡列尼娜》的新译本写了一篇序言。此刻在瑞典萨尔特舍巴登的高档酒店里，他从观景台眺望，所能感到的唯一不妙的征兆，就是日暮时分海上刮来的季节性寒风。

前一天傍晚，他和卡提娅、埃丽卡在餐桌上讨论了从普林斯顿搬去洛杉矶的可行性。他们觉得普林斯顿的冬天太冷，还在那受到了孤立。

“洛杉矶才是世界上最被孤立的地方！”埃丽卡说。

“我们在那里的时候很喜欢，”卡提娅说，“我梦想着早晨醒来只看到阳光。我们在那儿时还看到很多外国人，所以我们不会显得与众不同。在普林斯顿，别人对我的反应就好像我个人威胁到了美国的生活方式。”

“你真的要去那个德国作家和作曲家生活的地方？”埃丽卡问，“而且布莱希特在那，你讨厌布莱希特。”

“希望可以有一栋围墙够高的房子，把他挡在外面，”托马斯说，“但我不介意听到德国人的声音。”

八月将尽时，他们虽不信战事临近，但仍然密切关注新闻。他们各自在房间内用完早餐后，就在楼下等外国报纸送来。他们阅读法语很费劲，但还能看懂标题的大意。英国报纸总是滞后数日，但任何报道都看不出即将开战的迹象。

“可是危机在那啊，”埃丽卡说，“看看这些报纸，有危机啊。”

“自从一九三三年以来危机一直都在。”卡提娅说。

托马斯和往常一样上午写作，与卡提娅、埃丽卡一起享用漫长的午餐，然后去海边散步。

当卡提娅走进他房间，告诉他战争爆发了，托马斯认为这不是真的。他给在斯德哥尔摩的出版商贝尔曼打了个电话。贝尔曼确认了卡提娅的说法。这时埃丽卡也来到托马斯的房间。

“我们得回美国。”她说。

托马斯意识到很快他们将会被困在瑞典。

托马斯在酒店的信纸上写了封电报，发给华盛顿的阿格尼丝·迈耶，请她打电话给他。他还写了另一封电报，向纽约的克瑙夫出版社求助。当他打电话让酒店大堂把电报发走时，没人回复。埃丽卡亲自把电报送到前台，看着他们发走。

托马斯再次致电贝尔曼，要他联系瑞典政府，要求给予紧急援助，让他返回美国。

数小时后酒店知会他，他的电报还卡在一堆其他电报里没有发出去，他终于慌了。之前他们向埃丽卡保证电报已经发走。但他给华盛顿打电话时，酒店说国际电话线路中断了。

他数次去前台要求紧急处理他的电报。片刻后大堂里来了很多人，越来越多的客人围着前台。酒店经理站在旁边，严厉地发号施令，抬起手表示除了酒店员工，别人不能靠近他。托马斯看到脚夫们个个脸色沉重，把大大小小的箱子搬到等候在外的车上。

到了傍晚，大堂里仍然气氛凝重。酒店其他部门照常运作，仿佛什么都没发生。餐食准点供应。晚餐前，乐队演奏了轻松的华尔兹和吉卜赛音乐，而后是浪漫的旋律。

早晨，他的早餐在指定的时间送到他的房间，鸡蛋是按他的要求烹饪的，咖啡是现做的，纸巾叠得整整齐齐，服务员小心翼翼地把托盘放在窗边的桌子上，让他能眺望盐沼的景色，然后礼貌地鞠了个躬。他的制服无懈可击，态度不慌不忙，在早晨灿烂的阳光下，他的金发优雅美丽。

他们一边等待消息，一边继续同桌用餐，坐在靠近窗口的地方，与乐队拉开距离。下楼去餐厅之前，卡提娅和托马斯在他的房间里一起回想还有哪些电话可以打，哪些电报可以发。卡提娅找到一个会讲德语的酒店脚夫，他帮她翻译了瑞典报纸。

“战争要全面爆发了，”她说，“欧洲没有一处是安全的。”

他想卡提娅和埃丽卡是不是责怪他把她们带上这趟旅程。他被生活的表面误导，以为当下平稳安逸。他一直在提醒别人警惕希特勒的意图，但尽管有种种迹象，他没料到战争会来得这么快。当他沉浸在散步和写作中，或是在餐前和卡提娅、埃丽卡喝着小酒时，穿着军装、面前摆着地图、眼中透着凶狠的人正在策划入侵。他们对目标毫不隐瞒。他们在采访中已经说明了一切，他们讲得过于透彻，以致他自欺欺人地以为这不会发生。

如果他们还能回普林斯顿，他会动用一切关系把尚在欧洲的家人都接到大西洋这边来。至于他们来了怎么生活，在哪生活，会干什么，等他们平安到家后，他再思考。

他和一个斯德哥尔摩的外交官通了电话，那是贝尔曼安排的。他得知他将会得到一切可能的协助离开瑞典。他要做好随时动身的准备。

卡提娅和埃丽卡一起在房间里等电话。她们有美国签证，还需要离开马尔默的飞机，然后可能是从英国南安普敦离开的船舱铺位。

托马斯强作镇定站在酒店大堂的前台旁，留意着打进来的电话或发来的电报，同时他也注意不让别人觉察他的恐慌情绪。

用餐时，他发现埃丽卡兴奋起来，脑袋里装满各种计划和可能性。他和卡提娅沉默不语，但有英国国籍的埃丽卡大谈如果到了伦敦她会干什么，可能会参加某个宣传组织或去当记者。

“我可能还会参加英国军队。”

“我不觉得你能参加英国军队。”卡提娅说。

“现在是战时，我确定我能。”

“你在英国军队里要干什么？”托马斯问。

“我会在某个地方做情报和假情报的工作。”埃丽卡说。

托马斯突然意识到，直到此刻，埃丽卡一直不确定她将来能做什么。她的演艺生涯已经结束，她也不算是一个作家。她发表过揭露纳粹邪恶体制的书，但销量不高，而且引起一些人怀疑她是共产党。她在美国作为公众发言人的时间也结束了。如今战争爆发，聪明的年轻女子有了用武之地。埃丽卡的所有长处——她旺盛的精力、她对德国人的了解、她的英语水平、她对民主制的坚持，以及她是单身——并没有和奥登有任何实质性的关系——都意味着她会很有用。她认识到这点，才会双眼放光，嗓门提高。

到了夜里，托马斯才开始全盘考虑假如他们真的滞留在瑞典将会如何。如果希特勒能轻易攻下捷克斯洛伐克并侵入波兰，那么用不了多久，他和他的将军们就会把目光投向斯堪的纳维亚。如果他们入侵，托马斯·曼将会在扣押并遣返德国的名单前列。没人能够替他说情。他想象着自己的名字出现在美国报纸上，向德国人征求他的行踪下落。他预见到了作家们联名写请愿书，请求释放他。他自己也曾在类似的请愿书上签名。他知道他们的意愿是多么真诚，也知道大多数请愿是无济于事的。

离开瑞典是当务之急。可是所有的航班不是满员，就是无法订座。外交官没有给他回电。他作为诺贝尔奖获得者向瑞典学会委员会发出的请求也石沉大海。他都不确定每天发给阿格尼丝·迈耶的电报到底有没有从酒店发出。克瑙夫出版社也没有回音。他来到前台时，那里的员工都不抬头朝他看一眼。

一天午餐前，他房间的电话响了，他以为是卡提娅或埃丽卡来提醒他快到用餐时间了。当他从电话里听到一个英语口音浓重的女子要他接电话时，他以为是酒店员工，因为他们经常打电话来问是否需要清洁房间，整理床铺。

片刻后他才发觉，这是阿格尼丝·迈耶从华盛顿打来的电话。

“我不知道你为什么不回我的电报。”她发觉电话那头是他本人，便切换成了德语。

“我没有收到电报。”

“可是酒店的人告诉我你收到了。”

“酒店没有给我送过任何电报。”

“这事很难，非常难。我和瑞典当局交涉过了，包括这边的大使馆和斯德哥尔摩的，我也用尽了英国外交系统里有价值的高层联系人。我的丈夫已经绝望了，他不知道你在欧洲怎样了。”

“我们需要离开。”

“离开？你要做好随时逃离的准备。你一接到电话，就会有车送你去马尔默机场，然后你飞到伦敦，你必须自己设法去南安普敦。我会帮你订‘SS 华盛顿号’的舱位。我已经联系了轮船公司的经理。你到了南安普敦后得支付船费。订的是头等舱。但别指望条件会很好。”

“非常感谢你。”

“你到了美国后就来看我。别再不理我了。”

“我可以保证我从未不理你。瑞典当局会给我们打电话通知去伦敦的航班吗？你知道是谁会给我们打电话吗？”

“我找了个外交官。他向我保证说你会接到电话。我没继续麻烦他细问联系人的情况。”

“那么我等在房间里就好了？”

“你要准备随时动身。我说过了，这事非常困难。”

“我们非常感谢你。”

“确实。”

“你有没有电话号码或者名字，如果我们没接到电话，可以打过去问问？”

“你在怀疑我吗？”

“我说了，我非常感谢你。”

“那就打包吧，让你的妻子女儿也打包。别以为会有人耐心等你。那种日子已经结束了。我告诉他们你们的签证已经办妥。你的女儿还和那个英国人有婚姻关系是吗？那个诗人？”

“是的。”

“建议她和他维持关系。至少等到她平安抵达美国为止。”

他没有说话。阿格尼丝·迈耶的语气让他回想起为何之前一直躲着她。

“别误了飞机。”她说。

“我们不会的，我立刻去告诉我的妻子。”

“还有我说了，你来了就来见我。”

“我会的。”

次日一早，他们按照瑞典外交部来电里的安排，带着行李等在大堂。一个年轻官员来了，他看了看他们所有的行李，摇起头。

“这些得寄走，”他说，“我们只能让你们带上随身物品。”

卡提娅要与他争论，但官员转过身和埃丽卡说话。

“如果你想登上去伦敦的飞机，必须把行李存起来。我不能让车等着。你只有十分钟处理此事，否则就会误了飞机。”

他们检查各自的行李箱，拿出了一些之前认为对旅行必不可少的东西。托马斯已经在一个大手提箱里放了雨果·沃尔夫的信件集、尼采的传记，以及他所有的笔记本。卡提娅把他的几件衬衫、内衣和她自己的衣服鞋子收进一个箱子。官员就守在一旁，埃丽卡好几次不得不重新打开箱子，拿出几样她认为的必需品。直到她的父亲向她保证，他的出版商一定会把他们的行李寄走，她才关上箱子，提着一个小包站起来。

托马斯和卡提娅去前台询问能否寄存他们的行李，前台回答说要经理来决定，因为存储室已经装满了前一周离开的客人的行李。当托马斯拿出一张大额钞票时，前台那个高个子瑞典人冷冷地说，他们不以这种方式接受金钱，他已经告知了，曼先生应该等经理来处理。

年轻官员越来越不耐烦。

“我要你们立刻上车，”他说，“我们必须去机场了。”

托马斯被告知，行李不能就这样留在大堂。他们得和经理做好安排，因为员工无权为离店客人存行李。

卡提娅要托马斯、埃丽卡和官员上车，车子引擎已经发动了。他们就带上所有手提箱。她说，她去找经理。

他们默默地坐在车里，官员说如果曼夫人再不上车，她就会被抛下了。很难再为她安排另一班飞机上的座位。

“我的母亲去找经理了。”埃丽卡说。

“你的母亲把行程置于危险之中。”官员说。

卡提娅来了，她满面怒容地上了车。

“那个经理当然一直都在，他是这么说的：‘像你们这样的酒店客人太多了。’当我告诉他，我的丈夫是诺贝尔文学奖得主，他就耸耸肩。我没想到瑞典竟有这种人。我留下了我们的地址和贝尔曼的名字，告诉他如果我们丢了任何一件行李，瑞典国王都会让他负责。”

这时车已开动。托马斯听到“瑞典国王”，捅了捅埃丽卡，但没朝她看，也没笑。

坐在前座的官员对后排三人说。

“我被要求告知你们，因为在航程中将会飞越德国领空，飞机必须低飞，这会有危险和风险。”

"为何要低飞？"埃丽卡问。

"这是德国人提出的条件。昨天，一架德国飞机伴飞全程。"

"我们还有选择吗？"卡提娅问，"我是说，飞机能飞其他路线吗？"

"恐怕没有。除非你不想现在离开瑞典。飞机会降落在阿姆斯特丹加油，但没人会上下飞机。"

登机后，卡提娅要求坐在窗口，让托马斯和埃丽卡坐过道座位。

"我是一个相貌普通的中年妇女，不会引起别人兴趣，"她说，"你们俩能把脸埋在书里吗，别引人注目就行。"

飞机满员了。乘客都在把行李塞进头顶的行李舱。一个女子高声说她的行李箱塞不进去，她被告知必须扔掉箱子。她开始和乘务员争执，其他乘客警告她说这样会延误起飞。

最后她手臂一挥，打开行李箱，拿出一双鞋子、一瓶香水、几件衣服，扔在座位上。

"剩下的东西拿去吧，随你们怎么处置，"她夸张地说，"如果你们要求我穿着内衣坐飞机也行。"

"希望这位女士不会和我们一起跨越大西洋。"卡提娅说。

舱门还没关，螺旋桨就转起来了。托马斯相信，再晚一天走，一切就会太迟。他们没有问德国人是否有乘客名单，但这种名单并不难获取，瑞典这边的纳粹支持者很可能通知德国人，他在这班飞机上。许多官员一定知道他在旅行。

飞机从马尔默起飞后，他想到，如果他要祈祷，现在正是时候。但既然不曾祈祷，那就读书吧。他打算全神贯注地读书，直到抵达伦敦。

只有一次当飞机突然震颤时，他不由自主地颤抖起来。他把手伸向过道那边的埃丽卡，埃丽卡握住他的手。他与卡提娅目光交接时，她示意他低下头，继续读书。

他意识到，他所经历的焦虑，其他人也会同样经历。但他们没有那么幸运，被政府官员从豪华酒店直接接上飞机飞向西方。他们无人可打电话求援。他的感受与他们的恐惧相比，只是一道黯淡的投影。

飞机开始降落时，埃丽卡朝驾驶舱走去。托马斯看到她在询问机组人员。很快她回来宽慰他们说，已快到阿姆斯特丹，远离德国领空了。飞机会在阿姆斯特丹机场停留不到一小时。

伦敦海关的护照查验很顺利，但当他们抵达海关时，官员让托马斯打开手提箱，并叫来了两名同事。埃丽卡和卡提娅刚要开口，就被示意噤声。这人先研究了他的两本书，翻了翻内页，然后开始检查他的笔记本和纸页上的笔迹。

“我的丈夫是作家。”卡提娅说。

官员们没理她，他们彼此小声说了几句，然后把手提箱里的东西和托马斯的护照都带到了内室。他们站在那里等着，这时大厅已经空无一人。

“希望那个只有一套内衣的女士最终可以得到幸福。”卡提娅说。

托马斯看了看埃丽卡，两人都笑起来，他们的笑声让卡提娅越发严肃。

“这不是小事，”她说，“我觉得这种被剥夺的经历也许会影响她的一生。”

当三个官员从内室出来，卡提娅也在哈哈大笑，托马斯忍住了笑。

“我们必须问问您，先生，这些笔记本和纸页上写的是什么。”

“这是一部我正在写的小说。”

“用德语写的？”

“是的，我用德语写作。”

一个官员翻到笔记本的某一页，要他翻译。

“我的女儿比我翻译得更好。”

“但这是您写的对吗？先生。”

“是的。”

“那么我们要您翻译。”

托马斯开始慢慢地翻译。

“这句话是什么意思，先生？”

“这出自我正在写的一部小说，关于德国的诗人歌德。”

“您上次在德国是什么时间？”

“一九三三年。”

“你们现在去哪？”

“南安普敦，”卡提娅说，“然后去美国。我们有美国签证，如果再延误下去，我们就要错过轮船了。”

当海关人员看到托马斯画的一间房间的示意图时，他们认真起来。图的中间是一张桌子，桌子的两侧轮廓外都草草地写了几个名字。

“这是为了写小说，”托马斯说，“这画的是歌德房子里的餐厅的草图。看，这是他的名字，这些是餐桌上的其他人。背景是在十九世纪初。”

“您怎么知道坐在他桌边的都是谁？”一个人问。

“我不知道。我只是想象着他们坐在那里，这样我才能想象他们之间的对话。”

一个官员仔细地看着示意图，把它翻来翻去，仿佛里面藏着什么大阴谋。

“他是一个小说家。”他的同事说。

“一个画草图的小说家。”另一个也说，然后笑了起来。

“那里有去滑铁卢的巴士，”那个似乎是领导的官员说，“然后你可以从那里搭火车去南安普敦。”

“你们这一路都是好天气。”另一个人又说，他笑着挥手送他们离开。

托马斯坐在大巴上穿梭在蜿蜒的英国乡村公路时，惊讶于这番平静和丰饶。这里比他想象的更葱绿，道路更窄，天空更蓝，下午更热。他望见远处的农舍。就连路边的普通房子，或是他们经过的几个村子，都散发着安详清新的气息。没有什么看起来过于老旧或破损。但当他们来到伦敦，他惊叹于规模宏大的郊区、成排的阴郁的房子、门面窄小的店铺。这些比普林斯顿和纽约更令他感到身在异域。他很庆幸自己不必居住在此。他想，也许大广场和大商业街会有所不同，但他们没时间去看，一到滑铁卢车站就得找去南安普敦的火车。

不带行李旅行是种奇怪的感觉。下了大巴，一身轻松，不必盯着别人把行李箱搬上火车。他也觉得自在，仿佛学校给他放了暑假，只有当他们进站时，卡提娅和埃丽卡一脸毅然的神色，让他笑不出来，也讲不出笑话。

托马斯等着卡提娅和埃丽卡买火车票时，看到人们带着防毒面罩，很多人把面罩显眼地绑在肩上。英国在打仗。他观察每个经过的人，想要从他们脸上找到一丝痕迹，说明自由和民主对他们很重要。这里的人已经下定决心，要团结一致抵抗希特勒，不想生活在永久的危险中。

他想，这些人很快就会知道什么是真正的恐惧。他们的城市会被轰炸，他们的儿子会穿着军装死去。他所能做的就是看着他们。他无法告诉他们，他们不了解的、无法感知的德国是什么样。他是双重身份的外人，一个流落在回美国之路上的德国人。

他们去了南安普敦港口办公室，得知‘SS 华盛顿号’要晚几天到。他们被告知可以找个酒店住下。当他们在温暖的傍晚散步，海鸥在头顶嘶鸣，仿佛对他们的存在感到恐慌。卡提娅说，现在可以和米夏埃尔与他的未婚妻联系，劝他们尽快横渡大西洋，也许他们能和莫妮卡夫妇说说，让他们知道签证一办下来就该走。

早晨，卡提娅和埃丽卡让酒店搬了一张桌子到托马斯的房间，让他可以写作，然后她们出门去逛南安普敦的商店，想买几只新的行李箱，或者至少买几件衣服路上穿。她们回来了，托马斯听到她们登上窄楼梯时一直在笑。

她们买了行李箱，几件衣服、内衣和鞋子。她说，她们走进每一家店，都立刻向店员说明她们是从德国逃出来的，不仅店员对她们很好，其他顾客也是。她们还买了报纸，告诉他戈林提出和谈，但英国政府立刻拒绝了。卡提娅说，她们遇到的每一个人都支持政府。

“一个女人在街上走到我们面前，说他们会解放德国，就像上一次战争那样。我不知道该怎么说，只好告诉她我很感谢。”

她们在埃丽卡的房间里打开包装，一边又笑了起来。

“我们当时想到了那个失去了所有衣服的可怜女人，”卡提娅说，“她没有内衣可换，还在穿越整个世界。我们一想到她就笑，柜台后面那个神情非常严肃的卖手帕的女人以为我们是在笑她。”

“假如她报警说我们是不受欢迎的外国人，”埃丽卡说，“我一点儿都不奇怪。”

她拿出一个木制茶巾架，上面雕刻了一张王室的照片。

“这是我为奥登买的，”她说，“想让他看看他思念的东西。”

“再看看我们还买了什么！”卡提娅说。

她拿起一件短袖羊毛坎肩，一套保暖内衣裤。羊毛是浅黄色的。

“我们从没见过这样的东西，”埃丽卡说，“当我说这个很适合克劳斯，我们又都笑了起来。”

“哦，还有英国女人的内衣！”卡提娅说。

“比德国内衣还糟糕，”埃丽卡说，“有些内衣很容易招虫。我不知道英国人怎么受得了！”

午餐后，三人散步到港口，看看是否有“SS 华盛顿号”的消息。他们得知船将在两天后到，但已经被严重超订，公司会尽量把每个人都安排上船，但不会有私人舱房，男女得分开。卡提娅问，如果多付钱，他们能否拿到两个头等舱的铺位，一个给她丈夫，另一个给她自己和埃丽卡。她被告知这种要求是不会纳入考虑的。

“船上会很乱。现在这是撤离，夫人。我们尽量让每一个买了去美国船票的人都上船。只要五六天就过去了。你们一到纽约，就可以住头等酒店。”

船起航的那天，到处乱哄哄的，旅客们排了长队，争先恐后，有人说这艘船可能当天开不了，还有人说不是每个排队的人都能上船。他们一讲德语，周围人就转头看着他们，他们只好努力对彼此讲英语，但托马斯想，他们的外国口音和语法错误也许会招致更多的猜测。那天早晨很热，没有地方可坐。埃丽卡气喘吁吁地挤过人群，想在船司里找个人帮她父母插队。托马斯转头对卡提娅说：

“这不是我们想过的日子吧？”

“我们已经很走运了，”她说，“好运气就长这样。”

埃丽卡带着两个穿制服的船员挤了回来。

“这是我父亲，他病了，”她说，“他已经站了几个小时，他禁受不住的。”

这两人打量着托马斯，托马斯则装出孱弱的样子。周围的人都在说他们也在陪老人上船。

“我母亲和我可以等，”埃丽卡大声说，“如果你们现在能带我父亲上船。”

托马斯一脸茫然，似乎不太明白发生了什么。他知道这两个船员本以为他的年纪要更大些。他们犹豫了。

“跟我们来吧，先生。”其中一人终于说道。他们轻轻地搀着他穿过人群，让他等在一艘领港船上。他拎着他的手提箱。

“他女儿说，他心脏不好。”其中一人喊道。他们让人把他送上船。船员大声地指导他怎么上去，好一番折腾之后，他终于上了船。他尽量显得处变不惊，一找到公共空间就安坐下来。他注意到已经有很多人登船了。

他从手提箱里找出一本笔记本。等候时，他拿出笔在他的歌德小说上慢慢地添加了几段，让心思游离周围的环境，找回前一天写作的节奏感。他想象着一部关于一个年老诗人爱慕一个年轻女孩的小说，当它再度在德国被阅读时，也许能为读者带去慰藉。

当播音器开始广播，排队的人群可以进船舱时，他还在写。他明白，如果他等在原地，卡提娅和埃丽卡就一定能找到他。

他们给了他一个头等舱，但舱里还有其他四个男人。由于托马斯有床位，其他人只有吊床和地铺，他们就不满地窃窃私语，等发现他是德国人后，就愈加恼怒。两个英国人一唱一和，好像他听不懂似的。

“谁知道这些德国人是什么人？”一个人问。

“从希特勒那里来的，”他的同伴说，“还拿到了床位，我们还不知道自己在哪呢，他就可以拍密码电报回国了。”

“他们很快就会改变态度了。上次他们投降时我在那儿，真是大开眼界。我对一个人说，他现在可以随便去踹德皇[①]了，我重复讲了好几遍，但只是浪费口舌。他一句英文都不会说，或者他是这么说的。你跟他们没法讲话。”

托马斯只想写作。每天早晨，卡提娅和埃丽卡刚为他找到地方坐下，他们就在桌边走来走去，每次经过都会查看他写了什么。在一个阳光明媚的午后，他想把自己的座位让给卡提娅，她差点恼了，说她殚精竭虑为他找座位，是为了让他写作，不是为了让自己躺着晒太阳。

他之前未曾想过要把自己的人生与歌德的人生融合起来，但这一想法必然早已潜入心底，因此这本书才越写越长，耗费了他如此多的精力。它讲述的是不可能的爱情，人到老年的欲望。当他抬起头眺望无垠的海水时，眼前出现一个个名字，还有一张张脸——羞红脸的阿尔明·马滕斯、裸身站着的威尔利·廷佩、殷勤地朝他靠过来的保罗·埃伦贝格，还有有着柔软的唇的克劳

① 指的是威廉二世。

斯·霍伊泽尔。

如果保罗此刻出现在他面前，或者克劳斯·霍伊泽尔也是这艘船上的乘客，他会对他们说些什么？如果在晚餐后，他们站在漆黑的甲板上，周围还有许多乘客，他们目光中将会交流什么？他念及克劳斯·霍伊泽尔，便叹了口气，感到自己的心脏在跳动，呼吸加快了。

卡提娅和埃丽卡来了。卡提娅问他在想什么。

“在想这本书，”他说，“不知我能否把这一部分写好。”

航行的最后几天，船上的拥挤令人越发难耐，洗漱用水越发短缺，他舱房里的那两个英国人也越发饶舌。

“你有没有看到那个德国人被他妻子女儿宠溺着？”

“我不确定那个女孩是男还是女。如果他们允许她进美国，我会惊讶的。”

托马斯把“宠溺”这个词写进笔记本，可是埃丽卡和卡提娅都无法告诉他该词的意思。

埃丽卡要求在下船时，他们能有优先权。当他们从轮船走向海关时，筋疲力尽的乘客都被拦在后面，让托马斯和他的妻女能先走。托马斯感受到了他们憎恶的目光。他想起在慕尼黑革命之后的那些夜晚，他胳膊上挂着卡提娅的貂皮披肩和自己的大衣，与卡提娅一起走下歌剧院的阶梯时，他们的司机正等在那里。他们出现时，外面那些因飞速的通货膨胀而贫困交加的人，便用这种阴森森的目光盯着他们。

他再次想到，阿尔道夫·希特勒很可能也曾经在那些慕尼黑的人群当中。他也许买不起歌剧票，但可能曾等在那里看看是否有谁的票不要了。慕尼黑的冬夜，他站在街头一定很冷。托马斯想象着，接着他也许看到曼家夫妇和他们的司机一起过来，夫妇俩都仪表堂堂，气度尊严，与人保持距离，注重自身在城市里的地位，他们对一些人点头致意，与另一些人打招呼，一切依身份而定。在瓦格纳歌剧上演的那些夜晚，希特勒也许极其渴望去听《罗恩格林》《纽伦堡的名歌手》或《帕西法尔》。他也许会看着那些订好票的人，或在剧院里有包厢的人，衣冠楚楚地从车上下来，而他只能转过身走进黑暗。

托马斯一边想着这些，一边跟着卡提娅、埃丽卡走到了护照检查处。脚夫扛着他们的行李跟在后面。护照和签证检查完后，行李箱不必再查。克瑙夫出版社已经安排了车等在那里。他们把箱子放进后备厢时，埃丽卡告诉他们，她要留在纽约。她说她要见克劳斯。现在英国和德国开战了，他们要制订计划。

“你知道克劳斯在哪儿吗？”卡提娅问。

“奥登在布鲁克林。他会知道克劳斯在哪儿。”

埃丽卡已经为她的纽约之行整理好了一个小箱子，其他行李会随他们去普林斯顿。托马斯意识到，她将会怀念这段为他奋战的经历。与忙碌和暴躁的埃丽卡不同，伊丽莎白会在家安静地等待他们。当他念及这将是他们最后一次在家中见到伊丽莎白，不禁眼眶湿润了。

“别哭了，”埃丽卡说，“我们平安抵达了。我可不喜欢飞越德国的那段航程。”

“你能让克劳斯打电话来吗？”卡提娅问，“或者最好让他来住几天。如果他有空。”

“我会把那件好笑的黄色内衣给他带去。我会告诉他这是我们大家送给他的礼物。”

数日后，托马斯坐慢车去特伦顿换车，从波士顿南下华盛顿的快车经停那里。阿格尼丝·迈耶派来接他的车等候在车站外。前一天，迈耶女士在两个选择之间犹豫，一是让他和卡提娅去她的乡村别墅长住一段时间，二是让托马斯独自去华盛顿，并在他们夫妇家住一晚上。最后她选择了后者。

“阿格尼丝·迈耶是那种在战中或战前才会显山露水的人，”卡提娅说，“但这种人通常是当护士或狙击手。”

托马斯很清楚，在这次拜访中，他必须问问阿格尼丝，如何为戈洛、海因里希夫妇办签证，如何加快莫妮卡夫妇的签证进程。他还想与阿格尼丝谈谈他自身的处境，如果他入籍美国，将会有何种改善。他口袋中有一份作家名单，他们都在欧洲，急需帮助，有些只需要经济援助，但一旦德国入侵荷兰和法国，他们就需要人帮助来美国了。他返回普林斯顿后，收到了许多德国艺术家的令人心碎的来信，其中许多是犹太人，全都是来求助的。有些信寄到他普林斯顿的地址，有些信通过克瑙夫出版社转交。所有寄信人都相信他有能力拯救他们。

无人知道他其实几乎无能为力。他与罗斯福之间渺茫的关系、他在普林斯顿的工作都无法帮任何人拿到签证。但他与阿格尼丝·迈耶的交情或许有所不同。他自觉无法向罗斯福求助，但至少可以向她求助。如果有必要恭维这个女人，那么他就恭维，他也愿意和她相处，允许她翻译他的发言，洗耳恭听她对他写作的指导。甚至如果她要写一部关于他作品的书，他也觉得无伤大雅。

作为回报，他认为她今天应该听他说话，给予他所需的帮助。但阿格尼丝从不听任何人，吸引她的注意力将不是一件易事。

阿格尼丝在自家的大客厅里等他。她一开口，托马斯就知道她整个上午都在准备今天的发言。他感觉自己被置于一个听众而不是客人的位置。

“现在你必须谨言慎行，别提美国会参战的事。谁都不想听到这些，尤其是从一个非美国人口中听到。只有极左翼的人才会发出这种噪音。我希望你也把这个意思转达给你的长女和长子。美国会自行决定怎么做。目前它决定继续观望，因此我们都得这么做。同时，我觉得关于歌德的小说会在这里受欢迎。当然不是每个人都会欢迎。我自己就很想看到，可是我希望译本不会被那个女人像以往那么糟蹋，就是你所谓的译者洛-波特。我希望她会去专心翻译某些小作家，比如赫尔曼·布洛赫、赫尔曼·黑塞、赫尔曼·布莱希特。”

“我想布莱希特的名字不是赫尔曼。”

“我也知道不是，只是开个玩笑。”

“我的妻子和埃丽卡都非常感谢你帮助我们回到美国。”

“现在别吃太多，后面还会有午餐。我知道你喜欢杏仁糖。哎，谁不喜欢呢？但别在午餐前吃。或者就吃一块吧，再喝点茶。”

“我知道你肯定厌烦了我一再请你帮忙。”他开启了话题。

“筹款如今成了美国的新工业，”她说，“上星期我还在对我丈夫说这个。这个博物馆，那个博物馆，这个机构，那个机构，这个难民，那个难民，当然了，都值得的。”

托马斯倒有几分希望阿格尼丝的丈夫一起来用餐。虽然尤金·迈耶有些迟钝，但他在房间里就会让阿格尼丝分散一些注意力，让她不会那么快地打断别人的话头，也不会那么突兀地转变话题。

当阿格尼丝说她的丈夫不在市内，他们就单独两人用餐，他便感到失望。

他无法整个下午都面对阿格尼丝或待在她身边。他告诉她，他需要在自己房间里写作几小时，因为他的小说已接近尾声。

“哦，这房子很适合你。没有人会打扰你的。我会发出严格的指令，要求绝对安静。用人们已经知道有一个著名作家住在这里。今早我召集了所有人宣布此事。你想写作时，随时可以考虑来这儿住。我会给你妻子寄张便条通知她。正如你所见，这里的设施很现代化，又高档，你可以与世隔绝。我的丈夫经常工作到很晚。”

午餐时，托马斯与她毫无进展。她想讨论她打算要写的书，如何把他的作品置于德国历史和文化背景中去写。

“这里很少有人了解任何形式的欧洲文化，所以可以想见他们对浮士德、歌德，甚至汉萨同盟几乎一无所知。”

他所能做的只是点头，同意，不时简短地感喟一下。他开始渴望她答应给他的独处环境。当他站起身时，阿格尼丝话只说到一半，他希望她不会因此而不快，但他实在忍不下去了。他此刻决定，既然她早已想好午餐时要说的每一个字，那么他也会在晚餐时这么做。

他从长长的楼梯走下去用餐时，发觉自己其实很欣赏这房子里的奢华布置，精美的织物，沉重的家具，还有阿格尼丝费尽心思收集来的早期美国油画、挂毯、锃亮的木制品。有一会儿他突然想到，他是有点儿喜欢阿格尼丝的。她颐指气使的样子令他想起旧日的德国，想起他的姑妈和祖母，还有他父亲在吕贝克老家里举办的那些聚会。因为那些女人所能掌控的是如此之少，她们紧紧攫住手边的东西。用人们生活在对她们的惧怕中，她们对厨事极其上心。

他想，在未来，也许等到战争结束，像阿格尼丝这样的女人会掌握更大的权力。埃丽卡会成为她的好伙伴，一起从事某项高尚的事业。当他想到阿格尼丝和他的女儿会有重合的人生轨道时，不禁面露微笑。她们能携手主宰世界。

晚餐时，他再次发现阿格尼丝·迈耶是多么可怕，她把谈话导向只有她感兴趣的话题，而且不允许话题偏离。她聊到了从德国移民过来的父母，她的父亲极为保守，当他们住在布朗克斯区的逼仄的公寓中时，生活一度十分艰难，他们彼此间只说德语。她说，她父亲的观点是她应该待在家里磨炼家务技能，直到出嫁。他很反对她去巴纳德学院读书。于是她申请了奖学金，还做兼职挣钱付学费。她没有向他要任何帮助。

“我什么都不欠他们的，”她说，“这意味着我可以做任何我想做的事。我可以去巴黎。我可以去报社工作。我可以不征求他们意见就结婚。爱干什么就干什么。”

托马斯明白，要打断阿格尼丝，把话题转向签证问题是不会成功的。他寻思着是否给她留一张便条，等她休息后送到她房间，然后明早动身回普林斯顿之前再与她聊聊。

晚餐结束后，她说也许她已经说够了。

“平时我家并没有世界一流的大作家来做客，”她说，“一般来的都是尤金的朋友，他们都是无趣的男人，还带着更无趣的妻子。最近我和一群这样的妻子待在一起时，我想让用人出去买芥子气①。”

托马斯笑了。

阿格尼丝起身走到房间一角的桌子旁，拿了一支笔和一本簿子回来。

“你一定在想我不听你说话。我会听的。今天你来时提到了要我帮忙。”

托马斯点头。

“你的儿子米夏埃尔和未婚妻在伦敦，他们有美国签证。我知道他是一个小提琴手，我也许能帮他在某个美国交响乐团里找份工作。你的女儿和匈牙利丈夫在伦敦，我向你保证，他们的签证会很快批下来，这事我能担保。但你的儿子戈洛在瑞士，还有你

① 一种化学武器，在“一战”期间臭名昭著。

的哥哥和他的第二任妻子在法国，他们没有签证是吗？”

“完全正确。你的记忆力真优秀。”

“我可以毫无困难地帮戈洛拿到签证。你得签一些表格，说你会完全承担他的经济问题。这样就行了。在他结婚之前都可以。”

“这些我会告诉他的。”

“至于你哥哥，我们能让华纳兄弟和他签个合同。只要签了合同我们就能办签证了。”

“华纳兄弟同意和他签合同吗？”

“《蓝色天使》是不是你哥哥写的？”

“那部电影是由他的小说改编的。”

“这样的话，华纳兄弟就会把他视为资产。至少能签一年。”

“你确定这能行？”

“我何时对你言而无信？”

她抱起胳膊，满意地笑了。

“现在和我一起去客厅里喝杯咖啡吧。”

在客厅的沙发上，她坐在他身边。簿子放在腿上。

“我知道你想要支票。每个人来这儿都想要支票。是给谁的？”

“有许多作家需要帮助。”

“我能开一张支票把他们全部囊括在内。我会写你的名字，你可以发给最需要的人。”

“有些人处境十分危险。”

“这次就别再提其他要求了。晚些支票会送到你房间。”

“我真的非常感谢你。”

“新年时，我认为你应该举行巡回演讲。我可以为你联系，但关键一点是你不能呼吁当局对德宣战。这件事你不能做。美国没有参战。你可以谈任何你想谈的事，但总统不希望你煽动民众。他要赢得明年的选举。因此他希望你在美国参战这件事上保持沉默。”

“总统？你怎么知道这个？”

“尤金和我都认识他。这就是他的想法。另外，我再次请求你提醒你的女儿也注意这点。这里的人把我和你联系在一起，她每说一句话，我就受到指责。她真能说！她是个大话痨。”

“她有自己的想法。”

“她有没有见过她的那个丈夫？”

“她现在在纽约。”

“纽约是一切麻烦之源。我的丈夫经常这么说。这里的人不喜欢你女儿的弟弟，但更不喜欢她本人。”

“他俩都意志坚定。”

阿格尼丝恼怒地叹了口气。

“我想他俩已经表明了这点。”

她喝了一口咖啡。

“那么就这么定了？”她问。

托马斯在伊丽莎白十一月的婚礼上表现得无懈可击。在普林斯顿校区教堂里，在所有参加婚礼的人面前，他握了博尔杰塞的手，吻了新娘。

唯一令他不快的是奥登。他为婚礼写了一首托马斯感到费解的诗，然后在仪式过后，当他和托马斯步行回斯托克顿街时，他发现克劳斯走在他们前面，便说："对于一个作家来说，儿子是一种尴尬。就好比你小说中的人物变成了真人。你知道，我很喜欢克劳斯，可是有些人叫他低级的克劳斯，这也太过分了，太过分了。"

托马斯不太确定他此言何意，但那天后来他就避开了奥登。

卡提娅警告过埃丽卡，要对伊丽莎白友好，别说出任何能引起丁点儿不快的话。埃丽卡对她父母说，她有个朋友在纽约看到伊丽莎白和一个男人一起吃饭，这个朋友以为那是她的未婚夫。

"摆了很多蜡烛，两人窃窃私语，气氛浪漫，"埃丽卡说，"直到我朋友走过去祝贺他们，才发现此人是赫尔曼·布洛赫。他们被瞧见在一起，变得很不高兴。伊丽莎白显然是喜欢年长的移民作家。如果她一直和其中的佼佼者——她的父亲——待在家里，我们就能免除很多麻烦。"

"她当时在和博尔杰塞谈恋爱，"卡提娅说，"这是确切无疑的。你的朋友肯定弄错了。"

圣诞节前，托马斯要求把伊丽莎白和她丈夫安排到阁楼间去住，免得他会在自己卧室外的走廊上碰到博尔杰塞。

第一天早晨，他躺在床上听到博尔杰塞在楼上的房间里清嗓子、咳嗽，然后听到开水龙头的声音。他发觉安排给这对新婚夫妇的房间，刚巧是他头顶的那间。刚开始只是水龙头的声音，但接着毫无疑问是一个男人在马桶里小便，这响亮的声音持续了好一会儿，透过天花板传入他耳中。

想到博尔杰塞解手的样子，他感到恶心。即便在冲马桶的声音过后，博尔杰塞穿着睡衣站着小便的形象还是在他脑海中挥之不去。他想，他自己的儿子们在浴室里总是谨慎小心。而这个意大利人似乎恨不得别人注意到他。

他们住在家里的第二天，当托马斯在书房里时，博尔杰塞敲门进来说想与托马斯小聊片刻，还说他百无聊赖，因为女人都去购物了。他问托马斯要不要来杯茶。托马斯思考自己该怎么办。

在午餐前四小时中，他在书房中完全不受打扰地回顾了三十五年的岁月。如今此人坐在他对面的椅子上，再次问他要不要茶，还随口问他小说是否按计划进行，仿佛托马斯的写作能从这种诘问中获益似的。托马斯一个问题都没回答，于是博尔杰塞从桌上拿起一本书，开始翻看起来。

“你觉得法国会发生什么？”博尔杰塞问他。

“我不知道。”托马斯几乎头也没抬地说。

“我觉得德国人会等到春天或夏初再进攻。但一定会进攻。记住我这句话。他们一定会侵略。而且会攻进去。”

托马斯猛地抬眼看他。

“谁告诉你这个的？”

“这是我的感觉，”博尔杰塞说，“但我肯定我是对的。”

托马斯盯着博尔杰塞，突然想到伊丽莎白现在应该已经很厌烦他了。他希望她和她母亲还有埃丽卡此刻能购物回来，把这个老家伙迅速从他书房逐出去，并且告知他永远不要再进来。

圣诞夜，餐桌已经摆好，他听到埃丽卡在门厅里大声和克劳斯打电话。

“你现在就去佩恩站，赶下一班车。我会在普林斯顿站等你。不，是下一班车！我不管你现在和谁在一起。你可以错过晚餐，但拆礼物时你必须在。我为你买了礼物。我说过我会这么做的。礼物都包好了。你不必担心。克劳斯，我说你现在就去！”

片刻后电话铃响，他听到埃丽卡再次告诉克劳斯，她会在车站等他，他不必担心错过晚餐。

晚餐时间到了，一家人都准备好了，房子里静悄悄的，香味从厨房飘进各个房间。托马斯快到客厅时听到有人在里面走动。卡提娅正背对着他站在圣诞树前。她轻轻地布置各种装饰品，弯下腰把树下成堆的礼物摆放整齐。她没觉察他正在看她。他知道这个消息令她欣慰：克劳斯会在晚餐后来，然后和他们一起待到次日。

他想清一清嗓子，或者弄出一点声音，但他还是离开了，他回到了书房，等别人来叫他吃饭。他想，卡提娅这样独自待着会更满足。他会等到深夜再和她聊天。他会拿出藏在冰箱里的上好的香槟。他希望当夜晚将尽，其他人都去睡觉时，他俩会静悄悄地相对举杯。

第十二章

普林斯顿，一九四〇年

电话铃响时，没人去接。卡提娅和格蕾带着刚满六个月的弗里多去散步了。米夏埃尔在普林斯顿找到了三个年轻音乐家，他带上小提琴去和他们见面了。做饭和打扫卫生的女子还没来。电话铃持续响着，托马斯去接时铃声却断了。

学校常有电话来，请他出席饭局或宴会。卡提娅自有特别的招数对付这些请约。在自己人里，只有纽约的克劳斯、芝加哥的伊丽莎白、华盛顿的阿格尼丝·迈耶和纽约的克瑙夫出版社有他们在普林斯顿的电话号码。他想，他们反正还会再打来的。

午餐前，他在楼上换鞋时，电话铃又响了。他听到卡提娅接了电话。他听着她用最好最讲究的英语语调念出了电话号码。接着有一会儿她没说话。突然他听到她猛地喘了一口气，接连问了几遍："你是谁？你怎么知道这个？"

他过去时，米夏埃尔和格蕾已经在她身边。他刚想开口，卡提娅一把推开了他。

"你是从哪打电话来的？"她问来电者。

"我从未听说这份报纸，"她接着说，"我从未去过多伦多。我是一个德国女人，现居普林斯顿。"

米夏埃尔想过去从她手中拿走话筒，他的母亲没理他。

“是的，我的女儿是拉尼女士，莫妮卡·拉尼女士。是的，她的丈夫是耶诺·拉尼先生。你能讲得慢一些吗？”

她又喘了口气。

“‘贝纳勒斯城号’？是的，是那艘船。但我们有确切消息，它平安起航了。它将前往魁北克。”

她不耐烦地示意其他人走开。

“可我们并没有听说这个消息。如果出了事，会有人联系我们的。”

她仔细听着答复。

“你能否清楚明白地告诉我一件事，”她提高了声音，“如果你不知道，就说不知道。我的女儿还活着吗？”

她沉吟着听那头的答复，点了点头。她脸色沉重地看着托马斯。

“她的丈夫还活着吗？”

托马斯看着卡提娅的神色僵硬了起来。

“你确定吗？”她问。

她对来电者发怒了。

“你说什么？我对此有何看法？你是不是在问我有没有看法？不，我没有看法，我的丈夫也没有看法。不，他不在这儿。”

卡提娅挂电话时，托马斯听到那头还在说话。

“多伦多一家报社的人，”她说，“莫妮卡还活着。船被鱼雷炸了。莫妮卡在水里漂浮了很长时间。但他死了，她的耶诺死了。”

“船沉了吗？”米夏埃尔问。

“你觉得呢？莫妮卡的船被德国的鱼雷炸了。我们应该让她早点启程的，那时更安全。”

“但她没事。”格蕾说。

“那个人是这么说的，”卡提娅回道，“可是耶诺淹死了。在大西洋中间。那个人很确定。他知道他们的名字。”

“为何没人打电话来？”米夏埃尔问。

“因为消息刚出来。用不了多久电话铃就会响个不停。”

她朝托马斯走去，站在他身边。

“真奇怪，我们对此毫无准备，”她说，“真奇怪，我们这么吃惊。”

卡提娅又说，他们应该立刻给伊丽莎白打电话，在其他人给她打电话之前告诉她此事。应该给伦敦的埃丽卡拍个电报，让她尽可能帮助妹妹，虽然他们并不确定莫妮卡是被送到了加拿大还是送回了英国。

当问到该对克劳斯怎么做，卡提娅叹了口气。他们已经有段时间没有他的消息。她曾打电话到克劳斯在纽约住的酒店，但被告知他已经退房。托马斯建议说她可以试试用奥登的地址联系他。

米夏埃尔去发电报，托马斯和卡提娅决定出去透口气。他们晚些再给伊丽莎白打电话。

温暖的秋日里，他们在校园中散步。

“设想一下是在大洋中间，”卡提娅说，“抱着一块木板漂了十二小时。设想一下亲眼看着你的丈夫在面前沉下去，再也没浮起来。”

“这都是那个加拿大人告诉你的？”

“他是这么说的。我再也无法把这些话从头脑里清除出去。莫妮卡的创伤怎么才能抚平？”

“我们从南安普敦走时，应该把她带上。”

“她当时没有美国签证。”

“我以为只要船起航了，她就安全了。我真的放下了心。”

卡提娅沉默片刻，垂下头。

“我也是这么想的。这想法太蠢了！”

到了早晨，埃丽卡来了回复，说莫妮卡会被送到苏格兰，埃丽卡会在那边把她安顿好，确保她被照顾周全。电报还说她不知克劳斯的下落。午餐时间前，奥登拍来电报，说他会设法与克劳斯取得联系。

伊丽莎白这天打来好几通电话，与母亲和父亲通话。

每次电话铃响，他们都开始猜测会是什么消息，都到门厅里听着。虽然莫妮卡在船上的消息已经见报，普林斯顿没人打电话来，也没人来访，仿佛是他们把战争带到了和平的大学镇上。

晚餐前，他们聚集在起居室里，米夏埃尔问他可否拉一段琴。他解说这段小提琴是出自阿诺尔德·勋伯格的四重奏的慢拍。他开始演奏了，托马斯觉得听着像是一组哭声与另一个更执着不移的声音在较劲，这个声音太过强烈，他听不下去。

数日后埃丽卡从伦敦发来电报：“莫妮卡在恢复中。会待在苏格兰。虚弱。克劳斯平安，在纽约。悲伤。”

“我想她的意思是莫妮卡虚弱，克劳斯悲伤。”米夏埃尔说。

一小时后，又来了一封电报，这次是戈洛。

“十月三日搭乘‘新希腊号’从里斯本去纽约。海因里希、内莉、韦费尔夫妇同船。还有明星瓦里安。”

“韦费尔夫妇是谁？”米夏埃尔问。

“阿尔玛·马勒嫁给了弗朗兹·韦费尔。他是她的第三任丈夫。”托马斯说。

“她会是一个很好的旅伴，”卡提娅说，“我觉得会比内莉更好。我希望内莉能找到其他的安身之所。”

“我觉得韦费尔夫妇抵达后就会去其他地方。”托马斯说。

“我觉得也是。”卡提娅说。

“明星瓦里安又是谁？”米夏埃尔问。

“他是紧急救助会的瓦里安·弗赖伊，”托马斯说，“是他凭一己之力把他们都救出来的。他是一个非凡的年轻人。连阿格尼丝·迈耶也赞扬他的高效和手段。”

托马斯朝卡提娅看了一眼，知道她也在思考同一件事。既然德国人袭击了跨大西洋的轮船，那么他们也可以把恶意瞄准戈洛、海因里希、内莉的船。他觉得也许会有不同，因为“贝纳勒斯城号”是前往加拿大的，也许德国人会觉得攻击一艘前往纽约的船还不到时候。可是莫妮卡的沉船事件让大西洋感觉更为危险。只有当戈洛和其他人平安抵达纽约港并下了船，他们才能放下心。他希望戈洛还没有听说莫妮卡在“贝纳勒斯城号”上的消息。

他们决定在戈洛、海因里希、内莉的船抵达的前一天，前往纽约，住在贝德福德酒店，等接到他们后一起回普林斯顿。

当托马斯说他想在中午抵达，卡提娅吃惊地说，这是要打破他的晨间写作计划。

“我想去买一些唱片。”他说。

“再买些别的让我惊喜一下。”她说。

“给我个提示吧。”

“海顿吧，”她说，“四重奏或者他的钢琴曲。那一定是好的，不会有任何不妥。”

“所以你才想买这个吗?”

她笑了。

“它们让我想起夏天。”

“今天我感受到了风里的寒意，”托马斯说，“觉得应该住在更温暖的地方。”

“米夏埃尔和格蕾会带着孩子搬去西海岸。海因里希会去洛杉矶。”

“内莉呢?”托马斯问。

“别提内莉了。我很怕和她住在一个屋檐下。”

在贝德福德用过午餐后，托马斯独自坐出租车去市中心，他让司机停在第六大道，自己再走几条街去书店。在普林斯顿，他总是心怀戒备，知道无论走到哪，都有人注意他，认识他。但在这里，在这些狭窄的街道上，他回想起了欧洲的城市，他可以让自己的目光随意停留在任何人身上。大多数人只是与他擦肩而过，心有所思地保持距离，但他知道，他迟早会看到几个年轻人朝他走来，短暂地与他目光交接，毫无顾虑地深深地看他一眼，毫不掩饰自己的兴趣。

街头繁忙的商业生活自有其声色。他可以看店面的橱窗，融入忙碌的人群，看到搬运工从货车往店里搬运货物，就避到一旁。街上大多数是男人。托马斯望着他们，心中大感愉悦，还差点错过了那家唱片店。

他记得前一次来这家店时，他就像个孩子，掉进了梦寐以求的东西中，周围应有尽有，他目不暇接。他还记得那两个店主和店员，他们都是英国人，对他非常关注。

在街头燃起的欲望，此刻落在了数千张可挑选的唱片中。

他推开门时，门铃响了，但一时无人出现。他发现这间方方正正的大屋子里乱七八糟，唱片箱子堆得到处都是。店主从里面出来时，托马斯觉得他还穿着他第一次来时见的那件宽松的灰西装。他俩对望一眼，没说话。这人年龄约莫比他小一半，但这并没有造成隔阂。他环顾周围，肯定这里的唱片比上次来时更多了。

“为什么这样？”托马斯问，他指的是陈列在展示区的许多促销品。

“现在生意比以往都好。这意味着美国即将参战，人们在为战争而囤唱片。”

“囤愉快的音乐吗？”

“不，他们什么都要。从喜歌剧到安魂曲。”

托马斯看着这人红润的嘴唇在白皙的肤色上显得十分醒目，他似乎觉得战争是件有趣的事。托马斯心想他的店员在哪。

他转过身开始看货架上的唱片。

“那些不适合你，”这人说，“除非你突然对摇摆乐感兴趣了。”

“摇摆乐？”

“它们以前是很赚的，但现在只是麻烦。现在都是巴赫弥撒曲、大提琴音乐和舒伯特的歌。我认识一个人在收集所有雨果·沃尔夫的歌。一年前，我还有一张沃尔夫的唱片，在这躺了五年积灰。”

“我从来对沃尔夫兴趣不大。”

“但他的生平很有意思。作曲家总是比作家的人生更有意思。我不知道为何会这样。除非你的人生也很有趣。”

他这是在暗示托马斯，他很清楚他是谁。

“布克斯特胡德呢？”托马斯问。

“没有变化。就那些无聊的管风琴音乐。没人录人声。我希望能出《耶稣受难圣体》，可是没有任何消息。我在里面有演唱，你知道。”

“在哪？”

“德拉姆大教堂。”

他的店员来了。

“我有个朋友去听过你在普林斯顿的课。”店员没打招呼直接说道。

托马斯打量着他粉嫩的脸颊和金发。

“我想我们没有彼此介绍过。”他说。

“亨利。”店主和亨利同声说。

“你俩都叫亨利？”

“他叫阿德里安。”亨利指了指店主说。

店主被道出姓名后，目光变得更促狭而敏锐了。

“勋伯格呢？”托马斯问。

“全都有，”阿德里安说，“上星期圣公会的一对老夫妇来这儿买了《佩里亚斯与梅利桑德》。”

“我们有一箱新的清唱剧唱片，叫什么来着？”亨利问。

“《古雷之歌》。十四张唱片。”

“你还有他的其他唱片吗？”

“很多。他挺受欢迎的。”

“你能把我买的唱片都送到我的酒店去吗？”

“何时送？”

“我的妻子和我住在贝德福德酒店，明早之前都在。”

“今天傍晚就能送到。”

“《参孙和达丽拉》里有一首女低音咏叹调。”

“《我的心》。”亨利用标准的法语说。

“就是那首。”

“只有咏叹调，还是整部歌剧？”阿德里安问。

“只有咏叹调。”

“我们找点好的。”

“我有一张贝多芬 Op. 132 唱片，但是有划痕。我想再买一张。”

“我还喜欢 Op. 131。”阿德里安说。

“我要 132 是有原因的。”

“我有许多唱片。为何不把我认为最好的收进去呢？”

“是的，我现在就能给你开支票。也许我应该买所有的晚期四重奏，还有一些海顿和莫扎特的四重奏，以及《魔笛》。我想我批量买，应该能有折扣。”

“批量是德国人的概念吗？”阿德里安问。

交易谈妥，支票开具后，阿德里安送托马斯到门口。

“你来纽约，你的妻子一直和你待在一起吗？”他问。

“不是一直。”托马斯回道。

他与阿德里安握手时，他看到这位唱片商的脸泛红了。他想到自己已经够老，即便脸红也不会很明显，但他仍然希望自己能表露几分内心的悸动。

第二天他俩订了两部车去码头。那是一个温暖的十月天，他们悠闲地穿梭在人群中。托马斯发现那边没有大群记者在等阿尔玛·马勒和弗朗兹·韦费尔，便松了口气。他读过一本古斯塔夫·马勒与妻子之间的书信集，发现阿尔玛的写信风格是毫无保留的。他觉得纽约媒体最好还是不要发表她的言论。

“我的母亲喜欢她，”卡提娅说，“但那时候她喜欢所有名人。我无法想象阿尔玛和内莉在一起旅行。但也许海因里希和戈洛能在她俩之间调停。我仍然不懂他们五人为何会凑到一起。”

“我也不懂，”托马斯说，“想必他们在法国遇到了阿尔玛和韦费尔，然后决定一起走。”

他们问了几名旅客是否是搭乘“新希腊号”来的，并确定轮船已于一小时前靠岸。

“一定是她的行李拖住了她，”托马斯说，“阿尔玛·马勒一定带着行李。”

“还有内莉，你的嫂子，”卡提娅说，“一定会对海关官员说些惹是生非的话。”

人群渐渐散去时，他们走到了乘客出来的门。终于这五人出现了，打头的是戈洛。托马斯吃惊地发现海因里希看起来苍老而疲惫，弗朗兹·韦费尔一脸不悦，内莉倒像是谁的年轻浮躁的女儿。

阿尔玛·马勒走上前来与托马斯、卡提娅拥抱。其他人拥抱、亲吻、握手时，戈洛站在一旁。

“我想要一个热水澡，一杯苦味杜松子酒，还有一位等在小钢琴旁的专业调音师。”阿尔玛一边对托马斯、卡提娅说，一边对广阔的空间和纽约城发话，“但首先要的是热水澡。酒店服务员怎么还没开始放热水？”

“我想和你一起泡澡，”内莉说着碰了碰阿尔玛的肩膀，“是啊，一个热水澡！”

“哦，你不会和我一起泡澡，这点我能保证。在我们逗留期间，纽约发生的任何事，都不可能包括此事。”

内莉努力挤出微笑。

“我真是受够你了，”阿尔玛继续说，“我们都受够你了。”

她转身对海因里希说。

“让这个叫内莉的女人自己待着去吧。我相信像她这样的人在纽约会有很多事可以干。”

托马斯注意到戈洛正在注视着他，而阿尔玛朝韦费尔凑过去，冲他摇头晃脑，一只手搂着他的脖子，另一只手牢牢拿着一口旧皮箱。她依偎在他身边，发出满意的咕哝声。

“平安抵达真是太好了。”她说。

“我想我们应该上车了，”卡提娅说，“我们有两部车等着。你们的行李可以晚点运。我们已经让一个司机去和轮船公司接洽了。”

“我们没有任何行李，”海因里希说，“就你们看到的这些。”

他指了指几个破旧的小箱子。

“我们什么都没了。”内莉说。

托马斯仔细看了看这些手提箱，又看到内莉的长筒袜破了，一只鞋子的后跟松了。韦费尔的鞋子脱了底。他抬起头时，戈洛还是盯着他。托马斯朝他走过去拥抱了他。

“一个纽约交响乐团的人，”阿尔玛说，“答应会来接我们。他为我们订好了酒店。如果他在接下来的三十秒钟内不出现的话，他的乐队将和古斯塔夫的音乐永别了。”

他们朝车子行去时，看到一个人举着“马勒”的牌子。

“是我，”阿尔玛对这人说，“如果你能出现在更方便的地方，就会见到脾气更好的我。这更让我相信，美国不应该参战。否则只是个障碍，而不是帮忙。”

卡提娅示意托马斯，他们应该赶紧上车。

阿尔玛走在他身边。

“别在意你那个僵着脸，噘着嘴，拒人千里之外的儿子。他只是不相信我们能成功。这次真是冒了大险。”

她牵住托马斯的胳膊。

“每个人都喜欢戈洛，”阿尔玛继续说，“虽然他并不值得。他不说话，连笑都不笑。但大家好像都不在意。船上的服务员喜欢他。边关的守卫喜欢他。第一次见面的陌生人喜欢他。甚至那个可怕的内莉也喜欢他。现在我希望我已经把她送走了。我得花一周时间去消化她那些恐怖的方方面面。海因里希倒是个十分明理的人。可是我们每个人都有发疯的时候。所以海因里希娶了内莉。再看看我，嫁的那些犹太人。”

走在前面的卡提娅听到了最后这句话，她忧心地回头看了一眼。

阿尔玛发出一声大笑。

他们走到车边，阿尔玛和韦费尔答应很快会去普林斯顿拜访他们。阿尔玛在与其他人道别之前，吻了托马斯的唇。

当阿尔玛的车前座载着那个闷闷不乐的纽约交响乐团的人开走后，海因里希说他会和托马斯、卡提娅一起去普林斯顿，内莉和戈洛可以坐后面那部车。

车子驶出霍兰隧道时，托马斯明白了海因里希为何要单独和他们坐一部车。

“我想救米米和戈斯基。”他说。

海因里希已与米米离婚十多年。托马斯想，他们的女儿戈斯基应该二十出头了。

“她们在哪？”托马斯问。

“还在布拉格。”

“她们情况如何？”

“情况就和类似的人差不多。米米是犹太人，她们也会因为我的关系而受牵连。我收到了米米的求救信，此事内莉不知。我和瓦里安·弗赖伊说过此事，他认为我应该和你说。他似乎以为你的能量很大。”

托马斯知道要救助兄长的前妻和女儿并非易事。

“如果你能把她们的具体情况告诉我，我会去说说，但我不确定……”

“有时候，”卡提娅打断他说，“事情进展得很慢，然后一下子变快。你们不用担心。”

托马斯希望她没有说这句话。这似乎在暗示他真能帮上米米和戈斯基。

“你上次见米米是什么时候？”托马斯问。

“有段时间了，”海因里希说，“我十年前就该料到会有今日。我提醒过所有人。”

“我们能在这里已经非常幸运。”卡提娅说。

“我老了，不能适应一个新国家了，”海因里希说，“我也老到不能待在法国了。我们得知，我们刚离开酒店，他们就来找我们。前后只差一天。”

“法国警察吗？”

“不，是德国人。我们差点就被直接遣返回国。你写你的书，写小说，做演讲，然后就成了法西斯的眼中钉。可怕的是我把内莉也牵连进来了，我还抛弃了米米和戈斯基。”

他们一到家，就把莫妮卡的事告诉了戈洛。他时常想象她的丈夫在她面前淹死的情形。

“你刚刚经历这次旅程，”卡提娅说，“你是给她写信的最佳人选。我们都写过了，但埃丽卡说这个可怜的孩子仍然睡不着，不能安宁，一直在哭。”

“换了我也会一直哭，”戈洛说，“想想看被鱼雷炸！这无法想象。”

晚餐前，戈洛去托马斯的书房找他。

“美国要宣战吗？”他问。

“这边的反战情绪高涨，”托马斯说，“也许等到伦敦挨了轰炸就会改变这一切，我也不确定。”

“他们必须参战。你表明你的立场了吗？”

托马斯揶揄地看着他。

“你又沉默了？”戈洛问。

“我在等待时机。”

他差点说，他不想因为批评美国政府而影响到戈洛、海因里希、内莉的求生之路，但他以为戈洛也许已经意识到了。

“怎么没人提到克劳斯？”

“他在纽约。”

“那他怎么没去接我们？”

“有段时间联系不上他了。他一家家地换酒店。你母亲想找他都找不到。”

托马斯都忘了如今二十一岁的米夏埃尔和比他年长十岁的戈洛是多么亲近。戈洛一到，这两人就拥抱在一起，无视其他人。格蕾和孩子也来了后，戈洛拥抱了弟弟的妻子，然后端详着孩子，满脸骄傲和快乐。他要求把孩子给他抱，他把小弗里多抱在怀里摇来摇去。

孩子在另一间房间睡熟后，托马斯看到戈洛在餐桌上专注地和格蕾交谈，生怕她感觉被忽视。托马斯想，他是一个替人着想的、有责任感的儿子，当年他母亲在疗养院里休养，他父亲一心关注战事和写书，埃丽卡和克劳斯都在自行其是时，是他照顾了莫妮卡。

“普林斯顿最好的事，”米夏埃尔说，“就是我们的父亲可以进图书馆。他可以无限量地借书。德文馆藏非常丰富。”

第二天，卡提娅让米夏埃尔和格蕾出去吃午饭，她来带弗里多。她禁止戈洛把他从婴儿床上抱起来。

“如果我不抱他，怎么和他熟悉起来呢？”

“你父亲喜欢坐在那里看着他。如果我们能让米夏埃尔和格蕾走出这房间，他就会这么做。”

“可怜的孩子不会被吓坏吗？”戈洛问。

“和这家的其他人不同，”托马斯说，“弗里多性格可好了。”

“那我就更有理由要抱他了。”戈洛说。

他弯下腰，对着婴儿床悄声说话。

“我是你的伯伯，刚从纳粹那里逃出生天。”

“别在孩子面前说这个词。”卡提娅说。

“我是你的伯伯，刚回到家庭的怀抱中。”

托马斯等到米夏埃尔和格蕾带着孩子去纽约，才打开新的唱片。他放起了勋伯格，它比米夏埃尔用小提琴演奏的更触动人心。他希望能读一读乐谱，看看究竟有何技巧。往常他买了新唱片，卡提娅会待在房间里一起听，但这回她几次走到门口，又返回厨房。

后来几天一直下雨，家里人声喧哗。内莉不是待在自己房间里，而是到处找人聊天。托马斯饶有趣味地发现卡提娅很有技巧地避开与她长时间接触。托马斯自己如果听到内莉的鞋跟在走廊上敲响，他就不从书房里出来。内莉已经被卡提娅提醒过，在任何情况下都别打搅他。她和戈洛相处过几次，翻了几本他珍爱的书，之后戈洛就把自己和书都搬到了阁楼。

过了一阵子，内莉开始与用人们聊天。

弗朗兹·韦费尔打电话来时，托马斯邀请他和阿尔玛来用餐。海因里希、内莉和戈洛听说他们接受邀请，都发出一声呻吟。

“我们本来有平静的生活。”戈洛说。

“我们所有人，”卡提娅说，“都得好好表现。”

阿尔玛穿一身白衣，脖颈挂着昂贵的珍珠项链。韦费尔跟在她后面。他看着托马斯的样子，仿佛觉得自己很快会被驱逐出去。

第一杯酒还没上，阿尔玛就开始说话了。

“在纽约太忙了。过了晚餐还有晚餐。过了午餐还有午餐。外出活动之后还有活动。你知道，在维也纳，我出名是因为我的第一任丈夫，但在纽约他们熟悉我自己的作品，特别是我的歌。我是说，不是每个人，但知道的人知道。他们涌入我们的酒店。布丁累坏了。”

她指了指韦费尔。

上酒后，她站起来。

“现在我得去参观你的书房，”她对托马斯说，“我一直很想看看我的人在哪里写作。”

当他经过卡提娅身边去书房时，她看了他一眼，仿佛在说她很欣赏他的朋友的性格。

“啊，很壮观，”阿尔玛说，“房门看起来很结实。美国的房门经常用最便宜的木头做。有那个内莉在，你需要一扇好门。”

托马斯觉得他应该切换话题了。

“就在马勒过世前，我见过你们，”托马斯说，“不知你是否记得。我在慕尼黑时听过他的第八交响曲的彩排。”

“那时我就知道你，或者说知道你会来看。你们夫妻俩从不错过慕尼黑的歌剧。每个人都认得出你。你来了，他觉得很荣幸。我一直把第八交响曲叫做苹果交响曲，因为里面有很多苹果花和苹果派。那些合唱还有很多肉桂和糖。那段时间我没有安宁可享。”

“我认为它是一部极为优秀的作品。”

她走到他身边，握住他的手，背对着门。她似乎很兴奋。

“我当时想到，”她继续说，“我们是真正天造地设的一对。你和我。我想嫁给一个合适的德国人，外表要像你这样，而不是像古斯塔夫和韦费尔那样总是一脸沉郁。就连格罗皮厄斯也是这样，虽然他不是犹太人。几千年的哀伤史能最终拖垮一个人。”

托马斯觉得他也许应该提醒她，不要在纽约任何的公共场所发表这种看法。

“我想要为你打理家政，”她继续说，“我一直觉得你比你哥哥更英俊。现在我们亲近了，我对你的感觉更确定了。”

托马斯寻思着，若是风流男士，也许应当说几句话回应。但他只想记住她说的每一个字，好过后去向卡提娅复述。

在餐桌上，阿尔玛信马由缰地从一个话题跳到另一个话题。

“我认为自称生病的人就应该真的得病，”她说，“如果古斯塔夫鼻子上长了一颗粉刺，他就觉得自己完了。我想他是勇于坚持信念的，因为他年纪轻轻就过世了。他确实病了。但此事仍然令人吃惊，因为他病了那么多次之后才真正生病。”

托马斯想，她这样说马勒真奇怪。过世三十年后，他已经跻身伟大作曲家的行列。阿尔玛随意谈论着他，好似她曾经嫁给了一个可怜人。他望着她闪闪发光的眼睛。她一定曾经以这种天马行空的闲言碎语令马勒的生活焕发光彩。

“古斯塔夫也会沉默下来，就和你刚才一样。这是一种蕴含力量的沉默。我问他在想什么，他会说：‘音符，颤音。’你又在想什么呢？”

“词语，句子。”托马斯说。

“布丁和我想要你和卡提娅去洛杉矶住。我们决定去那里定居。布丁要写剧本，或至少有此打算。我们看了那里所有人的名字，除了勋伯格夫妇，我们没人可以聊天。”

“勋伯格夫妇是什么样的人？”托马斯这么问是为了转开大家的注意力，因为海因里希和内莉也打算去洛杉矶定居，而且他们并不在阿尔玛的聊天名单上。

“他们是纯粹的维也纳人。”

“这是什么意思呢？”

“他只关心他的音乐，其他都无关紧要。哦，还有后代。他还关心那个，她也是。他俩都是心思单纯的人，说的话都很有意思。这就是维也纳人。”

托马斯隔着桌子看到内莉的连衣裙的一条肩带从她肩上滑下去了，露出了一部分胸罩。正如他发现阿尔玛·马勒的挑衅的语气令他想起他已经失去的德国，他也为内莉的莽撞而觉得有趣。阿尔玛就像是慕尼黑那些咖啡馆里的波希米亚年轻女子，内莉则把在商店或酒吧工作的德国女人的腔调带到了大西洋对岸，这种腔调轻浮中带着一丝轻蔑，说明其主人能看透大多数形式的伪装。

他听着这两个女人说话，就像吃着来自童年的不同的食物。

“我渴望去晒晒加利福尼亚的阳光，”内莉说，“难道我们不都是吗？洛杉矶一定有很多汽车，我喜欢汽车。大家都说美国生活精彩。哎，他们是没来过普林斯顿，我只能这么说！上星期我很想喝酒。不只是喝酒，而是去酒吧喝。于是我沿着马路找。然后我找到了什么？一家酒吧都看不到。我问了一个人，他告诉我，普林斯顿没有酒吧。你们能相信吗?”

“你自己出去找酒吧了?”阿尔玛说。

“是的。”

“在维也纳，我们对这种女人有一种说法。”

内莉起身慢慢走出房间，她的饭菜还没吃完。

“在所有第二维也纳乐派的作曲家中,”阿尔玛对托马斯说,“最有天分和创造力的是韦伯恩。但当然他不是犹太人，所以受到关注很少。”

“可是他没有写过歌剧。”戈洛说。

“因为没人请他写。为何没人请他写?因为他不是犹太人!”

卡提娅把双手放到桌上，沉重地叹了口气。海因里希和韦费尔都神色不安。

“我的妻子,”韦费尔说,“小酌几杯后就爱说犹太人坏话。我曾经希望她不会把这毛病带来美国。”

从另一间屋里传来碰撞声。唱片机的针掉在了一块金属上，因为音量调得很高，发出的噪音令人难忍。不久又传来吱吱的摩擦声，唱片针没有在唱片上放好，爵士乐在整栋房子里回响。

内莉端着酒杯走进餐厅时，卡提娅大喊:“把那个关掉!”

“我想要在傍晚放点热情的东西。”她说。

她脚步不稳地走到海因里希椅子后面，抱住他的脖子。

“我爱我的海因里[1]。”她说。

---

① 海因里是内莉对海因里希的昵称。

卡提娅走到另一间房间，关掉了唱片机。

“我觉得现在我的妻子应该去睡觉了。”海因里希说。

他艰难地起身，像是身上有什么病痛。他从内莉手中拿走酒杯，放到桌上。他牵起她的手，在她脸颊上吻了一下，然后走出房间，没对任何人道晚安。

楼梯上响起脚步声，他们上楼去了。

“我刚才正在说，”阿尔玛说得仿佛她被打断了似的，“我对舒曼从不怎么感兴趣。我不喜欢他的交响曲。不喜欢他的钢琴曲。不喜欢他的四重奏。特别不喜欢他的歌曲。我觉得你永远能凭歌曲来评判一个作曲家。我丈夫的歌曲就很精致，舒伯特的也是。我喜欢某些法国歌、英国歌，还有几首俄国歌。但不喜欢舒曼的。”

“我的父母很喜欢他的《诗人之恋》，”卡提娅说，“以前经常在家里放。我很想再听听。”

戈洛开始朗诵：

从我的泪水中开出
许多盛放的花朵，

于是我的叹息变成
一首夜莺的合唱。

“啊，海涅，”阿尔玛说，“他是一个优秀的诗人，舒曼用他的作品真是聪明。可是它并没有对我唱歌，无论有没有叹息。如果洛杉矶没有舒曼——我觉得不会有，那么我会是个快乐的女人。”

没人提到内莉放的唱片。托马斯为阿尔玛和韦费尔订的车来了之后，他们就告辞了。他们让曼家夫妇答应会考虑搬到加利福尼亚，住在他们家附近。

“可是不能有舒曼，记住！”阿尔玛大声说，“不能有舒曼。”

她唱着他某首歌的开头，上了车。

当戈洛准备回自己的房间时，卡提娅让他和托马斯跟她进了餐厅，关上门，以防被人听到。

“我对她只有三个词，”卡提娅说，“我无法想象一旦这个消息走漏出去，会有多么丢脸，海因里希·曼夫人被看到独自晃荡在普林斯顿街头找酒吧。她是娼妓、荡妇、酒吧女。更糟的是，今晚她在阿尔玛·马勒面前还表现了一番。我不知道阿尔玛会怎么想我们。”

“阿尔玛自己也挺尽兴的。”戈洛说。

“她一直有些夸张，”卡提娅说，“但她毕竟经历了很多。”

“你是指，她失去了两任丈夫？”戈洛问。

“她很爱马勒，据我所知。”托马斯说。

“哎，她很长一段时间不会答应再来我家了，”卡提娅说，“我们很期待他们来做客。你知道这里很孤独，戈洛！”

次日上午，托马斯正在书房中，卡提娅开门进来，在身后关上了门。她面带忧色。她刚把海因里希和内莉送到车站，让他们去纽约买衣服。托马斯以为她要说内莉又干了什么。

"不，不是内莉，是戈洛。我刚和他喝了杯茶，他说了一些我认为你应该听一听的话。我让他先等在起居室里。"

戈洛在读一本书，他的父母走进房间时，他也没抬头，虽然托马斯确信他听到了他们进来。

"并不是我想大惊小怪，"戈洛说，"是母亲问我对昨晚的看法，我觉得我别无选择，只能告诉她。"

托马斯发现他的语气像是一个年长得多的人，甚至像一个牧师。他坐在沙发椅上，跷着二郎腿，严肃地看着他俩。

"你们不知道我们如何离开法国的细节，因为我们都不愿意再想那些事，"戈洛说，"但有些事你们应该知道。当我们遇到韦费尔和阿尔玛时，她有二十三个箱子。二十三个！她、韦费尔和箱子都在卢尔德。她唯一关心的似乎就是那些箱子的命运。当瓦里安·弗赖伊告诉她，她也许得徒步翻越比利牛斯山，得尽量让自己不惹人注意，她问他，那么谁来运送她的箱子。"

他望着远处好一会儿才继续说。

"马勒夫人有一个手提箱，就是她登岸时还带着的那个，里面装着布鲁克纳第三交响曲的原始手稿，还有一束贝多芬的头发，这是曾经送给她丈夫的礼物。我不知道她打算拿头发怎么办，但我知道她对布鲁克纳是有计划的。她想把它卖给希特勒。希特勒也想买。我说的希特勒，就是阿尔道夫·希特勒。他们已经谈妥了价格。问题是她想要现金，但巴黎的德国大使馆没有那么多现金给她。可她还是打算卖给希特勒，而希特勒也显然很关心布鲁克纳的手稿。"

“这只是她编的一个故事吧？”托马斯说。

“你去问她吧。她会给你看来往信件，”戈洛说，“她对此毫无愧色。在从法国去西班牙的途中，她也毫无愧色，那段旅程比我们所有人想象的更为艰苦。有时候要攀爬岩石。我们的向导很紧张。我一直不确定他们是不是带我们绕路，好让我们在无人知情时被捕。我们穿的衣服都不对，但阿尔玛穿得就像去舞厅。她的白裙像是迎风招展的投降旗，数英里外都能看到。我们刚出发，她就大喊大叫说想回去。她叫着韦费尔的各种绰号。她给犹太人取的绰号真是配得上一个奥地利人。”

戈洛停下来看着他们。托马斯一度觉得他是在忍住眼泪，现在他看到戈洛冷静下来了。

“太可怕了，”戈洛说，“昨天晚上我们还得陪着阿尔玛。在翻越比利牛斯山时，内莉非常善良，非常体贴。她爱海因里希，她真的爱，这点从她身上一直看得出来。好几次他身体太弱走不动时，她还帮我去扶他。她对他太好了。我们休息时，她安慰他。她是最优雅、最温柔的人。在轮船上，当伯伯躺在船舱里画女人时，内莉告诉我，他从柏林逃到法国时，其实把她抛下了。他把她留下来，从他的银行账户里提款，处理他的事务，这些都让她置身于更大的危险。有一次她差点被捕，但侥幸逃脱了。与此同时，阿尔玛还在担心她的行李。瓦里安·弗赖伊带着她的几个箱子穿越了边境，后来她从巴塞罗那把这些单独寄去了纽约。瓦里安在她的箱子问题上有无穷的耐心，他在救我们这件事上一直都很明智。将来世人会知道他都干了什么，他有何等的勇气。但此刻在这个家中，我得说内莉所做的事也应该被理解，她的宽宏大度应该被感激。我不想听到有人说她是娼妓、荡妇，或是别的什么。她是一个好女人。我想要人知道这点。是的，她以前确实是酒吧女，但我们眼下是在流亡，我相信我们没有把在慕尼黑摧毁我们生活的势利眼带过来。”

托马斯决定让卡提娅来回应，但她一直沉默，他便不得不开口。

“我相信内莉是很好的人。她也是家里的一分子。”他说。

“既然在这点上达成了共识，”戈洛说，“我要求大家尊重她。”

托马斯差点要问戈洛，他是住在谁的屋檐下。是谁负责了他的安全？是谁供他读图书馆的书？他还想进一步问问，他在慕尼黑的生活如何被摧毁了？

但他只是冷冷地盯着他，然后勉强挤出一个笑容。他带着卡提娅从起居室去了书房。他们关上门，默默坐着，直到卡提娅离开，让托马斯独自继续他的晨间写作。

第十三章

太平洋帕利塞德，一九四一年

当莫妮卡从英国来到普林斯顿时，托马斯和卡提娅都不知该如何安慰她。托马斯第一眼看到她，以为她还是一个伤心、震惊，处于痛苦中的人。他把她拉到怀里拥抱。他已经打算要说她所遭受的苦难是无法想象的，她的丧夫之痛是如何悲惨。但他还没开口，她就大喊起来："这房子大得过分。这是我们家的又一个范例。我希望我们能有小一些的房子，像别人家的房子一样。母亲，我们能有小一些的房子吗？"

"会有的，孩子，"卡提娅说，"会有的。"

"我想家里有用人？"莫妮卡问，"世界在打仗，而曼家还有用人。"

卡提娅没说话。

"我一直梦想有一个厨房。冰箱里装满食物。"

"食物一定有的。"卡提娅说。

"你不累吗？"托马斯问她。他希望伊丽莎白在这儿，或者米夏埃尔和格蕾在也好。他想，米夏埃尔就是这样，哪里需要他，他就不在哪里。

戈洛出现在门口时，他的妹妹避开了他。

"别过来，别抱我，"她说，"父亲刚刚这么做过。我感觉就像是被一条死鳟鱼抱了，得过好几年才能恢复过来。”

“比在大西洋上被鱼雷炸更可怕吗？”戈洛问。

“可怕得多！”莫妮卡说着笑得浑身乱颤，“得有人救我。救救我吧。去叫消防队来。母亲，美国有消防队吗？”

“有的。”卡提娅平静地说。

当托马斯准备离开普林斯顿，抛弃这个光秃秃的树枝和稀薄的阳光构成的世界时，搬家的前景再次令他兴奋起来，也许也是最后一次了。

他宣布离开学校的决定后，邀他去用午餐或晚餐的人并不多。他拒绝普林斯顿的殷切怀抱，在他的同事看来是一种背叛，他们也不像从前那么希望他——他完美代表了他们对德国之事的忧虑——常去自家做客。卡提娅告诉他，她遇到他们的妻子时，也有同感。

他听说有人说他要搬去美国的大荒野时，不禁感到好笑。他和卡提娅之前去洛杉矶时，都发现在海边买房或租房相当便宜，那里的花园特别大，气候又舒适。

他们收到的关于那个城市的反馈都是好的。海因里希和内莉发现很容易在那租房租车。尽管海因里希和华纳兄弟公司有了不和——后者对他所有的电影想法都毫无兴趣——他仍然来信说，有些日子他觉得身在天堂。

“那么多德国人流亡到那里，既是好事也是麻烦，”卡提娅说，“不过你可以让我来对付那些麻烦的人。”

“他们都会是麻烦。”托马斯说。

“不会比我们在慕尼黑的邻居更麻烦！”

托马斯意外地收到来自尤金·迈耶的便条，内容简单而直接，请他去纽约的尼克博克俱乐部见面，时间将由迈耶的秘书在电话中通知。托马斯和卡提娅住在迈耶夫妇家中那段时间，尤金一直在幕后，而阿格尼丝主导台前。尤金和托马斯单独在一起时，只讨论过纽约和普林斯顿之间，以及华盛顿和纽约之间尴尬的火车班次时间。他注意到，即便在最普通的话题上，尤金的言谈都毫无趣味。

托马斯按约定时间来到尼克博克俱乐部，他被带入一间灯光明亮的大房间，有很多沙发和沙发椅。起初，他以为房间里没有人，但接着看到尤金·迈耶独自坐在角落里，他几乎很难被人注意到。尤金站起来，低声说道。

“也许我应该去普林斯顿见你。但我觉得我们在那地方很容易被人注意。”

托马斯点点头，忍住了没说他也许会被注意到，但尤金·迈耶不会。

“有人让我找你谈谈。”尤金欲言又止，像是在等回复。

“谁让你来找我？”托马斯问。

“我不方便说。”

一时间托马斯希望阿格尼丝·迈耶能在场，她会让她丈夫别这么处处提防。

“你可以认为，我指的是很有权势的人。”他补充说。

他们默默坐着，侍者过来送茶。

“他们要你知道，美国最终会参战，但公众持反对意见，国会也反对。最响亮的声音是我们应该远离战争。这意味着不能过度激发公众意见，也不能引起国会的怀疑，所以大体上，这个国家对难民关闭大门的计划，不仅仅是对某一个危机的回应，而是更大的战略的一部分。这个战略是在时机到来时参战，并赢得公众舆论，如果国家继续接纳战争难民，公众只会更加反对。我们期望美国在某个时刻会被煽动起来参战。不一定会成功，但计划便是如此。同时我们不想听到任何对难民政策的严肃抗议，也不想听到催促我们参战的尖锐呼吁。”

尤金说话时，托马斯发现这个新闻工作者使用的是平白直接的语言，毫无羞涩和保留。他想，尤金在督办《华盛顿邮报》社论时是否也用现在这种单调的语言。

“你希望我在事情发展过程中保持沉默？”托马斯问。

“他们想让你成为策略的一部分。”

“我为什么要这么做？”

“他们看重你。你在公共场合发言，接受采访，人们愿意听你说话。我自己没听过你的任何公共演讲，但我的妻子说，你有两个观点很明确。第一，我们必须打败希特勒。第二，我们要恢复德国民主制度。你鼓舞了美国听众。因此我们需要你知道我们的策略是什么。”

“感谢你告诉我这些。”

“你可以是新德国的元首。我不会是第一个来对你说此话的人。”

“我只是个一般的作家。”

“并非如此。你已经是公众人物。你一定明白这点。你比任何人都更能代表未来。我们无法对布莱希特或你的哥哥持同样的看法。我也不认为你的儿子会得到同等的认可。”

托马斯笑了。

“我想也是。”

“你不需要保持沉默，只要明白这个更宏伟的计划就好。没人会让你别反对政策，也没人会让你不赞成美国参战。你只需要明白这个战略就好。”

“这些话是总统说的吗？”

“罗斯福总统想再见见你和你的妻子。请你留宿白宫的事正在讨论中。他会知道你已经被谈过话了，因此他不必再向你重复我刚才说过的话。同时，你知道，你通过我妻子提出的任何私人要求，只要能办到，都会获得批准。”

“那些德国移民，包括我哥哥在内，在好莱坞遇到了麻烦。合同没有续签。此事能有办法吗？”

“我们控制华盛顿都不容易。我们对好莱坞没有多少影响力。”

“毫无影响力？”

“只有一点。我的妻子可以让你哥哥和华纳兄弟公司签约，这有某种新事物的价值，也是爱国的表现，但她无法命令他们续约。第一次她已经格外施压了。她不能隔了一年再去做同样的事。他们也是生意人。”

"你可以提一下吗？也许……"

"不，我不能。完全不行。"

托马斯第一次发现尤金·迈耶的强硬，而之前这种态度一直被仔细地隐藏起来。他近乎愉悦地看到这个报社创办人的脸上显出精明市侩的神情。他心想，是否不该提华纳兄弟的事，而应该要他帮助米米和戈斯基。但如今为时已晚。

他们起身准备离开时，尤金走到他跟前。

"布兰奇·克瑙夫最近来过华盛顿，我们和她一起用了晚餐。她告诉我们，你的书卖得非常好，赚了很多。她说，正在策划一次巡回演讲，这能赚上一年的薪水。我们很高兴听到你这么成功。"

托马斯没有回应。

他与尤金告别时，越发相信应该搬到加利福尼亚去。如果权力是在华盛顿，那么他离华盛顿越远，离所有这些阴谋诡计和半遮半掩的事越远，对他和他家人就越好。

尤金·迈耶没有明说，却令他知道，他是被监控的。他的发言被关注，他的采访被研究。他喜欢他所认识的那个罗斯福，但当他想到罗斯福让尤金·迈耶来与他谈话，却不用自己的名义，他的喜欢就少了几分。

当他见到埃丽卡时，这个成为临时元首的想法可以当故事讲给她听。也许她的老父亲并不如他表面那样脱离实际和高蹈世事，至少在某些人眼中不是如此。他笑着想到，有人既然能想到他可以当一个有用的元首，那么一定还怀有其他一些想法，而这些想法并不都是明智的。

*

托马斯惊讶地发现搬运家具的人手脚十分麻利，他们小心地处理每一件东西，还想出了一个打包书籍的方法，等他到了加利福尼亚，书都会摆放得井井有条。当他们把他的桌子从书房里挪出去时，他很想告诉他们，这是从慕尼黑的房子里来的。当他们打包大烛台时，他也可以加一段故事，他们是如何把它从吕贝克带来的。但他们不想听故事。家具会被车辆运往美国的另一端。几小时后，房子就腾空了，好似他们从未住过。

他们在洛杉矶落脚后，他和卡提娅打算去看看太平洋帕利塞德的一处出售的地块，那地方靠近圣莫尼卡。他们已经租了一段时间房子，如今决定自己建一栋。他们选了朱利叶斯·戴维森为建筑师，因为他们看了他在贝莱尔改建的房子，但更重要的是，他们喜欢他沉着的样子。他们说话时，他总是移开目光，好像需要考虑他们的话，然后当他们等待回答时，他会眼神迷茫地望向远处。

“我们的建筑师有神秘的内心生活，”卡提娅说，“这是一件好事。”

托马斯和卡提娅跟着戴维森巡视房基，想象着即将建起的房子。托马斯梦想着他的书房，书桌会在哪儿，书架又会在哪儿。

他注意到戴维森穿得很美，他差点想让卡提娅问问他的西装是从哪买的。但他只是提醒戴维森，他不想自己的书房有落地窗。

"我要在暗处，"他说，"不想朝外眺望。"

他做了一个伏案写作的动作。

"我还要和你谈谈你提过的那个人墙式留声机，"托马斯说，"在盛夏，我想放一些悲伤的室内乐，清晰响亮，能唤起冬天。"

虽然他们商讨事务都用德语，但戴维森更像一个美国人。就连他巡视地基的步伐，也毫无德国人的犹豫和警惕。他的举止犹如是在大草原上度过童年，后来才成为美国人。他了解规划法律，也认识执法的人，仿佛洛杉矶是个村子。他谈论钱的方式很是随意，没有一个德国人敢这样。

托马斯突然想到，他的某一个孩子也许也会如此这般浸润在美国中，然而当他把他们逐一想了一遍后，觉得他们每一个都固执地坚持日耳曼的灵魂和日耳曼的品德，如果这些仍然存在的话。

"它看起来很小，直到我用脚步丈量了一下，"卡提娅说，"才发现其实很大。"

"会是一栋大小适中的房子，"戴维森说，"不过舒适，敞亮，足够一家人居住。"

他们在能眺望群山和圣卡塔丽娜岛的地基上巡视时，托马斯注意到角落里长着一株光秃秃的小树，树顶的树枝上挂着黑色的腐烂的果实。他问戴维森这是什么树。

"石榴树。你看到的是长在高处的果子，已经被鸟啄空了。待到春末，这棵树会在蜂鸟的帮助下开出花来，然后在早冬你就会看到石榴果了。”

托马斯从戴维森和卡提娅身边走开，像是要去看看房子的背面。在吕贝克，石榴果是运糖的货船运来的，装在木箱子里，每个单独包着米纸。一连几个月，他的母亲都会想方设法把果子做进每一餐中，不是沙拉，就是果酱、甜点。再后来这些就消失了。她让他们的父亲去问，但没人能预测石榴果何时才能再来吕贝克。

他知道怎么把一个石榴切开，把鲜红饱满的果实装进碗里。他想，如果这是从母亲那里学来的，那么已经足够。她也是从巴西的帕拉蒂的厨房里的女人那里学来的。诀窍并不是用勺子把果实挖出来，而是把果皮朝后扳开，轻轻利落地把果实挤出来，再除去包裹果实的白膜。

他喜欢石榴甘甜之余的干涩，也喜欢这颜色。但他此刻回想起来的，是母亲的欢快之情，是她听说从巴西运来鲜货时的声音和愉悦。当她知道老家的一丁点儿——也许是最好的那一丁点儿，已经漂洋过海到达她身边，她的日子便充满快乐。

他想，搬到加利福尼亚，就是冥冥之中住在类似塑造了茱莉娅·曼的气候中。他寻思片刻，想告诉海因里希这棵树，看他是否也记得那一碗碗鲜红的果实。但他不想说太多关于在建的新房，免得会让哥哥更不愉快，因为海因里希终于接到通知，他撰写剧本的合同未能续签。

他穿过草地朝戴维森和卡提娅走去，他们正站在一株高高的棕榈树下，此时他想起古希腊神话中的石榴是有意义的。他想那是和死亡、地狱有关[1]，但他不太确定。等到他的书拆箱并放上这边书房的书架，他就会找到一本来自慕尼黑的书，一本古希腊神话词典。他会等到房子建成，一家人住进来，那时他将愉快地想到，到年底他就能吃到这种几乎已经忘却了的水果。

一天午餐后，他和往常一样睡了一个短短的午觉，接着读了一会儿书。四点，卡提娅等在了车上。他们开车去圣莫尼卡，在眺望海滩的人行道上散了会儿步，然后来到码头。

“说来奇怪，”卡提娅说，“我们最小的孩子，却第一个有了孩子，我觉得他自己都还是个孩子。但我在米夏埃尔的年纪，也有了埃丽卡，所以我应该觉得这合乎情理。我在想，米夏埃尔会不会是唯一一个有孩子的。”

“伊丽莎白会有的。”托马斯说。

“博尔杰塞太老了，不会有孩子了。”卡提娅说。

他们停下来眺望高高腾起的浪花，以及远处晴空下的碧蓝海水。托马斯的视线被附近的一个场景吸引了。两个穿短裤的年轻人正在海滩上做体操。他们面朝大海，所以托马斯能端详他们筋骨遒劲的背和腿。他能一直这么开心地站到夜幕降临。

其中一人回过身时，显得敏感而严肃。那会儿托马斯站在那里看着，卡提娅沉默地待在旁边，这个年轻人不时朝他瞟来一眼。

[1] 希腊神话中，冥王哈得斯给佩耳塞福涅吃了一个石榴，导致她不能全年和母亲相守，每年有三分之一时间要待在哈得斯身边。

托马斯观察着他——光洁的胸部，腿上淡淡的汗毛，金色的短发，蓝色的眼睛。但脸上也有一种沉思，也许此人的敏锐感尚未在加利福尼亚变得过度活跃或空洞。

在后来的白天和黑夜，他想象着这个年轻人像克劳斯·霍伊泽尔曾经那样，走进他的书房，也许谈谈那些书、眼下的纷争、德国的遗产。他会把能说的事都告诉他，会聊聊他刚走上写作这条路时是多么犹豫，写完某几本书花了多少时间。他会把自己的书和一些别人的书借给这位客人，知道这会让这个男孩再来。他会送他到门口，看着他穿过花园的步道渐渐走远。

莫妮卡去了北加利福尼亚与米夏埃尔和再次怀孕的格蕾同住时，他们的租房终于得享宁静。但不久米夏埃尔写信给卡提娅说，莫妮卡给他们造成很大的负担。鸡毛蒜皮的事她都能说上半天，且停不下来。他写道，她唠叨的并不是自己渡海时的苦难，而是一些莫名其妙的事，比如一个快递员失手掉了几样日用杂货，或是一条狗闯进他们的草坪。如果莫妮卡会回娘家去住，他希望母亲能够理解。

一天，托马斯从书房去起居室时，看到卡提娅和莫妮卡、戈洛正在看莫妮卡为一岁的弗里多拍的一组照片。他知道卡提娅快快不乐，因为她没被邀请去卡梅尔探望米夏埃尔、格蕾和弗里多。

他们把刚洗出来的照片给他看时，他以为会是记忆中的普林斯顿的那个普通婴孩。然而孩子活灵活现的，他面对着相机感觉有趣，神色间不仅没有慌张，还有一丝挑衅。托马斯看到了和伊丽莎白、戈洛、戈斯基一样的方下巴，那是他父亲一脉传下来的强硬的面相，他还发现一种讽刺、揶揄的目光，那只能来自卡提娅。他惊讶的是弗里多已经架势十足，准备好面对这个世界，索求人们的关注。

“我们为何不请他们来住呢？”他问。

“家里没有足够的房间。”卡提娅说。

“为何不写信说我们想要小弗里多来新家当第一个客人呢？或者动用我们的魅力，看看他们会不会邀请我们去住？”

“母亲已经试过了，”莫妮卡说，“可是没用，没人邀请她去看弗里多。”

“确实如此，”卡提娅说，“但我让莫妮卡不要跟任何人讲这事。”

“我不喜欢保守秘密和说谎。”莫妮卡说。

“也许你少说一点，或者少散播一点，就不会那么不喜欢了。”托马斯说。

“你写书的时候希望我们保持安静吗？”戈洛问道。他嘲弄的语气近乎咄咄逼人。

“饿着肚子不会让气氛好转，”托马斯说，“我觉得我们或许可以从午餐中受益。”

油漆工开始粉刷新房，家具陆续运到，还有一台考究的塞梅多燃气炉。埃丽卡从伦敦飞回纽约，坐火车横穿美国，来他们的租房中探望。她不参与任何关于新房的百叶窗与色彩方案的话题，一心只谈战争。

“我知道我有偏见，但英国女人现在很优秀，很有效率。男人都去打仗，就是个理想的社会。去一家军工厂看看，年轻女性都在专注工作，这真是令人振奋。我希望美国人能亲眼看看。”

卡提娅问她在纽约待了数日，可曾见到克劳斯，她耸耸肩。

“他计划要来的。”她说。

“来多久？”卡提娅问。

“他没有其他地方可去，也没有钱。”

“我给他寄了钱。”

“他花完了。”

托马斯看到卡提娅对埃丽卡示意，让她别在他和戈洛、莫妮卡的面前继续讨论此事。

后来他在书房里看书时，卡提娅和埃丽卡进来并关上了门。

“克劳斯被警察找了。”卡提娅说。

“被捕了？”托马斯问。

“不完全是，”埃丽卡插嘴说，“他想参加美国军队，然后他被审查了，因为他是德国出生的。当然了，他们发现他吸吗啡，还是个同性恋。他否认了一切。他会请你为他出面求情。”

“向谁求情？”

“别问我。还有些事我没告诉你，母亲。他们问他的一个问题是关于乱伦。”

“乱伦？”卡提娅笑了起来，“他们觉得他那个幸运的伴侣是谁？”

“克劳斯告诉他们，他们把他和他父亲小说里的人物混淆起来了。”

“是的，我记得你父亲有篇关于乱伦的短篇。”卡提娅说。

“他们以为，”埃丽卡说，“克劳斯和我是双胞胎。”

“他当然可以告诉他们，你们不是双胞胎。”卡提娅说。

“你看，”埃丽卡说着站起来盯着她父亲，“克劳斯崩溃了。我就赶紧离开了他。”

“可是他想来这儿吗？”卡提娅问。

“他来的时候，还有几件事我们得记住，”埃丽卡说，“最好不要提你可能会去白宫。”

“为什么不能提？”托马斯问。

“因为他觉得自己应该被请进任何一个就德国事宜对总统进言的智囊团。还有他很敏感，至少在你计划写有关浮士德的小说这件事上。”

“谁告诉他我在写有关浮士德的小说？”

“我说的。”埃丽卡说。

“也许这里的平静氛围会对他有好处，”卡提娅说，“戈洛做事四平八稳，他也许能对克劳斯有好的影响。”

“戈洛？四平八稳？”埃丽卡边问边笑。

“哦，亲爱的，他也吸吗啡吗？”卡提娅问，“或者乱伦吗？”

“他正在和一个在普林斯顿遇到的图书馆员谈恋爱。”埃丽卡说。

“这不是好事吗？”卡提娅问，“普林斯顿的图书馆员都挺好的。我们见过她吗？”

“他。”埃丽卡说。

“他？”卡提娅问。

“他。”埃丽卡重复了一遍。

“我问过他那些普林斯顿的来信，”卡提娅说，“但他告诉我都是关于超期没还的图书馆的书。”

托马斯注意到埃丽卡的脸颊泛红，她乐滋滋地告诉他们这些消息。他差点没说出口，他很清楚她来洛杉矶不只是为了探望父母，还因为她与布鲁诺·瓦尔特——一个比她父亲只小一岁的已婚男人——有染。

这消息是伊丽莎白从芝加哥传来的。他养成了每周六傍晚给小女儿打电话的习惯。如今她已经怀上了第一个孩子。他们约好电话只打十五分钟。他意识到伊丽莎白也与其他家人保持联系，甚至与克劳斯也是，但据他所知，她并不知道他被警察诘问的事。

伊丽莎白与他在电话中十分坦诚，似乎因为洛杉矶与芝加哥之间的距离，说话也变得轻松起来。然而她对他讲的大部分事，都有一个严格的协议，那就是不能告诉卡提娅。伊丽莎白也经常给母亲写信，坦诉心事。于是卡提娅知道一些孩子们的事，但托马斯还以为是秘密。

当伊丽莎白告诉他埃丽卡和布鲁诺·瓦尔特的事时，托马斯以为她弄错了，也许埃丽卡的对象是瓦尔特的某个女儿，她们都与她交好。

“不，是那个父亲。”伊丽莎白说。

“我不觉得她喜欢男人。”托马斯说。

“她喜欢布鲁诺·瓦尔特。她是你第二个喜欢和你年龄差不多的男人的女儿。你该得意了！”

“莫妮卡呢？”

“恋老癖似乎至今与她无缘。”

“你的婚姻如何？”

“完美。”

“如果不完美，你会告诉我吗？”

“我什么都告诉你，但你一定不能和母亲说埃丽卡的事。她会觉得自己是个失败的母亲。三个同性恋，或者两个同性恋加一个双性恋。两个女儿喜欢老男人。还有莫妮卡。”

“还有米夏埃尔。”托马斯说。

“是的，唯一一个正常人。”

“他心怀怨怼。”

“情理之中。你从未对他好过。”

“你也没有。埃丽卡多久和布鲁诺·瓦尔特见一次面？”

“她能见就见。”

“他的妻子知道吗？”

“知道。但别人就不知道了。”

“你确定这是真的？我真以为埃丽卡喜欢女人。”

“她是喜欢女人，但她对名指挥家会法外开恩。”

此刻托马斯看着埃丽卡摆出一副家中唯有她清醒的姿态，不禁又想问她，她自己的爱情生活有没有新闻。但他不能背叛伊丽莎白。傍晚，当他看到埃丽卡问母亲要车钥匙，说她要去看望住在东城的朋友时，忍不住笑了。他看到她打扮得很时髦，头发束成优雅的发髻。

他不得不起身快步离开房间，免得自己在她背后喊出来：“他把你抱在怀里时，你想想我。”他进了书房，再也忍不住哈哈大笑。

一九四一年过半时，托马斯开始写一篇新的演讲稿，准备用在一次巡回演讲上，基调是他在其他演讲中使用过的高度的理想主义，但也可能更有针对性，更有个人色彩，更具有政治性。他乐意地想到他的任务是做一种更高级的宣传，但在全国热烈讨论美国是否参战的情况下，埃丽卡认为他应该更为直接，戈洛和卡提娅也默默地赞同这一意见。

到了九月，美国的船在大西洋被德国潜艇炸沉后，罗斯福差点宣布和德国开启海战，但查尔斯·林德伯格激烈反对，说英国人、犹太人和罗斯福都是好战者。托马斯决定不提林德伯格和罗斯福。但他要让听众知道，他作为一个德国人，一个民主主义者，作为美国的朋友以及美国自由秩序的仰慕者，他相信现在世界正在期待着美国。

他用德语撰写了演讲稿并译成英语，然后在卡提娅找来的一个年轻女子的帮助下，他开始准备英语演讲，他语速缓慢，尽量让每一个词都发音清晰。

在几个城市演讲之后，他不得不立下规矩，不能在火车站敲锣打鼓地迎接他，要悄悄地用车把他接走，不能让他的名字被人看到。起初，他怀疑这么多人都是来看诺贝尔奖得主的，但后来他明白了，他的听众都懂政治，了解时事。他们每天读报，也读书。他们知道应该对欧洲的危机有更多的了解。

到了十一月初他去芝加哥演讲时，他的发音错误就少多了。随着观众人数增长，他也意识到，处于危机之中的不仅是民主自身，也是他和其他流亡的德国人。如果美国参战，就会掀起一场运动，拘留所有的德国人。他必须表明，他代表的是德国反希特勒的中坚力量，无论发生任何战争，这个在美国的大群体都会坚定地支持美国。

他们在芝加哥住在一家酒店里，约好了在演讲当天去市中心与伊丽莎白、博尔杰塞共进午餐，然后去他们家看望伊丽莎白的幼女安杰莉卡。

餐桌上，博尔杰塞告诉他，在芝加哥他得谨慎一些，因为这边反德的情绪很高涨。

"人们都不想听到攻打希特勒的事。他们完全不想听到他的名字。所以如果你要批判他，你不会赢得朋友，当然如果你不批判他，你会让人们觉得所有的德国人都是站在那边的。"

"我相信魔术师知道该怎么说。"伊丽莎白打岔说。

"你比我更清楚。"博尔杰塞说。

婴儿床上的安杰莉卡并不关心客人，直到卡提娅拿出一个大盒子，让她来帮忙打开。她一下子来了兴趣，这把他们都逗笑了。

"她这种缺乏耐心是家族遗传。"托马斯说。

"是你的家族，不是我的家族遗传。"卡提娅回道。

"也不是我的家族遗传。"博尔杰塞说。

托马斯抬眼望向博尔杰塞，心想他的家族与此何干。

在回酒店的车上，托马斯朝卡提娅侧过身。

“你觉得这孩子会继续像她的母亲而不是她的父亲吗?”

“我相信她会的，”卡提娅说，“让我们祈祷她会的。”

组办方来接他前的一个小时，托马斯又过了一遍演讲稿。他把难发音的那些词做了标记，在空白处写上音标。时间差不多了，卡提娅来到他的房间，确保他的领带系得笔挺，鞋子擦得发亮。

有人提醒过他，听众会比他们预计的多得多。他们会设法让每个人都有位置。

外面一片喧哗，人们排着长队，推推搡搡，大声喊叫。有几人认出了他，他们开始欢呼，随即外面所有人都欢呼起来。他举起帽子挥了挥，然后走了进去。

他知道这个开场白将对观众有何影响。他曾在艾奥瓦州和印第安纳波利斯都试过。刚开始，一部分也是因为拿到的酬金，他觉得自己在弄虚作假。他没有代表任何群体。他对自己的听众没有承诺可许。可随着巡回演讲进行下去，他发觉人们开始有回应了，他们时而沉默，时而动情，只要他使用某些词语，或者对纳粹表达强烈的意见。

和以往一样，导言部分很长，情绪饱满。拿着麦克风的人大喊说，在世的最伟大的文学家将要对大家演讲。然后他又说了一遍，示意观众欢呼喝彩。最终麦克风到了托马斯手中。

“我们知道，许多事把我们分开，但有一件事让我们团结。在当今美国，有一个词可以代表许多其他的词。它是美国成就的核心。它是美国世界影响力的核心。这个词是自由！自由！在当今德国，取代了自由的是谋杀、威胁、大量监禁、对犹太人的袭击。

但与所有风暴类似，这场风暴也会过去。当狂风终于止息，在平静的早晨，德国人会再次喊出这个词，这个没有国界、没有界限的词。这个词将是自由。我们现在呼吁自由，终有一日，我们的呼声会被听到，届时自由将再次胜利。”

他停下来看了看听众，台下鸦雀无声。

“我是经历过恐惧并在美国寻求自由的许多德国人中的一个。正如德国人害怕希特勒及其党羽，整个世界，这个自由的世界，也有理由害怕纳粹。恐惧是对暴力和恐怖的自然反应。可是很快我们的恐惧将成为我们的反抗，将被我们的勇气和决心所取代。因为如今还有一个词对我们很重要，一个值得为之斗争的词，一个将美国人与全世界的自由人团结起来的词。这个词是民主。民主！”

他高声喊出这个词，知道观众会立刻欢呼鼓掌。

“我来此不是为了告诉你们，未来的斗争还要经历黑暗。我是来告诉你们，民主终将胜利。我是来代表人性精神，我骄傲地站在芝加哥，呼唤崇高的人性精神，我也呼唤自由，呼唤民主，我告诉你们，民主终将回到德国，如同河流归向大海，因为民主就在我们的精神之中。它不是一件礼物，不能给予或被夺走。它和食物、水一样，是我们的福祉所需。

“我站在这儿不仅仅是作为一个作家，或是有史以来最残酷的独裁统治下的难民，我站在这儿是作为一个人，我对这里的男人和女人讲述我们共有的尊严，我们每个人身上闪耀的内在光芒，以及我们享有的权利，我们作为人类为之奋斗的权利，我们应有的权利。我站在这儿，因为我相信这些权利终将回到德国。纳粹不会长久。他们不能长久。他们不可长久。他们不会长久。”

最后一个“长久”落下之时，人们都站了起来。

在纽约，他在酒店的一间私人房间与专程从华盛顿来见他的阿格尼丝·迈耶会面。他知道她想写一本关于他和他的作品的书，但他并不想与她讨论此事。他也不想和她讨论他的演讲。巡回演讲的内容和观众的人数已经广为报道，他以为她一定会对他将来该讲什么、不该讲什么发表意见。他决定不让她指手画脚。

“现在，我要你写一份接受函。”她一落座就说。

“我的接受函？”

“你将被聘为国会图书馆德国文学顾问，年薪四千八百美元，另有一千美元的年度讲座费。你得每年在华盛顿住上两星期。”

“这是怎么来的？”

“我一直在默默工作，我得确保在宣战之时，不会有人支持对在美的德国人采取行动。必须在宣战前让这份任命书生效。你没法把一个国会图书馆顾问当成外敌拘捕起来。既然不能拘捕这个顾问，自然也不能拘捕这个顾问的同类人。与你的讲座相比，这是一件小事，在任何一个权力部门，这都会被视为合乎情理。他的原话是‘高尚且有益’。”

“是谁说的？”

“是私下说的，但如果这位说话的人不在最重要的职位上，我是不会对你讲的。”

“所以我会收到一封信吗？”

“是的，但我现在需要你的接受函，我们去把它打印出来吧。战争随时会爆发，我想在那之前办成此事。”

珍珠港遇袭的消息传来时，托马斯正在他们即将离开的洛杉矶出租房的卧室中。由于戈洛通常不会来到他的卧室门口，他就知道有大事发生了。他们在楼下看到卡提娅和莫妮卡坐在收音机旁。在之前的三天中，他们一直等着对德宣战的消息。

第二天晚上，他们正要离开餐桌时，莫妮卡不经意间说了一些关于她亡夫的事。迄今为止，她每次一提及他，就眼泪直流，但这次她说着他的名字露出微笑。

“他是什么样的人？”戈洛问，“我很早就想问，可是我们都不想你伤心。”

“耶诺是个学者，”莫妮卡说，“在佛罗伦萨的一个上午，我在乌菲齐美术馆和皮蒂宫都碰到了他。然后那天下午，我去布兰卡契礼拜堂时，他又在那儿。他也每次都注意到了我，我们就是这么认识的。”

“他在写意大利艺术的书吗？”戈洛问。

“那是他的课题，”莫妮卡说，“他能记住一幅油画或一件雕塑上的细枝末节。可是这一切都逝去了。他能记住什么，如今已无关紧要。”

“可惜我们没能认识他。”埃丽卡说。

“如果他还活着，”莫妮卡又说，“他大概也在这里。他的意大利雕塑的书可能已经写完了。你们所有人都会赞赏他的。”

莫妮卡环顾餐桌，看了看父母，然后是埃丽卡和戈洛。

“我看到你出去散步时，戈洛，”她接着说，“我常想，耶诺可能会和你一起散步，因为你们可以聊书。魔术师也会喜欢耶诺的。”

“很遗憾我没能认识他。”托马斯说。

那一会儿，托马斯以为莫妮卡要哭了，但她深吸了口气，放低了声音。

“我无法想象他那样死去是什么感受。但我知道他想活着。他此刻想坐在这里，得知美国将要参战的消息。”

卡提娅和埃丽卡拥抱了莫妮卡，托马斯和戈洛在旁看着。

“我不知道为何他淹死了，而我得救了。没人能对我解释这个。”

两个月后，他们一搬到太平洋帕利塞德，克劳斯就从纽约来了。托马斯和卡提娅去联合车站接他，把他带到新家，但他对新家几乎不看一眼。当卡提娅说这是他们最后的避难所，他也没有回应。克劳斯和他姐姐一样，三十五左右的年纪。但与她不同的是，他似乎已耗尽精力。他的头发变得稀疏，眼睛里失去了光彩。

然而真正的变化是埃丽卡对他的反应。她都不看弟弟一眼。餐桌上，她高谈阔论要去申请 BBC 的工作，打算报道战争。克劳斯数次想谈谈自己对战争的看法，她就转向他打断他的话头：“克劳斯，你可以问我们，但别对我们说教。莫妮卡在战争中失去了丈夫。我待在伦敦。你父亲一直从当局得到消息。我们对战争很清楚。像你这样的人，和画家、作家还有上帝知道的什么人待在纽约，不会知道我们所知道的事。所以请别对我们说战争了！”

托马斯记得，在他俩十几二十岁踌躇满志之时，埃丽卡和克劳斯每次回家总是霸占餐桌。如今戈洛和莫妮卡沉默地旁观埃丽卡独霸餐桌。托马斯注意到克劳斯对她让步，说了几句迎合她的话。但当她的弟弟开始说他认为在当下反法西斯的战场上，文化，尤其是文学，作为武器的重要意义前所未有，埃丽卡打断了他。

“这些话我们早就听过了，克劳斯。”

“因为说得还不够多。”

“反法西斯最好的武器就是武器，”她说，“真正的武器。”

她朝父亲瞟了一眼，寻求他的赞同。托马斯不想鼓励她继续说，但也不想与她争吵。

埃丽卡说她要出门，又补充说她会和朋友们待到很晚。但克劳斯问她能否捎他到附近的某个地方，托马斯看到卡提娅的脸色一沉。

“我可以捎你过去，”埃丽卡说，“但你得自己回家。”

“你去哪儿？”克劳斯问她。

“去会朋友。”

“什么朋友？”

“你不会认识的人。”

她的语气十足冷漠，托马斯看到了克劳斯受伤的表情。

后来，卡提娅走进他的房间。

“好像克劳斯的处境还不够糟糕似的，”她说，“埃丽卡就是想当着我们大家的面贬低他。”

“他们俩要去哪？”他问。

“克劳斯有个朋友住在附近某家酒店里。”

他理解为这大概不是一个体面的朋友。他也认为，要么是卡提娅不敢把布鲁诺·瓦尔特的消息告诉他，不然就是她对埃丽卡许下承诺保守秘密。她去见朋友了。一瞬间，他眼前出现一幅景象，刚从音乐会上回来的布鲁诺·瓦尔特，在洛杉矶市中心某家奢侈酒店的房间里脱下裤子，整整齐齐地叠放在椅子上，而埃丽卡抽着烟看着他。他想起戴维森曾说起，他无法为瓦尔特工作，因为这个指挥家不停地吹嘘自己的功勋。戴维森说，没有哪个音乐厅配得起这样一个人。

星期六，他和伊丽莎白通话时，她告诉他克劳斯确实在一家酒店里有个不体面的情人，这两人都开销很大，都需要一直吸吗啡和其他毒品。

当托马斯提到他对布鲁诺·瓦尔特和埃丽卡的想象时，伊丽莎白对他说，其实他俩是在比弗利山庄瓦尔特自己的房子里偷情。伊丽莎白以为她母亲知道更多的细节，但伊丽莎白犯了个错，让自己显得对此事过于感兴趣，而卡提娅并没有透露此事。

“卡提娅知道埃丽卡和瓦尔特的事？”

“什么都瞒不过我母亲。”

“她也知道克劳斯和毒品的事？”

“就是她告诉我的。”

战争刚开始的几个月中，托马斯一直等着阿格尼丝·迈耶的电话。她似乎也很乐意听到他的近况，虽然她打电话来只是为了通知他，有些事在登报之前她就知道了。当西海岸的日本人要从各自家中被带走的消息传来，她打电话来说，他们在纽约见面那会儿，她就暗示过此事会发生。

“但很多事我不能明说。”她补充说。

“是否在讨论要对在美的德国人采取行动?”

“这事已经取消了。”她回道。

一天早晨，他正在书房里写作，克劳斯进来见他。在之前一个星期中，他越来越不修边幅，脸日渐消瘦，牙齿发黄，走路急躁不安。他先是欣赏父亲的书房。

“这是我一直想要的，”他说，“一间这样的书房。”

托马斯心想他是不是在讽刺。如果是其他孩子对他这样说，他们必定语带讥诮，但克劳斯或许不是，他是最诚恳的那个。

“我以为你很享受你的自由。”托马斯说。

“我把这话视为指责。”克劳斯回道。

“你在写作上很有成就。如果新德国建立，你将有用武之地。”

“我想加入美军，”克劳斯说，“现在还有一些障碍不让我加入。纽约的生活并不简单。那里有很多间谍和传播谣言的人。”

“我觉得军队里的生活也未必简单。”

“我是认真的，”克劳斯说，“母亲不相信我，埃丽卡不相信我，但我下次来时一定会身穿军装。”

“你是想让我帮忙吗?”

“我是想让你相信我。”

“我能想象那些障碍是什么。”

“他们需要我这样的人。”

托马斯差点想问，他指的是不是瘾君子、同性恋、向母亲要钱的人，但他发现克劳斯快要哭了。他觉得应该说几句安慰的话。

“我会骄傲而欢喜地看到你加入美军。我想不出还有什么事能更让我高兴。现在这是我们的国家了。”

他望着克劳斯，仿佛自己是一部电影里的父亲。

“你觉得我能行吗？”克劳斯问。

“参军？”

“是的。”

“我觉得你要对你的生活做出重大调整。但我看不出有任何理由……”

在克劳斯关注的目光下，托马斯迟疑了一下。他注意到儿子脸色苍白。

“如我所说，重大的调整。”托马斯直视克劳斯说。

“你也听信那些流言蜚语。”克劳斯说。

“你爱怎么生活就怎么生活。”托马斯回道。

“你也一样，在你堂皇的新房子里。”

“确实。这个房子随时都欢迎你来。”

“我离开这里就无处可去。”

“你想要什么？”

“母亲说了，她不会再给我钱了。”

“我会跟她谈谈。你来见我就是为这事？”

“我是来请你相信我。”

“很难想象凭你目前的状态，军队会接受你。”

“我目前是什么状态？”

“你自己说吧。”

“我保证下次来见你一定穿着军装。”

“军队不会给你津贴，但我不想争执这个。话已经说明白了。”

“那么，我想这是送客的意思。”克劳斯说。

托马斯没说话。克劳斯起身，径直离开房间。

等到克劳斯回到纽约，埃丽卡去了英国，米夏埃尔和格蕾带着弗里多还有他们的刚出生的男娃一同来住。米夏埃尔住在太平洋帕利塞德期间会与其他三个音乐家一起排练，他们打算组成一支四重奏乐队。

托马斯发现，弗里多比照片上更显得生猛可爱。这孩子看到陌生人就绽开笑容。

弗里多盯着他的祖父，先是注意到了托马斯的眼镜，然后对托马斯回视他的目光和逗他的手势大感兴趣。

托马斯看到米夏埃尔和戈洛去花园里散步，就跟上了他们。他们听到他从后面走来，都狐疑地回头张望。他们停下脚步，都没有笑。

“戈洛在说海因里希的处境很不好。”米夏埃尔说。

“是什么方面？”

“他没钱了。他已经两个月没付房租，他们威胁要把他和内莉赶出去。”

“车也坏了，”戈洛也说，“不付钱，修车厂就不给修。”

“内莉的身体有问题，可是没钱去看医生。”

“我昨天去那儿时，”戈洛又说，“他们都一筹莫展。海因里希连话都不说。”

“你母亲知道此事吗？”

“昨晚我告诉她了。”

托马斯立刻明白为何卡提娅只字不提。解决海因里希的经济问题的唯一方法，就是定期补贴他钱，而这将是一笔很大的开支。

“我会和她谈谈。”托马斯说。

“我觉得这需要一个长期的解决方法。”戈洛说。

“我知道需要什么。”托马斯回道。

他朝米夏埃尔转过身。

“格蕾告诉我，你和你的朋友们正在排练贝多芬 Op.132 四重奏。我希望你们能尽快在这里演奏。我们会邀请海因里希来。我知道他会很愿意来听的。”

“这太难了，”米夏埃尔说，“我们这个四重奏乐队才刚刚组建。”

“我知道很难，但这对我和对你母亲来说都有特殊意义。”

“别这么夸张。这对我母亲没有特殊意义。”米夏埃尔说。

托马斯立刻后悔提到了卡提娅，她从未对贝多芬的四重奏发表过意见。他得赶在米夏埃尔之前找到卡提娅，让她一口咬定自己对 Op.132 有特殊情怀。

“你能把这个音乐会办好吗？”托马斯问。

“我们的第二小提琴手不会说英语，他是罗马尼亚人。”

"但他能读谱?"

米夏埃尔轻蔑地扫他一眼。

"四重奏排练时，需要大量的讨论。"

"尽你所能吧。"托马斯说。

托马斯从两个儿子身边走开，他知道如果他回头，就会看到他俩都冷冷地望着他。他很想告诉已经三十二岁的戈洛，伊丽莎白说过，在三十岁之后，没人还有权利为任何事指责他们的父母。他还想对二十二岁的米夏埃尔说，他还有八年，应该善加利用。

他找到卡提娅，让她发誓会说她出于个人原因，很想在家里听米夏埃尔用小提琴演奏贝多芬四重奏。

在四重奏演奏当日，海因里希和内莉按照约定时间早早到来。托马斯已经给兄长寄去一张支票。他看到他俩穿得十分得体。海因里希虽然身体衰弱，行动迟缓，但他的西装熨得平平整整，鞋子擦得发亮。内莉穿着红色连衣裙、红色鞋子、白色羊毛衫。她的手提包、帽子都和羊毛衫搭配得很好。他想，无人能想象就在数日前，他们还很缺钱。

前一天在晚餐桌上提到内莉时，卡提娅特地声明，她欢迎内莉来家中做客，但不愿和她单独相处。

"如果我发现我的丈夫和他的两个儿子，不必说还有他的女儿，让两个妻子单独待在一起，错以为两位曼夫人有很多话要聊，那么我会在你们的卧室里放老鼠。"

"那我呢?"格蕾问，"我也是曼夫人。"

“你被免除谴责，”卡提娅说，“但我不会和内莉单独待在一起。从她踏入房子那一刻直到她离开，我要你们保证这一点。”

戈洛陪内莉坐在花园桌旁，托马斯和海因里希在房子周围散步。托马斯寄出支票时，还附了一张友好的便条，说他们应该尽快谈谈海因里希的经济问题。他想，现在应该可以谈了。可是渐渐地当海因里希聊起他刚写了第一章的小说时，他们似乎又回到了慕尼黑，或是回到了在意大利写作的青年时代，当时海因里希总是信心满怀，随时表现他对世界和书籍的博学广知。如果托马斯现在告诉他，他计划写一部以浮士德为主题的长篇小说，海因里希会说，这个已经被写过很多次了。如果托马斯又说，他的主人公是一个现代的作曲家，海因里希会说，写音乐是不可能的。托马斯记得自己创作《布登勃洛克一家》时，没有对海因里希透露很多，就是担心一句鄙夷的评论会令他怀疑其价值。

他让海因里希聊他关于法国国王亨利四世的小说，聊他认为他们将会拍一部好电影。

他们朝房子大门行去时，格蕾带着弗里多来了，弗里多把全部注意力投向了海因里希。

“太好了，终于碰到了一个不用疑神疑鬼的目光看人的曼家人。”海因里希说。

因为其他人都不在场，托马斯认为这句话是针对他的。他想，这种语气是因为他寄给兄长一张支票。顷刻间他觉悟到，他将来接济哥哥，只会受更大的罪。

格蕾带内莉去看孩子时，海因里希建议他和托马斯再去花园里散一圈步。托马斯以为，这次他们可以谈钱的事了。

“我每天夜里都醒来，”海因里希说，“想到米米和戈斯基。也许米米是安全的，但我无法得知。她可能因为我的原因被特别关注。戈斯基也是。她二十五岁了，应该是最快乐的年龄。我把她抛弃在地狱中，正如我抛弃她的母亲。”

“你对她们的情况有无确切的消息？”

“她们在布拉格，如果德国人动手的话，她们会被捕。我们在蓝天下修剪整齐的草坪上散步。我们建造新房。我们生活在富足之地。但我抛弃了她们，她们在夜里喊着我。我都无法把我的焦虑之情告诉内莉。”

托马斯意识到这也是针对他的。修剪整齐的草坪正是他们此刻散步的草坪，他的房子就是富足之地。但他决定不去听哥哥故意要让他内疚的话。他应该强调，他已经尽力去找海因里希的前妻和女儿的下落，也答应动用他的影响力把她们接到美国。但那一刻他很想告诉海因里希，事实上，现在几乎不可能把沦陷在中欧的任何人拯救出来，给他们办好美国签证。他知道不该点燃海因里希的希望，但也不想对兄长道出真相。

“我问过很多次了。一有消息，我会告诉你。我会继续施压的。”

“你能直接向总统提这事吗？”

“不行，”托马斯说，“这个办不到。”

虽然哥哥没有说话，他还是清楚地表明，他认为这是一种背叛。

"卡拉和卢拉是幸运的，她们离开了这个世界。"海因里希说。

*

他们与米夏埃尔的同事、三个英俊年轻的音乐家共进晚餐。托马斯竭力掩饰自己对他们的兴趣。他们都穿休闲西装，理了同样的发型，包括那个讲法语的罗马尼亚人。托马斯的一侧坐着格蕾，另一侧坐着第一小提琴手，于是他不得不强迫自己对儿媳要足够周到。他们聊了一会儿弗里多和他的婴儿弟弟，然后就想不出其他话题了。小提琴手问他为何对 Op.132 特别感兴趣，托马斯朝他转过身。

"因为第三乐章，"他说，"我喜欢这种'新力量感'。"

"你感到了新的力量吗？"

"当我思考我要写的书时，我感到了，或者我希望我感到了。"

晚餐后，他们进了主客厅，格蕾离开去给婴儿喂奶，内莉去餐厅装满她的酒杯。

"海因里希提醒我说，这会很长，很无聊。"她小声对莫妮卡说，莫妮卡哈哈一笑。

四个年轻人摆好了乐谱架。他们坐下来后，开始跟着罗马尼亚人调弦，后者的乐器已经调好。托马斯喜欢这个罗马尼亚人，此人环顾几名听众的眼神平静而若有所思，但真正占据他注意力的是那两个美国人。大提琴手比第一小提琴手的脸部线条更为柔和，还有棕色的眼睛。托马斯想，他的纤美将会在几年后消失。

第一小提琴手相比之下并不那么英俊，他的脸过瘦，几乎谢了顶，但他的身架是四人中最壮实的，肩膀也最宽。

音乐响起时，托马斯就被抓住心弦，它大胆、安静地释放某种痛苦，接着表达抗争的调子，暗示这种抗争将带来痛苦和快乐，极大的快乐。他知道，他应该停止思考，不从音乐中寻找简单的意义，而让它进入他的灵魂，凝神聆听，仿佛再也不会有这样的机会。

很难不去看演奏者，不注意到他们的严肃和专注。托马斯看着他们从第一小提琴手那里得到信号。第一小提琴手和拉中提琴的米夏埃尔似乎结伴对抗，彼此从对方那里得到能量。音乐慢慢走向坚定的情绪，维持片刻后开始高扬。

他朝卡提娅看了一眼，她对他报之一笑。这是她父母的世界，他们曾在慕尼黑的家中举办许多类似的室内音乐会。他们被迫逃离那个旧世界后，米夏埃尔是唯一显露音乐才能的。托马斯看着他缓缓拉着弦，巧妙而沉着，他不动声色地让中提琴的暗调覆盖在另两把小提琴的甜美的声音上。

随着音乐继续，第一小提琴手和大提琴手少了几分美国人的样子。他发现，他们高大的体魄，友好而阳刚的坦率气质，这些之前显而易见的特点，被脆弱和敏感所取代，他们仿佛是几十年前的德国人或匈牙利人。他想，也许这只是他的想象，是被四把乐器合奏的力量制造出来的。它们时而亲密合作，时而沉默或独奏，但托马斯关于过去时代鬼魂的想法却挥之不去——曾经走在欧洲城市街道上的鬼魂拿着乐器，前来排练，出现在这栋面朝太平洋的南加利福尼亚的新房里。

第二乐章结束后，托马斯发誓从此他会专心听音乐，不再胡思乱想。他装作没看到内莉离开了房间。在他印象中，这首贝多芬四重奏的调子是悲伤的，有时是哀悼的。但他此刻讶异的是，虽然基调是忧郁的，但乐器稍稍顿止后又开始，接着转向优美的曲调，音乐开始上扬。每个音符中都埋着痛苦，但数分钟后有了一种更强烈的感觉，一种不屈的美，它似乎对自身的力量感到惊异，它升腾起来，令他停止思考，停止寻找其中的意义，只是倾听，让心灵吸纳此刻的演奏。

卡提娅阖上了眼睛，海因里希也是。戈洛和莫妮卡专注地看着演奏者。莫妮卡端端正正地坐在椅子上。他想，从轰鸣的交响乐到这曲孤绝的四重奏，对于贝多芬自己而言，也是一段不易理解的旅程。那一定像是某种陌生的、犹豫的、飘摇的认知突然变得清朗。

托马斯希望自己可以这样写作，从超越自身之处寻找一种语调或一种文本，它扎根在光明辉耀之处，是可见的，但它盘旋在事实世界的上空，并进入一个精神与物质能够融合分离再融合的地方。

他曾做出重大的妥协。当他安坐在自己的豪宅中，洗过脸，剃过须，西装领带，家人围在身旁，他的书摆放在书房的书架上，整整齐齐，尊重秩序，正如他的思想和他对生活的回应，他本来有可能成为一个商人。

他低下了头。那一瞬间，演奏者们松懈了，米夏埃尔进入得过早。托马斯抬头看到米夏埃尔停止演奏，等待第一小提琴手的信号，然后他轻柔地把乐器带入，让声音铺垫在小提琴的声音之下，犹如一幕剧的背景。这时他注意到格蕾进了房间，坐在内莉的位置上。

当四位演奏者即将把四重奏的调子从悲哀的幻想转得接近歌曲的时候，米夏埃尔看了一眼戈洛，戈洛赞赏地朝他点点头。在这部分中，他把时间拿捏得很准。

托马斯想，在他自己的书中，有那么几次，他超越了作品所扎根的普通世界。比如《布登勃洛克一家》中汉诺的死，或《死于威尼斯》中欲望的质量，或《魔山》中的招魂术。也许这些在其他的作品中也有。但他觉得没有。他让冷幽默和社会背景主导了他的作品。他害怕自己一旦不够谨慎，放松控制，这些东西就会占据主场。

他可以想象文雅，但在邪恶滋长的时代，这几乎不算美德。他可以想象人性，但在颂扬群体意志的时代，这毫无作用。他可以想象脆弱的智慧，但在尊崇野蛮力量的时代，这了无意义。当缓慢的乐章沉重地结束时，他意识到，如果他能鼓起勇气，他就要在书中接纳邪恶，他就要敞开大门，面对外面他理解不了的黑暗。

有两个他没能成为的人。如果他能恰当地勾勒出他们的灵魂，也许能用他们来写一部书。一个没有他的才能、抱负，但有他的敏锐。这人在德国民主的氛围中如鱼得水，他喜好室内乐、抒情诗、安宁的家居生活、缓慢的改革。他具有良知，但即便德国变得野蛮，他也会留在德国，流放自己的心灵，过着担惊受怕的生活。

另一个不知谨慎为何物，想象力如同性欲一般狂野而不肯妥协。他毁灭了爱他的人，他想要创造出藐视一切传统的严肃的艺术品，如同正在成形的世界一般危险。他与魔鬼擦肩而过，他的才能正是与魔鬼签约的结果。

假如这两人相遇会如何？会产生什么能量？会成就什么书？会从中诞生什么音乐？

他知道，不应该再去想他会写什么书，会创造什么人物。经验告诉他，专注地听音乐就会引发无法控制的情绪和不能诉之于口的意图。自从他们搬进新家后，他时常在听舒伯特和勃拉姆斯时想到小说的点子。当他随即起身去书房时，他确定这点子会变成有形之物，但当他坐到桌边拿起笔时，它就消解了。

音乐令他不稳定。但接着他听到了短乐章，可爱的进行曲和舞曲节奏响了起来，随即干净利落的最终乐章优雅地流淌出来。这时他感到，他想象中的两个人，他自身的两个影子，不会像其他想象之物一般离他而去。他们会融入他已经构思好的内容，也就是那部关于作曲家的书，这位作曲家和浮士德一样，与魔鬼签订了协议。

四重奏接近尾声时，他强迫自己只听音乐，不想其他。不去想小说和人物！只有声音，只有中提琴和大提琴的旋律。然后旋律被两个小提琴手打断，他们穿梭在彼此的轨迹中，仿佛另两位音乐家不存在。现在米夏埃尔的中提琴演奏得更加自信果断，似乎他的声音不仅仅是一个底衬，即便它不能够统领小提琴热情四溢的高昂情绪。

托马斯想，如果音乐能唤起同时包含混乱、秩序、决心的情感，既然这首四重奏留下的空间让浪漫的心灵狂喜或在悲伤中垂首，那么导向德国之难的音乐将是如何？它不会是战争音乐，也不是进行曲。它不需要鼓点。它会更甜蜜，更狡猾，更柔顺。德国所需要的不仅仅是肃穆的音乐，还得是柔滑而模糊的，还有对严肃性的戏仿，它提醒人们，不仅仅是对领土或财富的渴望导致了德国现在这种对文化的嘲弄。他想，是文化本身，是塑造了他和他这样的人的现实文化，包含了毁灭自身的种子。这种文化在压力下毫无还手之力。而这音乐，这浪漫音乐，以它发出的至强情绪，帮助滋养了原始的愚昧，如今它变成了野蛮。

他听音乐时自身的迷乱状态则是一种恐慌。音乐让他摆脱了残余的理性。它制造混乱，令他获得灵感。它不可信任的声音创造了让他能够写作的条件。对于其他人，包括如今统治德国的人，它则激发了残暴的情绪。

他听着音乐家们开始在第一小提琴手的指引下加快节奏。第一小提琴手面带微笑，促使大家跟着他增大音量，再柔和下去，然后再次以更大的力量回来。

演奏到末段时，他感到一种被带离了时间的兴奋，也生出一种决心——这会儿他想到的点子和思路是有意义的，将会填满他一直在悄悄创作的空间。演奏结束的一刹那，他确定自己得到了灵感，他看到了这个场景，他的作曲家正在波林的一栋房子里，那是他母亲去世的地方，但当他和其他人起身为四重奏乐队鼓掌时，这个意象消失了。乐手们整齐划一地鞠躬，这一终场动作和他们的演奏一样，是事先排练好的。

第十四章

华盛顿，一九四二年

埃莉诺·罗斯福带着他们快步通过走廊。

“这里有些不对我的胃口，但我不被允许在不必要的新装修上花钱。”

托马斯发现她这句话更多是对卡提娅说的。之前他被告知，总统也许会见他，但既然罗斯福夫人没有提及此事，他认为见面应该是被取消或推迟了。当日上午消息传来，俄军在斯大林格勒对德国第六集团军发动反攻。他寻思，罗斯福是否在一心关注战况。

他们得和罗斯福夫人喝茶，尽管他们刚在阿格尼丝和尤金·迈耶家中用过早餐。他们住在迈耶家。

“我希望，”他们在小侧间里落座时，埃莉诺说，“早在你提醒我们说武力只能用武力来对付时，我们就听了你的话。”

托马斯不想打断她说自己并没有讲过这种话。他领悟到，她故意说他对希特勒的威胁有先见之明，只是想吹捧讨好他。

“我们很希望你，”罗斯福夫人接着说，“继续做这样的广播，这会转播到德国。你是希望的火炬。当我在伦敦时，大家就这么说。他们都很高兴看到你参与其中，我们也是。当他们看到你在希特勒势力上升时仍然坚持这么做，都很感动。”

卡提娅问了罗斯福夫人她参与战争的情况。

“我得谨慎，”她说，“在战时，你无法批评一个在位的总统，但你能攻击他的妻子。我得隐退。我觉得我的英国之旅是有意义的。我喜欢国王和王后，他们都很尽心，但我觉得丘吉尔这人很难说话。我的主要兴趣是尽可能地与平民还有我们的军队见面。”

“你太了不起了。”卡提娅说。

“我们许多年轻人是第一次看到英国。我希望，这会成为他们的终生回忆。”

埃莉诺悲伤地摇摇头。托马斯明白她本想说，只有那些在战争中幸存下来的人才行。

“我们会赢得战争，”她继续说，“我相信我们会赢，无论付出什么代价。很快我们必须全力投入赢得和平。”

她朝卡提娅看了一眼，卡提娅报以赞赏的微笑。托马斯心想，此刻总统办公室中是否有什么重要的事，让总统无法来见他们。

“我们之前见面时，”埃莉诺说，“我们都很敬畏你的丈夫，他崇高的人性，还有他的书。但恐怕我们没能足够关注你。”

她对卡提娅说话的口气就像老师面对一个学生。

“现在我发现，你是一个奇人，一个真正的奇人。我很想听听你昨晚说了些什么，但我想当面听你说，而不是从阿格尼丝·迈耶的电话上听二手的。”

“她给你打电话了？”卡提娅问。

“她每天打电话来，但我每周只接她一次电话。”罗斯福夫人说。

"是的，她也给我丈夫打电话。"

托马斯突然想到，此刻是个机会，他可以问问第一夫人能否帮助米米和戈斯基。虽然他觉得已经太迟，但问一问或许会得到新的消息，或至少对海因里希是个安慰。

他把此事告诉罗斯福夫人时，她表现出关切。

"她们是犹太人吗？"她问。

托马斯点头。

"这不是好消息，"她说，"对任何人都不是好消息。所以我们必须……"

她话到一半突然停了下来。

"我什么都做不了。抱歉。在战争爆发前我已经做了能做的事，但现在没法做更多了。我们只能心存希望。"

在一片沉默中，托马斯知道最好还是不要让海因里希知道，埃莉诺·罗斯福认为她无法帮到米米和戈斯基。他垂下了头。

他们前一天傍晚去迈耶家做客，一开始并不顺利。新月山庄的房子富丽堂皇，但有些墙壁很薄。在晚餐前，他和卡提娅听到了阿格尼丝和她丈夫激烈争吵的大部分内容。事情是关于一封没有在《华盛顿邮报》上发表的信，但他事先保证它将会发表在那天的报纸上。

"终有一天我会离开你，然后你就苦了，"阿格尼丝咆哮了好几次，"你是怎样一个傻瓜，你会知道！"

"我想她这句话是从德语翻译过来的。"卡提娅说。

“她激动的时候就这样。”托马斯说。

“她现在就很激动。”卡提娅说。

餐桌上有一个议员，他刚被介绍给托马斯和卡提娅，就断然说他不支持美国参战。托马斯冷笑耸肩，表明他懒得跟这种庸人争执，此人就沉下了脸。托马斯不明白为何会邀请这样一个政客，他又为何会来，但他寻思着华盛顿一定是个孤独的地方，特别是对这种不擅社交、政治观点落伍的议员来说。

然后阿格尼丝向他介绍一个名叫阿兰·伯德的人。她说，他在国家部门当德国顾问。他清澈的蓝眼睛、方下巴，以及军装风格的整洁衣着，让托马斯产生兴趣，但当他意识到他对伯德投注过多的目光后，他就把注意力转向此人的妻子。她似乎因他的注意而受宠若惊，说她希望能有更多的时间读书，可是带着小孩很难。

其他客人中有一个充满魅力和自信的年长女性，她为多家报刊写专栏。阿格尼丝介绍说，她也是埃莉诺·罗斯福坚定的支持者。很快来了一位腼腆的诗人，他正在为一家小出版社翻译布莱希特的诗。诗人的妻子身材高大，相貌冷峻，明显有斯堪的纳维亚血统。她对托马斯说，她读过他所有的小说，听过他所有的演讲。

“您会拯救欧洲，”她说，“是的，您就是那个人。”

尤金·迈耶闷闷不乐地坐在桌子一头，而阿格尼丝霸道地坐在另一头。之前与丈夫的争吵，似乎让阿格尼丝寻求更多的争吵，第一道菜还没上，她就开始挑拨客人。

“你们同意吗？”她问，“过早反对希特勒的人也许会失去在德国获得真正稳定的影响力的机会。”

托马斯瞟了卡提娅一眼，卡提娅正低着头。他假装没有听到阿格尼丝的话，餐桌上无人回应她的问题，这令他略感宽慰。

托马斯希望阿格尼丝之前曾对他说过阿兰·伯德的情况。如果此人不是被刻意安排在他对面，那么只能说他给人的感觉便是如此。他用关注而怀疑的目光观察着托马斯。托马斯想到，他今晚最好不要上阿格尼丝的钩，不发表任何意见。他会努力保持缄默，或者无论阿格尼丝要说什么，他都只做出有趣或羞怯的反应即可。

“我经常问自己，如果战争无法被阻止怎么办，”她说，“我不是唯一一个这么想的。我是说，当你确实看到乌云压顶的时候。”

议员对侍者打了个手势，要再上一道汤。他把餐巾折到了衬衫领子里。他发出一个响亮的声音，表明他有重要的话要说，然后往嘴里送了一勺汤。他咽下汤后，抬起眼，整个桌子的人等他发言。

“在上一次战争中，我们在那里没得到什么好处，”他说，“这次也不会在那里得到好处。这不是我们的缠斗。我们有自己的斗争，特别是要斗那个可怕的女人。她会让这个国家垮台。”

国家部门的人看了一眼托马斯，托马斯假装自己并没有听懂议员指的是埃莉诺·罗斯福。

“她做的都是好事。”专栏作家说。

第二道菜上来时，阿格尼丝试图寻找其他能引发争议的话题，但就连议员和专栏作家——他们似乎对彼此知之甚详——也懒得吵架了。尤金压根没开口。诗人也一直沉默。他的妻子倒有几次在聊天间隙提到了托马斯的书名，变得情不自禁起来。

“它们不仅改变了我的生活，”她说，“还教会我如何生活。”

“等战争结束，当然了，”阿格尼丝说，“对德国会有大量的投资。到时美国会花钱，真正的钱。”

“我不认为这是好事，也不觉得有可能。”卡提娅插嘴说。

“哦，这一定是可能的，我觉得也是件好事。”阿格尼丝说。

“是的，我同意，”专栏作家说，“会有东西从瓦砾堆中出现，我希望一切都是在美国的帮助下出现。”

“我听得够多了，”议员说，“在我居住的地方，没人想给德国人一分钱，不管是在战时还是和平年代。这不是我们的战争。而且我们没有必胜的保障。”

“但是必定会建立一个新德国，”阿格尼丝说，她没理会议员，“我们中间也许会有人成为新德国的首任总统。”

“我们不想重建德国。”卡提娅说。

“亲爱的，为何不想啊？”阿格尼丝问。

“投票选了希特勒的那些德国人，”卡提娅说，“还有他身边的暴徒。他们支持纳粹。他们旁观着残暴。事实上不仅仅是有一群野蛮人站在上面。而是整个国家，以及奥地利，都是野蛮的。而且这种野蛮并非新事物。这种反犹太主义并非新事物。这是德国内在的一部分。”

“可是歌德、席勒、巴赫、贝多芬呢？”阿格尼丝问。

“让我恶心的就是这点，”卡提娅说，“纳粹领袖和我们听同样的音乐，看同样的画，读同样的诗。这让他们自觉代表了某种更高等的文明。这意味着没有人在他们那里是安全的，犹太人尤其不是。”

“可是犹太人当然……”诗人说。

“别对我说犹太人如何，如果你不介意的话。”卡提娅截住他的话头。

“我不知道你也是……”阿格尼丝说。

“你真的不知道吗，迈耶夫人？”卡提娅打断她说。

托马斯从未见过卡提娅在一群陌生人中如此激动。他也从未听她以如此坦率而挑衅的姿态公开声明自己的犹太人身份。她的英语比平时更流利，她娴熟的语言说明她早已打好了腹稿。

当阿格尼丝问卡提娅，如果联军胜利，对战败的德国应该怎么做时，他发觉阿兰·伯德很注意卡提娅。

“镇压，”卡提娅说，“想到这个就让我害怕。”

“但如果德国战败，你和你的丈夫会回去吗？”阿兰·伯德问。

“这场战争对我们而言永远不会结束。我们再也不会在德国生活。想到要和那些顺从的、默不作声旁观的，还有参与其中的德国人生活在一起，就觉得很可怕。”

“可是你难道不是和他们一样是德国人吗？”

“一想起我曾是德国人我就感到惭愧。”

“可是你不觉得……”阿兰又开口。

“我为我的父母感到难过。我的感受就是如此。他们拥有的一切都被夺走，变得一贫如洗，他们的孩子都逃出国去。我的父亲在瑞士边境被剥光衣服。但他们是走运的。有老朋友帮了他们，有个富裕的瑞士家庭救了他们，但这些老朋友的名字如今列在最不光彩的德国人中。

“是谁帮他们逃脱的？”阿格尼丝问。

“威妮弗雷德·瓦格纳，”卡提娅说，“我父亲热爱瓦格纳的音乐。他和他的父母都是拜罗伊特音乐节的头一批赞助人。现在这听起来像天方夜谭——犹太人出钱赞助瓦格纳——但我们就是这样生活的。而她，瓦格纳的儿媳记得此事。我的父亲接受了她的帮助。他别无选择。如果将来有机会，我希望我不会感谢她。付出的代价太大了。我鄙视她。”

卡提娅说得掷地有声，在场所有人都被她的语气镇住了。托马斯想，卡提娅和他已经习惯了在美德国人的身份，一直明白他们随时会招来不经意的怀疑。此刻卡提娅抛却了她一贯的谦虚谨慎。她让整张桌子沉默了。就连议员望着她的眼神中也稍许流露出一种中西部地区的敬畏。

他们回到加利福尼亚时，发现克劳斯正在等着部队召集。令他们惊讶的是，他终于参军了。冬日里暖洋洋的，他们欣慰地看到他早早起床，在花园里读报。傍晚他放松下来，喜欢和戈洛还有父亲争论战争进程，但不会乱发脾气。

那年年初，一百五十吨燃烧弹投掷在吕贝克，造成众多平民伤亡。中世纪中心基本被摧毁，包括天主教堂和圣马利亚教堂，以及蒙斯特劳斯街的曼家老宅。

“必须要有一次更激烈的运动，”克劳斯在餐桌上说，“谴责这种以平民为目标的轰炸。”

“吕贝克人，”托马斯平静地说，“是最顽固的纳粹分子。”

说出这个观点，相比描述此事对他的意义还是容易的。他父母和祖父母走过的那些街道，刻在他记忆中并不时来到他梦中的那些街道，一夜之间全没了。

“那么你要烧了他们吗？你要烧死他们的孩子吗？”克劳斯问，“你和纳粹一样去打仗吗？”

托马斯眼前浮现出夜色中的蒙斯特劳斯街，它曾是多么平静、繁荣。他希望卡提娅能让克劳斯别说了。

“如果我们使用他们的手段，那么我们与他们又有何区别？”克劳斯问。

托马斯放下刀叉。

“区别在我心里，”他说，“我是那里的人。那些是我的街道。但它变得野蛮起来，我逃离了那里。我不知道该说什么，该如何去感受。我希望我能像你这么坚定。”

“我也希望你这么坚定。”克劳斯说。

托马斯经常觉得，太平洋帕利塞德的房子是个错误。客人还没走进房子，就能一眼看出这个花园花费不菲。

再然后，这房子像是杂志上的样板房。当他从兄长的角度来看时，觉得无比尴尬。海因里希和内莉住在邋遢的公寓里。他们分期付款买了一辆二手车，还和房租一样经常延迟付款。虽然托马斯给了兄长一笔资助，他心知那并不够。有几次他们坐在花园里时，他注意到海因里希的目光从豪宅移开，四下张望。海因里希都不必开口，弟弟显而易见的宽裕和他自己的窘境，两者间的差距是一目了然的。

托马斯责怪那个诗人——在华盛顿阿格尼丝·迈耶家中几乎没说话、带着斯堪的纳维亚妻子的那位——把卡提娅在迈耶家餐桌上的话传了出去。但是添油加醋了很多，传到托马斯耳中时，成了在白宫餐桌上发生的一场争论，罗斯福夫妇也在座。报道说，卡提娅说德国应该被烧毁，然后只种蔬菜。在报道中她说，德国可以成为欧洲的农场，所有工业区都用水泥封起来。

就连海因里希听到这个段子时都信以为真。

阿格尼丝·迈耶继续与托马斯通信。她在一封信中说，他的三个儿子都应该为联军战斗。她很焦虑为何克劳斯还没有上战场。她听说戈洛在做宣传工作。她说，考虑到美国对曼家如此慷慨，他们至少应该积极参与。当托马斯尖锐地回应她后，她若无其事地回信，仿佛只是收到一封常规的仰慕信，并说她很高兴听说德军在斯大林格勒失利，丘吉尔与罗斯福发表声明，他们只接受无条件投降。

不久，阿格尼丝打电话来，要他见一个年轻人，此人会与他联系。托马斯问年轻人的名字，她说她不便相告，但他会联系曼家，要同时见到托马斯和卡提娅，但不见其他人。他来联系时会说出阿格尼丝的名字。

他以为阿格尼丝又在故弄玄虚，于是他并未多想，也没对卡提娅提起。

一星期后，托马斯正在午睡，莫妮卡叫起了他。他穿好衣服下楼，发现卡提娅站在他书房门口。

“来了一个男孩。他说他认识阿格尼丝·迈耶。他说我们答应了会见他。”

男孩约莫十八九岁，戴着圆顶小帽。他站在门口，一脸异乎寻常的自信。卡提娅请他进主客厅，他跟她进来，然后指了指莫妮卡。

“我要单独见曼先生和曼夫人。”

一瞬间，托马斯以为他是来兜售东西的，但这个念头随即被男孩的严肃表情驱散了。

莫妮卡离开房间后，卡提娅问他要喝水，还是茶或咖啡，但他摇头。

“原则上不能接受饮料。”

这个年轻人如此正式严肃，托马斯寻思他是不是有什么宗教目的。他说一口地道的德语。

“我的工作是拜访要人，让他们知道我们在欧洲正在经历什么。”

“我在这个话题上做过几次演讲，”托马斯说，“也做过广播。”

“我们读过您的演讲。”

“出了什么事吗？”卡提娅问，“有什么我们不知道的吗？”

“是的。所以我才来和你们说。现在我们都很清楚，最高层已经达成了一个议程，要彻底消灭欧洲的犹太人。”

“是在集中营里吗？”托马斯问。

“集中营的目的就在此。集中营不是为了让人干活，也不是为了把人关押，而是为了消灭人。在工业尺度上的谋杀。他们使用毒气。速度快，效率高，没声音。他们计划杀死欧洲所有有犹太血统的人。杀成人，也杀小孩。计划是欧洲一个犹太人也不留。”

这些话说出来后，房间里顿时有了一种不真实的气氛。这个高敞舒适，有着玻璃板壁，清漆木隔断，摆着相称家具的空间，似乎让这些话的意义变得模糊起来。

“你知道总统现在的处境很难吗？”托马斯问，“反对接纳难民的声音很大。”

话音刚落，他就知道这话显得无情又愚蠢。

“我对总统和他的处境都没兴趣，”年轻人说，“反正对难民来说，一切都太迟了。人都死了。”

“那么你想要我们干什么？”托马斯问。他尽量让语气显得柔和、关切、和善。

“我们想要你们知道，那一日会到来。我们想要你们无法说出你们不知道。”

“你在洛杉矶还见了谁？”托马斯问。

“这不关您的事，先生。”

托马斯觉得他的语气粗鲁到毫不掩饰。

对于传递如此重要的消息，他似乎太过年轻。

“您是在信教的家庭中长大的吗？”年轻人和善地问卡提娅。

“不。我小时候压根不知道我们是犹太人。”

"您希望自己是在信教的家庭中长大的吗?"

"有时候是的。但我父亲不想让我们和周围的人有隔阂。"

"他们对去犹太教堂的人和不去的人一视同仁。"

"我知道。"

"在未来，如果还有未来的话，欧洲将不会有犹太人。在安息日当您走在那些城市的街道上，只会看到鬼魂。"

"我们不会回去的。"卡提娅说。

男孩表示卡提娅可以送他去花园，他要告辞了。

次日上午，托马斯给总统办公室打了个电话，说明他并不需要和罗斯福通话，但希望能和某个高层官员谈一件要事。

回电打来时，他把年轻人说的集中营的事告诉了那位官员。

"我想知道，我听到的事是不是真的。"

官员说会给他回电。

次日，他接到了助理国务卿阿道夫·贝勒的电话。他首先友好地谈起了托马斯和卡提娅申请美国国籍的事，然后回答了总统的健康问题，但没透露过多信息。当他开始问候托马斯的家人时，托马斯打断了他，问他能否谈谈集中营的事。

"事情比我们想象得更糟糕，"贝勒说，"糟糕得多。你在电话中跟我同事说的情况，只是我们目前所知的事情之一。"

"有多少人知道此事?"

"都知道了，很快就会传开的。"

托马斯的对德广播是BBC安排的。起初他们请他写一篇演讲稿，让伦敦的德语广播员来录音，但现在他在洛杉矶自己录了讲稿，把录音寄到纽约，然后用电话传到伦敦录音，最后在麦克风前播放。

“就像变魔术一样，”他对卡提娅说，“可这不是魔术，是那些可爱的英语词（组织、决心）的结果。”

他试着去想象一个在德国的孤独、恐惧的人，待在一栋黑漆漆的房子里，或是在黑漆漆的公寓里，把广播音量调得很小，不让邻居们听到。他对美国人演讲只能用结结巴巴的英语，如今可以对公众说德语了。他使用理性、人本主义的语言，能唤起高尚的觉识。

“正在对你们发言的是，”他说，“一个德国作家，他的作品和他本人，都被你们的统治者驱逐出境了。因此，我很高兴能利用英国广播给我的机会，一次次向你们讲述我在美国，在这个我找到了家园的自由伟大的国家中的见闻。”

有几次他遏制不了自己对德国普通顺民的愤怒，他想，这些人越来越让人难以原谅。

“由于我的同胞们，”他说，“对人性加诸如此残暴、如此难忘的恶行，我无法想象在将来他们将如何生活在人人平等的世界中。”

他问在听的人是否还记得，他在前一次战争中的看法。他问他们，是否觉得他还是同一个人。因为他如今认为，德国和其他国家一样，都有普通的优缺点，并非特例。

“德国就是这样，”他说，“它本质上并不特殊。如今它被敌人包围，因为是它把敌人招来。它对犹太人的野蛮行为，让它无以赎罪。为了被拯救，它必须被打败。”

假如他的观念能一百八十度转变，那么他就能鼓励一些同胞反思他们的政治。假如他能觉醒，那么其他人也可以。

在录音室中，他努力让自己语气保持平稳。他希望他声音中偶尔的颤抖，能让听众触及他深沉的感情。

这年年末，埃丽卡回来时，联邦调查局有封信等着她，想要调查她，了解一九三三年前在德国参与反法西斯运动、如今身在美国的都有谁。

当卡提娅从阳台上目送那两人离开时，她说埃丽卡一定让那两位调查者战战兢兢了。他们看起来像是为此事了结而喜悦，卡提娅如是说。

埃丽卡有好几天都在恼火，动辄为小事发怒，她想写文章或者做讲座、接受采访来讲述她的遭遇。

“他们问的什么问题！他们怎么这么消息不灵通！还固执追问，连最基本的技巧都不懂。”

托马斯从最后一句中推断出，他们想必是问了她和女人的关系。

当他收到联邦调查局的信，请他抽空在家接受调查时，他几乎感到庆幸。他被列入他们的调查名单，也许会让埃丽卡感觉他们并没有单独针对她。

“如果他们问到任何与你有关的问题，”他对埃丽卡说，“我会说，我是你可怜的无辜的父亲，没人告诉我任何事。”

“他们会说你是共产党。”她说。

“布莱希特可就高兴了。”

约定时间后，房子里来了两个人，一个朝气蓬勃，精神抖擞，另一个年龄较大，死气沉沉，他决定在书房中会见他们。主客厅的加利福尼亚风格，与联邦调查局的反法西斯调查似乎格格不入。而书房的氛围也许能让他们端正态度。

三人落座后，年长的那位面无表情地向他解释了他所有的权利。托马斯让他们说得慢些，允许他在非母语的语言中挣扎。

“我们完全听得懂你的话。”年长者说。

“我也能听懂你们的话。”

接着他们直言是来了解贝托尔特·布莱希特及其同伙的情况的，托马斯发现，无论自己说什么，都将处于艰难的处境。在西海岸的德国流亡者圈子里，贝托尔特·布莱希特显然是一个难以绕过的话题，但他对托马斯及其作品的蔑视也是众所周知的。虽然他的客人保证会保密，但托马斯怀疑这一会面的消息将会泄露出去。他考虑在这天结束时联系布莱希特，告知这一会面，或通过与他经常联系的海因里希告知。

“你知道布莱希特先生是共产党吗？”年长者问。

“我不了解别人的政治倾向，除非他们自己告诉我，但布莱希特先生从未与我讨论过这些事。”

他发现，他因这些问题而按捺的怒火，让他的英语变得格外自信而准确。

“你认识第一夫人吗?”

“事实上我也认识总统。”

“你能说他们不是共产党吗?”

“这很奇怪，难道不能说吗?”

“那么，你能说贝托尔特·布莱希特不是共产党员吗?”

“这很奇怪。”

“为何奇怪?”年轻人问。

“如果他是共产党，他一定会去更欢迎共产党的苏联，而不是来到不欢迎共产党的美国。我想这事不证自明。”

“你读过他的作品吗?”

托马斯犹豫起来。他不想在这两人面前贬低布莱希特的作品。这会引发其他许多问题。

“以前慕尼黑有时会上演他的作品，但他在巴伐利亚并不很受欢迎。”

“我们知道，布莱希特先生是这栋房子的常客。”

“他从未来过这栋房子。他也许会和我的兄长见面，但他不是我们圈子里的人。”

“是的，我们知道他和你的兄长关系密切。你和你的兄长持相同的政治观点吗?”

“没有两个人持相同的政治观点。”

“在美国，有些人是民主党，另一些人是共和党。”

“是的，但他们不会在每件事上都持相同的看法。”

“你的兄长是共产党吗？”

“不是。”

“你的女儿呢？”

“哪个女儿？”

“埃丽卡。”

“她不是共产党。”

“我再次问你，你是否熟悉布莱希特先生的作品。”

“我不熟悉。”

“为何不熟悉？”

“我是小说家，他是剧作家和诗人。”

“小说家不看剧作和诗吗？”

“他的剧作和诗不合我的口味。”

“为何？”

“它们不适合我。很多人很欣赏他的作品。没有特别的原因。同理，有些人喜欢看电影，有些人喜欢打篮球。”

他看到他们彼此交换了一下眼神，心知他们在想，他藐视了他们。

“我们请你严肃对待此事。”年轻人说。

他微笑点头。如果这事发生在任何欧洲国家，他有理由害怕。但在这儿，他只需要与这两人虚与委蛇即可，不说明显是虚假的事，不羞辱他们的智商，但也不说可能会给布莱希特招致祸患的话，不提他俩之间的不和。

“去年你和布莱希特先生见过多少次？”

“有时我在德国文学圈的聚会上见到他，但我们没有聊很多。”

“为何没有。”

“我是一个性格孤僻的人。我的注意力都放在工作和家庭上。任何人都会告诉你，我不爱社交。”

“能否告诉我们，你与布莱希特先生的谈话内容，包括最简短的。”

“你可能会觉得奇怪，但我们都没谈过文学，更别提政治了。我们可能谈的是天气。我说的是真话。我们的谈话很随意也很礼貌。我们是德国人，天生不会饶舌，我们是作家，习惯处处提防。”

“您现在处于提防状态吗？”

“任何被联邦调查局调查的人都会提防的。”

调查又持续了一个小时，其中提到了托马斯与罗斯福夫妇以及迈耶夫妇的关系，仿佛这事也有疑点似的，又有若干次旁敲侧击问到托马斯与布莱希特的见面，以及他对布莱希特剧作的看法。

他觉得最后的问题尤其奇怪。

“如果我们使用‘工人阶级’这个词，您觉得是何意义？”年轻人问道。

“一九一八年我在慕尼黑时，城市里发生了苏维埃革命。那是在通货膨胀之前。当时我们在城市里过着宽裕的生活。我们害怕革命，正如我们后来害怕法西斯。这次革命不了了之，但它是以工人阶级的名义展开的。”

“现在那个工人阶级在哪？”

“和纳粹在一起。”

“布莱希特先生会赞同你吗？”

“这你得问他。”

“我们在问你。”

“我觉得他也许对这个问题有看法，但会比我的看法更为微妙。”

一天傍晚，在圣莫尼卡的德国人聚会上，出席的大多是作曲家和音乐家。托马斯注意到了作曲家阿诺尔德·勋伯格，他之前也与他见过一面。现在他们愉快地聊了片刻。

托马斯开始出席他认为勋伯格也会出席的社交场合。他觉得在所有说德语的艺术家中，勋伯格是最重要的。

勋伯格发明的十二音技法，最为明确地创立了古典作曲的无调性理论。德国音乐因他而有了根本的改变。

托马斯并不想和他亲近，或与他讨论自己的作品。他想观察他，从他身上获取一种形象。从最初的第一次相遇，他就几乎明白自己在做什么。

在他的小说中，他想象了一个在一九二〇年代生活在德国的作曲家。此人与某种黑暗力量签约，让他的伟大抱负得以实现。他看到了这部书的雏形。他的叙述者将会被取名为蔡特布罗姆。他是一个德国人文学者，也是一个著名作曲家的朋友。小说中的蔡特布罗姆，将会是一个观察着、留意着、审视着的人。另一个主人公，那个天才作曲家，将会是一个黑暗、不可知的形象，被鬼魂缠身。他招来毁灭，最终也毁灭了自己。认识他，将令他周围的灵魂枯萎。

当托马斯在花园里用早餐时，加利福尼亚的天空是多么美好，早晨是多么柔和，这种美如此充盈、无瑕，并没有潜在地改变他的思想，想到此处，他不由得笑了。相反，灰色的天空、多雨的春季、漫长的冬季、伊萨尔河上粼粼的波光，或是吕贝克顽固的天气，已经塑就一种稳定的感性，它无法被天堂中持久的魅力所影响或改变。因此，他的小说呈现不出任何他离开德国的迹象。

托马斯和卡提娅每天看新闻，读晨报，中午和傍晚听广播。他发现他们的心情会随时因一次失利或胜利而改变。当轴心国军队在东线暂时取胜，他们都垂头丧气，但当联军轰炸鲁尔河、柏林和汉堡的消息传来，他们开始幻想战争会很快结束。

同样，孩子们的信和电话也能让他们的心情起起落落。伊丽莎白密切追踪着战况，尤其是意大利前线的战况。已经去了纽约的莫妮卡的来电却很好笑，讲了许多她的倒霉事，还有她与房东、出租车司机的争执。有时候这成为轻松一刻，因为她绝口不提战争。

“她在打她自己的小战争。”卡提娅说。

因为米夏埃尔没有保持联系，卡提娅开始给格蕾打电话，而格蕾让弗里多在电话上跟祖父说话。戈洛在伦敦，在美国广播公司的德语部工作。他的来信有多么工整，埃丽卡的来信就有多么潦草，她四仰八叉的字能划到信纸边沿。克劳斯来信比别人更少。有时能看出他是在深夜写的信，许多句子被军队审查人员划掉了。

阿格尼丝·迈耶在电话中对托马斯说，每一个说出口的字都要谨慎，哪怕是私下里说的。华盛顿有些人计划彻底摧毁德国，令其工业永不复使用，让德国人被胜利的盟军统治。她说，他不久应该站出来反对此事。

一九四四年十二月，内莉过量服用药物。海因里希发现她时，她已不省人事。她在被救护车送往医院的路上死去。海因里希说，他看到她时，她平静、美丽。

仍住在洛杉矶的那些德国作家来参加她的葬礼，布莱希特和德布林也来了。仪式简短，海因里希抹着眼泪。他准备独自回家时，托马斯和卡提娅跟着他，用他们的车把他带到太平洋帕利塞德。午餐后他在沙发上躺了一会儿，然后他们送他回家。

内莉过世后，海因里希一直提起她。他说她是多么心善，没有旁人能像她那样照顾他。

“她在美国过不下去，”他说，“她在美国过不下去。”

他告诉他们，他摸着、嗅着她的衣服，从中得到慰藉，他没有送走任何属于她的东西。他说，他早晨写作，然后在当天余下的时间里就想着她。在她死后，一切都不同了。

他对托马斯和卡提娅说，他收到了朋友的一封信。朋友在信中说，在这个全世界共同经历的可怕时代，她只想要一个通风的坟墓，一具柔软的棺材，上面挂一盏阅读灯，最重要的是，不要有回忆。他说，他的感觉差不多，只除了回忆的部分。他想要他的回忆。

托马斯要在一九四五年五月底做一个讲座，题目是《德国与德国人》，这是他在国会图书馆的职责之一。他并不指望总统或第一夫人会来出席讲座，但他以为他们会读一读提前打印出来的演讲稿。他写演讲稿时，心里想着罗斯福，他从阿格尼丝·迈耶那里得知，总统仍然把全部心思放在打败日本上，对欧洲的未来没有任何具体设想。

托马斯想，德国将会被打败，并被迫认罪。每个有军衔的人都会入狱。这个国家已经成了废墟。

“纳粹确保，”他写道，“德意志帝国不能被完整地拯救，只能分崩离析。不存在两个德国，一个是好德国，一个是坏德国；只有一个德国，美德被狡诈的恶魔腐蚀成了邪恶。这个邪恶的德国正是那个遭遇了不幸、犯下了罪行的好德国转变、颠覆而来的。”

甚至当他与卡提娅在海边散步时，他也在心中默默地与罗斯福对话，思考着如果他们在华盛顿见面，自己将对他说什么。于是四月间，当罗斯福的死讯传来，他便消沉了。他认为，别无他人能领导盟军对德国保持一种平衡的态度。没了罗斯福，斯大林和丘吉尔是干不好的。他不认为杜鲁门拥有罗斯福的能力。

他一度考虑是否将华盛顿的演讲变成对过世总统的颂文，但阿格尼丝·迈耶告诫他说，这只会在杜鲁门阵营中树敌。

他想，他想说的话，也许在这个阵营两极分化的时候，显得过于复杂而不会被人重视。他认为全体德国人都应该被谴责，他想要提出，德国文化和德语中包含了纳粹的种子，但也包含了一种新民主的种子，它将会催生出一个完整的德国民主。他提到了马丁·路德的例子，将他作为德国精神的化身、自由的代言人，但他自身也包含了自相矛盾的因素。路德是理性的，但他的演讲毫无节制。他是一个改革家，但他在一五二四年对“农民起义”的反应是疯狂的。他种种愤怒和愚蠢给了纳粹启发，但他自身也包含了一种心理——愿意改变，愿意接受理性，愿意有能催生新德国的进步。

他写道，路德身上有两种极端，但也有治愈的双重性。德国人正是以他的形象被塑造。不明白这点，便不了解这个国家及其历史。

他读着演讲稿，叹了口气。他在华盛顿的影响力，有赖于罗斯福对他的肯定。罗斯福认为如他这般理性的人，如今正有用武之地，因为善恶之争应该被实用性的讨论所取代。罗斯福走后，托马斯想进行的那种论证，即在所有错综复杂的问题上唤醒过去，并对当下表达出微妙主张，将被那些取代了他的人视为模糊、无关。

托马斯决定，他将去华盛顿做出敷衍的演讲，装作它很重要，但他知道，将此事视为空洞的表面文章的，并不只有他一个人。

当消息传来，希特勒死了，德国彻底投降，托马斯给海因里希打了一个电话，邀请他来用晚餐，并在自己家中过夜。这些天，海因里希在电话里显得疲惫，声音虚弱。但这次他想争论。

“现在我们将看到英国人和美国人的真正面目了。”他说。

“也许还能看到德国人，”托马斯说，“会有审讯的。”

“他们会把这个国家变成一个大美国。一想到军队给孩子们发糖果，我就觉得恶心。”

“如果我有选择……”托马斯欲言又止。

“什么选择？”海因里希问。

“选择我的国家被美国人解放，还是被俄国人……”

“你会拿到糖果的。”海因里希打断他说。

当托马斯告诉卡提娅，海因里希不想来时，她说她过几天去看他。

“我们有香槟，”她说，“但我想等几个孩子回来。我时常梦想着，我会在一个普通的傍晚，用普通的食物和酒，可能还有普通的蜡烛，来庆祝希特勒的倒台。我们可以有一个希特勒不希望我们拥有的傍晚。”

“普通的？”托马斯问，“在所有这一切发生之后？”

“只一晚，”卡提娅说，“我们就假装一下。同时，我还有我们很喜欢的温巴赫酒庄的雷司令酒。我们聊天时就冰着它。”

第十五章

洛杉矶，一九四五年

如今小说的架构已在他脑海中清晰呈现。叙述者将是不露锋芒的德国人文学者塞雷奴斯·蔡特布罗姆，他与作曲家阿德里安·莱韦屈恩自幼就是朋友。托马斯认为，让蔡特布罗姆来讲述这个故事，就意味着叙述有时可以是个人的、情绪化的，也可以带有偏见。虽然蔡特布罗姆真诚可信，但他的视角受到限制，他的分析能力受到约束。

蔡特布罗姆在一个毁灭中的德国写作，他将在后面的章节讲述战争的实际进程。他是托马斯的分身，但他比作者更温和，同样生活在希特勒的年代里，听到同样的消息。作者和小说叙述人都知道未来将会如何，德国将会被毁灭和重建，而这样一部书也许会在世界上拥有地位。蔡特布罗姆害怕德国会战败，但他更害怕德国会胜利。

他反对德国武器的胜利，因为让希特勒崛起的东西，驱逐了他每一分的高贵精神。如果法西斯存活下来，他的作曲家朋友的作品就会被埋葬，他的新音乐也许会被封禁一百年，将错过属于它自己的时代，只在未来才能得到应有的荣誉。

希特勒倒台的那段时间，托马斯每天都关注新闻，他感到了蔡特布罗姆的存在。他想象着蔡特布罗姆和他一样，慢慢意识到希特勒的统治即将终结。他让蔡特布罗姆在他的叙述中说道，“我们的城市被击碎、被掩垮，一座一座地沦陷，宛如熟李子落地一般”[1]。

他写作时，心里装着理想读者，而他的叙述人也是其中之一。他们是秘密的德国人，内心的流亡者，或者是未来的德国人，生活在一个从灰烬中重生的国家里。自从他的作品在德国被禁后，他就不确定从一九三六年以来创作的小说，还有没有人读原著。它们是为他无法想象的读者所创作的。如今当他为生活在暗影中或将出现在未来的阳光下的读者写作时，他可以运用一种受伤的、暗哑的语调，并创造出一种用烛光照亮一个穹顶空间的氛围。

战争结束时，克劳斯和埃丽卡都在德国，穿着军装的克劳斯为部队报刊《星条旗》工作，报道德国城市投降后的情况，埃丽卡则为 BBC 报道战败的德国。戈洛也在德国，他的任务是在法兰克福建立一个电台。克劳斯从慕尼黑给父母写信说，这个城市已经变成了一个巨大的坟场。他说，在以前熟悉的街道中行走，他很难找到路。城市中大面积的区域不是被夷为平地，就是变成瓦砾。他原本还梦想着去波琴格街的老家房子，即便纳粹官员曾经住过那里，他还想搬回他的老房间。可是那里连可以敲的门都没有。房子成了一个空壳。他听说，它在战时成了一个类似妓院的地方，用来生育日耳曼人的婴儿。

埃丽卡是少数几个被允许去监狱里见纽伦堡狱犯的人之一。

① 译文引自《浮士德博士》（上海译文出版社，2016年版，译者罗炜），下同。

她听说，当几个纳粹囚犯知道他们的访客是谁后，他们后悔没有与她进行认真的谈话。“我会把一切都告诉她，”戈林大喊道，“曼家的案子被处理错了。我会有不同的处理方法。”埃丽卡将此事告诉父亲时，补充说他错失了一个大好机会，他本可住在城堡中，让妻子戴钻石首饰，周围响彻瓦格纳的音乐。

克劳斯利用他的军队通行证，去布拉格寻访米米和戈斯基。他大费周折终于找到了她们，并写了一封详细的信向伯伯汇报她们的情况。海因里希带着信来找托马斯和卡提娅。克劳斯写道，戈斯基在战时差点饿死，但未被拘押，而她的母亲在泰雷津集中营里待了数年后，侥幸活了下来。克劳斯写道，他差点认不出原本漂亮的米米。她中风了一次，头发快掉光了，脱落了许多牙齿。她几乎说不成话，听力也受影响。但她还活着，这就是个奇迹。她和女儿都贫困交加。

克劳斯写信给母亲，让她给她们寄一些食品、衣服和钱，但邮包上别写德语，这在布拉格不通用。

托马斯知道海因里希仍然为钱焦虑。他想到兄长也许会回德国，尤其是如果这个国家的东部被俄国控制的话。他考虑着给他一些钱做路费。如今他看到兄长带来的克劳斯的信，又见他垂头丧气地走了。海因里希为米米的遭遇而自责。

托马斯注意到克劳斯的来信语气变得激烈。他谈到与弗朗兹·莱哈尔、理查德·施特劳斯的见面，这两人都没有为在战时舒适地生活在德国而内疚，这让克劳斯难以接受。他问施特劳斯是否考虑过离开，施特劳斯问为何要离开一个有八十座歌剧院的国家。克劳斯把这事告诉了父母，用上了大写字母和许多惊叹号。

克劳斯为部队报刊采访了毫不悔改的威妮弗雷德·瓦格纳。她谈到了希特勒的奥地利人魅力，他的慷慨大方和极佳的幽默感。克劳斯在家书中说，他本以为文章中引用的观点会引起哗然，但似乎无人注意。

他寄来了他在《星条旗》上的文章剪报："在昔日的祖国，我自觉是一个陌生客。一道鸿沟分开了我与那些曾是我同胞的人。无论我去到德国哪里，忧郁的调子和怀旧的主旋律始终伴随着我：你再也回不了家了。"

克劳斯能够探听到他的朋友们的情况：许多人经受了折磨，一些人遭到杀害。他发现有些和当权者合作的人，渐渐获得了有影响力的地位。他写信给父母说德国人不明白他们现在的苦难，正是他们作为一个共同体对世界所作所为的不可避免的直接后果。

"等这一切结束了，我不知道克劳斯要怎么生活，"卡提娅说，"没人需要一个不停讲真话的德国人。"

在战争结束后的数周内，托马斯想到了恩斯特·贝尔特拉姆。贝尔特拉姆目前在德国的某地。如果他不曾羞愧，那么至少应该知道如何恰当地流露羞愧感。他是纳粹的支持者，会即刻从学术职位上被解雇，他对尼采和他的世界的知识将不再有用。他很难为自己辩护——当纳粹焚烧著名作家的书时，他在一旁幸灾乐祸。

托马斯想，即便没有贝尔特拉姆，希特勒仍会崛起，所有这些谋杀和伤害仍会发生，但他和他的一些朋友的支持，为运动提供了智识支援。如果贝尔特拉姆没有援引众多已故哲学家，并用花哨的语句来形容德国及其传统、文化、前途，那么法西斯就不会那么贪婪、仇恨、恋权。

在窗户被砸破、犹太教堂被烧毁、犹太人被从家里拖出去的那几年，在对即将发生之事毫无疑问的时候，托马斯不知道这位学者是如何转开视线，心安理得。他又是用何种策略迎合了那些把其他同性恋关进监狱的当权者？他是否想过这个结局：城市化为废墟，人们忍饥挨饿，各种协会成立以确保像恩斯特·贝尔特拉姆这样的人永无发言的机会？

几个月后，当米夏埃尔和格蕾宣布说他们要带着两个儿子去太平洋帕利塞德住一个月时，卡提娅说她一直盼着他们来，因为这能缓和家中的气氛。托马斯全神贯注写小说，战败德国传来的消息，以及日渐尖锐的、让托马斯·曼及其家庭在法西斯战败后回国参与重建工作的呼吁，都让家中阴云罩顶。

米夏埃尔一家一来，托马斯就想方设法逗弗里多。起初那几天，他好几次在通常写作的时间，离开书房去找这孩子。他甚至让孩子可以在他写作时去找他，他会停下笔，把弗里多抱起来，为他表演那一套魔术——他曾在自己孩子们的母亲离开之时，用它逗孩子——还为他画画。

米夏埃尔对父亲写的小说表示不敢恭维。他对作曲家的想法了解多少？为了家中和睦，托马斯容忍了儿子发表对音乐本质的见解，那实则是针对他的，还隐含愤恨。米夏埃尔似乎在反对父亲挪用了他毕生学习的课题。托马斯为了转移注意力，就对弗里多做鬼脸，弗里多咯咯直笑，他的母亲不得不告诫他，在餐桌上要守规矩。

“他的祖父在扮小丑，他还怎么守规矩？”米夏埃尔问。

他的孙子没有讲德语的朋友，他的德语是从父母那里学来的。他把幼儿语言和成人语言一起混用，每次都让托马斯发笑。

他想，当他奋力描写叙述者夸张的语调和德国风格的戏仿时，头脑里沉甸甸的都是德语。听到孙子天真、自信的牙牙学语，让他感觉神奇。这并没有让他联想起自己的童年，那时孩子们不被鼓励多说话，也没让他联想起自己的孩子的童年，当时孩子们喜欢打断彼此，都顾不上与他说话。弗里多说出来的一串串词语，对他来说是一番新的感受。他早晨醒来时便微笑着想到，在接下来的一整天，直到弗里多去睡觉为止，他都能听到孩子说话，以各种各样的方式让他开心。

“等埃丽卡来了，”米夏埃尔说，“她会让你整天待在书房里。”

正当他们等待埃丽卡来时，卡提娅收到了她的哥哥克劳斯·普林斯海姆的信，他已经带着他的儿子从日本来到美国，想趁埃丽卡和米夏埃尔在家时过来做客。

卡提娅忙里忙外地为客人的到来做准备，她重新挂了一些画，拿出了从建房以来一直放在床底的箱子。她离开娘家已有四十多年。她的父母在战时逝世于瑞士，她的父亲从未接受他的流亡命运。她的哥哥们流落他乡。慕尼黑的房子被拆除，腾出空间建造了纳粹党的办公楼。她为了克劳斯的来访而忙碌起来，似乎在她心里，从未把慕尼黑的早年生活埋葬在过去。

托马斯后悔一听到克劳斯的汽车声就走出房子。他发现克劳斯失去了美貌，但揶揄的腔调分毫不减。托马斯看着克劳斯打量着这栋闪亮崭新的房子、精心修剪的花园、优美的风景，然后抬起胳膊，欣赏中带着嘲讽，耸耸肩表示，对他这样的人而言，这都是虚的，不算什么。

“看来鸟儿找到了她的金笼子。”他拥抱妹妹时说。

克劳斯的儿子站在他身边，个头比克劳斯更高。他用安静、冷淡的眼神环顾四周。他被介绍给托马斯一家时，先正式地鞠躬，然后握手。

克劳斯只和妹妹说话，但当埃丽卡强行加入，他也和她聊了起来。他都没瞧托马斯一眼。

很快，他在餐桌上嘲笑托马斯的日常作息。但托马斯仍然整个上午待在书房，下午散步、午睡，傍晚阅读，尽量避开克劳斯·普林斯海姆。数日后午餐时，克劳斯说他听说了托马斯正在写些什么。

“关于作曲家的小说？是的，我认识很多作曲家，但当然了，我曾师从马勒。你知道，与他的音乐相比，他本人并没有那么神神怪怪。他被野心占据，被妻子威吓，但真的没有魔鬼。”

托马斯觉得没必要回应。他看向卡提娅时，发现她正一脸赞赏地望着她的双胞胎哥哥。

次日，克劳斯提起了《死于威尼斯》。

“我的祖母很喜欢它，不停地称赞，直到我母亲让她别再这么过分地夸了。我的父亲相信只要这本书出来，他去歌剧院时，人们都会冷眼瞅他。我因为这本书而交了许多朋友，都是鸡奸者。大概有一年，我喝香槟酒不用付钱。”

托马斯看到埃丽卡在座位上僵住了。

“那篇小说备受赞誉，”埃丽卡说，“我父亲所有的作品都备受赞誉。”

埃丽卡认真、直率的语气，似乎让克劳斯·普林斯海姆始料未及。他耐心地听埃丽卡讲述纽伦堡审判上发生的一桩事，英国公诉人以为自己引用的是歌德，但实则引自她父亲所写的关于歌德的小说。后来克劳斯在席间一直沉默。

“我听说，你每写完一章，就会朗读出来，”次日用餐时克劳斯说，“我想当一次听众。”

他一脸温顺，似乎说的是真心话。但接着他朝妹妹转过身。

“现在我已经美貌不再，为了吸引别人，我必须得谈谈我妹夫的居家习惯。”

托马斯和埃丽卡目光交接时，他感觉到她和他一样，差点没把一杯子酒泼向克劳斯。

“也许我们可以聊聊日本，”卡提娅说，“我觉得天皇以为他自己是神。他可曾去听过你的音乐会？”

在那一周的星期五，按照计划，托马斯会朗读他的小说。托马斯会读两章，在第一章中，一个叫小艾肖的男孩来了，他孤独的作曲家叔叔的生活由此变得快乐起来。在第二章中，这个小男孩死了。

快到那天时，他为朗读发了愁。读开头的那段很容易，读描写小男孩的片段，以及他因魅力和美貌而深受喜爱的片段也不难。但他觉得卡提娅会立刻明白，他拿弗里多当了原型。他希望他选择的是更含糊，不会被听众认出原型的片段。

他们坐到了一起，包括刚到的戈洛，仿佛在举办一个快乐的家庭聚会。当他写作这些场景时，他就知道它们是多么阴暗和私密。他把自己喜欢的东西——一个纯真的小男孩——给了他的德国作曲家。但他的作曲家莱韦屈恩只能毁灭来到他身边的人，这个孩子注定会死。这将是书中最具有人性色彩的部分，因为他刻画了那种失去的痛苦。这将让人们看到，莱韦屈恩为他至为重要的抱负所付出的代价。他与魔鬼签订的条约，将从民间故事和幻想的领域来到一个真实具现的空间。

开始时，他朝卡提娅瞟了数次，她笑着表示首肯。他读到男孩之死时，读得很慢，没有抬头看他的听众。他心想要不要读出每段病程的细节，让人胆战心惊。男孩在痛苦中喊道："艾肖愿意乖乖的，艾肖愿意乖乖的！"男孩甜美的脸狰狞变形，当他开始磨牙，就像被鬼附身。

小男孩死后，托马斯的任务也完成了。他放下手稿。屋子里没人说话。最后戈洛拧亮了身边的一盏台灯，伸了个懒腰，低低地咕哝一声。克劳斯·普林斯海姆鼓着掌，眼睛看着地板。他的儿子脸色苍白地坐在旁边。埃丽卡望着远处。卡提娅沉默地坐着。

后来埃丽卡过去打开了主灯。托马斯站起来。他装作还在研究刚刚读过的稿子。他知道卡提娅走过来了。

“这就是你陪那孩子玩耍的原因吗？”她问。

“弗里多？”

“是的，还有谁呢？”

“我爱弗里多。”

“爱到把他用到书里？”她问完了便安静地走到房间另一边的哥哥和侄子那里。

第十六章

洛杉矶，一九四八年

伊丽莎白诘问地看着他。

“我的女儿不喜欢被取笑，她们俩都不喜欢。”

“我还以为只是安杰莉卡是这样。”卡提娅说。

“多米妮卡也这样，”伊丽莎白说，“所以请别让她们不开心。”

多米妮卡刚满四岁，托马斯觉得奇怪，他的外孙女被说得像个大人。

伊丽莎白带着她的两个不苟言笑的女儿来住了。她的丈夫博尔杰塞去了意大利出差，他的任务似乎过于敏感而不能说。第一顿午饭，托马斯发现安杰莉卡不要往水里加冰，他说他认识的好小女孩大多都要冰块。

“不要冰的小女孩大多不好。”他用英语说。

八岁的安杰莉卡立刻沉下脸，她转头看着母亲，表达她的不快。伊丽莎白让她去厨房，叫人安排她在花园里用餐，位置由她选。

“我过会儿去看你。”

她严肃地看了父亲一眼。

“只是开个玩笑。”托马斯说。

“她不喜欢别人说她是小女孩，”伊丽莎白说，“也不喜欢别人说她不好。”

“她真聪明，”埃丽卡说，“我也不喜欢这样。”

“我相信我从未说过你是小女孩。”托马斯说。

“也没说过你不好。”卡提娅补充说。

后来，托马斯和卡提娅在书房中小声地讨论，伊丽莎白在离开他们的十年中发生了什么。托马斯与两个孙子相处，主要就是打趣开玩笑，取绰号，玩恶作剧，他无法想象为何外孙女们不喜欢这种轻松的往来。她们想必是从无趣的博尔杰塞的家族那里继承了死板和敏感的性格。

次日安杰莉卡来吃饭时，脸色苍白，神色委屈，像是一个尊严被践踏了的公主。托马斯看到埃丽卡挪到她身边。

“你在读什么书呢？”埃丽卡问她。

“在我们家，这事很难，”孩子回答道，“我们和父亲说意大利语，和母亲说德语，我和妹妹彼此说英语，所以我们有一大堆书可选。不过这几天我正在读刘易斯·卡罗尔，他对我的影响很大。”

托马斯和卡提娅一起散步时，都认为在他们的孩提时代，这种语气是会被父母和兄弟姐妹耻笑的。

“你怎么看，”卡提娅问，“美国小孩就是这样的？还是只有在芝加哥，在伊丽莎白和博尔杰塞家里才这样？”

次日上午在起居室里，埃丽卡在地上铺了一张欧洲地图，指给安杰莉卡看所有她去过的地方，安杰莉卡郑重地提出问题。多米妮卡在角落里玩娃娃，伊丽莎白坐着看书。

“埃丽卡姨妈要带我们去玛丽安德尔湾的码头。”安杰莉卡用德语对他们说道，托马斯觉得这是一种意大利腔的德语。

“你俩都去？”卡提娅问。

“是的，去吃冰激凌和热狗。”

“要注意，冰激凌不要加芥末。”话音刚落，托马斯就意识到这句话似乎在取笑她们的出游，是在说她们不知该怎么吃东西。他退缩了。

“圣莫尼卡的热狗非常棒。”他说。

“我们也听说了。”安杰莉卡说着从地图上抬起头。

午餐时，埃丽卡和两个女孩不在，托马斯惊讶于伊丽莎白对德国的憎恨。

“我跟那个国家毫无瓜葛，”她说，“它干什么，不干什么，我没有兴趣。我不想再踏足那个国家，也不会去想它。”

托马斯寻思，伊丽莎白是否后悔嫁给了博尔杰塞，他想找个问题试探一下。

“你是不是怪德国毁了你的少年时代？”他问。

“我不怪父母，也不怪我的前祖国。我不怪任何人。”

“能怪你父母什么呢？”他问。

“第一，我没有受过合适的教育；第二，那份爱是给我的一种奖励。”

“对什么的奖励？”卡提娅问。

“奖励我是个好小女孩，安静，可爱。”

“你对你的弟弟来说并不可爱。”卡提娅说。

“米夏埃尔一直是个讨厌鬼！”伊丽莎白说。

她笑了起来。

“你结婚后有过很多次外遇？”托马斯问。

他听到卡提娅屏住了呼吸。他也吃惊自己竟敢问出这个问题。

“一两次。”伊丽莎白说着又笑起来。

“你跟赫尔曼·布洛赫谈过恋爱吗？”他问。

“我们亲热过一次，可能两次，我不认为这是谈恋爱。但这发生在我婚前。我认识他时，他是个很风趣的人。”

“大家都知道他为人粗鲁。”托马斯说。

“对我不粗鲁。”她回道。

托马斯想，她已经变得令人生畏，锋芒毕露。他希望她能多住些日子。

他没注意到她手边桌上放了一本斜纹布封面的本子，直到她把本子打开。

“我写了几个要问你们的问题。”她说。

“我知道你有问题。”卡提娅说。

“第一个问题。埃丽卡为什么在这里？”

“她无处可去，”卡提娅说，“无处可去。之前她可以做讲座，但现在没人想听德国和战争的事。”

“她的丈夫呢？”

“奥登？他从来就不是她真正的丈夫。她好几年没见他了。”

“她为何不和布鲁诺·瓦尔特在一起？我以为他妻子死后，她会嫁给他。”

“他有其他计划。”卡提娅说。

“她在这里干什么？”

“她会当她父亲的秘书。此外，在我允许的范围内，她会帮忙主持家务，做各种决定。”

“你为何不鼓励她去寻找自己的生活？”

“你父亲需要她。”

“她打算一直和你们住在一起？”

“看来是的。”卡提娅说。

“莫妮卡在哪？”

“她在纽约，”卡提娅说，“你没收到她的信吗？有时我一天收到一封。”

托马斯诧异地看着她，他之前不知此事。

“她说她的梦想是找到一个没有书的地方，”卡提娅说，“所以眼下她并不很想来看我们。但我觉得这会改变的。总会改变的。”

伊丽莎白的手指在一列问题上划动。

“你为何与他结婚？”她问母亲，并随手朝她父亲一指。

卡提娅毫不犹豫，仿佛早已心有答案。

“在现在、过去、未来的所有种种可能性中，你父亲都是最不荒唐的人。”她说。

“这是唯一的原因吗？”

“哦，还有一个原因，但那都是些敏感私密的事。”

“我只问这一次。”

卡提娅喝了一口咖啡，似乎陷入思考。

“我的父亲很好色。他控制不住自己。他看到一个女人就想要。我和你父亲没有这个问题。”

“你要不要我离开房间，让你可以再说下去？”托马斯笑着问。

“不用，亲爱的，我没有别的要说了。”

“你为何还与阿尔玛·马勒见面？”

“啊，这是个有趣的问题，”卡提娅说，“她是个糟糕的人，自从韦费尔死后，她就变本加厉了。她酗酒，想到什么就说什么，我对她没有好评。”

“但你还与她见面？”

“是的。她身上有老维也纳的痕迹。我指的不是有传统文化的维也纳，而是某种当时他们从生活中得到的快乐。我看到了就喜欢，但那已经消失了，不会回来了。也许阿尔玛是最后一个。”

“最后一个问题，克劳斯写信告诉我，你对他很严厉。”

“他不知道该去哪里。”卡提娅说。

“你不想他来这儿吗？”

“我们不能永远资助他。”卡提娅说。

“但你们能资助埃丽卡？”

“埃丽卡将会为她父亲工作。你能想象克劳斯这么做吗？”

“所以这个是评价标准？”

“够了！”卡提娅说，“我不知道该拿克劳斯怎么办。我们能到此为止吗？”

“我不想让你生气的。”伊丽莎白说。

“我们能到此为止吗？”她的母亲又说了一遍。

克劳斯回到了太平洋帕利塞德。一开始他是那么憔悴消瘦，郁郁寡欢，连埃丽卡都觉得不该再与他争吵。当托马斯问她，他是否在吸吗啡，她耸耸肩，意思是这还用问吗。托马斯想，克劳斯的私生活中想必发生了什么，让他越发不着边际。可是克劳斯自有办法把内心创伤转为对他的文学声誉的担忧，以及对公众事件的愤怒。他对古斯塔夫·格林德根斯产生兴趣。此人是埃丽卡的第一任丈夫，在战时成为戈林最喜欢的演员。格林德根斯被俄国人释放后，很快就大张旗鼓地回到了舞台上。他在战后的第一次登台就收获了满堂彩。当克劳斯去看演出时，剧院座无虚席，都在为格林德根斯叫好。

托马斯屡次听到儿子对别人讲述这一幕，只要对方愿意听。他说，虽然他的德国爱国人士不会公开支持已经倒台的纳粹领袖和他们的口号，但他们为一个纳粹领袖钟爱的演员捧场，充分说明他们不知悔改。

“白天不能做的事，”克劳斯说，“黑暗中能做。”

克劳斯对他可能要回德国生活的想法感到愤慨。

“我一九三三年离开时，不是因为我干了什么，而是因为他们干了什么，现在我不愿意回到那里生活，不是因为我是谁，而是因为他们是谁。”

托马斯想，他可以成为一个出色的演讲稿写手，或是一个文化部部长。

两个月前，不会开车的克劳斯写信给卡提娅，说他想在洛杉矶生活，也许在他父母的房子附近找一栋小屋。他让母亲为他去找房子，问价格。他还说想雇一个年轻的司机，司机得会烧饭，还得有好相貌。他说，他想住上六个月，偶尔与父母一道吃顿饭。

卡提娅怒了。托马斯不知她发怒是因为克劳斯满以为父母会为他付房租的大大咧咧的姿态，还是因为他提到了好相貌的年轻司机，或是因为他只住六个月。卡提娅回信给克劳斯，说他不会在这方面得到帮助，他的提议令人非常愤怒。托马斯想，这是她第一次如此坚决地给他写信。

现在克劳斯和他们住在一起，他们能听到他夜间走来走去的声音，也能从他的转变——从倦怠、沉默到在餐桌上滔滔不绝——中看出，他在吸食多种毒品。大多数日子他懒得刮胡子，虽然他母亲告诉他，他的衣柜中有很多衣服，他仍然不常换。

克劳斯已年过四十。他每天都有不同的想法，要么写书，要么给杂志投稿。忽而想写波德莱尔的传记，忽而想用笔名写战前纽约的同性恋生活，忽而要写他自己在战后德国的经历，忽而又是美国火车旅行的长文。他早餐不与他们一起吃，有时候午餐上桌了，他才不得不起床。他避开花园里的日光。

“只要你能一早起来，”卡提娅说，“你就能写一本全世界都会读的书。”

当托马斯看到克劳斯刮了胡子，理好发型，穿着刚熨过的西装、白衬衫和新鞋子，拎着手提箱等汽车送他去联合车站时，他从卡提娅内疚的神色中明白，她给了他回纽约的钱。

这段时间，托马斯身边只有妻子和女儿了。埃丽卡忙着整理他的手稿文书，为每日工作提出建议，为他及时回邮件。卡提娅则待得远远的，她带着沙滩椅和书去花园里某处坐着，或者给园丁当帮手。

由于埃丽卡处理他的邮件，管理他的日记，有时在餐桌上只有他俩说话，卡提娅默然坐着。这两个女人极少公开争吵。但有一天当戈洛在场时，埃丽卡不快地指出沙拉酱没有拌好，蔬菜又煮过头了。

“好像我们又回到了在慕尼黑吃可怕食物的日子。”她说。

“什么可怕食物?”卡提娅问。

“啊，浓厚的肉汁盖过了一切，所有的菜都煮过头。油腻！无法下咽！巴伐利亚!”

“你当时为此感恩来着。”

“我当时什么都不懂。”

“我看这话说得很对。你当时不懂礼数，现在还是不懂，”她母亲说，“我经常想，我们怎会生了你。”

“肯定是一夜激情咯。”埃丽卡说。

“就像你和布鲁诺·瓦尔特那样!”

卡提娅说出此话后脸色发白，她看着戈洛。托马斯看到戈洛示意母亲别再说了。托马斯的唯一想法是赶紧吃完饭，逃进书房去。后来卡提娅没来敲门问他是否要去例行散步，他并不觉得意外。她和戈洛开车出去了。

克劳斯从纽约回来，越发显得疲惫邋遢。托马斯知道卡提娅和埃丽卡打算以后再告诉他克劳斯回来的原因。

刚开始几天，克劳斯待在自己的房间内，一日三餐用托盘送进去。

“我让他别大晚上在房子里晃来晃去，”卡提娅说，“我们都得睡觉。”

“他到底怎么回事？”托马斯问。

“埃丽卡比我清楚。他在纽约参加了一个愚蠢的聚会，警察来搜查，在那之前他刚吸食某种混合毒品。别问我那个叫什么，它让人一会儿兴奋一会儿低落。他现在就在延长版的低落期。”

当克劳斯开始与他们共进晚餐时，他说个不停，情绪激动，有时话都说不完整，而且不想让旁人说话。谈到他在纽约见到了莫妮卡，他越发兴奋起来。

“她被好几家酒店赶了出来，因为她在房间里囤积食品，还不付房租，”他说，“我们在这里过着奢侈的生活，而莫妮卡比我们都惨，她流落街头。得有人帮帮她。我告诉她，她应该和我们保持联系。”

他逐一扫视餐桌上的人，语气从疯狂变得冷静。

不久，有人不断地从圣弗朗西斯科给克劳斯打电话。

“是哈罗德。”卡提娅说。

“是温斯顿·丘吉尔我都不管。”托马斯回道。

哈罗德似乎是克劳斯在纽约的恋人，他来了西海岸，并且刚好在克劳斯来时，他在圣弗朗西斯科丢了工作。他正在来洛杉矶的路上。这些电话是提前到来的警告。

在餐桌上，他们聊哈罗德酗酒，或是哈罗德把第三者——某个声誉很差的年轻人——勾引到洛杉矶市中心的酒店房间，和克劳斯一起玩。后来，哈罗德被捕了，克劳斯得保释他。

当埃丽卡和她母亲讨论此事时，托马斯注意到，他的每一个孩子都似乎对其他人的错误津津乐道。克劳斯谈起莫妮卡就言之成理。伊丽莎白看到米夏埃尔发脾气就开心，看到埃丽卡没礼貌简直心满意足。戈洛也是。埃丽卡如今与母亲联起手来担忧克劳斯和哈罗德。克劳斯每晚不回家，让这两个原先彼此回避的女人又凑到了一起。起初，她俩遗憾克劳斯不检点，接着，她俩担心事情该如何收场，最后，她俩开始为解决危机而出谋划策，其中一个办法是让埃丽卡和克劳斯合写《魔山》的剧本。

托马斯听说此事后，把卡提娅拉到一旁。

“我们可以让他们有幻想，但我们自己不能有幻想。”

“埃丽卡很看好此事。”

“那就让她看好吧。”

这是他所知的唯一一次在卡提娅面前近乎批评埃丽卡。

哈罗德被放出来后，又犯了其他事被关进去。埃丽卡不得不开车带克劳斯去探监。

“听起来他像是个很有趣的人，”托马斯对卡提娅说，“这个哈罗德。我觉得我喜欢他超过我所有的儿媳和女婿，包括布鲁诺·瓦尔特，还有亲爱的格蕾，还有伊丽莎白的那个聒噪的意大利人，甚至还有戈洛一度喜欢过的那个普林斯顿的图书馆员。”

“克劳斯告诉我，他非常漂亮。”卡提娅说。

他们笑了起来，他们很久没这样笑了。

“现在我们只需要莫妮卡。”托马斯说。

“我给了她去意大利的钱，”卡提娅说，“她想去那里。”

“去工作吗？”

“别问了。等她平安到达那里，我会告诉你的。而且我在想克劳斯的事。他真的应该有一套自己的公寓。他告诉我，他找了个地方，价格也合理。他也想买一部车，去学车。之前我对他说过我们不会付钱，但如今这些事我都一一答应下来。我一看到他，我的心就软了。我想他也知道这点。我变成了我鄙视的那种母亲。”

哈罗德出狱后，刚开始住在克劳斯的新公寓中，但不久他又出了大事，消失了，留下克劳斯独自一人。卡提娅和埃丽卡再一次表示对克劳斯的同情，但托马斯感到不解。

“这不是他想要的吗？一套附近的公寓、一部车。唯一缺的就是他想要的司机。他一个人。但一个人住不是每一个作家的梦想吗？”

凌晨一点，电话铃响。他听到卡提娅去接了。她随即走进他的房间。

“克劳斯割腕了。他在圣莫尼卡医院。医生说他暂时没有危险。我这就开车去医院。埃丽卡还在睡。让她睡到早上。”

卡提娅刚走，埃丽卡就来敲门。

“车开走了，”她说，“母亲去哪了？”

然后埃丽卡坚持要开自己的车跟着卡提娅去医院。

托马斯去了书房。有一会儿他考虑打电话给戈洛，或者打给伊丽莎白。对别人说说此事，而不是独自留在房子里等消息，会让他觉得好过些。但等待其实更简单，他可以独自待在这里，假装克劳斯还在楼上睡觉，或者还在纽约。

他想，如果克劳斯像家族里某个人，那就是他的姑妈卢拉。卢拉有同样天马行空的想象力和不知满足的心。她对寻常生活不感兴趣。起初，她对未来想入非非，觉得婚姻会解决她的问题。婚后她又指望孩子能让她快乐。等到女儿们出生，她想要更大的公寓，或者把主要房间彻底重新装修一遍，或者去度假。他记得，卢拉小时候读小说，就会跳过中间部分，只看刺激的结尾。

同样，克劳斯想要的是出版作品，而不是枯燥乏味的写作过程。注射毒品的刺激，对克劳斯是难以抵挡的诱惑，对卢拉也是。当这种刺激无法维持时，剩下的选择就不多了。

托马斯等在书房里，头脑中翻腾着对儿子的各种想法，他盼着车道上传来声音，卡提娅和埃丽卡回家。他想过打电话去医院，但他知道只要有消息，一定会有人打电话来。

她们回来时，托马斯在卧室中。他下楼时，她们告诉他，克劳斯的手腕割得不深，不会死的。

医院里有人联系了当地报纸，说了克劳斯的自杀企图。于是国内国际的媒体纷纷转载，电话铃声响个不停，老朋友和好奇的熟人都来问克劳斯的情况。

戈洛来住时，他的母亲和姐姐责怪他每在电话铃响时，就把听筒提起再搁回去。即便克劳斯情况好转的消息传来，正在读书的戈洛也没有抬头。当托马斯试图与戈洛就克劳斯的自杀企图感慨一番，希望家里这两人能有共同阵线，戈洛只是冷冷地回应。

“我母亲很担心。”他说。

托马斯回到书房。不久埃丽卡来敲门，说克劳斯当天出院，但他想要在回家前去游个泳。

“他拧开了煤气，他知道邻居的厨房窗子就在隔壁，他们会闻到气味，尤其是他还特地把厨房窗子开着。后来他们来敲门，他就用一把钝刀在手腕上划了一下。就这么没事找事！”

克劳斯搬进了圣莫尼卡的一家酒店，为的是和重新现身的哈罗德再续前缘。卡提娅已经禁止哈罗德再来太平洋帕利塞德。托马斯得知克里斯托弗·伊舍伍德也住在那家酒店。

“难道是那个给你找了丈夫的克里斯托弗·伊舍伍德？”他问。

埃丽卡点头。

“他真是恬不知耻！我以为他穿过军装，多少会收敛些。我们能否认为，没有他的帮助，世界也能从暴政中解放出来？”

“他又没上战场。”埃丽卡说。

“我们可以像禁止哈罗德一样禁止他来吗？”

阿尔玛·马勒打来电话。

“我知道你一定担心坏了。一个家庭里一旦发生了自杀，就像美貌和蓝眼睛一样，就会代代相传。你的两个妹妹都是！上一代人也有自杀的吗？”

托马斯告诉她没有。

“可是，当然了，当时没人谈论这种事。你的父亲是怎么过世的？”

托马斯肯定地说，议员是自然死亡。他心想该如何转变话题。

“我的继父、妹妹还有妹夫听到红军进入维也纳，就服毒了。”阿尔玛说。

托马斯知道她家庭中有几人曾是纳粹，但他以为她该知道不应提起他们。

如今阿尔玛成了寡妇，战争也结束了，她便开始旅行，先去纽约，然后欧洲。她在洛杉矶时与流亡者们保持着联系，哪怕是他们中间最不起眼的人物。只要有人发表了一首诗，或者谱了一曲弦乐四重奏，或者出了事故，发生争吵，她都会散布消息或上门拜访。

她之前一直很推崇他的作品，因此托马斯不明白为何她在《浮士德博士》出版时会惹麻烦。他写作此书时曾告诉过她，因为觉得她可能比任何一个流亡者都更明白在她丈夫死后的那些年里，德国作曲家所承受的压力。尽管她不时犯蠢，发表谬论，她对音乐是个内行。她喜欢用被禁止的和弦和声音把魔鬼勾引进房间的想法。她喜爱晚期的贝多芬。有时如果身边有钢琴，如果他提到了某个曲子，她能从记忆中把它弹奏出来。

他对这部书并不保密，有客人来家里时，他甚至还会读上几章。但他从未对阿诺尔德·勋伯格提起小说的主题，因为他觉得他太有学问，太疏远，令人望而生畏。他觉得勋伯格会对他明言，他对音乐的了解，不足以让他写这样一部书。

托马斯以为，既然移民圈子这么小，一定会有人把这一消息传给勋伯格，说他写了一部关于现代作曲家的书。但当此书出版时，显然并没有人去传话。

他回想往事，认为当时将一本小说寄给勋伯格，并题词“赠阿诺尔德·勋伯格，真实的那一位，祝好”，并非明智之举。“真实的那一位”可以理解为一句恭维，意为曼的人物是虚构的，但勋伯格本人不是虚构，而是真实的。但也可以理解为勋伯格是真人，而曼以他为原型创作了一个与魔鬼签订条约的作曲家。

书出版时，勋伯格的视力已经恶化到无法阅读。但他思考过题词，以及他所听说的小说内容。起初，托马斯并不清楚为何勋伯格会觉得洛杉矶人以为他和小说里的作曲家一样得过梅毒。他只听说勋伯格曾在逛布伦特伍德乡村市场时遇见一个德国移民，他郁闷地告知她，他没得过任何性病。

这位女子对这种可能性的想法表示吃惊，勋伯格解释说他自觉有必要澄清。他说，都是因为托马斯·曼写的那部书。这位女子直接开车去太平洋帕利塞德，将作曲家这番话告诉了卡提娅。

托马斯想到，也许能安抚勋伯格的人就是阿尔玛·马勒。她对他说，小说是一种精密的创造，并令他放心，没有一个读者会因为他是作曲家的原型而认为他得过梅毒。

阿尔玛也同意他的看法，勋伯格在市场上的举止古怪。她说，她会与他谈谈，也许曼家夫妇可以与勋伯格夫妇一起来用晚餐，举杯庆祝这部杰作的出版。

她没有告诉托马斯的是，在《浮士德博士》出版后，她早就给勋伯格家打过数次电话，告诉作曲家夫妇，小说的内容令人惊悚。而这些是勋伯格的一个朋友透露给他的。

事情很简单，她告诉勋伯格，托马斯·曼的作曲家发明了十二音技法，勋伯格也是。曼的作曲家得过梅毒，是同性恋，与魔鬼结盟，于是人们可能会以为勋伯格也是如此。

托马斯担心如果勋伯格去找律师，克瑙夫出版社会迫使他解开此书所有的谜团，一条条列出哪些是真的，哪些是虚构。此书所发源的奇特的内心深处，是很难说出来的，想到这里他就颤抖。《浮士德博士》内容深奥难懂，在美国却十分畅销。勋伯格无论请到哪位律师，对方都会考虑这点。如果作曲家要提起诉讼，托马斯认为，他会要求他分享版税，或者甚至可以同时要求版税和损失费。由于随之而来将有极大的文本争议，请律师辩护的费用也将是天价。

托马斯一大早躺在床上时，总是想到一幅画面，他被判把此书所有的收入都交给阿诺尔德·勋伯格。

托马斯与勋伯格之间的问题让阿尔玛来做客时比往常更为兴奋。

“我想你不了解阿诺尔德·勋伯格，是吗？他的无调性作品并不仅仅是技巧或技艺，而是某种精神性的东西。”

她顿了顿，托马斯一脸疑惑。

“勋伯格是一个真诚信教的人。他怀着美好的信仰加入路德教，正如他怀着绝对的谦卑和严肃回到他的犹太人之根。他并没有自负地将他的音乐视为对神明的奉献，而是视为一种对物质主义的壁垒。因此当他看到他的技艺被当成道具用在小说里，被一个哪怕完全虚构的人使用，这人与魔鬼结盟，他的创造力是被梅毒激发的，那么勋伯格是不高兴的。”

“是的，”托马斯说，“写小说是一件肮脏的事。作曲家可以遥想神明和无法言喻的崇高伟岸。我们得想象大衣上的扣子。”

“还有让德国作曲家得性病。”阿尔玛补了一句。

有时在夜里，当卡提娅已经睡了，埃丽卡不在家时，托马斯会播放勋伯格的《升华之夜》，他后悔用小说伤害了这位作曲家。这首曲子紧张而克制，但流露出精心调配的各种情绪。他知道这是在勋伯格发明十二音技法之前的作品，但他发现它指向一种在未来会变得更为纯净的风格。他希望能与勋伯格谈谈这个话题，希望能在他们和解后聊一聊。

在作曲家眼中，他一定是见利忘义的。他需要小说的素材，就像一艘轮船需要压舱物。他不是一件能变得纯净的艺术品。当他听着弦乐越来越急，祈诉的语调起起落落，他希望自己是另一种作家，关心的不是世界的细枝末节，而是更大更永恒的问题。现在太迟了，他的作品已完成，或大部分已完成。

奇妙的是，在这个美国城市的另一头，住着这个年轻时创作了如此丰茂的音乐的人！托马斯想，勋伯格仍然醒在这个不变的加利福尼亚之夜。那些早期的渴望一定仍留在他心中，现在他一定因为这种温柔的表达不再可能而伤怀。托马斯希望，音乐所唤起的同样的情感，能被捕捉进他的小说，但用的是词语，不是音符，是句子，不是和弦。

埃丽卡现在是他的司机、编辑，也是他的代理人。她接电话，存银行支票，回邀请函。她与纽约的克瑙夫出版社打交道，对布兰奇·克瑙夫说，一切与出版有关的事，哪怕最小的事，都必须通过她。

埃丽卡还喜欢与阿格尼丝·迈耶作对，不让她直接与父亲通话。

一天下午电话铃响，托马斯赶去接时，埃丽卡已经提起话筒。

“不，你不能，”他听到她说，“我父亲在书房里，正在埋头写作。”

托马斯小声问是谁，埃丽卡一手捂住话筒，说是他朋友，那个华盛顿的女人。他表示想与她通话，埃丽卡却摇摇头。

“我可以给他捎口信，”她对迈耶女士说，“但我不能去打扰他。”

他站在旁边，都能听到阿格尼丝在怒骂埃丽卡，而埃丽卡说了句“再见”就放下话筒。

“我是电灯，”她说，“而阿格尼丝·迈耶是只蝙蝠。我一开灯她就飞了。”

当联邦调查局和家里联系，要求继续调查埃丽卡时，她认定是迈耶女士撺掇他们的。

“他们已经两年没问我了。怎么突然回来了？那个可恶的阿格尼丝要对和平爱好者开战。”

“和平爱好者?”卡提娅问,“那是你吗?”

托马斯以为埃丽卡仍然对联邦调查局怀有同样的愤怒,就像她对其他许多人一样,但她却担忧地摇了摇头,像是真的被吓怕了。

“我在国籍的事上很蠢,”她说,“战时我太忙了,忽略了申请国籍的事。如今他们随时都能把我驱逐出去。”

托马斯想,如果埃丽卡离开美国,她将无处可去。她有英国护照,但她在英国没有熟人。在新德国,无论是东德还是西德,都没有她坦诚直言的空间。克劳斯已经去了法国,在戛纳过着苦闷的日子。托马斯明白,虽然埃丽卡愿意给弟弟写信,支持他,但她不愿自己也落到一样的处境。她不想孑然一身,无国可归,之前在反法西斯斗争中帮过她的人,如今已没有用处。

联邦调查局来了家里两次。托马斯发现,第二次调查几乎持续了一天,中间因为午餐而暂停。那天傍晚在餐桌上,埃丽卡解释了所发生的事。

“性,性,性,就这些。我真希望我有过他们认为我有过的性事。当我告诉他们:‘你们没有做过爱吗?’其中一个回答说:‘没有发生过婚外性行为,夫人。’他很幸运,我没有提着他的耳朵把他拖出房子,让他在外面的街上去当已婚人士。”

联邦调查局再次认为,埃丽卡与她弟弟克劳斯的关系是不健康的,更危险的是,他们还暗示说他们有铁证,证明埃丽卡与奥登结婚只是为了得到英国国籍,他们从未圆房,而且绝对不会圆房,因为她与他的特殊爱好。

托马斯想，来访者似乎不知道他女儿与布鲁诺·瓦尔特长期的风流韵事，但现在不是提起此事的时候。

“他们把我们混淆起来了。他们以为克劳斯的书是你写的，还以为我们都是共产党。”

“希望他们不会以为我是共产党。”卡提娅说。

“他们都不知道你的存在！”埃丽卡说。

她把这说得像是一条罪名。

当托马斯与勋伯格的争执渐渐平息，托马斯希望他和卡提娅能在太平洋帕利塞德安享晚年。许多流亡者已经返回德国，但曼家夫妇不打算回去。托马斯逐渐发现，他不想与德国产生瓜葛，这在祖国引起了愤恨。

“我在一九三三年离开时无人反对，”他说，“如今他们倒认为我有责任回去。奇怪的是，我收到的辱骂信都是来自不认识的人，但认识的人全都没写信来。”

“他们需要替罪羊，”埃丽卡说，“你就是一个很好的目标。所有的专栏、编者按如果不攻击你几句都觉得不完整。”

“我觉得美国媒体把我和你还有你哥哥弄混了。他们以为我是什么左翼煽动者。显然，我在某个名单上。”

那年夏天即将举办歌德两百年诞辰纪念。托马斯在一篇文章中将歌德的思想与当下世界的需求联系了起来。他想，他可以用歌德的例子来讲一堂课，无论在公众还是私人空间，这个世界看待事物的方式，都应该从单一角度转变为多角度。对于这个正在遭到意识形态猛烈冲击的世界，歌德的范例是大有裨益的。这位作家的想法变化多端，他的想象力不受约束。幽默与反讽是他必备的工具。

埃丽卡和戈洛都读过文章的初稿，觉得他过于理想主义，毫无顾虑，想让歌德成为美国的代言人，但托马斯坚持己见，他让埃丽卡等到文章需要大改成演讲稿时再积极参与进来。文章先寄往芝加哥，然后华盛顿。接着他会搭乘第一班跨大西洋航班去伦敦，在牛津做讲座。他将从那里转机哥德堡，去斯德哥尔摩再做一次讲座。

当他收到去德国的邀请时，埃丽卡建议他拒绝。

“你现在不会想去那里，”她说，“还为时过早，最好拒绝所有德国的邀请。”

“我想在歌德的祖国纪念他的两百年诞辰，”托马斯说，“可这事不简单。我知道不简单。”

“他的祖国在他读者的心中，”埃丽卡说，“你不能说那就是德国。布痕瓦尔德[①]是他的祖国吗？你都不想去那里纪念歌德！”

托马斯与卡提娅长谈一番后决定，如果他们要去斯德哥尔摩，就会去德国和瑞士，也许先去苏黎世，然后去歌德的出生地法兰克福。法兰克福已经授予托马斯歌德奖。如果他接受该奖，就会考虑再去其他城市，甚至是慕尼黑。想到会看到他们被毁坏的房子，卡

① 纳粹在德国图林根州魏玛附近所建立的集中营，而歌德曾在魏玛生活56年。

提娅陷入了沉默。托马斯都不想和妻女讨论是否去东德旅行。

问题是如何告诉埃丽卡，他们已经决定不顾她的愿望返回德国，即便只是一次短期访问。

埃丽卡无一日不谴责德国。当一家慕尼黑周报称她为斯大林的间谍时，她的攻击比伊丽莎白更厉害了。西德的其他几家报纸也转载了这一新闻。如果这发生在二十年前，埃丽卡一定认识这些报纸的主编，可以轻易地为自己澄清。可现在她谁也不认识。让她感到意外的是，没有一家报纸支持她，也没有表明并无证据可证明她是斯大林的间谍。

当卡提娅在餐桌上向她披露，他们打算在欧洲旅行时也去德国时，她耸了耸肩。

“你们俩想去哪就去哪。我最多跟你们到瑞士。如果你们丢了手提箱或眼镜，或忘了酒店的名字，或需要和油滑的镇议员打交道，我不会在你们身边。”

托马斯想，埃丽卡说这番话时并没有看着母亲，眼神在房间里乱转。他觉得卡提娅差点开心地表示，他们宁可在保镖的陪同下过日子，也不要女儿陪伴身边。

“如果你不告诉海因里希我们去德国的事，”他目视埃丽卡说，“那就太感激了。他一直与东德当局保持联系，有些人是他的老朋友。我不想和他发生争吵。”

“可是他自己会知道的，他会想知道你打算在德国说什么。”埃丽卡说。

“关于什么？”

“你觉得呢？当然是关于你的国家的分裂问题！”

“现在那不是我们的国家了，”卡提娅说，“早就不是了。”

“那你们回去干什么？”埃丽卡问。

托马斯喜欢出门前的种种准备，他告诉邮递员，他们要离家数月，他看着行李箱一个个在门厅里排列起来。上火车后，他等着夜晚到来，列车员来包厢里为他们铺床，这一程会送他们到芝加哥。

到了芝加哥，他想起不能在安杰莉卡面前开玩笑，他希望博尔杰塞不会大谈战后的意大利政治。

卡提娅显然已经与埃丽卡、伊丽莎白谈过，让她们对彼此客气一点。他们在客厅里喝茶时，她监督着进展。埃丽卡聊着旅途情况和美丽的风景。

“我们刚启程，母亲就睡着了，”埃丽卡说，“然后她读了一本英文书。”

“这本书糟透了，”卡提娅说，“但你父亲也读了。书名是《城市和柱子》，写的是一个年轻人。”

“我很喜欢。”托马斯说。

“你的歌德听众会需要一些更高雅的东西。”埃丽卡说。

“魔术师的伪装很多。”伊丽莎白说。

虽然卡提娅已经让埃丽卡别说他们会去德国，但发现她的女儿忍不住了。

“德国！”埃丽卡说，“想想吧！”

“你们要回慕尼黑吗？”伊丽莎白问。

“我们不知道，”托马斯回道，“一切都还未定。”

“如果你们去那里，能否让他们把房子归还我们？”伊丽莎白问，“战争已经结束四年了。他们至少可以做此事。”

“我这辈子早已习惯了失去一切，”卡提娅说，“我不想把东西要回来了。大多数人比我们失去的还多。”

“父亲那些书的手稿和信件怎样了？”伊丽莎白问。

“都丢了，”卡提娅说，“我们把它们交给我们的律师海恩斯保管。他的房子遭到了洗劫，或是被轰炸了，或是遭窃了。它们可能还会出现，但我早已不去想这事了。”

“德国都垮了，”埃丽卡尖锐地看了伊丽莎白一眼，“我们的财产也许是最不该考虑的了。”

第十七章

斯德哥尔摩，一九四九年

战争结束了。托马斯并未参与战争。他不知道其后果意味着什么。他将会习惯。他准备在斯德哥尔摩的格兰德酒店住下来，接受瑞典人的招待，卡提娅和埃丽卡的房间也在隔壁。他的歌德讲座将会在乌普萨拉举行，然后在哥本哈根、隆德。之后他们将赴瑞士，在十多年后第一次在街头听到德语。

在斯德哥尔摩的第一天，他答应跟埃德加·冯·于克斯屈尔去参观城市。他早在一九二〇年代就结识了于克斯屈尔，此人因为卷入反希特勒的政变，在战争结束前一年被捕。他们谈笑自若，但还是因为战争期间各自的事而生疏了。

托马斯能感到他的朋友心怀忧虑，尤其是当托马斯说出某种确定的信念时，于克斯屈尔更是面露忧色。当托马斯认识于克斯屈尔时，他是个固执己见、好争辩、爱交际的人，他喜欢争论和活泼的对话。如今他有的那些陈腐的观点，想必是从报纸上搜集来的。

托马斯觉得难以想象当反希特勒的政变失败时，于克斯屈尔是多么恐惧。虽然他在政治圈里的人脉救了他，他还是差点遭殃。

托马斯在城市里逛了一圈后，与于克斯屈尔告别，去咖啡馆与卡提娅碰头。

“我已经老得没法旅行了，”卡提娅说，“我三点起床，穿好衣服出门散步。酒店里的人一定以为我疯了。”

他和卡提娅走进酒店时，埃丽卡正在大堂里等着他们。她脸色阴沉。她没打招呼，快步走到他们面前，然后又走开，招手让他们跟上。她开口时，托马斯不确定是否听错了，但当他让她把话重复一遍，她摇了摇头。

“我不能在这儿说。但他死了。克劳斯死了。他服药过量。”

他们慢慢地走着，默默无言地，从大堂走向卡提娅的房间。

“我刚好躺在床上，”埃丽卡说，“我本该出门散步的。”

“电话是打给你的？”卡提娅问。

“我不知道是打给谁的。但接到了我的房间。”

“你确定吗？他们确定吗？”卡提娅问。

“是的。他们问接下来如何安排。”

托马斯听着这句话，疑心她是否有所误解。

“安排？”他问。

“葬礼。”埃丽卡说。

“我们才刚接到消息，”卡提娅说，“他们就要我们决定葬礼的事？”

“他们想知道该怎么做。”卡提娅说。

卡提娅一直抚弄着手指上的戒指。当她无法把其中一个完全摘下来时，她的手开始颤抖。

“你为什么要把那个戒指摘下来？”托马斯问。

“什么戒指？”她问。

托马斯朝埃丽卡看了一眼。这是他们一直害怕的消息，但如今消息来了，却显得那么不真实。

“他们有没有给你电话号码?”托马斯问。

“给了,”埃丽卡说，“就在我手头。”

“我们能不能打过去确定那人是否是克劳斯，他是否已经被验明身份?”

卡提娅说得好像她并没有在听。

“我不想看着他的棺材埋到地下,”卡提娅说，“我不想看到。”

“我已经一遍遍问他们是否确定。”埃丽卡说。

“然后他们问你如何安排?”

“我可以一个人去,”埃丽卡说，“我一到就去安排。”

“你不能一个人去。”卡提娅回道。

托马斯想安慰卡提娅时，她背转身。

“克劳斯已经离开我们很久了,”她说，“我们已经和他道过别。或者我觉得我们道过别了。现在我无法相信这是真的。”

“米夏埃尔的乐队就在附近,”埃丽卡说，“我想他在尼斯。”

“打电话给他,”卡提娅说，“也给戈洛传个话，然后我们设法联系莫妮卡。我来给伊丽莎白打电话。刚才我还在想，我们谁去和克劳斯联系，可他是死掉的那个人。很难去想我们再也见不到他了。即便此刻，他的声音对我而言还是鲜活的，他还活着。”

她停顿了片刻。

“他对我而言还是活着的。我太老了，接受不了。我永远无法相信。”

“我们距离戛纳只有几小时,”埃丽卡说，“我们随时可以改变行程。”

她看着托马斯，示意他说些什么。

“让他母亲决定吧。”托马斯说。

“可你怎么想呢？”埃丽卡问。

“我觉得他不该对卡提娅，或对你这么做。”

她俩都没回应，他隐约感到她们对他的话不以为然。在之后的静默中，他试着让话题回到实际问题。他想到无人提及海因里希。

“应该给海因里希打电话吗？”

“我不想给任何人打电话，”卡提娅说，“我也不想谈安排，不想听到克劳斯应该或不应该。”

在接下来的一个小时中，他们等在房间里。埃丽卡一支接一支抽烟，空气里充满烟味后，她就去阳台。卡提娅叫了茶，但茶点送来时，她又不吃。电话铃响，是戈洛。卡提娅示意埃丽卡去接。

“他们认为是服药过量，但他们能怎么说呢？他一直服用安眠药。是的，昨天。他是昨天死的。他们一直在找我们。是的，他留了一封信，写了母亲和我的名字，没有别的了。他被救护车送到医院，但为时已晚。我早知会有为时已晚的一天。我们都很震惊，但不该感到意外。”

“埃丽卡，别这么说！”卡提娅打断她。

“魔术师两三天后要做讲座，”埃丽卡不理卡提娅，对戈洛说，“我不知道我们要不要去。”

托马斯听到戈洛一句响亮的“什么?”

埃丽卡把话筒递给母亲。卡提娅听了一会儿。

“别告诉我我该如何感受，戈洛!”她终于说，“没人能告诉我该如何感受。”

她把话筒还给埃丽卡，埃丽卡对托马斯做手势，问他是否要与戈洛通话。托马斯摇头。

“我们一有消息就给你打电话。”埃丽卡说。

托马斯知道她们都在等他开口。他所能做的是让埃丽卡告诉瑞典和丹麦的组办方，说只要他们找到航班，他立刻去法国。在随后的行程中，她可以取消他的德国之行。他们会去戛纳看看克劳斯死去的地方，然后跟着棺材去墓地。然后他们会去瑞士某处安静的所在，或者返回加利福尼亚。

他看到卡提娅的目光。显然她什么都不想说。

托马斯心中想的是克劳斯也许能被再救活一次。

他们后来见面时，埃丽卡催促他做决定。他希望卡提娅能把自己的意愿说出来。他不知该如何与她谈话，不知她想要怎样。他想，这真奇怪，和一个人相处了将近半个世纪，却无法读懂她的心思。

餐桌上，埃丽卡告诉他们，她去前台查过了，明早就有航班去巴黎。卡提娅没碰食物，只喝了几口水，并假装没听到他们说的话。

在大堂里，卡提娅说，“在明早之前，我不希望有人来打扰我。”

“那葬礼怎么安排？”埃丽卡问。

“葬礼能让他活过来吗？”卡提娅问。

埃丽卡大清早打电话到托马斯房间，说母亲已经在餐厅用早餐了。他过去时，看到卡提娅穿着她最好的衣服。

“都安排好了？”他问。

“没有，”埃丽卡说，“我们在等你。”

一个服务员给埃丽卡送来一张便条。她离开了餐桌。她走开后，托马斯和卡提娅没说话。她回来时，坐到了他俩之间的位置。

“是米夏埃尔。他会去戛纳。”

“去参加葬礼？”托马斯问。

“我们还没决定葬礼日期。”她回道。

后来，他没在埃丽卡的房间里找到她，就去了大堂。他坐在一张老沙发椅上看着客人们，想起多年前在萨尔特舍巴登的酒店大堂中，客人们围着经理询问行李的事，他们被战事所困，迫不及待地离开瑞典。当时他确保埃丽卡和克劳斯安全无虞。他一回到普林斯顿，就开始逐一营救其他孩子。可他还是没能挽救克劳斯。他愿意不惜一切让时光倒流，回到那次返美的航程上。他想要回到过去的任何一个地方，只要能阻止刚刚发生的事。他会要求克劳斯去瑞典，然后陪他们赴德国，只要他的母亲恳求他，他一定会答应的。

这时他看到卡提娅走出电梯，穿过大堂朝小咖啡厅走去。她步履缓慢，像是身患病痛。她朝他的方向走来，却没有瞧见他。他觉得自己也许是她此刻最不想见的人。

当卡拉自杀时，他有母亲可安慰，当卢拉过世时，全家人都在他身边。如今，虽然卡提娅和埃丽卡都在，他却孤独了。他无人可倾诉。卡提娅和埃丽卡也孤独着。她们都不想和对方说话，他和卡提娅都不想安排克劳斯的葬礼，也不愿埃丽卡去做此事。

托马斯回到房间，看到留在书桌上的一沓手稿。他重读了一遍最后写的句子，自然而然地想到了该如何写下去。他写了起来。

埃丽卡没有敲门。他注意到她时，她已在房间里了。她看到他在写作，不禁倒吸一口气。

“我安排好了，三天后下葬，”她说，“葬礼在星期五举行。”

“你告诉你母亲了吗？”

“我说了，可她完全不理会我说的话。”

他知道，他还来得及让埃丽卡为他们安排航班。

“你觉得我们应该怎么做？”他问。

“母亲的状况不适合旅行。”

他想告诉埃丽卡，他不相信她，为了能一步步地施加掌控，她就会这样说她母亲。

“我会和她谈谈。”

当时是芝加哥近午时分。埃丽卡离开后，他打电话给伊丽莎白，他知道她母亲已经把克劳斯的死讯通知了她。

他告诉伊丽莎白，他们不去戛纳。

“这是埃丽卡的决定吗？”

“不是。”

“母亲不想去？”

“我不确定。”

“所以是你的决定？”

“我什么都没决定。”

“总有人决定吧。”

挂了电话后，他希望自己对伊丽莎白说出他无法面对那具棺材，想到克劳斯毫无生气地躺在里面，他无法跟随它走在戛纳的街上。但更重要的是他无法让卡提娅去走这一程，把克劳斯埋入地下后，他们离开墓地，但无人能给予她稍许安慰。他知道不去是不对的。如果他能多打一会儿电话，伊丽莎白会果断告诉他不能不去。他几乎希望她这么说了。他希望做出的是另一个决定，但接着他又发现自己希望一切都未曾发生，他没有得到克劳斯的死讯。

到了傍晚，埃丽卡告诉他，她给莫妮卡也打了电话，并又给米夏埃尔打了一次。

“莫妮卡怎么说？”

“你不必知道。她在那不勒斯，正要去苏黎世与我们碰面。她认为我们没有她不行。”

“米夏埃尔呢？”

“他会参加葬礼。”

“很抱歉我一直拖着这事。”他说。

“你想取消讲座吗？我能去解释发生了什么事。”

“不，我会去。如果我不去做讲座，我不知道我还能做什么。”

“也许回家？”

“那也是一种可能。”

“要我去和组办方说吗？”

“不，我会按照谈好的去做。”

当晚，他准备上床时，卡提娅来他房间，站在门口。

“有人把海因里希的电话接到我房间，”她说，“他刚得到消息，打电话来，但他不知原因，所以我告诉了他。”

“抱歉，应该由我告诉他的。”

“他告诉我，他觉得死亡是柔和的。他说，死去的人安息了。电话打了一会儿，但我们都没怎么说话。我们不需要说话。然后我们说了再见。我听到他挂电话时哭了。”

一星期后，托马斯在哥本哈根收到了米夏埃尔的信。信是送到他房间的。他想幸好这封信没在餐厅里递交给他。他不想让卡提娅和埃丽卡看到。

“亲爱的父亲，”米夏埃尔写道，“他们把克劳斯的棺材沉入地下时，我在那儿。当他们用泥土覆盖他时，我为他慷慨的灵魂演奏了一首慢曲。他的埋身之地很美，这令他的死让人无法承受。没有什么让我感到宽慰，蔚蓝的天空不行，泛着波光的大海不行，音乐也不行。什么都不行。”

“您可能从未注意到，克劳斯虽然比我年长许多，他从未想要让我把他视为父亲，而是成功地当了我的长兄，当无人在意我时，他当了一个倾听我、看顾我的哥哥。他在自己家中大多数时间也是为人忽视。我记得在餐桌上，他的想法总是被您不经意地驳斥，我记得当他发现您瞧不起他的想法时，他是受伤的。”

“我相信这个世界因您对您那些书全心全意的付出而感激，但我们，您的孩子们，对您毫无感恩，对陪伴在您身边的母亲也毫无感恩。当我的兄长下葬时，你们都住在豪华酒店，这让我感到难以启齿。在戛纳我没告诉任何人，你俩在欧洲。他们是不会相信的。”

“您是一个伟人。您的仁慈得到世人的欣赏和赞誉。我相信您正在斯堪的纳维亚享受响亮的掌声。您的孩子们并没有分享到这种被恭维的感觉，但您很可能对此毫不在意。我离开兄长的墓地时，我希望您能知道我为他深感悲伤。”

托马斯把信压在床边桌上的一本书下。过后他会再读一遍，然后把它毁掉。如果卡提娅和埃丽卡发现有过来信，问他内容，他会说没有收到。

在苏黎世机场，他们与米夏埃尔见了面，他朝父亲挤出一个笑容，然后拥抱了母亲和姐姐。他们朝车走去时，发现莫妮卡一直站在暗处。她没理埃丽卡和母亲，径直走到父亲面前，含泪拥抱了他。

“这不是哭的时候，莫妮卡。”她的母亲说。

“何时是哭的时候？”莫妮卡问，“又是谁决定的？”

“我决定的。”埃丽卡说。

当晚在酒店，埃丽卡和米夏埃尔拿出为托马斯收集的德国剪报，内容都是关于他即将进行的访问和可能去东德的行程。大部分持嘲讽的态度。托马斯尤其不解的是，有些文章批评他没有像其他人那样在艰难时期留在德国。

“我若是留在德国就没命了。”他说。

片刻后，卡提娅来了，一脸坚忍和认命，然后眼泪汪汪的莫妮卡也来了。

“好了，莫妮卡，”卡提娅说，“我说过别哭了。”

卡提娅宣布说，每个人都得振作精神，因为乔治斯·莫奇曼要来了。托马斯曾在战前与莫奇曼会过一面，当时他在他的富豪父亲的要求下，来帮卡提娅的父母去瑞士避难。她的父母离开德国后，他与卡提娅时有书信往来，他一直表明，只要曼家决定定居瑞士，他一定会照顾他们。

“他是一个特别高尚的人，”卡提娅说，“我的父母很欣赏他。”

乔治斯一来，气氛就变了。服务员变得勤快起来，酒店经理亲自来到桌边，询问他们是否一切满意。

乔治斯·莫奇曼个子很高，衣着讲究，年约三十出头。托马斯想，是否可用精美来形容他，他就像一件高贵、精雕细琢的银器。但乔治斯一开口就不显得那么精美了，他的声音低沉，透着权威感和阳刚气。乔治斯的举止仪态显示他出身富贵，但他散发出一种托马斯几乎忘却了的东西。这种东西埃德加·冯·于克斯屈尔身上也有稍许，但那是断断续续的，而在莫奇曼身上，它闪烁着光芒。托马斯一眼看出，莫奇曼是那种与书、画、音乐为伴的人，正如他习惯于被用人侍候，让别人给他做饭。他视人有亲疏，带着一丝傲慢。托马斯发现，就连他注视餐桌和喝茶的样子，也来自瑞士富豪数代相传的慢节奏生活。托马斯注意到莫妮卡对这个年轻人敬仰有加时，差点笑出声。接着他瞅了一眼卡提娅和埃丽卡，她们都目不转睛看着乔治斯·莫奇曼。

乔治斯看到桌上的剪报，他翻阅了一下，耸了耸肩。

“我们不必理会这些，”他说，“德国人的恶意是无法消除的。”

接着他说自己并非是来拜访故人，而是来帮忙的。

“你们在德国和东区将会遇到的问题是如何抵达，如何离开。你们不能在火车站逗留。在东区，你们不能被人瞧见坐在政府的车里。我的别克车至少在瑞士的道路上畅行无阻，它也许是最好的旅行方式，我也可以当你们的司机。有必要的话，我准备穿上制服。”

“我觉得你现在这样就挺好看。”卡提娅说。

托马斯发现她在公开调戏这个年轻人。

事情安排好了。他会载着托马斯和卡提娅去埃格兰泰恩的瓦尔佩罗，让他们休息一下，然后他会接他们去法兰克福、慕尼黑，然后如果他们决定了的话，就去魏玛。埃丽卡将去阿姆斯特丹，莫妮卡回意大利，米夏埃尔继续随乐队巡演。

当莫奇曼驾车到瓦尔佩罗的施韦策霍夫酒店时，托马斯差点开口请他同住一天。他想商量一下访德的事。

“我不知道我会得到什么待遇。我都不知道我为何要去。”

“你该明白，你无论怎样都成不了赢家，”莫奇曼说，“你待在加利福尼亚，他们会恨你。但你回去，他们还是会恨你，因为你一开始去了加利福尼亚。你只去西区的城市，他们会称你为美国走狗。但如果你去东区，他们会称你为敌方阵营的同情者。而且每个人都想要你去参观某个神祠、某座监狱、某个发生过暴行的地方。没有一个人会觉得高兴，除了你自己，而你高兴仅仅是因为你将能很快返回加利福尼亚。战争是结束了，但它投下了长长的阴影，人们心里有许多恨，在你访问期间，这些恨会指向你。”

一到酒店，乔治斯悄悄地叫来了经理。托马斯看到他把一大张钞票塞给了脚夫班头。他把经理介绍给托马斯后，小声说了几句，就准备离开了。

“你的名字不在登记簿上。你们的房间登记在我名下。不能让人找到你们。会有人来找你，很可能是记者。但他不会在这家酒店找到你。”

他们坐电梯上楼时，托马斯想，如果卡提娅说她累了，要独自用晚餐，他一点也不意外。但他们朝她房间走去时，她停下脚步说，希望能一起用餐，就他们俩。

他在房间的阳台上望着山谷的景色时，想到克劳斯会对此感兴趣，这是他父亲首次返德之旅。如果每晚能在酒店与卡提娅、克劳斯一起喝一杯就好了，克劳斯会评点那些发言、那些官员和群众的声音。一分为二的新德国是一个实验，它可以成为克劳斯写书的题材。

他想，在某些方面，他已经老得无法接受改变了。他想待在自己的书房里，他已经在构思一部可能会写的小说，他希望能活到写完它的那天。他想，他已经在一生中见证了足够多的德国。没有他，没有他的儿子，这个新德国也会发展下去。

晚餐时，卡提娅提起乔治斯出生于俄国，他的俄语讲得和德语、法语、英语一样好。

“这个家庭理应拥有财富。”

“我不知道他们的钱是怎么来的。”

“最初是因为做皮毛生意，”她说，“所以他们以前住在俄国。乔治斯曾有一次对我母亲说，现在他们以钱生钱。他的父亲与许多瑞士人一样，在战争中也过得很好。”

一星期后，托马斯和卡提娅坐卧铺车从苏黎世去法兰克福，而莫奇曼载着他们的行李开车过去。

由于德国报纸收到了威胁信，瑞士警察来他们的车厢护送，这让他们引人瞩目。到了法兰克福，他们被警察飞快地送到克龙贝格的政府招待所里。一路上他们看到楼房之间满地残骸。整条整条的街道似乎都消失了。天空是死气沉沉的泥灰色，仿佛也被轰炸过，失去了一切色彩。他们开车经过的街区被夷为平地，原来是商业大楼的地方只剩下水坑和干巴巴的泥土。就连走在破路上的身影也显得孤独而悲惨。

当他们经过一个十字路口，看到被毁掉一半的楼房时，托马斯抓住了卡提娅的手。这幕景象不知怎的比彻底的毁坏更直接，更有冲击力。留下来的那些东西，窗子掉了，屋顶也塌落了，这让他们身临其境地感受到曾经发生了什么。他端详着一栋楼房，它的整个外立面被轰炸掉了，每间房间的地板都一目了然，仿佛要举行一场多场景的话剧。他看到底楼的墙壁上还有取暖器，仿佛是在戏仿它们战前的角色。

莫奇曼来了之后，大家决定告诉所有已经到场的记者，托马斯在明日之前不接受采访。

当日傍晚在大接待厅里，他走来走去恍如身在梦中。人们问他是否记得许久之前他们曾参加过他的朗读会、晚宴、记者会。他只是报之以微笑，并让卡提娅跟在他身边。他数次问莫奇曼，他联系过的恩斯特·贝尔特拉姆有没有来。在此刻之前，他并不想见恩斯特·贝尔特拉姆，但在这个闹哄哄的地方，当男男女女都过来触碰他，争取他的注意力时，他愿意看到贝尔特拉姆朝他走来。

早晨，当他接受媒体采访时，每个问题都聚焦在他是否会访问苏联控制下的东区。他说他尚未决定，但无人对此答案感到满意。当问到最后一个问题时，人群后方响起一个声音，问他既然大局已定，是否打算永久回到他的祖国。

"我是美国公民，"他说，"我会回美国的家，但我希望这不是我最后一次来这儿。"

那天傍晚，他在圣保罗教堂被授予歌德奖。他注意到坐在前排的东德代表团。他的演讲结束时，掌声久久不绝。他想，如果他在此地不受欢迎，那么当局已经将之完美掩饰。

晚餐后，当他们终于返回招待所时，莫奇曼告诉他，他有位朋友也住在这里，并想在他休息前与他聊聊。托马斯一时以为这位朋友就是贝尔特拉姆。卡提娅一听到这个名字，就说她当晚不想见任何人。她回了自己房间。

托马斯已经打好了腹稿该对贝尔特拉姆说什么，该如何开口，但当莫奇曼带他走进一间像是办公室的小会客厅时，他一下子没认出等着他的人是谁。此人用美式英语自我介绍。他留着平头，方下巴。

“我们多年前见过，”他说，“我是阿兰·伯德。我们在华盛顿的尤金和阿格尼丝·迈耶的晚宴上见过。我想那是一次很热闹的聚会。在我的世界里，是相当传奇了。我在国家部门工作。”

托马斯记得他的名字，他也记得当时自己对他心怀疑虑。

伯德示意托马斯落座。他对莫奇曼打了个手势，请他离开时关上门。托马斯看出他目标明确。他觉得伯德就像一头饥饿的猎犬。他决定尽量少说话。

“我的任务很简单，”伯德说，“我代表美国政府来告诉你，我们不希望你去东区。”

托马斯点头，微笑。

伯德飞快地开门，查看门外是否有人，随即又关上门。他转向托马斯，从英语切换到流利的德语，他只有少量的发音错误，其他准确无误。他开始像背台词似的说了起来。

“我们与苏联的关系正在恶化。像今晚这种场合，以及你在慕尼黑的访问，都对我们有益。但跨出边界，就会成为他们的宣传利器。全世界都会报道此事。”

托马斯再次点头。

“我能认为你理解了吗？”伯德问。

托马斯没有回答。

“今晚我看到了东区的代表团，”伯德继续，“一伙阴沉沉的人。从我们的角度说，最好是在明早的媒体发布会上说你不会访问东区，除非那边自由了，选举自由，媒体自由，行动自由，没有政治犯。”

托马斯还是一言不发。

“我需要你的首肯。”伯德说。

“我是美国公民，”托马斯说，“我相信很多自由，包括我访问我的国家的自由。”

“东区不是你的国家。”

托马斯抱着胳膊露出微笑。

“我是美国公民，但也还是德语作家，我坚守德语，那是我真正的家园。”

“这门语言中有许多词，东区的人不能说出口。”

“如果我去了，我会说我愿意说的话。没有限制。”

“别天真了。你一跨过边界，一切都会受限制。”

“你打算限制我吗？”

“我在跟你讲道理。我代表的是一个从法西斯手中救了你和你的家人的国家。”

“歌德出生在这里的法兰克福，但他生活在魏玛。我没兴趣了解魏玛属于东区还是西区。”

“魏玛是布痕瓦尔德集中营。魏玛就意味着这个。”

“慕尼黑就是达豪集中营吗？每个德国城镇都被污名化了吗？难道我不能拾起魏玛这个词，把它交还给属于歌德的语言吗？”

“布痕瓦尔德不是空的。现在共产党在那里关押着数以千计的囚犯。你经过集中营时要避开视线吗？歌德也会这样做吗？”

“你对歌德了解什么？”

“我知道他不想和布痕瓦尔德扯上关系。”

托马斯没有回答。

“我们不希望你去，”伯德继续说，“如果你去了，你回美国时会发现那是一个冰冷的地方。”

“你是在威胁我？”托马斯问。

他们满怀敌意地瞪着彼此。

“我会去慕尼黑听你的演讲，”伯德转身离开时说，“也许我在那里见到你时，你已经清醒过来了。”

“看来你是在监视我？”

“除了爱因斯坦，你是最重要的在世的德国人。如果不知道你在干什么，那就是我们失职。”

*

乔治斯·莫奇曼气度矜贵地开着车把他们从法兰克福送到慕尼黑。他说话声音响亮，足以让后排听清。

“我不喜欢昨晚那些东区人的发型。我不会想要他们当狱守的。”

“你的口气让我想起达沃斯，”卡提娅说，“你简直让我怀念那个疗养院了。”

“那当然，正如我们从《魔山》中得知，”乔治斯说，“那些诊所就是花大钱杀人的小工厂。你俩离开那地方真是太明智了！”

托马斯觉得奇怪，虽然乔治斯一直恭维他的作品，但他真正感兴趣的人是卡提娅，他想取悦的人也是卡提娅。他把后视镜调整到某个角度，以便她说话时他能看到她的脸。

托马斯想，乔治斯十分讨喜，但毫不谄媚。他的礼貌总是恰到好处。他似乎知道应该说到哪里，应该谈论哪些话题，使用哪种语气。和他相处时，托马斯总是想起早年在慕尼黑，他与一群趾高气扬的年轻艺术家待在一起时，自觉是个腼腆的乡巴佬。乔治斯·莫奇曼凭其高超的手段，不仅令他自觉是乡巴佬，还又老又落伍。

他坐在汽车后座安慰自己，想象着在某间精心布置的卧室里，雪地反射的蓝白色光线映入窗子，乔治斯脱光衣服会是什么样。

早晨，乔治斯问他们到了慕尼黑后是否要去波琴格街的老宅，他俩都立刻回答不去。他笑着又问，他们在慕尼黑还有哪里要去的吗，他俩都说没有。

“我们想直接去酒店，”卡提娅说，“待在那里，参加活动、晚宴，然后一早离开。”

驶过市中心时，马路上有不少裂缝，他们不得不放慢速度。他们穿行在鬼魅般的街道上。没有一栋楼房没被毁坏，一些彻底沦为废墟，还有一两栋孤零零地杵在那里，但千疮百孔，窗户破碎，大门堵死。

托马斯指着一栋半毁的楼房，生锈的钢梁从瓦砾堆中探出。他说他认出来了，他们一定是到了谢林街，卡提娅却说这不是谢林街。

“我以前每天都经过这里。我熟悉所有这些街道。”

但当车子往前挪动时，他们看到在街角有一栋半毁的、弯曲的水管犹如肠子一般溢出来的楼房上，有块标牌写着图尔肯街。

“我应该认识这栋房子，”卡提娅说，“但我以为它是在另一个街角。我现在也迷糊了。”

托马斯知道他们快到阿尔西斯街了。他知道附近所有的街名，但此刻一条都不敢认。直到他们经过绘画陈列馆时，他才确定了方位。当他们来到阿尔西斯街街角，他看到取代了卡提娅父母老宅的纳粹楼。

“我们的房子就在那里，”卡提娅说，“我本不想来这儿，但现在我很高兴终于看到了它。”

托马斯想到了那些五光十色的歌剧院之夜。那些人此刻都在何处？活到战后的人，又在何处生活？慕尼黑将会重建，当乔治斯开着车，他们一路看到了重建的标志。他不知道这需要多久。但他知道自己不会活着目睹这一天。这是克劳斯在战争结束时看到的那个城市。当克劳斯看到一个再度生机勃勃的慕尼黑，他会多么高兴，托马斯想到此处几乎落泪。

当他想到要去东德时，海因里希闯入了他的脑海。他知道共产党领袖们仍然想要他的兄长回德国，并定居在东区。德国分裂了，正如曼家兄弟也分裂了。托马斯在美国备受尊崇，从这个国家的慷慨中获益颇多，他自然会站在西方的立场上。而海因里希被打上了永久的左翼烙印，他在美国不出名，不觉得有必要帮这个国家。

托马斯决心不让美国人来告诉他，在德国哪些地方不能去。他知道阿兰·伯德想让他在记者发布会上宣布他不会去东德。即便他拒绝这么做，并对他的决定三缄其口，美国人也一定会把这事捅出去。到时就会有人说托马斯·曼被他的美国佬主子牵着鼻子走。

假如他拒绝去东德的邀请，他知道自己将被德国作家鄙视，包括他的哥哥。正如乔治斯的提醒，他会被说成是美国走狗。他只有两个选择，或者被诽谤为一个拿名誉来换在华盛顿的影响力以及加利福尼亚的舒适生活的作家，或者被美国人视为不知感恩、背信弃义的人。毫无疑问，他宁可选择不知感恩和背信弃义。只要他愿意，就会去东区。

次日上午，记者发布会再次聚焦他的东德访问计划。他看到阿兰·伯德独自坐在后排，胳膊搭在两侧的扶手上，姿态悠闲。托马斯朝他一笑，点头。他对记者们说，如果他去魏玛，那将是对德国统一的强调。因为德语并没有分成两个区，他不认为有理由不去访问德国的任何一处地方。

记者发布会快结束时，有人问他究竟是何意图，他告诉众人，他其实已经做出决定。他将会去魏玛。他朝阿兰·伯德望了一眼，点了点头，一直等候在侧翼作为保镖的乔治斯·莫奇曼护送他离开房间。

卡提娅和他坐下来用午餐时，聊起他们在法兰克福注意到的事，那就是菜单相当丰盛。即便在他们下榻的伦敦的萨沃伊酒店，菜单也因为战后配给而缩减了。但这似乎没有发生在德国。他觉得很奇怪，街上空空荡荡，但食物供应却恢复了，但也许只是在酒店如此。

“我们会被迫，”当晚他们走进宴会厅时，他对乔治斯小声说，“和那些不久前沾满鲜血的肥手握手。”

在法兰克福，轻松欢快的气氛已经令人不适，而这里是他的故乡，他更觉不安。在他的梦想中，他以为会见到一个崛起的德国，像这样的晚宴，应该有新一代的人参加，他们正在紧张地准备重建民主。但他觉得宴会厅里都是些养尊处优，愉快而惬意的中年人。他们红酒和啤酒喝得越多，说话越大声，笑得也越兴奋。汤上来了，然后是鱼，接着又上了几道肉食，有大盘猪肉和烤牛肉。他望着周围这些如今在慕尼黑手握重权的人正在大快朵颐，坐在他对面的那个男人急切地叫人给他的牛肉浇上更多的肉汁。

他在脑海中听到了克劳斯回到酒店后激动地谈论着他将要写的《新德国》，他将在此书中好好描述宴会厅的氛围。坐在他右侧的卡提娅正在与乔治斯·莫奇曼聊天。他们似乎都没注意其他人。而坐在他左侧的那个高官，初次开口就言谈无趣，托马斯再也不想与他交流。他只是坐在自己的座位上，随着一道道菜上来，吃着自己的食物。

他想着他熟知的那个慕尼黑，那是年轻艺术家和作家的城市，咖啡馆中激烈的辩论通宵达旦，那是卡提娅父母的城市，他们是开明人士，对离经叛道和高雅文化全都接受。在那个旧世界中，不管是在小杂志上发表了诗歌的诗人，还是在街头被人认出的制作了木雕的艺术家，都能获得名声。在慕尼黑，每个人都有绯闻。当这个大都会发生通货膨胀，甚至连钱都不再坚挺时，人们却越发热爱社交，越发在性事上无所忌惮。

他想，金钱在这个大厅里是坚挺的。当甜品上桌，侍者们端来大碗冰激凌浇在馅饼和圆饼上时，他猛然意识到自己身在何处。这不是那个有着纤敏的灵魂和高雅的社会肌理的慕尼黑，而是巴伐利亚乡村的粗俗进了城。宾客们是如此怡然自得，以至于片刻后，无人再注意他这位贵宾。他看着他们的嘴开开合合，发出哄然大笑，举手投足间的倨傲，彼此间下里巴人的交流。他想，他们和他们这样的人会成为主流。他可以畅所欲言地谈论歌德，但这才是未来。

他认为离开时不必正式告别。他对莫奇曼示意，他与卡提娅会悄悄地走。但当他起身时，他看到了阿兰·伯德，身边一左一右地站着两个穿美式西装的人，似乎打算拦住他们。

“我不想再看到此人。”他对莫奇曼说。

“现在往回走，”莫奇曼小声说，“赶紧朝洗手间的门走，那里有边门可以出去，别停下。”

美国人朝他走过来时，托马斯转过身，装作要去洗手间。他一离开大厅，卡提娅和莫奇曼就跟了出去，莫奇曼带他们来到室外。

“我们走路回酒店应该更方便。他们怕被人看到，不敢再来骚扰你。”

早晨他们商量好，行李先悄悄地放上别克车，然后车子绕到后面接上他们。他们会在拜罗伊特过一夜，然后进入东区。

在拜罗伊特的巴伐利亚霍夫酒店，当莫奇曼要求经理对他的客人敬如上宾，经理立刻变得低声下气，一再来到他们的餐桌前询问是否还需要别的。早晨，托马斯希望他们可以在此人出现之前离开，但他却在楼梯底端等着他们，陪他们去早餐厅，等他们的行李被拿下来时，他还守在大堂里。

“我有一个请求，”他说，“如果您能在黄金贵宾册上签名，将对我们意义重大，我们将不胜荣幸。”

他已经把名册放在了大堂的架子上。

“我们不太把它拿出来，”他说，“但今天是个特殊的日子。”

经理翻开名册，递给托马斯一支笔。他签了名，写了日期，又往前翻了翻，发现都是空白页。

“我们留了十六页空白，”经理说，“每一页代表您流亡的一年。”

托马斯又翻了几页，看到了之前的签名，每个人都占了一页。他看到希姆莱的签名页，然后是戈林，还有戈培尔。

“都是贵客。”他对经理说道，经理双手合十，成功地让自己露出喜忧参半的神情。

在车里，乔治斯愤怒了。

“他们应该烧了那本名册。这是他们擅长的事。他们知道怎么烧书。”

“请尽快带我离开这个国家。”托马斯说。

莫奇曼说他已经得到指示，该从哪个关口离境。

“如果我得到了这样的指示，媒体想必也得到了，”他说，“但还有一条路可以过境，我们不会被人注意。”

“你认为我们应该来瑞士居住吗？”他问莫奇曼。

“你觉得我这么悉心照顾你们是为了什么？”莫奇曼笑问，“我只是做出表率，只要你们回来，瑞士便会如此对待你们。我代表国家，但我们不说这个词。我代表瑞士精神，但我们也不谈这个。也许我能说我代表的是瑞士的文学传统，如果你们能定居瑞士，这将是我们的荣幸。”

他们在边境被一群年轻的俄国兵拦住，他们似乎对别克车的外形起了戒心。有几个人拦住车，其余的人跑回附近的岗亭。一个大个子的年长的俄国兵从岗亭外张望了一眼，就朝车子走来。莫奇曼下了车。托马斯摇下车窗，他们听到了他们的朋友正在说俄语。

他充满自信地说着。俄国官员显然要求乔治斯回去，去北部过境。莫奇曼摇头，指向前方，意思是他就要从这个关口过境去魏玛。

“俄国有农奴时就这样。”托马斯说道，这时几个像是大男孩的年轻士兵开始从另一侧车窗里毫无礼貌地审视他们。

“所以他们射杀了所有贵族。”卡提娅回道，这时莫奇曼直接示意士兵们让道。当其中一人朝他走去并开始叫嚣，乔治斯用手指戳着他的胸口。然后他回到车上，发动引擎。

他们开了一段距离后，又被士兵拦下，但这次是通知他们，往前五分钟有一个官方的欢迎仪式，从那里将有车队护送他们去目的地。

托马斯想到，如果他们之前决定不去欧洲，那么克劳斯可能不会自杀。或许他想到他们要来到他身边，才变得绝望。他相信卡提娅早已想到这点，也许埃丽卡也想到了，甚至其他人也是。他不明白为何他迟迟才想到。

他听到欢呼声，接着看到了人，还有孩子，列队站在街边朝汽车挥手。

在魏玛，一整层楼的酒店都预留给了他们。他们被便衣警察和穿西装的壮汉守卫着。第一顿午餐，他发现坐在旁边的是东德的司令秋尔潘诺夫将军。将军说着一口流利的德语。托马斯从他脸上看到一千年的俄国历史。他想，将军把谈话内容局限在俄国和德国文学上，与他聊普希金和歌德，真是明智之举。

托马斯觉得，他们的话题越古老，就越安全。

他想问将军，他是否知道歌德在此地的存在，多么奇怪，曾激发诗人灵感的这片土地，却建造了布痕瓦尔德集中营。

可是将军的心思游离了片刻。他突然露出笑容，环顾房间，浑身散发出一种惊人的魅力，如同一个只愿举世皆欢的人。他站起身，房间安静下来。将军闭上眼，开始吟诵：

别因为我们的教条，

给予我们不当的谴责：

如果你真的理解教条，

请在你内心寻求答案。

他停下来时，托马斯没有起身，但他提高嗓音接了下去：

你将在那里寻到古老的遗言：

人类、自足的奇迹，

无论在此处的尘世或在彼岸

都在寻找保存自身的方法。

他们彼此接替，直到把歌德的诗念完。全场爆发出热烈的掌声。托马斯看到，连侍者都在喝彩。

那晚，当他说到歌德和人类自由时，他不确定那些欢呼声、喝彩声意味着什么。有几次他心想，这是否因为听众高兴有外人来到了东区，减轻了他们隐隐的孤立感。又或者是因为他们得到指示必须喝彩。接着他就被雷动的掌声、微笑的面孔、响亮的称赞淹没了。

后来在酒店，他发现卡提娅和莫奇曼并不像他这么得意。

“那个将军，”莫奇曼说，“要么将会统治世界，要么就会被召回、枪杀。”

次日，乔治斯和卡提娅坐在别克车里跟着他的官方车，沿路都是欢呼的人群，托马斯愉快地想象着他的同伴对这种热情的嘲讽。他想乔治斯和卡提娅一定觉得他蠢，因为他激动地向街道两旁的人群挥手，还接受了提议，在这段行程上坐官方车。

他知道，他们也知道，魏玛此刻就是布痕瓦尔德，而那位如此友好、有文化的将军，正如阿兰·伯德所言，在纳粹谋杀了许多人的集中营里关押着囚犯。他们知道歌德曾想象过许多事，但他从未想象过布痕瓦尔德。没有一首关于爱情、自然、人类的诗能把这地方从诅咒中解救出来。

第十八章

洛杉矶，一九五〇年

在联邦调查局的办公室里，有关于他和他哥哥，以及埃丽卡、克劳斯的档案。这些充斥着怀疑、谣言、讥讽的档案，将是他们在美国的记录。也许还有戈洛的档案，如果读书太多也是反美的话。也许连莫妮卡都有，如果在一个作家的书房门外大声喊叫也是触犯联邦政府的话。

他相信，在欧洲除了档案，他们还有记忆。他们记得海因里希在“一战”和在慕尼黑起义时的立场，他的演讲、文章是为了提防希特勒的崛起，也记得他在流亡期间为左翼事业所做的工作。

托马斯在东德短暂访问期间所注意到的事，他也许会在回去后对海因里希讲述，比如说，看到人群也许是被迫在街边列队挥旗的感受。但海因里希不想听弟弟的德国之行。如果托马斯一心要提起，海因里希就会转变话题。

东德授予海因里希德国文学艺术国家奖，并邀请他再次去东柏林居住，将为他安排一位秘书、一个司机、一套舒适的公寓，以及丰厚的津贴。他的书在这个新国家销量很好。

在美国，海因里希的书已经绝版。如果他还有知名度，那便是电影《蓝色天使》的原著作者，以及托马斯·曼的兄长。在他的新公寓里，没有餐厅，只有一个吃饭的角落。海因里希时常以此感慨时局艰难。尽管他持左翼政见，他还曾是吕贝克议员之子。

海因里希决定接受东德的邀请，永远离开加利福尼亚。他对托马斯说，他不会带很多行李，因为他们的很多东西都已被内莉典当出去，他也懒得再去赎回。

在冬末的那些日子里，海因里希正在为离开做准备，他说他也许想写一部关于腓特烈大帝的剧本，但又担心自己年近八旬，也许无法胜任。但当他重读那些他最爱的作家——福楼拜、司汤达、歌德、冯塔纳——旧日的兴致又回来了。他与托马斯聊起这些作家的书里的场景，情绪激昂一如他们在帕莱斯特里纳的青年时代。

“我到柏林后，你能不能请那些共产党给我送来艾菲·布里斯特和艾玛·包法利？”[①] 他问托马斯，“我需要好伴侣。”

米米在战后的布拉格过世。经历泰雷津集中营的囚禁后，她一直未能恢复健康。有时海因里希回顾他与她的幸福岁月，认为自己来美国是辜负了她。卡提娅知道每当海因里希想到可怜的米米而愁闷时，就应该问起内莉，以此宽解他的情绪。只要听到内莉的名字，他就会提起精神。

海因里希提到他的弟弟维克托时也能提起精神。维克托前一年过世了。他的妻子曾是一名低阶纳粹党人，维克托也跟随纳粹路线。海因里希无法克制鄙视之情。

“这证明了我一生所知的道理，”他说，“哪里有聪明人，哪里

---

① 艾菲·布里斯特是冯塔纳的长篇小说《艾菲·布里斯特》的女主人公，艾玛·包法利是福楼拜《包法利夫人》的女主人公。

就有蠢货。这一家子出了我们这样两个作家，还有两个优秀的妹妹，她们都活得多姿多彩，可还是有这么一个小家伙，竟然娶了一个纳粹。”

海因里希来拜访托马斯和卡提娅时，一如既往地衣冠楚楚。他比以前越发行动迟缓，不时沉默下来，垂着头，仿佛快要睡着，接着又会说些嘲讽或机敏的话。

“我有种感觉，”他说，“无论是谁回到德国，都不会像我们所想的那么受欢迎。那对我们而言都是一个艰难的地方。他们以为自己在淋炮弹雨时，我们在晒日光浴。他们宁可我们死掉。”

他睁开眼，微笑地看着托马斯。

尽管身陷贫困，需要接济，海因里希从未失去骄傲的能力，他一直认为自己的作品很重要，他支持的事业价值非凡。他说话的姿态，仿佛他的观点不容辩驳。他喜欢引用这些年克劳斯·曼的来信中的句子，说他多么怀念他的侄子，他曾多么坚定地为民主而战。无论托马斯多么努力地把这些话理解为善意，他还是觉得这是对他的指责。

在圣莫尼卡的房子里，在过世前一天夜里，海因里希还在听普契尼的歌剧。他在入睡后发生了脑溢血，再也没有醒来。

海因里希安葬在圣莫尼卡墓地，在内莉身边。一小群家人和朋友参加了葬礼。一支弦乐队演奏了德彪西 G 小调四重奏的一段慢板。

他们离开墓地时，音乐仍然回响在托马斯的脑海中，他知道如今他是最后一个了，其余四人都已走了。海因里希死后，他只能对着鬼魂来衡量自身。

他明白，这些年来他都与克劳斯和海因里希奇怪地逆向而行。克劳斯彷徨无措，不知去哪生活，托马斯却一直住在太平洋帕利塞德。海因里希生活拮据，托马斯却继续赚钱。那两位持议坚定，托马斯却在政治上摇摆不定。他们态度激烈，他却谨慎小心。如今他们都走了，他无人可与争论，除了埃丽卡。但他发现她的脾气极为暴躁，已经不值得与她争吵。

当他与卡提娅在午后去圣莫尼卡的海滩散步时，他还是注意到穿泳裤的年轻人。只不过以前他假装累了，是为了停下来观赏他们，如今他停下来是因为真的累了。但他仍然把他们的模样带回家，在夜幕降临后细细地揣摩。除了海因里希的手稿外，他感兴趣的是卡提娅发现的许多画稿，是海因里希画的肥胖的裸女，一如半个多世纪前托马斯在帕莱斯特里纳偷偷翻看哥哥桌上的手稿时的发现。

写散文比写长篇或短篇小说更为容易，每天写几段，然后读一读，复苏他的记忆。但他知道很快就得找到一个有意思的小说题材，并促使他每日早早起床。

自从他访问魏玛后，他就收到许多东德人的请愿信，请求他代表他们向政府求情。他通常会把这些信转交给在一九二〇年代就认识的作家约翰内斯·R. 贝希尔，此人在东德身居高位。他寻思着如果海因里希还活着，他拿着东德政府的薪水将会怎么做。他认为哥哥不愿妥协的态度仍然会在东德持续。

当一本反共产主义的杂志在一篇文章《托马斯·曼的道德堕落》中称他为“美国头号敌方阵营的同情者”，阿格尼丝·迈耶向他提起了此事。

“我们所有与你有交情的人都被要求为你辩护。”她说。

“我不是敌方阵营的同情者，我不支持共产主义。”

“这么说是不够的。现在不是在美国搪塞的时候。新的战争打响了，是反共产主义的。”

“我反共产主义。”

“所以你访问东德，并在那里接受招待？”

当托马斯被一家比弗利山庄的酒店称为共产主义者，并拒绝为他的演讲提供场地时，他无法责怪海因里希和克劳斯损坏他作为一个理智冷静的人的名誉，也不能责怪现今生活在东德的布莱希特。他想，写信给报纸，声称他不是共产主义者，是有失尊严的。更令他不安的是，他意识到不仅他的道德声望，他的伟人地位也开始在美国瓦解。

这解放了他。如果克劳斯和海因里希还活着，他们定会抨击美国生活中开始泛滥的幼稚病。如今他自己也能这么做了，对他的攻击越尖锐，他就越勇敢，比如，他去参加了W.E.B.杜博伊斯[①]的生日宴，之后又参加了支持罗森堡夫妇[②]的请愿活动。他

① W.E.B.杜博伊斯（1868—1963），著名作家和编辑，泛非运动的创始人，1961年加入美国共产党。

② 冷战期间美国的共产主义人士，被指控为苏联进行间谍活动，判决与死刑的过程轰动了西方。

也可以随心所欲地给约翰内斯·R.贝希尔送去生日问候，并因此在众议院遭到谴责，被告知忘恩负义者极少再被邀请去参加晚宴。

卡提娅说她总是能从刺耳的铃声中觉察到来电者是阿格尼丝·迈耶。如果她认为对方是迈耶夫人，她就让埃丽卡去接电话。埃丽卡会模仿父亲的声音，让阿格尼丝长篇大论地抱怨托马斯做出的或是没有做出的政治姿态，然后她大笑一声，告诉她接电话的人其实是埃丽卡·曼，一个迈耶夫人公开鄙视的人。

上一次她这么做时，阿格尼丝问她："你怎么不回德国？"

当晚，埃丽卡用阿格尼丝·迈耶的语气表演了一段饱含诋毁的独白，把她的政治观点和性梦想混杂在一起，强调她多么想被魔术师的臂膀拥在怀里，享受他的魔杖。

可是回德国的事还是得认真对待。当联邦调查局再次来访问埃丽卡，她对调查者失去了耐心。

"是的，我告诉他们我是同性恋。我当然是同性恋！他们以为我是什么？我告诉他们，维多利亚女王也是同性恋，埃莉诺·罗斯福也是，还有梅·韦斯特、多丽丝·戴。他们一直平静地听着，但当我说到多丽丝·戴，一个人说：'嗨，夫人，我想多丽丝·戴是个正常的美国女人。'我狂笑起来，那个认为多丽丝·戴是正常的人只好去给我拿水。他走开后，他的同事告诉我，他们不会推荐我加入美国国籍，如果我离开这个国家，也许就回不来了。"

若是在一年前，托马斯也许会谨慎地不去给她火上浇油，但这是人生第一次，他没有什么可失去的了。他已年老，无需取悦别人，也没了敌手。他给一个回德国生活的朋友写信说，他不想埋骨在美国这片没有灵魂的土地上，他不欠美国什么，美国对他毫无了解，他也不介意把这封信投给德国报纸。这是事实。当他想到自己在这世上活了七十五载才能自由自在地说真话时，不由得笑了。

但此时的真相是他在美国已不受欢迎，他对美国的事业无一支持。他想，他抨击美国像患了被害妄想症似的转向保守，可以让他感到自己在道德上的价值，可这与他一生中做出的其他姿态并无不同。他心想，克劳斯和海因里希是否也曾和他一样，因为说出真相，在半夜醒来时自觉是个骗子，很快会被揭穿？

他觉得自己曾在四十年前的一篇名为《菲利克斯·克鲁尔[①]》的小说中充分地探索过这个“两面性”的问题。如今他在寻找主题时，又想到了小说中的克鲁尔，一个欺诈成性的人，他肆意妄为，行事无度。

他想，如果自己有机会用一个词来总结人类精神，他会用喜剧的方式来表达。他会戏剧性地加以表述，认为人类是不可信任的，只要风向一转，他们的故事就会跟着转，他们的人生是一种持续的、渐衰的、滑稽的、让自身看似可信的努力。他觉得，人类纯粹的创造力就在其中，一切悲哀也在其中。

事情决定了，他和卡提娅、埃丽卡将离开美国，再次定居瑞士。

---

① 1910年托马斯·曼写过一个菲利克斯·克鲁尔的故事，1922年出版单行本《童年的书》。

他知道，如果是从前，这一决定将会成为美国的头版新闻，记者们会蜂拥而至，堵在家门口，他可以倨傲地陈述他的理由。甚至会有许多人恳请他留下，人们纷纷写文章概述他在战争中的贡献。他再次意识到自己曾拥有重要地位。他的名望持续了十年，而后衰退。

从吕贝克运到慕尼黑，而后瑞士、普林斯顿、加利福尼亚的那个大烛台，如今会被再次装箱，运回瑞士。卡提娅写信给乔治斯·莫奇曼，说他们正在找苏黎世附近的房子，最好能有湖景。

埃丽卡得知他们决定离开，心中石头落地，当卡提娅说其中一个原因就是她没能让联邦调查局满意时，她都没有回应。

“我们这么做是为了你，”卡提娅说，“但你毫不感激。”

“哦，那就别走了，”埃丽卡回道，“但下次联邦调查局就来找你了。盘问你的婚姻情况，就像他们盘问我一样。”

“我又没和奥登结婚。”卡提娅说。

卡提娅看着托马斯，似乎不在乎这番对话会导向何处。

“你能和我们一起去瑞士真是太好了。”他对埃丽卡说。

戈洛也决定离开美国，于是只有伊丽莎白和米夏埃尔会留在这个国家。卡提娅写信告诉伊丽莎白他们的计划，伊丽莎白回信说她会带女儿们最后一次来太平洋帕利塞德做客。

在伊丽莎白来的第一天，晚餐结束时，她告诉他们，博尔杰塞去了意大利，因为他快死了。很快她们会过去陪他。他不想死在美国。

“那你怎么办？”等女孩们睡觉后，卡提娅问她。

“我会开始我的生活，”她说，“这是博尔杰塞说的，但我不知道我会怎么生活。”

“你会待在芝加哥吗？”托马斯问。

“我可能会待在意大利。两个女孩是美国人，但也是意大利人。”

“你在那里会做什么呢？”卡提娅又问。

“我无法想象没有博尔杰塞的生活。我还在震惊中。我们都是。诊断结果很明确。他一直很勇敢。我不知道有没有勇气独自抚养两个女儿。”

卡提娅过去拥抱了她。连埃丽卡也眼中含泪。

“那我们还打电话吗？”他问。

“每周的电话是少不了的，”她笑着说，“电话得继续打。除了我，谁还会对你说我的姐姐埃丽卡和她的所作所为呢？”

她看着埃丽卡，激她回应。

当他知道即将失去这房子和花园时，它们显得更美了。他和卡提娅在联合车站送走伊丽莎白和她的两个女儿时，他突然想到这车站的每一处细节，从信号灯到店里陈列的商品，到员工悠闲、爽朗的态度，以及他们走回车子时袭击他们的热浪，都将一去不返。

他屡次想说，让埃丽卡和戈洛回欧洲去过他们的生活，他和卡提娅留在这里的碧空下，看着石榴树开花，结果。

他从一间房间走到另一间房间，直到他的楼梯变成幽灵的楼梯，他的书房变成幽灵工作过的地方。无论谁住在这里，《浮士德博士》将永远盘桓在此。在洒满光线的客厅中播放过的音乐，余韵将会逐年散入纯粹的寂静，直到时间尽头。

关于这些房间，这片草坪，屋后的那一株棕榈树，车道入口的那丛绣球花，他能记得些什么，都无关紧要了。他不会再看到它们。未来将有其他人来领略夏日的高温、灿烂的落日、光辉的早晨，但不是他。他已经失去了吕贝克和慕尼黑。如今也将失去这里，太平洋帕利塞德。他来到这里仅仅因为纳粹将他赶出了德国，但此地的氛围并未沾染分毫。当美国的友善渐渐消失，并最终促使他离开时，这里也一如往昔。

在托马斯眼中，瑞士的发展是依靠高度的新教徒道德，尽管它也为许多恶人保存钱财。正如它的银行对富人敞开，它的国界通常对穷人关闭。这个国家有山有湖，有城市，也有许多童话般的村庄，但那对于严肃性而言远远不够。托马斯认为，瑞士人大多数时间都在让自己保持洁净。他们对此如此热衷，他们的洁癖扩展到了山川湖泊、铁路车厢、酒店房间、巧克力和芝士，还有他们的钞票上。

他对卡提娅坦白说他在鄙视瑞士时，心里只有愉悦。他们新的移居国，将是一个完美的创作之地，他将写一部关于一个不可信的人的小说，此人每次大冒险之后，都会侥幸活下来，就像瑞士一样。他只能在美国写出《浮士德博士》，因为美国没有把浮士德的交易视为其立国神话。同理，如今他将在瑞士创造菲利克斯·克鲁尔，这个国家喜欢布道，援引加尔文和茨温利，完全站在像克鲁尔这种骗子的对立面上。

他们抵达苏黎世城外多尔德大酒店的大堂时，乔治斯·莫奇曼已经再次等着他们。此时戈洛已经去了慕尼黑。乔治斯召集了酒店全体员工，经理出列迎接托马斯、卡提娅和埃丽卡。

他们喝英式茶时，托马斯看到他的妻子女儿在与莫奇曼窃窃私语，然后埃丽卡咯咯直笑。

“所以他走了吗？他不在这儿了？”

“我问过了，”莫奇曼说，“一星期前我就打过电话，今天我又问了。”

“他逃走了。”卡提娅说。

“你们在聊什么？”托马斯问。

“弗兰兹尔·韦斯特迈尔。”埃丽卡说着神情严肃起来。

“他不在这儿了。”莫奇曼说。

托马斯只希望这三人别再打量他了。他不知说什么才好。他没法告诉他们，过去两年他一直念着弗兰兹尔，并且设法截住了他不定期寄来的信，不让它们被卡提娅看到。他知道弗兰兹尔曾在日内瓦。他写信告诉他，他即将回到这家他们见过面的酒店，而他比以往更思念弗兰兹尔。

“他是个好人，”托马斯说，“我们会在旅途中想念他的。”

他试图转变话题。但之后数日，弗兰兹尔的形象一直逗留在他脑海中。

他第一次见到弗兰兹尔时，这位侍者正端着托盘穿过大堂。

他经过托马斯身边，从容地向他问候。后来托马斯喝下午茶时，他问托马斯要签名。他身材很好，有一头棕色的波浪鬈发，柔和的蓝眼睛，洁白的牙齿。托马斯签了名，让自己的手在侍者的手上逗留了几秒钟，侍者似乎对此甚感愉悦。

次日托马斯在大堂里遇到他时，拦住他问了他的名字。他说他名叫弗兰兹尔·韦斯特迈尔，来自慕尼黑附近的泰根湖。

“我就知道你是巴伐利亚人。”托马斯说道，他问他是否打算定居瑞士。侍者的笑容甜美，目光坦诚。他的神色认真起来，告诉托马斯，他想去南美，但在那之前他计划在日内瓦找份工作。这时埃丽卡过来，扯了扯托马斯的袖子，托马斯向侍者点头告辞，侍者继续往前走。

“你不能在酒店大堂里当着全世界的面与一个侍者调情。”她说。

“我只是和他说了几句话。”他回道。

“我肯定我不是唯一一个别有想法的人。”

后来卡提娅来到他的房间，问他发生了什么事。

他说没什么，只是他注意到了一个侍者，那人让他想起了旧日的巴伐利亚。

“是的，我也看到他了。乔治斯说，我们刚来时你看起来不大好，但现在你气色好多了。”

那天晚上，他们和莫奇曼一起用晚餐时，托马斯四顾寻找弗兰兹尔，但没看到。他想象着侍者晚上不值班时会干什么，会穿什么衣服，和什么人在一起。

接下来一次相遇，他知道他把侍者拦下来聊得过久了。当侍者穿过大堂时，他迅速地截住了他。埃丽卡没在那儿看到这一幕，卡提娅也没在，但其他员工瞧见了，他们被莫奇曼关照了要好好招待这位名作家，一定注意到了这一幕。那天下午，他走进电梯看到弗兰兹尔在里面，但弗兰兹尔只略微点了点头，没有搭理他，他感到受伤。

他心里盘算着，是否可以打电话叫房间服务，来的人也许会是弗兰兹尔。他打电话点茶，但来的是另一位侍者。他尽量对他态度友好，但很难不因为没见到弗兰兹尔而失落。

每天早晨，他醒来时都勃起。

在酒店花园的一头，有一处遮阴的地方，那里有一张桌子和几把椅子。卡提娅和他时常在那用午餐。他们离店前一天，她让他独自吃饭，说她约好了要去见一个裁缝，埃丽卡也要去看牙医。

他坐在桌边，打破寂静的只有鸟雀清亮的啁啾声。托马斯突然想到，这是被人发现晕倒在地的绝佳时机。他笑着想，他穿戴着最好的西装领带和最新的鞋，很适合这一场合，假如被担架抬走，场面一定别具一格。

他闭了一会儿眼，听到有人过来时，他睁开眼。他看到来者是笑容灿烂、手拿菜单的弗兰兹尔，立刻意识到卡提娅和埃丽卡干了什么。莫奇曼一定插手了。他心想是谁付的钱，他希望站在他面前的侍者是从阔绰的莫奇曼那里得了好处。

“我在想你。”他说。

他说话声很轻，希望自己显得温柔。

“我想和你保持联系。”他又说。

“我受宠若惊，”侍者说，“希望不会给您添麻烦。”

“我住在这里，最好的事就是遇到了你。”

“您是最受欢迎的客人。”

片刻间，他们温情脉脉地注视着彼此。

“我想您一定饿了，”弗兰兹尔说，他脸红了，“今天我们有很好的通心粉，是酒店的一位意大利厨师做的。还有一种特别的温巴赫酒庄的白葡萄酒。您的妻子告诉我您喜欢这个。或许先来一道冷汤？”

“只要你推荐的都好。”托马斯说。

接下来两小时，侍者来来去去，每次来都逗留片刻，他说起了他的父母，聊到巴伐利亚阿尔卑斯山的冬天时，他战栗起来。

“我怀念在那里滑雪，”他说，“但我不怀念那种酷寒。这里也冷，但没有老家那么冷。”

托马斯对他谈起了加利福尼亚。

“我想去看海，”弗兰兹尔说，“在沙滩上走走。也许有一天我会去加利福尼亚。”

托马斯忽感悲伤，他就要离开酒店了。

“先生，您还需要什么吗？”

托马斯抬眼看了看他。这个问题似乎全然无心，但弗兰兹尔显然多少对他的感情有所领悟。他迟疑着，并非因为他在那一瞬间想到他俩能一起去他的房间，而是因为他知道这是他所能得到的全部，这短暂、虚构的亲密感。

他是一个被服务的老年人。在接下来的日子里，他将会回忆弗兰兹尔转身时的身形，想象他洁白细腻、肌肉匀称的背部，还有饱满的臀部，强壮光滑的腿。

“不，我不需要别的了，感谢你的服务。”他说，语气刻意地郑重。

“您一定记得，我随时听候您的差遣。”弗兰兹尔回应托马斯的语气说道。

他鞠了一躬，走出他们单独相处的地方，在午后斑驳的阳光下，托马斯目送他离去。他想，他会在此多留片刻，他适才所处的场景，此生再也不会重现。

如今，在两年后他津津有味地回顾那段相遇，比写骗子菲利克斯·克鲁尔的小说更来劲。他仍然回味着每一个瞬间，回想着说过的每一句话，试图重构他俩那段短暂时光中的关系。他想，到了他这把年纪，尚有如此强烈的渴求，不能不说是一种奇迹。他再次翻阅日记，读到一段上次写的内容。“午餐时，那个魅惑者好几次出现在附近。给了他五法郎，因为昨日他的服务很周到。他道谢时眼中的笑意令人销魂，难以描摹。脖子很重。卡提娅为了我的缘故而与他友好。”

他相信，在将来这些日记不会有太大用处。一如半个多世纪以来，他的上午将会花费在写小说上，而弗兰兹尔远在千里之外，他对自己的记忆已经开始消散。虽然当托马斯构想他穿过酒店大堂时的步伐，他的优雅仪态和笑容时，仍然感到愉快。

他一见到莫奇曼为他们找到的房子时，就知道这是他最后的房子了，它位于苏黎世南边的基尔希贝格。如果他们能定下来，他的漂泊就到此结束了。他曾有过担忧，在他身后，卡提娅将去何处生活。如今这问题得到了解决。它位于公路上方，眺望湖面和远处的群山。

在新房子里，他的日常作息不变。他后悔曾对瑞士有过不好的想法，因为如今在这个秩序井然、文明礼貌的村子里，他感到心情舒畅。同样令他惬意的还有湖上变幻的光线，朝他们缓缓飘来的远山的暮色。

他渐渐爱上了他的小说主人公菲利克斯·克鲁尔，就像他从前爱上阿德里安·莱韦屈恩，还有托尼·布登勃洛克和小汉诺。读者们也许猜测汉诺带有自传性，也看出了作者与《浮士德博士》中的作曲家之间的共同之处，但无人猜得到他与菲利克斯·克鲁尔是多么气息相通。克鲁尔对世人玩的精密的骗局，不仅仅取材于那些关于骗术师的小说，更是托马斯驾驭自身经历和自我创造，并将之转为一个笑话的方式。克鲁尔善于逃跑，他总是能得手并脱身，总想从不谨慎的人的口袋中偷东西。

当他要买基尔希贝格的房子时，他与卡提娅去了苏黎世，从下车步行到律师办公室的一段路上，他意识到自己的地位。任何一个注意到他的人，看到的都是一个年逾七旬的老人，穿着一丝不苟，步伐稳重，气度尊贵。他带着一张价值相当于房价的银行支票。他育有六个孩子，他所娶的女子能厉害地与房主就留置的设施和车库的安排商量细节。他著有多部文风精致的书，不惧长句和许多旁白，随手拈来德国众神殿中的名人。以任何一种标准来度量，他都是一位伟人。连他的父亲都会对他敬畏三分。

然而在律师办公室的洗手间里，当他面对自己上了年纪的面孔时，感到看到他样子的人不会感到敬畏。他们只会困惑，为他在镜中对自己流露调侃的眼神，还有一闪而过、了然于心的狡猾笑意，仿佛他和他的菲利克斯·克鲁尔一样，再一次高兴自己被戳穿了。

他回顾自己的一生时，郁郁地想到，住在房子里，就损失了许多与英俊侍者们接触的机会。这时他启用了自身经历，把菲利克斯·克鲁尔写成许多冒险故事中的大酒店侍者，这个年轻人对自己的相貌和制服相当满意，一有客人进来，他就满面春风地上前招呼，为女士们拉开椅子，递上菜单，斟满酒杯。他甚至可以让他英俊的男主角与一位住在酒店中的苏格兰贵族来一段幽会，苏格兰贵族被他迷得神魂颠倒，正如托马斯被弗兰兹尔那样。

正如阿诺尔德·勋伯格相信自己会死于某个月的第十三天，他就死于那天，托马斯也相信自己会在七十五岁那年过世，但他没死。于是他把后来的岁月视为某种馈赠，犹如得了一个机会，半只脚踩在时间之外。在书房中，当他寻找某一本书时，他可以轻易地处身于波琴格街，或普林斯顿，或太平洋帕利塞德。

到了下午，风安静下来，湖水随之暗沉，山间蓝灰色的光变得明亮，他寻思着自己是不是已经在加利福尼亚死了，这里只是死后的一段插曲，作为交易的一部分，他能再次见到欧洲，再度拥有一栋房子，然后他渐渐消失，不再有梦。

他从没想过自己能活到八十岁。海因里希在七十九岁生日前过世。维克托死时五十九岁，他的父亲五十一岁，母亲七十一岁。但岁月不知不觉间过去。在他八十岁生日前的十二个月中，埃丽卡一直处于兴奋状态，策划着如何庆祝他的生日。

他知道，有些作家认为公开庆祝生日是电影明星的事，他们瞧不起。可他曾被德国粗暴地驱逐，又被美国礼貌地送走，在他侨居的最后一个国家中，在万众瞩目下受人尊崇，他觉得很是不错。

到了那天，他愉快地收到贺信，其中一封来自基尔希贝格邮局，这家邮局不得不处理堆积如山的邮件。如果他的美国出版商阿尔弗雷德·克瑙夫想要飞越太平洋来贺寿，他也丝毫不觉讶异。他也很高兴比他小一岁的布鲁诺·瓦尔特希望在苏黎世的皇家剧院指挥《弦乐小夜曲》为他祝寿。当他读到弗朗索瓦·莫里亚克的称赞“他的人生阐释了他的作品”，便想到了菲利克斯·克鲁尔，他不禁笑了，莫里亚克所知甚少。

他收到了法国总统和瑞士总统的祝贺信，便盼望西德政府也能这么做，可阿登纳将此事交给一个下级部长。

他想他在表演，他一生的大部分时间，都在世人面前充当自己的外交官，而不是本人。

在庆祝生日后的那段时间里，他还活着的孩子们——包括在卡普里把皮肤晒成栗色的莫妮卡——都住在基尔希贝格，他们忙着自己的事，有时不注意他。一天晚上，他说要早睡时，他们才关心起来，要他和他们再多待片刻。

虽然埃丽卡被她的母亲警告过，别和两个妹妹过不去，别打断她们说话，但她还是忍不住对莫妮卡说，不停地游泳和晒太阳，只会让她变得更蠢，她还对伊丽莎白说，在博尔杰塞过世后把两个美国出生的女儿留在菲耶索莱，只会让她们变得无国可归。她应该把她们带回美国。

“她们得有根。”她说。

“和我们有什么不同？”伊丽莎白问。

“至少我们知道我们是德国人，”她说，“虽然这对我们没有好处。”

戈洛和米夏埃尔一如既往地小声讨论书和音乐。当托马斯也加入他们时，他发现无论他说什么，两个儿子都只想反驳他。

他的四个孙辈找到了共同语言。他喜欢看他们彼此间勇敢地讲美式英语，但一有大人问他们什么，他们立刻切换成德语。弗里多现在十多岁了，还是和小时候一样可爱有趣。

在某些这样的夜晚，托马斯想，他们需要的只是克劳斯的到来。刚从一连串的文艺聚会上回来的克劳斯，筋疲力尽，头发凌乱，只想倒头一睡，但接着他迫不及待地开始争论欧洲的事，铁幕、冷战取代了法西斯的话题，让他浑身是劲。

托马斯知道自己快死了。当他腿部的疼痛加剧时，他先去看了村里的医生，开了些止痛药。医生写处方时，托马斯问他，这是否可能是比老年关节炎更严重的病。他看到医生抬眼看了看他，迟疑了一下。这个阴沉而不祥的眼神令他久久无法忘怀。

疼痛还在持续，莫奇曼为他安排了更有名的医生。无人说他有生命危险，但他们安慰他的态度，说服不了他。当卡提娅和埃丽卡一起劝他拒绝一切要出远门的邀请时，他知道大事不妙。

生日庆祝、与家人共度的时光，都因为一个月前发生在吕贝克的一件事而失去了光彩。即便在生日聚会上，他也没能全然明白此事对他的影响。他去吕贝克接受“荣誉市民”称号时大受震撼。

他接到邀请时，曾设想过在颁奖仪式上的发言或许可以回顾在这个城市中的个人经历，以及他父亲的遗产。即便是现在，在这么多年之后，他仍然念念不忘父亲最后的意愿和遗嘱，还有那个暗示——海因里希和托马斯让议员失望，在将来也会让他们的母亲失望。遗嘱立下之后，已经发生了两次世界大战，但这一不公正的判决仍然令他难以释怀。他看着摆放自己作品的书架，那里有德语原著，也有译著，他思考着自己的一切努力，其中有多少是为了让父亲对他刮目相看。

尽管这个城市已被炮弹轰炸得面目全非，他还是想去看看。他暗地里告诉卡提娅，不希望埃丽卡陪他们去，也许女儿留在家中为他作战会更有成果。

埃丽卡告诉他，吕贝克市长建议他和卡提娅先住在特拉沃明德的库尔豪夫酒店，并会派一部车供他们使用。托马斯听到特拉沃明德时笑了笑。那将是在五月，在夏季开始之前。但天气已经够暖和，可以去海滩散步了。

他不记得多年前母亲那个女伴的名字，但他记得酒店里那架音色失准的钢琴，还有那天傍晚演奏的室内乐。当他回忆这些时，他觉察到气氛起了变化，仿佛他又在那些早晨醒来，每一天都似乎无尽漫长，每一刻都值得体会，值得尽情享受。房间里湿漉漉的，清晨的阳光带着一股寒意，不远处，大海在呼吸中起伏。

“魔术师睡着了。”埃丽卡说。

“告诉他们，我想去特拉沃明德。”他说。

从苏黎世去吕贝克的路上，他们休息了几次，让他可以稍加活动。但上下火车汽车然后进酒店的这一程，把他累得都不想告诉卡提娅。

轰炸过后的教堂和居民楼还没怎么修复，市长对此颇觉尴尬。当托马斯和卡提娅朝蒙斯特劳斯街走去时，他看到以前曾是房子的地方，现在是野草丛生的荒地。刹那间，他似乎看到了那次轰炸发生时的恐慌。接着他清晰地回想起曾与克劳斯争论过吕贝克的轰炸。假如克劳斯还活着，他也许会和他们同来，并看到吕贝克市中心仍是一片废墟。

在颁奖仪式上，他望向人群，似乎看到了过去的人都来到了身边——父亲、祖母、姑妈、母亲、海因里希、两个妹妹、维克托、威尔利·廷佩、阿尔明·马滕斯，还有数学老师伊默塔尔先生。

他在发言中说他回到了原地，说这个城市曾经并不称许他的第一部小说，他问假如现在卡塔林恩中学的老师们看到他，会有何感想。他们会惊讶，这个当年看似迟钝的男生，竟然成为一代文豪。他发言时，听众似乎距离遥远，他也一定距离他们遥远。他觉得疼痛，但他尽力掩饰。当持久的掌声响起时，他快站立不住了。

后来回到特拉沃明德的酒店，他倍感失望和郁闷。他曾以为会有很多感受。他发现自己并没有走了一圈回到原点，而只是蹒跚前行。他就是他们在中学里说的那块不可雕的朽木。他竟然蠢到会以为被授予荣誉市民，就能得到什么，但他得到的只是后悔没有待在家里，没有满足于在基尔希贝格舒适的家中想象吕贝克。

他的父亲已死。试图找到他，告诉他，他的儿子又得了一块荣誉奖章，已经毫无意义。无人问他是否要去探访家族墓地，他为此感到轻松。但有人告诉他，炸弹曾深入吕贝克腹地，炸开了曾在马利亚教堂里演奏了四十年管风琴的作曲家布克斯特胡德的坟墓。

后来托马斯得知，当他们清点损失时，发现所有作曲家的墓地无一幸免。他问过几次，老城的许多墓地是否遭到同样的命运，人们告诉他，没错，这个城市有些地方被烧成灰烬。

颁奖仪式后的那天是星期天。他早早起床，发现汽车和司机已经等在外面，他给卡提娅留了字条，说他去吕贝克市中心走走。那天早晨天气暖和，但他还是高兴自己穿上了最厚的西装，因为他觉得可能会去吕贝克教堂参加第一场礼拜，不能衣着随便。

他抵达时，管风琴已经开始了。他发现这家教堂已经修复了，或者也许它并没有像马利亚教堂在轰炸中受损严重。他站在一排长凳旁边，一位老妇为他让开了位置，朝他露出端庄和善的笑容，这是他记忆中的吕贝克的女性。他想，他的母亲永远都没能完全学会这种笑容。她笑得那么爽朗，吕贝克的女人们看到了都不喜欢。

从发来的单子上，他看到所有音乐都是布克斯特胡德的，包括管风琴和合唱队的音乐。他回想起在纽约的唱片店里，他感慨过只有布克斯特胡德的管风琴音乐，声乐的一张也没有。

在礼拜间隙，牧师站在高高的圣坛上，他是一个戴着拉夫领的秃了顶的年轻人。他在布道中说，他们都将化为尘土，这话显然让众人很满意。托马斯希望卡提娅和他同来，他们过后可以聊聊教堂会众们期待的星期天午餐，这也许比化为尘土的前景更让他们暖心。牧师布道完毕，一个年轻女子带着一支小型弦乐队登场，她唱了一曲布克斯特胡德的康塔塔中的咏叹调。她的声音单薄，开头有些紧张，但随着曲调逐渐增强，她的歌声也渐渐上升，回荡在这栋老建筑中，萦绕在穹顶高处。

他让司机等他，他自己去附近的一家咖啡馆喝热巧克力，吃杏仁糖膏饼。

他想，他记得的东西真奇怪。威尔利·廷佩、伊默塔尔先生。许多其他名字，无论他如何努力地回忆，都想不起来了。他知道自己自从去普林斯顿后就没播放过布克斯特胡德的唱片，也没听人提起过他。

他很满意自己挑了角落里的桌子，因为咖啡馆里人越来越多，他也很高兴在这个星期天上午，没人认出他。他想起了一个故事，那一定是孩提时代，他的母亲经常讲给他们听的。后来再未讲过，在慕尼黑一定没有。这个故事关于布克斯特胡德的女儿。在故事中，每年都有年轻的管风琴手到来——包括亨德尔——打探布克斯特胡德的秘密。布克斯特胡德向每个人保证，只要年轻人愿意娶他最小的女儿安娜·玛格丽塔，他便会对他说出秘密，这足以令他成为最伟大的作曲家。

可是虽然他的女儿才貌双全，所有的来客都拒绝了，因为他们都在老家有了婚约，所以没听到秘密便离开了。

后来他的女儿终于有了一个追求者，但此人对音乐不感兴趣，布克斯特胡德担心自己死后，这个秘密将会消失于世。他并不知道，在阿恩施塔特有一个非常年轻的作曲家听说了他的事，并决定徒步前往吕贝克，探寻这个秘密。

托马斯付了账，朝他祖母的房子走去。这会儿他能看到他的两个妹妹都穿着睡衣，正在等着听故事的后半段，他也看到了海因里希正坐在远处。讲故事时，他们的母亲总是会叹口气，说她还有活要干，明天再接着讲。他们便会恳求她，请她把故事讲完。而她也总会讲完。

她说，这位年轻作曲家名叫约翰·塞巴斯蒂安·巴赫，他顶风冒雨前往吕贝克。他常找不到寄宿处，只能睡在干草堆或田野里。他时常忍饥挨饿，更时常受寒。但他对目标坚定不移。只要能到吕贝克，他就能见到那个能让他成为伟大作曲家的人。

布克斯特胡德几乎已经绝望。有时候他以为这个秘密将随他入土。有时候他在内心深处相信会有人来，他梦想着他会立刻认出此人，把他带到教堂，把秘密讲述给他听。

“他是怎么认出这个人的？”卡拉问。

“这人的眼中有光，或者声音很特别。”她的母亲说。

“他为何这么肯定呢？”海因里希问。

“等等！他还在路上，他还在担心呢，”她接着讲，“每天的徒步路程似乎越来越长。他告诉他的老板，他只是离开一小段时间。他不知道吕贝克有多远。但他没回头。他走啊走，一路都在问吕贝克还有多远。可是那太远了，他遇到的一些人都没听说过吕贝克，他们让他回去。但他下定了决心，终于当他走到吕讷堡时，他得知距离吕贝克不远了。布克斯特胡德已经名扬此地。可因为一路艰辛，可怜的巴赫，一个原本多么俊俏的人，沦落成了流浪汉。他知道布克斯特胡德绝不会接受一个像他这样衣衫褴褛的人。但他很走运，吕讷堡有个女子听说了巴赫的遭遇，便借给他衣服。她看到了他身上的光。”

“于是巴赫到了吕贝克。当他打听布克斯特胡德时，别人告诉他，他正在马利亚教堂中演奏管风琴。巴赫一踏进教堂，布克斯特胡德就感觉到自己不再孤独。他停下演奏，朝过道望去，他看到了巴赫，也看到了他身后的光，那是巴赫一直都有的光，来自他灵魂的光。他知道这就是那个他要对之讲出秘密的人。”

“但那是什么秘密？”托马斯问。

“我说了，你就会去睡觉吗？”

“是的。”

“它就是美，”母亲说，“那个秘密是美。他告诉他，要大胆地把美谱进他的音乐。接下来日复一日，布克斯特胡德教导他应该怎样做。”

“巴赫后来把衣服还给那个女人了吗?”托马斯问。

“是的，他还了。他在回家路上还的。他在她的钢琴上为她弹奏一曲，她以为那来自天堂。”

托马斯看到，老家房子，也就是《布登勃洛克一家》的房子，有些窗子已经被木板封起来了。市长许诺说，整栋楼房会很快重建。这栋房子曾赋予一本书生命，吕贝克似乎为此骄傲。托马斯站在房子前，很想问问其他人——海因里希、卢拉、卡拉、维克托——他们是否也记得布克斯特胡德和巴赫的故事。他已多年没想起它了。

也许他还会想起其他故事，那些久已忘怀的、和其他几个也曾住在这栋房子里的人一起听过的故事。那些人如今已离开时间，进入了一个边界对他依然不明的界域。

他又朝房子望了一眼，然后穿过马路朝汽车走去。车子将把他带回特拉沃明德，卡提娅在那里等他。

图字:09-2022-0223 号

图书在版编目(CIP)数据

魔术师/(爱尔兰)科尔姆·托宾(Colm Toibin)
著;柏栎译. —2 版. —上海:上海译文出版社,
2023.4 (2023.7 重印)
书名原文:The Magician
ISBN 978-7-5327-9156-9

Ⅰ.①魔… Ⅱ.①科… ②柏… Ⅲ.①长篇小说-爱
尔兰-当代 Ⅳ.①I562.45

中国国家版本馆 CIP 数据核字(2023)第 031623 号

魔术师
[爱尔兰]科尔姆·托宾 著 柏栎 译
特约策划/彭伦 郭歌 责任编辑/徐珏 封面设计/好谢翔

上海译文出版社有限公司出版、发行
网址:www.yiwen.com.cn
201101 上海市闵行区号景路 159 弄 B 座
上海市崇明县裕安印刷厂印刷

开本 889×1194 1/32 印张 17 插页 3 字数 255,000
2023 年 4 月第 1 版 2023 年 7 月第 2 次印刷
印数:12,001—20,000 册

ISBN 978-7-5327-9156-9/ I・5691
定价:89.00 元